सत्यजित राय की कहानियाँ

सत्यजित राय की कहानियाँ

सत्यजित राय

राजपाल

अनुवाद

योगेन्द्र चौधरी

स्थापित 1912
100 वर्षों की
श्रेष्ठ प्रकाशन परम्परा
राजपाल

ISBN : 9788170287551
संस्करण : 2021
SATYAJIT ROY KI KAHANIYAN (Stories) by Satyajit Ray

राजपाल एण्ड सन्ज़
1590, मदरसा रोड, कश्मीरी गेट, दिल्ली-110006
फोन : 011-23869812, 23865483, 23867791
website : www.rajpalpublishing.com
e-mail : sales@rajpalpublishing.com
www.facebook.com/rajpalandsons

क्रम

प्रोफेसर हिजबिजबिज

मेरे साथ जो घटना घटी है, उस पर शायद ही कोई विश्वास करे। अपनी आँखों से देखे बिना बहुतेरे आदमी बहुत-सी बातों पर विश्वास नहीं करते। जैसे भूत। इतना जरूर है कि मैं भूत-प्रेत की कहानी लिखने नहीं बैठा हूँ। सच कहने में हर्ज ही क्या, इसे किस तरह की घटना कहूँ, यह बात खुद मैं ही नहीं जानता। मगर घटना घटी है और घटी है मेरे जीवन में ही। इसीलिए इसमें सचाई है और उसके सम्बन्ध में लिखना भी स्वाभाविक है।

पहले ही बता दूँ कि जिसके कारण यह घटना घटी थी, उसका असली नाम मुझे नहीं मालूम। उसने बताया था कि उसका कोई नाम है ही नहीं। इतना ही नहीं, नाम के बारे में उसने छोटा-मोटा एक भाषण भी दे डाला था—

''नाम से क्या आता-जाता है साहब? किसी जमाने में मेरा कोई नाम था। अब उसकी ज़रूरत नहीं है, इसलिए उसको मैंने त्याग दिया है। आप चूंकि आए, बातचीत की, अपना नाम बताया, इसीलिए नाम का प्रश्न उठता है। यों यहाँ कोई नहीं आता, और न आने का मतलब है कि कोई मुझे नाम लेकर नहीं पुकारता है। जान-पहचान का कोई आदमी है ही नहीं, किसी से खत-किताबत नहीं। अखबारों में रचना नहीं छपवाता हूँ, बैंक के चेक पर दस्तखत नहीं करना पड़ता है—फलस्वरूप नाम का कोई प्रश्न खड़ा होता ही नहीं। एक नौकर है, मगर वह भी गूँगा। गूँगा न होता तो भी वह मेरा नाम लेकर मुझे नहीं पुकारता; बल्कि मुझे 'बाबू' कहता। बस बात खत्म। अब सवाल यह पैदा होता है कि आप मुझे क्या कहकर पुकारिएगा। आप इसी पर सोच रहे हैं न?''...

अन्ततः तय पाया कि मैं उन्हें प्रोफेसर हिजबिजबिज कहकर पुकारूँ। ऐसा क्यों हुआ, यह बात मैं बाद में बताऊँगा। पहले ज़रूरी है कि शुरू की कुछ बातें बता दूँ।

घटना गोपालपुर में घटी थी। उड़ीसा के गंजम जिले के बरहमपुर स्टेशन से दस मील दूर समुद्र के किनारे गोपालपुर नामक एक छोटा शहर है। पिछले तीन सालों

से दफ्तर से छुट्टी नहीं मिल रही थी, क्योंकि काम का दबाव बहुत ज्यादा था। इस बार तीन सप्ताह की छुट्टी लेकर तय किया कि इस अनदेखी, परन्तु नाम से परिचित, जगह में जाऊँगा। दफ्तर के कामों के अलावा मैं एक और काम करता हूँ और वह है अनुवाद का काम। आज तक मेरे द्वारा अंग्रेजी से बंगला में अनुवादित सात जासूसी उपन्यास प्रकाशित हो चुके हैं। प्रकाशक का कहना है कि उन उपन्यासों की खपत काफी तादाद में हो रही है। बहुत-कुछ उसी के दबाव के कारण मुझे छुट्टी लेनी पड़ी। इन तीन सप्ताहों के बीच एक पूरी किताब के अनुवाद का कार्य-भार मेरे कंधे पर है।

इसके पहले मैं कभी गोपालपुर नहीं आया था। जगह का चुनाव अच्छा हुआ है, इसका पता मुझे पहले दिन ही चल गया। इतने एकान्त और मनोरम स्थान इसके पहले मैंने बहुत ही कम देखे हैं। एकान्त होने का एक दूसरा ही कारण है। यह अप्रैल का महीना है, अप्रैल सैलानियों के आने का मौसम नहीं होता। वायु-परिवर्तन के लिए आने वाले लोगों का झुंड अभी यहाँ नहीं पहुँचा है। मैं जिस होटल में आकर टिका हूँ वहाँ मेरे अतिरिक्त और एक व्यक्ति है—एक वृद्ध आर्मेनियम—नाम मिस्टर ऐराटुन। वे होटल के पश्चिमी छोर के एक कमरे में रहते हैं और मैं पूर्वी छोर के एक दूसरे कमरे में। होटल के लंबे बरामदे के ठीक नीचे से ही रेतीला मैदान शुरू हो जाता है। एक सौ गज की दूरी में फैली रेत पर समुद्र की लहरें आकर पछाड़ खाती रहती हैं। लाल केकड़े बीच-बीच में बरामदे पर चढ़कर चहल-कदमी करते रहते हैं। मैं डेक चेयर पर बैठा-बैठा दृश्यावलोकन और लेखन का कार्य करता रहता हूँ। शाम के वक्त दो घंटे के लिए काम करना बंद कर देता हूँ और रेत पर चहल-कदमी करने के लिए निकल जाता हूँ।

शुरू में दो दिन समुद्र के किनारे से होता हुआ मैं पच्छिम की ओर गया; तीसरे दिन सोचा, पूरब की तरफ़ भी जाना ज़रूरी है। रेत पर पुराने ज़माने के टूटे-फूटे घर अजीब जैसे दीखते हैं। मिस्टर ऐराटुन ने बताया था कि ये घर तीन-चार सौ साल पुराने हैं। किसी जमाने में गोपालपुर डचों की चौकी था। इन मकानों में से ज्यादातर उसी जमाने के हैं। दीवार की ईंटें चिपटी और छोटी-छोटी हैं, दरवाजे और खिड़कियों के स्थान पर सिर्फ दरारें रह गई हैं और छत के नाम पर छावनी के बजाय खुली जगह ही ज्यादा है। मैंने एक घर के अन्दर घुसकर देखा और वहाँ सन्नाटे का आलम पाया।

पूरब की तरफ़ कुछ दूर जाने पर देखा, एक जगह रेतीला भाग काफ़ी चौड़ा है, इसके फलस्वरूप शहर बहुत पीछे छूट गया है। करीब-करीब पूरी जगह लगभग सौ तिरछी पड़ी नावों से भरी हुई है। समझ गया कि मछुआरे इन्हीं नावों को लेकर समुद्र में मछली पकड़ने निकलते हैं। देखा, मछुआरे जहाँ-तहाँ जमा होकर अड्डेबाजी कर रहे हैं, उनके बच्चे पानी के पास जाकर केकड़े पकड़ रहे हैं, चार-पाँच सूअर

इधर-उधर चक्कर लगा रहे हैं।

इसी बीच एक उलटी पड़ी नाव पर दो बंगाली सज्जन बैठे हुए नजर आए। एक आदमी की आँखों पर चश्मा है। वे अपने हाथ में पड़े अखबार को हवा के झोंके के बीच मोड़ने में परेशानी का अनुभव कर रहे हैं। दूसरे सज्जन अपने हाथों को छाती के पास रखकर अपलक समुद्र की ओर देखते हुए बीड़ी का कश ले रहे हैं। मैं ज्योंही उनके निकट पहुंचा, अखबारवाले सज्जन ने परिचय प्राप्त करने की मुद्रा में पूछा, 'आप यहां नये-नये आए हैं?'

'हां...दो दिन...'

'साहबी होटल में टिके हैं?'

मैंने मुस्कराकर कहा, 'आप लोग यहीं रहते हैं?'

अब वे अखबार को संभालने में सफल हो गए। बोले, ' मैं यहीं रहता हूँ। छब्बीस बरसों से गोपालपुर में ही। 'न्यू बेंगॉली मेरा ही होटल है। तब हाँ, घनश्याम बाबू आपकी ही तरह चेंज में आए हैं।'

मैंने कहा 'अच्छा' और बातचीत का सिलसिला खत्म कर आगे बढ़ने लगा, तभी भला आदमी एक दूसरा ही सवाल पूछ बैठा, 'उधर कहाँ जा रहे हैं?'

यूँ ही, ज़रा घूमूँगा और क्या?

क्यों?'

भारी मुसीबत में फँसा ! क्यों? घूमने जा रहा हूँ, यह भी उनसे कहना होगा?

तब तक वे खड़े हो चुके थे। रोशनी आहिस्ता-आहिस्ता फीकी पड़ती जा रही है। आसमान के उत्तरी-पश्चिमी हिस्से में मेघ का एक स्याह चकत्ता आहिस्ता-आहिस्ता फैलाता जा रहा। आँधी आएगी क्या ?

भले आदमी ने कहा, 'एकाध साल पहले कुछ कहा नहीं जा सकता था। उस समय ऐसी हालत थी कि जहां मर्जी हो, आदमी घूम-फिर सकता था। पिछले सितंबर से पूरब की तरफ, मछुआरों की बस्ती से एकाध मील दूर, एक आदमी डेरा-डंडी डाले बैठ गया है। इन टूटे-फूटे मकानों को देख रहे हैं न, ठीक वैसा ही एक मकान है। मैंने उस मकान को नहीं देखा है। यहाँ के पोस्टमास्टर महापात्र ने बताया कि उसने देखा है।'

मैंने कहा, 'साधु-संन्यासी टाइप के आदमी हैं क्या?'

'बिल्कुल नहीं।'

'फिर ?'

'वे क्या हैं, मालूम नहीं। महापात्र ने बताया है कि मकान के टूटे-फूटे हिस्से को तिरपाल से ढँक रखा है। अन्दर क्या करते हैं, किसी को भी इसका पता नहीं। तब हां, छत के एक छेद से बैंगनी रंग का धुंआ निकलता हुआ दिखाई पड़ा है। मकान मैंने नहीं देखा है, लेकिन उस आदमी को दो बार देख चुका हूँ। मैं इसी जगह

बैठा हुआ था और वह मेरे सामने से पैदल जा रहा था। हरदिया कोट-पतलून पहने था। दाढ़ी-मूंछ नहीं हैं, लेकिन सिर पर घने बाल हैं। चहलकदमी करता हुआ मन ही मन कुछ बुड़बुड़ा रहा था। यहां तक कि कई बार ज़ोरों से हँसते हुए भी देखा। मैंने बातें कीं मगर उसने जवाव नहीं दिया। या तो अभद्र है या फिर पागल। शायद अभद्र और पागल दोनों। उसके पास एक नौकर भी है। वह सवेरे के वक्त बाजार में दिखाई पड़ता है। इतना हट्टा-कट्टा कोई दूसरा आदमी मैंने नहीं देखा है, साहब। उसके सिर के बाल छोटे-छोटे हैं, लंबा-चौड़ा चेहरा। बहुत-कुछ इस सूअर के जैसा। या तो वह गूंगा है या फिर मुंह बन्द किए रहता है। सामान खरीदने के समय भी जबान से शब्द नहीं निकालता है। दुकानदार को हाथ के इशारे से बता देता है। मालिक चाहे जैसा हो, लेकिन वैसा नौकर जिस घर में है, वहाँ न जाना क्या अक्लमंदी का काम नहीं है?'

घनश्याम बाबू भी तब तक उठकर खड़े हो चुके थे। बीड़ी को रेत पर फेंक कर बोले, 'चलिए साहब।' दोनों आदमी जब होटल की ओर रवाना होने लगे तो मैनेजर बाबू ने बताया कि उनका नाम राधा विनोद चाटुर्ज्या है। इसके साथ ही उन्होंने अपने होटल में आने का अनुरोध भी किया।

जासूसी उपन्यासों का अनुवाद करते-करते रहस्य के प्रति मेरे मन में जो एक स्वाभाविक आकर्षण पैदा हो गया है, यह बात 'न्यू बेंगॉली होटल' के मैनेजर साहब को मालूम नहीं थी। मैंने घर लौटने की बात सोची ही नहीं, बल्कि पूरब की तरफ ही बढ़ता गया।

अभी भाटे का समय है। समुद्र का पानी पीछे की ओर चला गया है। ज्वार भी बहुत ही कम आ रहे हैं। किनारे के जिस स्थान पर लहरें झाग उगल रही हैं, वहाँ कुछ कौवे फुदक रहे हैं, फेनों का अम्बार सरसराता हुआ आगे बढ़ता है और फिर पीछे हट जाता है। उसके तुरंत बाद फेन के बुदबुदों को चोंच मारकर कौवे जैसे कुछ चीज खाने लगते हैं। मछुआरों के गाँव को पार करने के बाद लगभग दस मिनटों तक मैं आगे की ओर चलता गया। भीगे रेत पर एक चलती हुई लाल चादर देखकर शुरू में मैं अचकचा उठा। निकट जाने पर पता चला कि यह केकड़ों का एक दल है जो पानी हट जाने के कारण झुंड बनाकर अपने निवास-स्थान की ओर लौटा जा रहा है।

और पांच मिनटों तक चलने के बाद उस मकान पर नज़र पड़ी। तिरपाल के घेरे की बात पहले सुन चुका था, इसलिए पहचानने में असुविधा नहीं हुई। लेकिन निकट जाने पर देखा, वहां सिर्फ तिरपाल ही नहीं है—बांस, लकड़ी के तख्ते, जंग लगा कॉरगेटेड टीन, यहां तक कि पेस्ट बोर्ड के टुकड़े भी मकान की मरम्मत के काम में लाए गए हैं। देखकर लगा, अगर छत को भेदकर बरसात का पानी अंदर नहीं गिरता है तो किसी आदमी के लिए इस मकान में रहना असंभव नहीं है। मगर

वह आदमी है कहाँ?

कुछ देर तक वहां खड़े रहने के बाद मुझे लगा, वह आदमी अगर अधपगला है और उसके पास सचमुच ही एक विशालकाय नौकर है, तो मैं जिस तीव्र कौतूहल के साथ इस मकान की ओर देख रहा हूँ, मेरा यह देखना बुद्धिमानी का काम नहीं है। इससे तो अच्छा यही होगा कि यहाँ से थोड़ी दूर हटकर अनमनेपन के साथ चहल-कदमी करता रहूँ। इतनी दूर जब आ ही चुका हूँ तो फिर उसे बिना देखे कैसे चला जाऊँ?

मैं यह सब सोच ही रहा था कि एकाएक ऐसा लगा जैसे घर के सामने के दरवाज़े की दरार के पीछे अँधेरे में कोई चीज हिल-डुल रही है। उसके बाद एक नाटा जैसा आदमी बाहर आया। यह समझने में देर नहीं लगी कि यही आदमी इस मकान का मालिक है। और यही अँधेरे से फ़ायदा उठाकर कुछ देर से मुझ पर निगरानी रख रहा था।

'आपके हाथ में छह उँगलियाँ देख रहा हूँ! हीं-हीं!' अचानक महीन आवाज़ सुनाई दी।

बात सही है। मेरे हाथ में अँगूठे के पास एक ज़्यादा उँगली मेरे जन्म से ही है और जिससे मैं कोई काम नहीं लेता हूँ। लेकिन इस आदमी ने इतनी दूर से इसे कैसे देख लिया?

जब वह बिल्कुल पास चला आया तो देखा, उसके हाथ में पुराने ज़माने की एक आँख से देखी जाने वाली दूरबीन है और उसीसे वह बेझिझक मेरा अध्ययन कर रहा था।

'दूसरी उंगली अवश्य ही अंगूठा है। है न? हीं-हीं।'

इस आदमी के गले की आवाज़ अत्यन्त महीन है। इतनी उम्र के किसी आदमी की आवाज़ इस तरह की मैंने कभी सुनी नहीं थी।

'आइए बाहर क्यों खड़े हैं?'

उसकी बात सुनकर मुझे आश्चर्य हुआ। राधाविनोद बाबू की बातों से इस आदमी के बारे में मैंने कुछ और ही धारणा बनाई थी। लेकिन अब देखने में आया कि बहुत ही खुशमिजाज़ है और व्यवहार में अत्यन्त शालीन।

अभी वह मुझसे दसेक हाथ की दूरी पर है। शाम के धुंधलके में उसे साफ-साफ देख नहीं पा रहा था, हालांकि देखने की इच्छा प्रबल थी। इसीलिए उसके अनुरोध को ठुकराया नहीं।

'ज़रा सावधानी से, आप लम्बे आदमी हैं और मेरा दरवाज़ा छोटा'...

झुककर अपने सिर को बचाते हुए मैंने उसके निवासस्थान में प्रवेश किया। एक पुरानी सोंधी गंध के साथ समुद्र की नमी से भरी एक गंध तथा एक अजनबी गंध मिल-जुलकर इस पंचमेली पैबन्ददार मकान से सामंजस्य स्थापित कर रही है।

'बायीं तरफ आइए। दाहिनी तरफ मेरा–हें-हें–काम का घर है।'

दाहिनी तरफ से दरवाजे की दरार की ओर देखा, वह लकड़ी के एक बड़े तख्ते से मजबूती से बन्द था। हम बायीं तरफ की कोठरी के अन्दर चले आए। इसे बैठक कहा जा सकता है। एक कोने में, लकड़ी की एक मेज पर कुछ मोटी कापियाँ, तीन कलमें, दवात, गोंद की शीशी और एक कैंची, पड़ी हुई हैं। मेज़ के सामने एक जंग-लगी टीन की कुर्सी। एक किनारे उलट कर रखा हुआ एक पैकिंग केस और कोठरी के बीचोंबीच एक विशाल कुर्सी। इस आखिरी असबाब को किसी राजमहल की बैठक में रहना चाहिए था। कीमती लकड़ी पर बहुत ही खूबसूरत नक्काशी है, बैठने की जगह पर गाढ़े लाल रंग की मखमल है जिस पर बेलबूटे कढ़े हैं।

''आप इस बक्से पर बैठ जाइए, मैं कुर्सी पर बैठता हूँ।

बस, यहीं से मन में खटका पैदा हुआ। यह आदमी अगर घनघोर पागल नहीं है तो कम-से-कम बेहूदा और खामखयाली तो अवश्य ही है। ऐसा न हो तो कहीं एक बाहरी आदमी को अपने घर के अन्दर बुलाकर पैकिंग के बक्से पर बिठाए और खुद सिंहासन पर विराजमान हो जाए?

लेकिन खिड़की के तिरपाल की फाँक से आती हुई शाम की रोशनी में उसकी आँखों में पागलपन की कोई निशानी नहीं दीख रही है। बल्कि बच्चे के जैसा खुशी का एक भाव तैर रहा है। और इसी से उस आदमी के बेहूदगी से भरे अनुरोध के बावजूद उसके चेहरे पर विरक्ति की छाप नहीं पड़ी है। मैं पैकिंग केस पर बैठ गया।

''कहिए।'' उसने कहा।

क्या कहूँ? दरअसल मैं कुछ कहने नहीं आया हूँ, सिर्फ देखने ही आया हूँ, इसलिए जब उसने चट से 'कहिए' कहा तो मैं मुश्किल में पड़ गया। अन्ततः जब कोई दूसरा विचार मन में नहीं आया तो मैंने अपना परिचय ही दे डाला–

'मैं छुट्टियों में कलकत्ते से आया हूँ! मैं यानी कहने का मतलब है कि लेखक हूँ। मेरा नाम है हिमांशु चौधरी। इस ओर घूमने आया था कि आपके मकान पर नज़र पड़ गई'...

'ठीक है, ठीक है। परिचय प्राप्त कर खुशी हुई। तब हाँ, मेरा कोई नाम नहीं है।'

फिर संदेहजनक बात! हर आदमी का कुछ न कुछ नाम होता ही है। फिर इसे अपवाद क्यों मान लिया जाए? यह पूछते ही भले आदमी ने नाम के बारे में एक भाषण दे डाला। इसका दौर जब समाप्त हुआ तो मुझे खामोश पाकर वह मुस्कराता हुआ बोला, 'मेरी बातें शायद आपके मन को नहीं भाईं। फिर आपसे एक बात कहूँ, मैंने मन ही मन अपना एक नाम रख छोड़ा है। इतना ज़रूर है कि यह नाम किसी से बताया नहीं है, मगर आपकी चूंकि छह उँगलियाँ हैं, इसलिए आपसे बताने में कोई हर्ज़ नहीं।'

भले आदमी की ओर निहारता रहा। कमरे की रोशनी धीरे-धीरे कम होती जा रही है। नौकर क्यों नहीं दिखाई पड़ रहा है? कम से कम मोमबत्ती या मिट्टी के तेल की कोई ढिबरी इस समय तो रखनी ही चाहिए थी।

भले आदमी ने अपना सिर घुमाकर कहा, 'आपने मेरे कानों को ध्यान से देखा है?'

अब तक मैंने ध्यान नहीं दिया था, 'अब आंखें उस ओर गईं तो चौंक पड़ा।

आदमी के इस तरह के कान मैंने कभी नहीं देखे थे। ऊपर का हिस्सा गोल के बजाय नुकीला है—ठीक उसी तरह जिस तरह कि सियार-कुत्ते के हुआ करते हैं। ऐसा क्यों हुआ?

कान दिखाने के बाद वह मेरी ओर घूमा और एक अजीब हरकत कर बैठा। अपने सिर के बालों को एक बार जोरों से झटक दिया। नतीजा यह हुआ कि बाल खुलकर हाथ में आ गए। मैंने आश्चर्य में आकर देखा—चांद और कनपटी के अलावा कहीं बालों का नामोनिशान नहीं है। इस नये चेहरे और झलकती हुई आंखों में शरारत-भरी हंसी देखकर मेरे मुँह से अनायास एक नाम निकल पड़ा—''हिजबिजबिज।''

'इग्जैक्टली।' भले आदमी ने तालियाँ बजाईं और खिलखिलाकर हँस पड़ा, 'आप चाहें तो तसवीर से मिलाकर देख सकते हैं।'

'ज़रूरत नहीं है,' मैंने कहा, 'हिजबिजबिज का चेहरा बचपन से ही मन में बना हुआ है।'

'ठीक है! आप चाहे तो स्वच्छंदतापूर्वक इस नाम को उपयोग में ला सकते हैं। अगर नाम के आगे 'प्रोफेसर' शब्द जोड़ दें तो और अच्छा रहे। तब हाँ, यह बात किसी से बताइएगा नहीं। अगर बता दिया तो हें-हें-हें...'

अब पहले-पहल मुझे तनिक भय का अहसास हुआ। यह आदमी निःसंदेह पागल है या फिर बेहूदे किस्म का सनकी। ऐसे लोगों को बर्दाश्त करना मुश्किल है। हर वक्त यही सोच कर तटस्थ रहना पड़ता है कि क्या करूँ, क्या नहीं करूँ, क्या बोलूँ, क्या नहीं बोलूँ।

हम दोनों एक साथ चुपचाप रहें, यह भी अच्छा नहीं लग रहा था। इसीलिए मैंने कहा, 'आपके कान के नुकीले हिस्से का रंग कुछ दूसरी ही तरह का दीखता है।'

'यह तो होगा ही', उस आदमी ने कहा, 'वह मेरा अपना नहीं है। जन्म के समय मेरे कान इस तरह के नहीं थे।'

'फिर क्या आपके कान भी आपके बालों की ही तरह नकली हैं? खींचते ही खुल जाएँगे?'

भले आदमी ने उसी तरह खिलखिलाकर कहा, 'बिलकुल नहीं। नहीं, नहीं, नहीं।'

हाँ, यह आदमी ज़रूर ही पागल है। 'फिर वह क्या चीज है?' मैंने पूछा।

'ठहरिए। पहले अपने नौकर से आपका परिचय करा दूँ। उसे भी शायद आप पहचान लेंगे।'

अब तक मैंने ध्यान नहीं दिया था। पता नहीं कब एक दूसरा आदमी पीछे के दरवाजे से वहां आकर खड़ा हो गया था। उसके हाथ में मिट्टी के तेल की एक ढिबरी थी। यह वही नौकर है जिसके बारे में राधाविनोद बाबू ने बताया था।

भले आदमी ने जब ताली बजाई तो वह कमरे के अन्दर चला आया और मिट्टी के तेल की ढिबरी मेज पर रख दी। वास्तव में इस तरह का विशालकाय आदमी मैंने देखा हो, ऐसा याद नहीं आता। उस आदमी के बदन पर एक धारीदार फतूही है और वह छोटे पनहे की धोती पहने है। पाँव और हाथ की मांस-पेशियाँ, कलाई का घेरा, सीना और गरदन की चौड़ाई देखकर स्तंभित रह जाना पड़ता है। हालांकि उस आदमी की लंबाई पाँच फीट और दो या तीन इंच से अधिक न होगी।

'मेरे नौकर को देखकर आपको किसी की बात याद आ रही है क्या?' हिजबिजबिज ने पूछा।

वह ढिबरी रखकर अपने मालिक के आदेश का इन्तजार कर रहा है। एकाध पल उसकी ओर देखने के बाद उसके चेहरे के सादृश्य का याद आ गया। मैंने अवाक् होकर कहा, 'अरे यह तो षष्ठिचरण है।'

''आपने बिलकुल सही बात कही।' भला आदमी खुशियों के मारे बैठे-बैठे ही नाचने लगा।

'खेल-खेल में षष्ठिचरण जी लोक रहे हाथी को क्षण-क्षण
वजन देह का उनसठ मन है, लोहे जैसा सख्त गठन है...'

''इतना ज़रूर है कि उसका वजन उनसठ मन नहीं, बल्कि साढ़े तीन मन से कुछ ज्यादा होगा। कम-से-कम उन्नीस सौ सड़सठ में इतना ही था। हाथी लोकने की बात तो मालूम नहीं, तब इतना ज़रूर है कि वह हर रोज़ सबेरे दो बड़े-बड़े सूअरों को पकड़कर लोकता रहता है, यह घटना मैं अपनी आँखों से देख चुका हूँ। मेरी यह जो कुरसी है, उसे भी वह एक ही हाथ से उठाकर ले आया है।''

''कहाँ से?''

''हीं-हीं-हीं, यह बात मत पूछिए। जाओ षष्ठि, हम लोगों के लिए दो डाब ले आओ।''

षष्ठि आदेश-पालन के लिए चला गया।

बाहर बादल गरज रहे हैं। हवा के एक तेज झोंके से तिरपाल खड़खड़ाने लगे। अब अगर यहाँ से उठकर नहीं जाता हूँ तो मुसीबत में फँसना होगा।

'आप मेरे कान के बारे में पूछ रहे थे न?' भले आदमी ने कहा, 'असल में वे बनबिलाव के कान और ऑरिजनल कान को मिलाकर बनाये गये हैं।'

उसकी बात पर मुझे हँसी आ गई। मैंने पूछा, 'उन्हें मिलाया कैसे?'

भलेमानस ने कहा, 'क्यों, इसमें आश्चर्य की कौन-सी बात है? एक आदमी का दिल जब दूसरे आदमी में बिठा दिया जाता है, तो जानवर के आधे कान को आदमी के कान के ऊपर नहीं बिठाया जा सकता?'

''आप शुरू में क्या डाक्टरी करते थे? प्लास्टिक सर्जरी टाइप का कुछ?''

''बात तो सही है। करता नहीं था, बल्कि अब भी करता हूँ, हीं-हीं-हीं। तब हाँ, वह सर्जरी कोई मामूली नहीं है। मसलन आप अपने अंगूठे को ही लें—अगर वह नहीं होता तो ज़रूरत पड़ने पर उसे लगा देना मेरे लिए बिलकुल आसान काम था।''

मैंने बहुत कोशिश की कि उस आदमी की कल्पना एक बड़े डाक्टर के रूप में करूं, परन्तु सफलता नहीं मिली। हालांकि कानों की ओर ताकने पर सचमुच वे बहुत ही अजीब जैसे लग रहे थे। किस सफाई से जोड़ लिया है कि कुछ मालूम ही नहीं होता।

भले आदमी ने कहा, 'डाक्टरी और विज्ञान की पुस्तकों के अलावा मैंने मात्र दो ही पुस्तकें पढ़ी हैं—'ऊटपटांग' और 'ह-ष-ब-र-ल'। और दोनों में ही जो चीजें मुझे सबसे अच्छी लगीं, वे हैं उस तरह के प्राणी जिन्हें लोग अजीब और बेढब कहा करते हैं। सामान्य के बाहर अगर कुछ हो या कुछ किया और कहा जाए तो लोग उसे पागलपन और अजीब कहकर कोई महत्व ही नहीं देते। जानते हैं, मैं बचपन में मोमबत्ती चूसकर खाता था। खाने में बहुत ही अच्छी लगती है। इसके अलावा इतनी मक्खियों को पकड़-पकड़कर मैंने खा डाला है कि इसकी कोई गिनती ही नहीं।'

पष्ठिचरण डाब ले आया, इसलिए भले आदमी को कुछ क्षणों तक चुप्पी धारण करनी पड़ी। दो मुलम्मे-चढ़े गिलासों को मेज पर रखकर, उसने सिलसिलेबार दोनों डाबों को अपनी तलहथियों से दबाया। वे पटापट टूट गए और उनका पानी गिलासों के अन्दर गिर पड़ा। षष्ठिचरण ने गिलास हमारी ओर बढ़ा दिए।

डाब के पानी का घूंट लेकर भलेमानस ने कहा, 'डाक्टरी पढ़कर मैंने प्लास्टिक सर्जरी में स्पेशलाइज क्यों किया, जानते हैं?'

'क्यों?' मेरे कौतुहल की मात्रा बढ़ती जा रही थी और वह इसलिए कि मैं जानना चाहता था कि इस भलेमानस की कल्पना की दौड़ कहाँ तक है।

हिजबिजबिज ने कहा, 'क्योंकि सिर्फ तसवीरों से ही मेरे मन को तसल्ली नहीं मिलती थी। सिर्फ यही सोचता रहता था कि इस तरह के जानवर अगर सचमुच होते तो कितना अच्छा होता। ये सब प्राणी कहीं-न-कहीं हैं, इस बात पर मेरे मन में कोई सन्देह नहीं था। मगर मैं चाहता था कि वे मेरे घर पर रहें, मेरे हाथ के बिलकुल करीब, आँखों के सामने। समझे?'

मैंने कहा, 'नहीं साहब, बात समझ में नहीं आई। आप किन प्राणियों के बारे में कह रहे हैं?'

'यही जैसे—बगुला, गिरगिट या हंस।'

मैंने कहा, 'समझ गया। उसके बाद?'

'उसके बाद और क्या? मैंने गिरगिट से शुरुआत की। दोनों चीजें मेरे हाथ के करीब ही थीं—तोते का माथा और गिरगिट की पूँछ। ठीक उसी तरह जिस तरह किताब में है। पहली कोशिश में ही सफलता हासिल हो गई। ऐसा जोड़ दिया कि बाहर से कुछ मालूम ही नहीं पड़े। मगर जानते हैं...'

भला आदमी गम्भीर होकर एक पल चुप बैठा रहा, उसके बाद बोला, 'अधिक दिनों तक जिन्दा नहीं रहा। कुछ खाता ही न था। बिन खाए जिन्दा कैसे रहेगा? असल में जो लिखा हुआ है, वही ठीक है—शरीर से शरीर जुड़ने पर भी मन आपस में मिल नहीं पाते। इसलिए अब धड़ और सिर को जोड़ना छोड़ कर एक दूसरे ही एक्सपेरिमेंट कर रहा हूँ।'

वह एकाएक अनमना जैसा हो गया। मेरी तकदीर अच्छी है कि डाब का पानी ही पीने के लिए दिया है, अगर चाय-बिस्कुट दिया होता तो मुँह के अन्दर रखने की हिम्मत नहीं होती।

षष्ठिचरण कहाँ चला गया, मालूम नहीं। खट्-खट्-खूट-खूट आवाज हो रही है। यह आवाज जिधर से आ रही है, उससे यही लग रहा है कि भले आदमी ने जिसे अपने काम-धन्धे का कमरा बताया था, उसी के दरवाजे खोले जा रहे हैं।

बाहर तेज हवा चल रही है। मेघों की गड़गड़ाहट अच्छी नहीं लग रही है। अब बैठना ठीक नहीं है। भले आदमी को धन्यवाद देकर मैं उठकर खड़ा हो गया।

'चले? आपसे एक बात पूछनी थी।'

'कहिए...'

'जानते हैं, बात क्या है? सब कुछ का इन्तजाम कर चुका हूँ—साही का काँटा, बकरे का सींग, सिंह के पीछे के दो पैर, भालू का रोआं ले आया हूँ। लेकिन आदमी का थोड़ा-सा हिस्सा बाकी रह गया है। और वह भी ऐसा होना चाहिए जो तसवीर से मिलता-जुलता हो। वैसे आदमी पर आपकी नजर अगर पड़ी हो और उसकी सूचना दे सकें तो सहूलियत हो।'

यह कहकर भले आदमी ने अपनी मेज पर रखी कापियों के नीचे से पुराने जमाने का 'ऊटपटांग' निकालकर एक पन्ना उलटा और उसे मेरे सामने रख दिया। मेरी यह देखी हुई तसवीर है। हाथ में मुद्‌गर लिए एक अद्‌भुत प्राणी एक भागते हुए आदमी की ओर क्रोधभरी दृष्टि से ताक रहा है—

डरो नहीं तुम डरो नहीं जी-मारूँगा मैं तुम्हें नहीं,
कुश्ती में तुमको पछाड़ दूं ताकत उतनी मुझे नहीं...

'बताइए, अगर ऐसा प्राणी बना सका तो कितना अच्छा रहे। कुछ भी बाकी नहीं है—तोड़ना-जोड़ना जो कुछ था सब हो चुका है, नीचे की तरफ थोड़ा-सा हिस्सा

जोड़ भी चुका हूँ, अब सिर्फ इसी तरह के एक आदमी की ज़रूरत है।'

मैंने कहा, 'इतनी गोल-गोल आँखें कहीं आदमी की होती हैं?'

'हां, होती हैं।' भला आदमी करीब-करीब उछल पड़ा। 'आँखें तो गोल ही होती हैं। पलकों से चूँकि गोलाई का ज्यादा हिस्सा ढंका रहता है, इसीलिए उतनी गोल मालूम नहीं पड़ती हैं।'

मैं दरवाजे की ओर बढ़ गया। पागल तो है ही, इसके अलावा जल्दी छुटकारा देने वाला जीव भी नहीं है। शब्दों का भी इसके पास खजाना है।

'ठीक है प्रोफेसर हिजबिजबिज, किसी पर नजर पड़ी तो बताऊँगा।'

'जरूर बताइएगा। बड़ा ही उपकार होगा। मैं भी खोज-पड़ताल कर रहा हूँ। आप कहाँ टिके हुए हैं?'

आखिरी सवाल को न सुनने का बहाना बनाकर मैं अंधेरे में चला आया। बाहर आते ही मैं दौड़ने लगा। भीगने से मुझे आपत्ति नहीं है, मगर आँधी में रेत उड़ रहा है, और वह नाक और आँखों में घुसकर बहुत परेशान कर रहा है।

हाथों से मुँह को छिपाये किसी तरह आँखों को बचाते हुए जब होटल पहुँचा तो बारिश शुरू हो चुकी थी। कमरे में घुसकर जब स्विच दबाया तो बत्ती नहीं जली। बरामदे पर जाकर बेयरा को पुकारने की जरूरत नहीं पड़ी। बेयरा मोमबत्ती लिए मेरे कमरे की तरफ ही आ रहा था। जब मैंने पूछा कि बात क्या है तो उसने बताया, ज्यादा आँधी-पानी में गोपालपुर में बत्ती का बुझना एक साधारण घटना है।

आठ बजे खाना-पीना समाप्त कर जब मैं खाट पर बैठकर टिमटिमाती रोशनी में लिखने बैठा तो मन नहीं लगा। मन बार-बार दौड़कर प्रोफेसर हिजबिजबिज की ओर जाने लगा। तीन सौ साल पुराने मकान को जहाँ-तहाँ मरम्मत कर (यहाँ भी 'उटपटाँग' की थुल-थुल बुढ़िया की बात याद आती है।) वह आदमी वहाँ कैसे रहता है? घनघोर पागल के अलावा ऐसा कोई कर सकता है? और षष्ठिचरण? सांड जैसे इस नौकर का उसने कहाँ से इन्तजाम किया? सचमुच क्या पूरब की तरफ के उस बन्द कमरे में वह कुछ अद्भुत काम करता है? उसकी बात में कहां तक सचाई है? उसकी पूरी बात को पागल का प्रलाप कहकर उड़ा दिया जा सकता था, मगर उन कानों के चलते गड़बड़ी पैदा हो रही है। उन कानों को न केवल सफाई के साथ जोड़ा गया है, बल्कि आने के समय ढिबरी की रोशनी में देखा था कि एक कान के नुकीले हिस्से में फफोला भी है। इसका मतलब तो यही निकलता है कि वह कान शरीर का ही हिस्सा है और शरीर के सभी हिस्सों की तरह वहां भी शिरा और स्नायु है, वहाँ भी रक्त का संचालन होता है।

सचमुच, जितना ही सोचता हूँ, उतना ही मन में होता है कि वे कान न रहते तो मैं राहत की साँस लेता।

दूसरे दिन सवेरे साढ़े पाँच बजे उठकर देखा, रात ही में बदली छंट गई है।

चाय पीने बैठा तो हिजबिजबिज की बातें याद आईं और जी में हुआ कि हँस पड़ूं। मामूली-सी बात है—हलके अंधेरे में, ढिबरी की रोशनी में जो कुछ देखा उसका आधा ही हिस्सा दिखाई पड़ा था और आधे की मैंने कल्पना कर ली है। होटल में लौटने पर भी उसी तरह का अंधकार मिला था, इसलिए मन के संदेह को दूर हटाने का मौका नहीं मिला। आज रेत पर सुबह की धूप और शांत समुद्र की शक्ल देखकर मुझे लगा कि वह आदमी पागल के अतिरिक्त कुछ भी नहीं है।

पाँव के नीचे, एडी के पास थोड़ा दर्द महसूस हो रहा था। गौर से देखने पर पता चला कि एक जगह काँटे का दाग है। समझ गया कि कल अंधेरे में जब मैं रेत पर दौड़ता हुआ वापस आ रहा था तो सीप जैसी कोई चीज गड़ गई होगी। अपने साथ मैं डिटोल या आइडिन नहीं ले आया था, इसलिए नौ बजने पर बाजार की तरफ निकल गया।

न्यू बेंगॉली होटल के सामने से होकर सड़क बाजार की ओर गई है। होटल के सामने, बरामदे पर घनश्याम बाबू को एक फेरी वाले से मूँगा लेकर उलटते-पलटते देखा। मेरे पैरों की आवाज सुनकर उन्होंने सिर उठाकर मेरी ओर देखा और उनके चेहरे पर नजर पड़ते ही मेरा कलेजा धक् से काँप उठा।

यह चेहरा तो वैसा ही है जैसा कि 'ऊटपटाँग' में था। पगला हिजबिजबिज इसी चेहरे की तलाश में है। इसमें कोई सन्देह की बात नहीं—उसी तरह चपटी नाक की दोनों ओर फैली हुई लंबी-मूँछें हैं। लम्बे गले के दोनों ओर तसवीर की जैसी पतली दाढ़ी भी उससे मिलती-जुलती है। असल में कल इस आदमी का हाव-भाव मुझे पसन्द नहीं आया था और इसीलिए उसके चेहरे को मैंने गौर से नहीं देखा था। आज हम लोगों की आँखें मिलीं और मैंने नमस्कार भी किया परन्तु उन्होंने उस ओर ध्यान ही नहीं दिया। बड़ा ही अभद्र जैसा लगा।

फिर भी मुझे उस आदमी के लिए चिन्ता हुई। उस पागल के पल्ले इसे नहीं पड़ने दिया जा सकता है। हिजबिजबिज या उसका नौकर अगर इसे देख ले तो ज़रूर ही बगल में दबाकर उसे टूटे मकान के अन्दर ले जाएगा और उसके बाद उसकी क्या हालत होगी, राम जाने।

सोचा, बाजार से लौटते वक्त एक बार राधाविनोद बाबू से मिलूँगा और सारी बातें खोलकर कहूँगा। उन्हें सावधान कर दूंगा कि अपने होटल के इस एकमात्र अतिथि पर निगरानी रखे रहें।

मगर डिटॉल खरीदते समय मेरे मन से यह विचार अपने आप दूर हो गया। राधाविनोद बाबू से मुझे अजीब-अजीब बातें कहनी होंगी और वे क्या उन बातों पर विश्वास करेंगे? ऐसा लगता नहीं। यहाँ तक कि उन बातों को सुनकर मुझे पागल करार कर देंगे। इसके अलावा उनकी बात न मानकर मैं जो हिजबिजबिज के पास गया था, यह बात उन्हें पसन्द नहीं आएगी।

लौटते वक्त घनश्याम बाबू पर जब दुबारा नजर पड़ी तो मुझे लगा—मेरी आँखों से जिस आदमी का चेहरा तसवीर से मिलता-जुलता है, हिजबिजबिज की आँखों से वैसा न भी हो सकता है। इसलिए भय का जितना कारण प्रतीत हो रहा है, असल में उतना न भी हो सकता है। इसलिए बुद्धिमानी इसी में है कि इन लोगों से कुछ भी न कहूँ और प्रोफेसर को भी कुछ न बताऊँ। अब मैं सिर्फ पच्छिम की तरफ ही घूमने-फिरने जाऊँगा और बाकी समय होटल के कमरे में बैठकर लिखने का काम करता रहूँगा।

होटल आते ही बेयरा ने बताया कि एक आदमी मुझे खोजने आया था। मुझ से मुलाकात न होने पर वह एक चिट्ठी लिखकर रख गया है।

बहुत ही छोटे-छोटे, चींटी जैसे अक्षरों में यही बात लिखी हुई है—

प्रिय षडांगुल जी,

आज शाम अवश्य ही मेरे घर पर आइए। सिंह के पिछले हिस्से के साथ साही के काँटे और भालू के रोएं को भलीभाँति जोड़ चुका हूँ। एक बहुत बढ़िया मुद्गर भी तैयार कर लिया है। अब तीनों सींग के लिए एक माथे की जरूरत है। माथा और हाथों का इन्तजाम हो जाए तो काम बन जाए। षष्ठिचरण को एक आदमी का पता चला है, जिसका चेहरा मूल चित्र से बहुत-कुछ मिलता-जुलता है। आशा है, आज ही मेरा परीक्षण सफल हो जाएगा। इसलिए आज शाम को एक बार 'किंकर्तव्यविमूढ' में आने का कष्ट करें तो बेहद खुशी होगी।

भवदीय

एच.बी.बी.

याद आया, हिजबिजबिज ने ही बताया था कि 'ह-ष-ब-र-ल' के अनुसार ही घर का नाम 'किंकर्तव्यविमूढ़' रखा गया है। चिट्ठी पढ़ने के बाद मन में पुनः दुश्चिन्ता समा गई; क्योंकि मेरा मन कह रहा है कि षष्ठिचरण ने शायद घनश्याम बाबू को ही देखा है।

दोपहर-भर यथासंभव लिखने का काम किया। तीसरे पहर तेज हवा चलने लगी। बरामदे पर डेक चेयर पर बैठे-बैठे मैं समुद्र की ओर देखता रहा, जिससे बहुत-कुछ हलकेपन का अहसास हुआ। उत्तर-पच्छिम से आती हुई हवा लहरों से टकरा रही है, फलस्वरूप लहरों के ऊपर फैली फेन राशि चूर-चूर होकर हवा के झोंके से बिखर रही है। देखने में बड़ा ही अच्छा लग रहा है।

छह बजे राधाविनोद बाबू को रेत से होकर अपने बरामदे की ओर आते देखा। उनके चेहरे पर हवाइयाँ उड़ रही थीं।

'मेरे उस गेस्ट को इस तरफ चहल-कदमी करते हुए देखा है?'

'किसको?—घनश्याम बाबू को?''

'हाँ साहब। कल हम आपसे जिस जगह मिले थे, वहीं ठहरने की बात थी। अभी गया तो नहीं पाया। आसपास कहीं कोई आदमी नहीं था कि जिससे पूछताछ करूँ। इधर मेरे होटल में भी शोर-गुल मचा हुआ है। मेरी सोने की घड़ी की चोरी हो गई है। नौकर से सवाल-जवाब करने में देर हो गई। वे क्या इस तरफ से होकर नहीं गए हैं?'

मैं कुरसी छोड़कर खड़ा हो गया।

'नहीं, इस तरफ से नहीं गए हैं,' मैंने कहा, 'तब हाँ, मेरे मन में एक सन्देह हो रहा है। एक जगह जाऊँ तो हो सकता है पता चल जाए। आपके हाथ में जो लाठी है, वह काफी मजबूत है न?'

राधाविनोद बाबू ने अचकचाकर कहा, "लाठी? हां...लाठी तो मेरे दादा जी के जमाने की है... इसलिए..."

मेरे साथ और कोई चीज नहीं है—जब यहाँ पहले-पहल आया था तो आरा-मछली का एक दांत खरीदा था। उसे अपने साथ ले लिया। दूसरे हाथ में अपना टार्च थाम लिया।

मुझे पूरब तरफ जाते देखकर राधाविनोद बाबू ने भर्राई आवाज में कहा, 'मछुआरों की बस्ती के पार जाइएगा क्या?'

'हाँ। लेकिन ज्यादा दूर नहीं, एकाध मील।'

रास्ते-भर राधाविनोद बाबू एक ही बात को तीन बार दुहराते रहे, 'कुछ भी समझ में नहीं आ रहा है, साहब।'

एक प्रौढ़ आदमी के साथ डेढ़ मील का रास्ता तय करने में लगभग एक घंटे का वक्त लग गया। शाम उतर चुकी है। जब तक घर के पास नहीं पहुँच जाता हूँ तब तक यह समझना मुश्किल है कि वहाँ कोई है या नहीं। उस मकान की तरफ हम जितना बढ़ते जा रहे हैं, राधाविनोद बाबू का उत्साह उतना ही ढीला पड़ता जा रहा है। अन्ततः जब वह मकान दस हाथ दूर रह गया तो वे एकाएक ठिठक कर खड़े हो गए और बोले, 'आपका मतलब क्या है?'

मैंने कहा, 'जब इतनी दूर आ ही चुके तो और दस हाथ चलने में आपत्ति क्यों कर रहे हैं?'

आख़िरकार वे मेरे पीछे-पीछे चलने लगे।

घर के पास आने पर टार्च जलाना पड़ा, क्योंकि अन्दर गहरा अंधेरा फैला हुआ था। कल मिट्टी-तेल की जो डिबरी जल रही थी, उसे अब तक जल जाना चाहिए था, पर जली नहीं है।

सामने के दरवाजे से अन्दर जाकर जब टार्च जलाई तो देखा, एक आदमी चित पड़ा हुआ है। वह अभी तक मरा नहीं है क्योंकि उसकी विशाल छाती अब तक धड़क रही है।

'यह तो वह नौकर है।' राधाविनोद बाबू ने भर्रायी आवाज में कहा।

'जी हाँ! यह षष्ठिचरण है।'

'आपको इसका नाम भी मालूम है?'

इस बात का उत्तर न देकर मैं बैठक के अन्दर चला गया। कमरा खाली है प्रोफेसर का वहाँ कोई नामोनिशान नहीं है। वहाँ से निकलकर मैं उसकी प्रयोगशाला के अन्दर गया।

वह कमरा भी बैठक की तरह लम्बा-चौड़ा है। मेज पर एक ओर सरो-सामान का ढेर लगा है—शीशी, बोतल, काँटा, छुरी, दवा-दारू वगैरह। एक तेज गंध से कमरा भरा हुआ है। बचपन में चिड़ियाखाने में जानवरों के पिंजड़े के सामने खड़े होने पर इसी तरह की गंध का अहसास हुआ था।

''अरे, उस आदमी का कुरता तो यहीं पड़ा है।'' राधाविनोद बाबू चिल्ला उठे।

आज सवेरे कुरते पर मेरी भी नजर पड़ चुकी थी। तीन-चौथाई आस्तीन वाला भूरे रंग का कुरता है, सीने के पास सफेद बटन। इसमें सन्देह नहीं कि यह घनश्याम बाबू का ही कुरता है।

और उस कुरते की जेब में हाथ डालते ही इस भयावह स्थिति में भी राधाविनोद बाबू चौंक पड़े। उन्हें अपनी सोने की घड़ी मिल गई थी।

'यहाँ क्या किया जाता है? ये सरो-सामान यहाँ क्यों है? कुरता है, जेब में घड़ी पड़ी है, मगर वह पट्ठा कहाँ चला गया? उस बूढ़े का भी पता नहीं चल रहा है।'

मैंने कहा, 'यह तो देख ही रहे हैं कि वे घर के अन्दर नहीं है। बाहर चलिए।'

षष्ठिचरण अब भी बेहोश पड़ा है। उसे लांघते हुए हम घर के बाहर रेत पर आए। समुद्र की ओर ताकने पर हलके अंधेरे में एक आदमी दिखाई पड़ा। वह इस ओर आ रहा है। जब वह थोड़ा और करीब आ गया तो मैंने उस पर टार्च की रोशनी डाली। देखा, प्रोफेसर हिजबिजबिज आ रहे हैं।

'षड़ांगुल ही हैं?'

'जी हाँ, मैं हिमांशु चौधरी हूँ।'

'थोड़ी देर पहले क्यों नहीं आए?' उसने शिकायत-भरे लहजे में कहा।

'क्यों?' मैंने पूछा।

'वह तो चला गया। तसवीर के जैसा आदमी मिल गया था। एक ही घंटे में मैंने जोड़ दिया। मजे में घूमने-फिरने लगा, बातचीत भी की। षष्ठिचरण डरने लगा तो उसके सिर पर मुद्गर दे पटका और उसके बाद सीधे समुद्र की ओर चला गया। सोचा पुकारूँ मगर नाम तो कुछ था ही नहीं कि पुकारता।... आदमी का सिर, सिंह के पैर, साही की पीठ, बकरी के सींग... लेकिन पानी के अन्दर क्यों चला गया, समझ में नहीं आया...'

बात करते-करते वह अपने अंधेरे घर के भीतर चला गया। अब तक मेरी टार्च की रोशनी उस पर पड़ रही थी, अब नीचे की तरफ रोशनी पड़ी तो रेत पर पैरों की छाप दिखाई दी। पैरों की ताजा छाप। पैर नहीं बल्कि पंजा कहना चाहिए।

छाप का अनुसरण करते हुए हम आगे बढ़ते गए। धीरे-धीरे हम भीगे रेत के पास पहुँचे। भीगे रेत पर छाप और भी स्पष्ट थी। केकड़ों के गड्ढे की बगल से होती हुई, अगनित सीपों पर से होती हुई पंजे की वह छाप क्रमशः पानी की ओर जाकर समुद्र में खो गई थी।

इतनी देर बाद राधाविनोद बाबू के मुँह से आवाज निकली, 'सब कुछ तो समझ गया। वह आदमी घनघोर पागल है, आप शायद अधपगले हैं, मगर मेरे होटल का वह बटमार बाशिन्दा कहाँ चला गया?'

अपने हाथ के आरा-मछली के दांत को पानी में फेंककर होटल की तरफ कदम बढ़ाते हुए मैंने कहा, ''इसकी तहकीकात पुलिस से करने को कहिए। कुरता जब यहाँ मिला है तो यहीं तलाश करने को कहिए। तब हाँ, मुझे आशंका इस बात की है कि रहस्य का पता लगाते-लगाते पुलिस भी कहीं मेरी ही तरह न हो जाए—यानी किंकर्तव्यविमूढ़।''

फ्रिन्स

जयन्त की ओर कुछ क्षणों तक ताकते रहने के बाद उससे सवाल किए बिना नहीं रह सका, 'आज तू बड़ा ही मरियल जैसा दीख रहा है? तबीयत खराब है क्या?'

जयन्त अपने अनमनेपन को दूर हटाकर बच्चे की तरह हंस दिया और बोला, 'नः। तबीयत खराब नहीं है बल्कि ताजगी ही महसूस कर रहा हूँ। सचमुच जगह अच्छी है?''

'तेरी तो जानी-पहचानी जगह है। पहले यह पता नहीं था कि जगह इतनी अच्छी है?'

'भूल ही चुका था।' जयन्त ने एक लम्बी साँस ली, 'इतने दिनों के बाद धीरे-धीरे सब कुछ याद आ रहा है। बंगला पहले के जैसा ही है। कमरों में भी कोई खास परिवर्तन नहीं किया गया है। फर्नीचर भी पुराने जमाने का ही है। जैसे बेंत की यह टेबल और कुरसियाँ।'

बेयरा ट्रे में चाय और बिस्कुट ले आया। कुल मिलाकर अभी चार ही बजे हैं पर धूप ढलने लगी है। चायदानी से चाय ढालते-ढालते मैंने कहा, 'कितने दिन बाद यहाँ आना हुआ?'

जयन्त ने कहा, 'इकत्तीस साल के बाद। तब मैं छह साल का था।'

हम लोग जहाँ बैठे हैं वह है बूंदी शहर के सर्किट हाउस का बगीचा। आज सवेरे हम यहाँ पहुँचे हैं। जयन्त मेरा बचपन का मित्र है। हम एक ही स्कूल और एक ही कॉलेज के सहपाठी रह चुके हैं। आजकल वह एक अखबार के संपादकीय विभाग में नौकरी करता है और मैं एक स्कूल में शिक्षक का काम। नौकरी, जीवन में हम लोगों में अलगाव आ जाने पर भी हमारी दोस्ती ज्यों-की-त्यों बनी है। हम लोगों ने बहुत पहले ही राजस्थान के भ्रमण करने की योजना बनाई थी। दोनों को एक साथ छुट्टी मिलने में असुविधा हो रही थी। आज इतने दिनों के बाद यह सम्भव हुआ है। साधारण आदमी राजस्थान आते हैं तो शुरू में जयपुर, चित्तौड़ और उदयपुर ही देखते हैं मगर जयन्त पहले से ही बूंदी जाने पर दबाव डाल रहा था। मैंने भी

आपत्ति नहीं की क्योंकि बचपन में मैंने रवीन्द्रनाथ की 'बूंदी का किला' कविता पढ़ी थी और उस किले को इतने दिनों के बाद देखने का मौका मिला। ज्यादातर आदमी बूंदी नहीं आते, लेकिन इसके माने ये नहीं कि यहाँ देखने के लायक कोई चीज ही नहीं है। ऐतिहासिक घटना की दृष्टि से विचार किया जाए तो उदयपुर, जोधपुर और चित्तौड़ का बहुत महत्त्व है मगर सौंदर्य के लिहाज से बूंदी किसी से कम नहीं है।

जयन्त ने जब बूंदी के बारे में इतना जोर डाला था तो मुझे अजीब जैसा लगा था। जब ट्रेन से आने लगा तो इसका कारण मालूम हुआ। बचपन में एक बार वह बूंदी आ चुका है, इसलिए उन पुरानी यादों के साथ नये सिरे से मिलान करने के लिए उसके मन में इच्छा जोर मार रही थी। जयन्त के पिता अमियदास गुप्त पुरातत्व विभाग में काम करते थे, इसलिए उन्हें बीच-बीच में ऐतिहासिक स्थानों का भ्रमण करना पड़ता था। इसी सिलसिले में जयन्त भी बूंदी हो आया था।

सर्किट हाउस वास्तव में बहुत ही खूबसूरत है। अंग्रेजों के जमाने का है, सौ साल से कम पुराना न होगा। एकमंजिला भवन। टाइल की छावनी की हुई ढालू छत, कमरे ऊँचे-ऊँचे। ऊपर की तरफ स्काइलाइट है जिसे रस्सी खींचकर इच्छानुसार खोला या बन्द किया जा सकता है। पूरब की ओर बरामदा है। उसके सामने के विशाल अहाते की क्यारियों में गुलाब के फूल खिले हुए हैं। बगीचे के पीछे के हिस्से में नाना प्रकार के बड़े-बड़े पेड़ हैं, जिन पर अनगिनत चिड़ियाँ बैठी रहती हैं। तोते भी हैं। मयूर का भी स्वर बीच-बीच में सुनाई पड़ता है, तब इतनी बात ज़रूर है कि वह स्वर अहाते के बाहर से आता है।

हम सुबह पहुंचने के साथ ही एक बार शहर की परिक्रमा कर चुके हैं। पहाड़ पर बूंदी का विख्यात किला है। आज दूर से देख रहे हैं, कल हम अन्दर जाकर देखेंगे। शहर में बिजली के खम्भे नहीं होते तो लगता, हम जैसे प्राचीन राजपूत युग में चले आए हैं। सड़कें पत्थर की बनी हैं, मकानों के सामने दोमंजिले से टंगे हुए नक्काशी किए बरामदे हैं। लकड़ी के दरवाजों पर भी निपुण हाथों से नक्काशी की गई है। देखकर यह नहीं लगता कि हम यांत्रिक सभ्यता के युग में वास करते हैं।

यहां आने पर मैंने गौर किया कि जयन्त आमतौर से जितनी बातें करता है, उसकी तुलना में यहाँ कम बातें करता है। हो सकता है, बहुत पुरानी यादें उसके मन में लौटकर आ रही हैं। बचपन के किसी पहचाने स्थान में बहुत दिनों के बाद आने से मन उदास हो जाना कोई आश्चर्य की बात नहीं है। और जयन्त आम लोगों से ज़रा अधिक ही भावुक है। यह बात सभी को मालूम है।

चाय की प्याली हाथ से नीचे रखकर जयन्त ने कहा, 'मालूम है शंकर, बात बड़ी ही अजीब है। शुरू में जब यहाँ आया था, इन कुरसियों पर मैं पाँव मोड़कर बाबू साहब की तरह बैठा करता था। लगता, मैं जैसे किसी सिंहासन पर बैठा हुआ होऊँ। अब देख रहा हूँ, कुरसियाँ लम्बाई-चौड़ाई में बड़ी नहीं हैं और देखने में भी

अत्यन्त साधारण हैं। सामने जो ड्राइंग-रूम है, इससे दोगुना प्रतीत होता था। अगर मैं यहाँ आज नहीं आता तो बचपन की धारणाएँ ज्यों-की-त्यों बनी रहतीं।

मैंने कहा, 'स्वाभाविक यही है। बचपन में हम छोटे रहते हैं, उसके अनुपात में आसपास की चीजें बड़ी लगती हैं। उम्र के साथ-साथ हम भी बढ़ते जाते हैं, मगर चीजें तो बढ़ती नहीं।'

चाय पीना खत्म कर बगीचे में चहल-कदमी करते-करते जयन्त एकाएक ठिठककर खड़ा हो गया और बोला, 'देवदारु।'

उसकी बात सुनकर मैंने अवाक् होकर उसकी ओर देखा। वह फिर बोल उठा, 'देवदारु का एक पेड़ उधर होना चाहिए था।'

यह कहकर वह तेजी से पेड़-पौधों के बीच से होता हुआ अहाते के कोने की ओर बढ़ गया। अचानक जयन्त को देवदारु के एक पेड़ की बात क्यों याद आ गई?

कुछ सेकेंड के बाद जयन्त का उल्लसित कंठ-स्वर सुनाई पड़ा, ''है। इट्'स हियर। जहाँ था, ठीक वहीं।'

मैंने आगे बढ़कर कहा, 'अगर पेड़ रहा होगा तो वह जिस जगह था वहीं होगा। पेड़ चहलकदमी नहीं करता है।'

जयन्त ने ऊब के साथ सिर हिलाते हुए कहा, 'वहीं है' से मेरा मतलब यह नहीं कि पेड़ ने अपनी जगह बदल ली है। मतलब यह कि मैंने पेड़ के जहाँ होने का अनुमान लगाया था, वहीं है।'

'लेकिन पेड़ की बात तुझे अचानक क्यों याद आ गई?'

जयन्त कुछ देर तक भौंहें सिकोड़कर एकटक पेड़ की ओर देखता रहा, उसके बाद आहिस्ता से सिर हिलाकर बोला, 'वह बात अब याद नहीं आ रही है। किसी कारणवश में उस पेड़ के पास गया था और वहाँ जाकर कुछ किया था। एक अंग्रेज...'

'अंग्रेज?'

'नः, कुछ भी याद नहीं आ रहा है। मेमॉरी का मामला सचमुच बहुत अजीब...'

यहाँ का बावर्ची अच्छी रसोई बनाता है। रात में डाइनिंग रूम में ओवेलशेप टेबल पर बैठकर जयन्त ने खाना खाते-खाते कहा, 'उन दिनों जो बावर्ची था, उसका नाम था दिलवार। उसके बायें गाल पर एक दाग था—छुरी का दाग—और उसकी आँखें हमेशा अड़हुल के फूल की तरह लाल रहती थीं। मगर रसोई बहुत उम्दा पकाता था।'

खाना खाने के बाद जयन्त जब सोफे पर बैठा तो उसे धीरे-धीरे और भी

पुरानी बातें याद आने लगीं। उसके पिताजी किस सोफे पर बैठकर चुरुट पीते थे, माँ कहाँ बैठकर स्वेटर बुनती थीं, टेबल पर कौन-कौन-सी पत्रिकाएं पड़ी रहती थीं—सारी बातें उसे याद आ गईं।

और इसी तरह उसे पुतली की भी बात याद आ गई।

पुतली का मतलब लड़कियों की डॉल पुतली नहीं। जयन्त के मामा ने स्विट्ज़रलैंड से दस-बारह इंच लंबी स्विस पोशाक पहने एक बूढ़े की मूर्ति लाकर उसे दी थी। देखने में वह एक छोटे-से जीवित आदमी की तरह लगती थी। अन्दर कल-कब्जा नहीं था, मगर हाथ-पाँव, उंगुलियाँ और कमर इस तरह बनी थीं कि इच्छानुसार उसे घुमाया-फिराया जा सकता था। चेहरे पर हमेशा एक हँसी तैरती रहती थी। सिर पर छोटी-सी एक स्विस पहाड़ी टोपी थी जिस पर पंख खुसे थे। इसके अलावा पोशाक में भी कहीं कोई त्रुटि नहीं थी—बेल्ट, बटन, पॉकेट, कॉलर, मोजा—जहाँ तक कि जूते के बकलस भी त्रुटिहीन थे।

पहली बार जब जयन्त बूंदी आया था तो उसके कुछ पूर्व ही उसके मामा विलायत से लौट आए थे और उन्होंने जयन्त को वह पुतली दी थी। स्विट्ज़रलैंड के किसी गाँव में एक बूढ़े से उन्होंने पुतली खरीदी थी। बूढ़े ने मजाक में कहा था कि उसका नाम फ्रिंस है और इसी नाम से इसे पुकारना। दूसरे नाम से पुकारोगे तो जवाब नहीं मिलेगा।

जयन्त ने कहा, 'बचपन में मुझे कितने ही खिलौने मिले थे। माँ-बाप की एकमात्र सन्तान रहने के कारण उन्होंने इसकी कोई कमी नहीं रहने दी थी। मगर मामा ने जब मुझे फ्रिंस दिया तो मैं अपने तमाम खिलौनों को भूल बैठा। रात-दिन उसी को लेकर पड़ा रहता, यहाँ तक कि एक ऐसा वक्त आया जब मैं फ्रिंस से घंटों बातचीत करने लगा। बात बेशक एकतरफा रहती थी, मगर फ्रिंस के चेहरे पर एक ऐसी हँसी और आँखों की दृष्टि में एक ऐसा भाव रहता था कि मुझे लगता, वह मेरी बात समझ लेता है। कभी-कभी मुझे ऐसा भी महसूस होता कि मैं बंगला के बजाय अगर जर्मन भाषा में बातचीत कर सकता तो बातचीत का सिलसिला एकतरफा न होकर दुतरफा होता। अभी सोचता हूँ तो लगता है कि वह बचपना और पागलपन था, मगर उन दिनों यह बात मेरे लिए एकदम यथार्थ जैसी थी। माँ और बाबू जी मना करते थे, मगर मैं किसी की भी बात पर कान नहीं देता था। तब मैंने स्कूल जाना शुरू नहीं किया था, इसलिए फ्रिंस को समय न दे पाने का कोई सवाल पैदा ही नहीं होता था।'

इतना कहकर जयन्त चुप हो गया। घड़ी की ओर देखने पर पता चला कि रात के साढ़े नौ बजे चुके हैं। हम सर्किट हाउस की बैठक में लैंप जलाकर बैठे थे।

मैंने पूछा 'पुतली कहाँ चली गई?'

जयन्त अब भी जैसे कुछ सोच रहा था। जवाब इतनी देर के बाद आया कि

मुझे लगा, उसने सुना ही नहीं।

''पुतली को बूँदी ले आया था। यहीं टूट गई।'

'टूट गई? कैसे?' मैंने पूछा।

जयन्त ने एक लम्बी साँस ली और कहा, 'एक दिन हम बाहर बरामदे में बैठकर चाय पी रहे थे। पुतली को बगल में घास पर रख दिया था। पास ही बहुत-से कुत्ते जमा हो गए थे। तब मैं जिस उम्र का था, मुझे चाय नहीं पीनी चाहिए थी। मगर मैंने जिद करके चाय ले ली और पीने लगा। चाय की प्याली अचानक तिरछी हो गई और थोड़ी-सी गरम चाय मेरे पैंट पर गिर पड़ी। बंगले के अन्दर जाकर मैंने पैंट बदला और उसके बाद जब बाहर आया तो पुतली को वहाँ नहीं पाया। खोज-पड़ताल करने पर देखा, सड़क के दो कुत्ते मेरे फ्रिंस को लेकर 'टगऑफवार' खेल रहे हैं। चूँकि वह बहुत मजबूत चीज थी, इसलिए फटकर दो टुकड़ों में नहीं बँटी। लेकिन उसका चेहरा क्षत-विक्षत हो गया और कपड़ा फट गया। यानी मेरे लिए फ्रिंस का कोई अस्तित्व रह ही न गया। हि वाज डेड।'

'उसके बाद?' जयन्त की कहानी मुझे बहुत मजेदार लग रही थी।

'उसके बाद क्या? नियमानुसार फ्रिंस की अंत्येष्टि सम्पन्न कर दी।'

'इसका मतलब?'

'उस देवदारु के नीचे उसे दफना दिया। इच्छा थी, ताबूत का इन्तजाम करूँ क्योंकि विलायती आदमी था न। कोई बक्सा होता तो भी काम चल जाता, मगर बहुत खोजने-ढूँढ़ने पर भी कुछ न मिला। इसलिए आखिरकार उसी तरह दफना दिया।'

इतनी देर के बाद देवदारु के पेड़ का रहस्य मेरे सामने स्पष्ट हुआ।

दस बजने पर हम सोने चले गए।

एक खासे बड़े बेडरूम में अलग-अलग दो पलंगों पर हमारे बिस्तर बिछे थे। कलकत्ते में पैदल चलने का अभ्यास नहीं था। एक तो यों ही थकावट महसूस हो रही थी और उस पर डनलपपिलो। माथे के नीचे तकिया रखते ही दस मिनट के अन्दर नींद ने मुझे अपनी बाँहों में भर लिया।

तब रात कितनी हो चुकी थी, पता नहीं। किसी चीज की आवाज से नींद टूट गई। बगल की तरफ मुड़ने पर जयन्त को बिस्तर पर बैठा हुआ पाया। उसकी बगल में टेबल लैंप जल रहा था। उसकी रोशनी में जयन्त के चेहरे पर घबराहट दीख रही थी। मैंने पूछा, 'क्या हुआ? तबीयत खराब है क्या?'

इस बात का जवाब न देकर जयन्त एक दूसरा ही सवाल पूछ बैठा, 'सर्किट हाउस में बिल्ली या चूहा जातीय कोई चीज है?'

मैंने कहा, 'रहे तो इसमें आश्चर्य की कोई बात नहीं। मगर तुम ऐसा क्यों पूछ रहे हो?'

'छाती पर चढ़कर कोई चीज गई और इसीलिए मेरी नींद टूट गई।'

मैंने कहा, 'चूहा आमतौर से नाली से आता है। इसके अलावा मुझे यह मालूम नहीं कि चूहा खाट पर चढ़ता है या नहीं।'

जयन्त ने कहा, 'इसके पहले भी एक बार मेरी नींद टूट चुकी है। तब खिड़की से 'खच-खच' जैसी आवाज आ रही थी।'

'अगर खिड़की से आवाज आई है तो ज्यादा सम्भावना बिल्ली की ही हो सकती है।'

'मगर...'

जयन्त के मन से खटका दूर नहीं हो रहा है। मैंने कहा, 'रोशनी जलाने पर किसी चीज पर नजर नहीं पड़ी?'

'नथिंग। इतना ज़रूर है कि नींद खुलते ही बत्ती नहीं जलाई थी। शुरू में अचकचा उठा। सच कहूँ, थोड़ा-थोड़ा डर भी लग रहा था। रोशनी जलाने के बाद किसी चीज पर नजर नहीं पड़ी।'

'इसका मतलब यह कि कोई चीज अगर आई होगी तो वह कमरे के अन्दर ही होगी?'

'सो...दरवाजा जब कि बन्द है...'

मैं तुरन्त बिस्तर से नीचे उतर आया और घर के हर कोने में, खाट के नीचे, सूटकेस के पीछे की ओर खोज-पड़ताल की। कहीं कुछ नहीं था। बाथरूम के पल्ले उढ़के हुए थे, मैं उसके भीतर भी खोजने गया। तभी जयन्त ने धीमी आवाज में मुझे पुकारा—

'शंकर!'

मैं कमरे के अन्दर लौट आया। देखा, जयन्त अपनी रजाई के सफेद खोल की तरफ देख रहा है। मैं जब उसके पास गया तो उसने रजाई के एक हिस्से को रोशनी की तरफ बढ़ाकर कहा, 'देखो तो, यह क्या है?'

मैंने जब झुककर कपड़े की तरफ देखा तो उस पर हलके कत्थई रंग की छोटी-छोटी गोल छापें दिखाई दीं। मैंने कहा, 'बिल्ली के पंजे की छाप हो सकती है।'

जयन्त कुछ नहीं बोला। पता नहीं, वह क्यों बेहद चिंतित हो गया। रात के ढाई बज रहे थे। इतनी कम नींद से मेरी थकावट दूर नहीं होती है, इसके अलावा कल दिन-भर चक्कर लगाना है। इसलिए यह कहकर कि मैं बगल में ही हूँ, कि भय का कोई कारण नहीं है, कि छाप पहले से भी हो सकती है, मैंने उसे आश्वासन दिया और बत्ती बुझाकर फिर से लेट गया। मुझे इसमें सन्देह नहीं था कि जयन्त ने जो कुछ कहा है, वास्तव में वह सब उसने सपने में देखा है। बूँदी आने पर उसे पुरानी बातें याद आ गई हैं और वह मानसिक तनाव में जी रहा है। इसीसे बिल्ली

के चलने का सपना देखा होगा।

रात में अगर कोई और घटना घटी हो तो इसके बारे में मुझे कुछ मालूम नहीं। जयन्त ने भी सवेरे उठने के बाद किसी नये अनुभव के बारे में नहीं बताया। तब हाँ, देखने पर लगा, वह रात ठीक से सोया नहीं है। मैंने मन ही मन तय किया कि मेरे पास जो नींद की टिकिया हैं, आज रात सोने के पहले एक टिकिया जयन्त को खिला दूँगा।

अपनी योजना के अनुसार हम नाश्ता-पानी करके नौ बजे बूँदी का किला देखने चले गए। गाड़ी का इंतजाम पहले ही कर लिया था। किले के पास पहुँचते-पहुँचते साढ़े नौ बजे गए।

यहाँ आने पर भी जयन्त को बचपन की सारी बातें याद आने लगीं। उनका सौभाग्यवश पुतली से कोई रिश्ता नहीं था। सच कहूँ, जयन्त का बचपना आनन्द देखकर लग रहा था, वह पुतली की बात भूल चुका है। वह एक-एक चीज को देखता है और चिल्ला उठता है—'गेट के ऊपर वही हाथी है। यह वही चाँदी का पलंग और वही सिंहासन है। यह वही दीवार पर उकेरा हुआ चित्र है।'...

मगर एक घंटा बीतते न बीतते उसका उत्साह ढीला पड़ने लगा। मैं इतना तन्मय था कि शुरू में इसे समझ नहीं सका। एक लम्बी कोठरी में चहल-कदमी कर रहा था और सीलिंग के झाड़-फानूसों को गौर से देख रहा था कि तभी याद आया, जयन्त मेरे पास नहीं है। वह कहाँ गया?

हमारे साथ एक गाइड था, उसने कहा, 'बाबू बाहर छत की तरफ गए हैं।'

दरबार-घर देखकर जब मैं बाहर आया तो जयन्त को थोड़ी दूर पर, छत की दूसरी तरफ दीवार के पास अनमना-सा खड़ा पाया। वह चिन्ता में इतना डूबा था कि मैं जब उसकी बगल में जाकर खड़ा हुआ तो उसकी स्थिति में कोई परिवर्तन नहीं आया। अन्त में जब मैंने नाम लेकर उसे पुकारा तो वह चौंक उठा। मैंने कहा, 'तुझे क्या हुआ है, ठीक-ठीक बता। इतनी खूबसूरत जगह आकर भी तू मुँह सीकर चुपचाप पड़ा रहेगा तो मुझसे यह बरदाश्त नहीं होगा।'

जयन्त ने इतना ही कहा, 'तेरा देखना खत्म हो चुका? फिर अब...'

मैं अकेला होता तो ज़रूर ही कुछ देर तक रुकता, लेकिन जयंत की भाव-भंगिमा देखकर सर्किट हाउस लौटना ही तय किया।

पहाड़ पर जो रास्ता बना हुआ है वह शहर की तरफ चला गया है। हम दोनों चुपचाप गाड़ी के पिछले हिस्से में बैठे। जयन्त को मैंने सिगरेट ऑफर की परन्तु उसने नहीं ली। उसके अन्दर एक दबी हुई उत्तेजना थी जो उसके हाथों की हरकत से ज़ाहिर हो रही थी। कभी वह खिड़की पर हाथ रखता है, कभी गोद में, फिर उँगलियों को मटकाता है या नाखून दाँत से काटता है। यों जयन्त एक शान्त आदमी है।

उसे छटपटाते हुए देखकर मैं अशान्ति का अनुभव कर रहा था।

दस मिनटों तक जब यही सिलसिला चलता रहा तो मैं चुप नहीं रह सका। कहा, 'अपनी दुश्चिन्ता का कारण मुझे बता दे, तो हो सकता है तेरा कुछ उपकार हो जाए।'

जयन्त ने सिर हिलाकर कहा, 'कहने से कोई फायदा नहीं है, क्योंकि कहूँगा तो तू यकीन नहीं करेगा।'

'यकीन न भी हो, पर उस विषय पर तुझसे विचार-विमर्श तो अवश्य कर सकता हूँ।'

'कल रात फ्रिंस हमारे कमरे में आया था। रजाई पर फ्रिंस के पैरों की ही छाप थी।'

इस बात पर जयन्त के कन्धों को झकझोरने के अतिरिक्त मुझे कुछ दूसरा काम नहीं करना चाहिए था। जिसके दिमाग में इस तरह की अजीब धारणा जड़ जमाकर बैठ गई है, उसे क्या कुछ कहकर समझाया जा सकता है? फिर भी मैंने कहा, 'तूने अपनी आँखों से तो कुछ देखा नहीं था।'

'नहीं, तब इतनी बात ज़रूर है कि छाती पर जो चीज चल रही थी वह चौपाया न होकर दो पाया थी, यह बात मैं साफ-साफ समझ रहा था।'

सर्किट हाउस के पास आकर गाड़ी से उतरते समय तय किया कि जयन्त को नर्व टॉनिक किस्म की कोई चीज दूँगा। सिर्फ नींद की टिकिया से काम नहीं चलेगा। बचपन की एक साधारण स्मृति सैंतीस साल के जवान को इतना परेशान करेगी, यह किसी भी हालत में नहीं होने देना चाहिए।

कमरे के अन्दर आने पर मैंने जयन्त से कहा, 'बारह बज चुके हैं। अब स्नान कर लेना चाहिए।'

जयन्त ने कहा, 'पहले तू हो आ।' और वह पलंग पर लेट गया।

स्नान करते-करते मेरे मन में एक विचार आया। जयन्त को स्वाभाविक स्थिति में लाने का यही उपाय है।

जो विचार आया वह यह कि अगर पुतली को किसी खास जगह में दफनाया गया है और उस जगह की जानकारी है तो वहाँ मिट्टी खोदने पर पुतली चाहे पहले की जैसी हालत में न भी मिले मगर उसका कुछ न कुछ अंश मिल ही जाएगा। कपड़े-लत्ते जमीन के तले तीस साल के बाद नहीं रह सकते हैं, मगर धातु की चीज—जैसे फ्रिंस के बेल्ट का बकलस, कोट के पीतल के बटन—अगर बरकरार हों तो इसमें कोई अचरज की बात नहीं। जयन्त को अगर दिखाया जाए कि उसकी लाड़ली पुतली की केवल वे ही चीजें बची हुई हैं और बाकी सब मिट्टी में समा गई हैं, तो हो सकता है उसके मन से यह ऊटपटाँग धारणा दूर हो जाए। अगर ऐसा नहीं किया जाए तो वह हर रोज अजीब-अजीब सपना देखेगा और सुबह उठकर कहेगा कि फ्रिंस

मेरी छाती पर चल रहा था। इस तरह उसका दिमाग कहीं खराब न हो जाए।

यह बात जब मैंने जयन्त से कही तो लगा, उसे मेरा विचार पसन्द आया है। कुछ देर तक खामोश रहने के बाद वह बोला, 'खोदेगा कौन? कुदाल कहाँ मिलेगा?'

मैंने हँसकर कहा, 'जब इतना बड़ा बगीचा है तो माली होगा ही। और माली रहने का मतलब है कुदाल भी है। उसे हम कुछ बख्शीश दें तो मैदान की थोड़ी-सी मिट्टी खोदने में वह आनाकानी नहीं करेगा।'

जयन्त तुरन्त राजी हो गया। इसके बाद मैंने भी कुछ न कहा। एक-दो बार जब और डाँट पिलाई तो वह नहा-धो आया। भोजन-पसन्द आदमी रहने पर भी दोपहर में दो अदद रोटी और माँस के शोरबे के अतिरिक्त उसने कुछ नहीं खाया। खाना खाने के बाद हम बगीचे की तरफ के बरामदे की कुरसी पर बैठ गए। हम दोनों के सिवा सर्किट हाउस में कोई नहीं है। दोपहर में भी सन्नाटा छाया हुआ है। दाहिनी तरफ रोड़े-बिछे रास्ते के किनारे एक गुलमोहर के पेड़ पर कई हनुमान बैठे हैं, बीच-बीच में उनकी 'हुप-हुप' आवाज सुनाई पड़ती है।

तीन बजने पर एक पगड़ीधारी आदमी हाथ में झारी लिए बगीचे में आया। उम्रदराज आदमी है। बाल, मूँछें और गलपट्टे सफेद हो चुके हैं।

'तुम कहोगे या मैं कहूँ?'

जयन्त के सवाल पर मैंने आश्वासन की मुद्रा में हाथ उठाकर इशारा किया और कुर्सी छोड़कर सीधे माली के पास चला गया।

मिट्टी खोदने के प्रस्ताव पर माली ने शुरू में मेरी ओर सन्देह भरी निगाहों से देखा। समझ गया, ऐसा प्रस्ताव इसके पहले किसी ने उसके सामने नहीं रखा है। उसके 'काहे बाबू' सवाल पर मैंने उसके कन्धे पर हाथ रखकर मीठे स्वर में कहा, 'कारण अगर न जान सके तो हर्ज ही क्या है? पाँच रुपए बख्शीश दूँगा, जो कह रहा हूँ, कर दो।'

कहना न होगा कि इस पर माली न केवल राजी हुआ, बल्कि दाँत निपोरकर सलामी ठोंकी और ऐसा भाव दिखाया जैसे वह हमारा खरीदा हुआ गुलाम हो।

बरामदे में बैठे जयन्त को मैंने हाथ के इशारे से बुलाया। वह कुर्सी छोड़कर मेरे पास चला आया। निकट आने पर देखा, उसका चेहरा अस्वाभाविक तौर पर बुझा हुआ है। मुझे उम्मीद हुई कि खोदने के बाद पुतली का कुछ न कुछ अंश मिल ही जाएगा।

इस बीच माली कुदाल ले आया है। हम तीनों देवदारु के पेड़ की ओर आने लगे।

पेड़ के तने के लगभग डेढ़ हाथ दूर एक स्थान की ओर हाथ से इशारा करता हुआ जयन्त बोला, 'यहीं।'

'ठीक-ठीक याद है न?' मैंने पूछा।

जयन्त ने कहा कुछ नहीं, सिर्फ माथे को एक बार हिलाकर हामी भरी।

'कितने नीचे गाड़ा था?'

'एक बित्ता तो होगा ही।'

माली बेझिझक उस स्थान को खोदने लगा। आदमी रसिक मालूम होता है। खोदते-खोदते पूछा कि जमीन के नीचे धन-दौलत है या नहीं और अगर है तो उसे हिस्सा मिलेगा या नहीं? यह बात सुनकर यद्यपि मैं हँस पड़ा लेकिन जयन्त के चेहरे पर हँसी का कोई आभास नहीं दीख पड़ा। अक्तूबर में बूँदी में गरमी नहीं पड़ती है मगर जयन्त के कॉलर के नीचे का हिस्सा भीग गया है। वह एकटक जमीन की ओर देख रहा है। माली कुदाल चलाए जा रहा है। पुतली का कोई चिन्ह अभी तक क्यों नहीं दिखाई पड़ रहा है?

एक मयूर की तेज आवाज सुनकर मैंने अपना सिर घुमाया, तभी जयन्त के गले से एक अजीब आवाज निकली और मेरी आँखें तत्क्षण उसकी ओर चली गईं। उसकी आँखें जैसे छिटककर बाहर निकल रही हों। दूसरे ही क्षण अपने काँपते हाथ को धीरे से बढ़ाकर तर्जनी से गड्ढे की ओर इशारा किया। उसकी उँगली भी काँप रही है।

उसके बाद एक अस्वाभाविक शुष्क और भयावह स्वर में उसने पूछा, 'वह क्या चीज है?'

माली के हाथ से कुदाल जमीन पर गिर पड़ा।

जमीन की ओर ताकने पर मैंने जो कुछ देखा उसके फलस्वरूप भय, विस्मय और अविश्वास से मेरे चेहरे पर हवाइयाँ उड़ने लगीं।

देखा, गड्ढे के अन्दर धूल से भरा हुआ दस-बारह इंच का एक सादा-समूचा नरकंकाल हाथ-पैर फैलाए चित पड़ा है।

ब्राउन साहब की कोठी

जब से ब्राउन साहब की डायरी मिली थी, बंगलौर जाने का मौका ढूँढ़ रहा था। और वह मौका अप्रत्याशित रूप में सामने आ गया। बालीगंज स्कूल के वार्षिक रि-यूनियन के अवसर पर अपने पुराने सहपाठी अनीकेन्द्र भौमिक से मेरी मुलाकात हो गयी। अनीक ने बताया कि वह बंगलौर में इंडियन इंस्टिट्यूट ऑफ साइन्स में नौकरी करता है। 'एक बार मेरे यहाँ घूमने-फिरने आओ न। द बेस्ट प्लेस इन इंडिया। मेरे घर में एक अतिरिक्त कमरा भी है। आओगे?'

स्कूल में अनीक मेरा गहरा दोस्त था। उसके बाद जैसा होता है, वही हुआ। हम अलग-अलग कॉलेज में दाखिल हुए। इसके अलावा वह विज्ञान का विद्यार्थी था और मैं कला का। दोनों ने विपरीत रास्ते पर चलना शुरू किया। बीच में वह विलायत चला गया। नतीजा यह हुआ कि हम दोनों की दोस्ती में भी बहुत-कुछ बाधा पड़ गई। आज लगभग बारह साल के बाद उससे मुलाकात हुई। मैंने कहा, ''आ सकता हूँ। कौन-सा मौसम सबसे अच्छा रहता है?''

'एनी टाइम। बंगलौर में गरमी नहीं पड़ती। यही वजह है कि साहबों को वह जगह इतनी प्रिय थी। जब मर्जी हो, चले आना। तब हाँ, सात दिन पहले सूचना भेज दो तो अच्छा रहे।'

खैर, अब हो सकता है, ब्राउन साहब की कोठी देखने का सुयोग प्राप्त हो जाए। लेकिन इसके पहले यह जरूरी है कि साहब की डायरी के बारे में बता दें।

मुझे आप एक तरह से पुरानी पुस्तकों का कीड़ा कह सकते हैं। बैंक में नौकरी कर जितना कमाता हूँ उसका लगभग आधा पैसा पुरानी पुस्तकों की खरीद में चला जाता है। भ्रमण की कहानी, शिकार की कहानी, इतिहास, आत्मकथा, डायरी इत्यादि बहुत सारी पुस्तकें पाँच वर्षों के दरमियान मेरे पास जमा हो गई हैं। कीड़ों के द्वारा काटे हुए पन्ने, बुढ़ापे के कारण जीर्ण हो गए पन्ने, सेंत के कारण रंगहीन हो गए पन्ने—इन सब से मैं अत्यन्त परिचित हूँ और ये सब मेरी प्यारी वस्तुएँ हैं। और पुरानी पुस्तकों की गंध! पहली बरसात के बाद भीगी मिट्टी से जो सोंधी गंध आती

है उसकी और पुरानी पुस्तकों के पृष्ठों की गंध—इन दोनों का कोई मुकाबला नहीं। अगरु, कस्तूरी, गुलाब, हुस्नहिना—यहाँ तक कि फ्रांस की श्रेष्ठ से श्रेष्ठ परफ्युमरी के सुवास को इन दोनों के सामने हार माननी पड़ेगी।

पुरानी किताबें खरीदने का मुझे नशा है और पुरानी किताबें खरीदने के सिलसिले में ही ब्राउन साहब की डायरी मिली थी। इतना बता दूं कि यह छपी हुई डायरी नहीं है, हालाँकि छपी डायरी भी मेरे पास है। वह डायरी सरपत की कलम से लिखी हुई असली डायरी है। लाल चमड़े से मढ़ी हुई साढ़े तीन सौ पन्ने की रूलदार कापी। साढ़े छह इंच बाइ साढ़े चार इंच। जिल्द के चारों ओर सोने के पानी की नक्काशी किया हुआ बार्डर है और बीच में सुनहरे छपे अक्षरों में साहब का नाम लिखा हुआ है—जॉन मिडलटन ब्राउन। जिल्द उलटने के बाद, पहले पृष्ठ पर साहब के हस्ताक्षर हैं और नीचे उसका पता—एवरग्रीन लॉज, फ्रेजर टाउन, बंगलौर—और उसके नीचे लिखा है—जनवरी, 1858। यानी इस डायरी की उम्र एक सौ तेरह साल है। ब्राउन साहब का नाम कई और किताबों पर था और उन्हीं किताबों के साथ यह लाल चमड़े से मढ़ी कापी थी। नामी पुस्तकों की तुलना में कीमत बहुत ही कम थी। मकबूल ने बीस रुपये की माँग की, मैंने दस रुपया बताया, अन्त में बारह रुपये में मामला तय हो गया। ब्राउन साहब कोई नामी आदमी होते तो इस किताब का दाम एक हजार तक हो सकता था।

डायरी से तत्कालीन हिन्दुस्तान के साहबों के दैनंदिन जीवन के अलावा और किसी चीज की जानकारी प्राप्त होगी, ऐसी मैंने उम्मीद नहीं की थी। सच कह रहा हूँ, शुरू के सौ पन्ने पढ़ जाने पर भी इससे ज्यादा कुछ नहीं मिला। ब्राउन साहब का पेशा स्कूल-मास्टरी था। बंगलौर के किसी स्कूल में अध्यापन का काम करते थे। साहब ने अपनी ही बातें अधिक लिखी हैं; बीच-बीच में बंगलौर शहर का भी वर्णन है। एक जगह तत्कालीन बड़े लाट साहब की स्त्री लेडी कैनिंग के बंगलौर आने की घटना का उल्लेख किया है। बंगलौर के फूल-फल-पेड़-पौधे और अपने बगीचे के बारे में भी लिखा है। एक जगह इग्लैण्ड के सासेक्स अंचल के अपने पैतृक घर और बिछड़े सगे-सम्बन्धियों का उल्लेख है। उनकी पत्नी एलिजाबेथ का भी उल्लेख है, जिसका कई वर्ष पहले ही देहांत हो चुका था।

उसमें सबसे रोचक बात जो है वह यह कि साइमन नामक किसी व्यक्ति की चर्चा बार-बार की गई है। यह साइमन कौन था—उसका लड़का या भाई या भांजा—यह बात डायरी से समझ में नहीं आती है। तब हाँ, साइमन के प्रति साहब के दिल में जो एक गहरा लगाव था, यह समझने में कोई दिक्कत नहीं हुई। डायरी में साइमन की बुद्धि, साइमन की हिम्मत, साइमन के क्रोध, अभिमान, शरारत और मनमौजीपन वगैरह की बार-बार चर्चा की गई है। साइमन अमुक कुरसी पर बैठना पसन्द करता है, आज साइमन की तबीयत ठीक नहीं है, आज दिन-भर साइमन पर नजर न पड़ने

के कारण मन खराब है—इस तरह की छोटी-मोटी बातें भी हैं! इसके अलावा साइमन की बेधक मृत्यु की खबर भी है। 22 सितम्बर की संध्या साढ़े सात बजे वज्राघात से साइमन की मौत हुई थी। दूसरे दिन भोर के समय ब्राउन साहब के बगीचे के झुलसे हुए युकिलिप्टस के पेड़ के पास साइमन की लाश मिली थी।

इसके बाद एक महीने तक डायरी में वैसी कोई उल्लेखनीय बात नहीं है। जो है, उसमें शोक और निराशा के अतिरिक्त कुछ भी नहीं। ब्राउन साहब ने स्वदेश जाने की बात सोची है मगर उनका मन नहीं चाहता कि वह साइमन की आत्मा से दूर चला जाए। साहब की सेहत भी ज़रा खराब हो गई है। 'आज भी स्कूल नहीं गया'—इस बात की चर्चा पाँच-पाँच जगहों में की गई है। लुकास नामक एक डॉक्टर का भी उल्लेख है। उसने ब्राउन साहब के सेहत की जाँच की थी और दवा बता गया था।

उसके बाद एकाएक दो नवम्बर की डायरी में एक आश्चर्यजनक घटना का उल्लेख किया गया है और इसी घटना ने मेरी नजर में डायरी की कीमत हजारों गुणा बढ़ा दी है। ब्राउन साहब रोज की घटना नीली स्याही में लिखते थे पर इस घटना को लाल स्याही से लिखा है। उसमें उन्होंने एक ऐसी घटना का उल्लेख किया है जिसकी कल्पना नहीं की जा सकती (मैं उसका अनुवाद प्रस्तुत कर रहा हूँ) । मैं तीसरे पहर अपने मन को शान्त करने लालबाग के पेड़-पौधों के पास गया था। शाम साढ़े सात बजे घर लौटकर ज्योंही ड्राइंगरूम के अन्दर गया, देखा, साइमन फायरप्लेस के पास अपनी प्रिय हाइ-बैक्ड कुरसी पर बैठा है। साइमन! सचमुच साइमन ही था। मैं उसे देखकर आनन्द से पागल हो गया और वह केवल बैठा ही नहीं है, बल्कि अपनी स्नेहपूर्ण आँखों से मेरी ओर एकटक देख रहा है। इस कमरे में रोशनी नहीं है। मेरे कामचोर खानसामा टॉमस ने यहाँ बत्ती नहीं जलाई है। इसीलिए साइमन को अच्छी तरह से देखने के लिए मैंने जेब से दियासलाई बाहर निकाली। तीली के बक्से पर घिसते ही रोशनी जल उठी, मगर मुझे बड़ा ही अफसोस हुआ। इन कई क्षणों के बीच ही साइमन गायब हो गया। इतना ज़रूर है कि मुझे यह उम्मीद नहीं है कि फिर साइमन को कभी देख सकूँगा। इस तरह भूत की हालत में भी अगर वह बीच-बीच मे दीख जाए तो मेरे मन से तमाम दुःख दूर हो जाएँ। सचमुच आज अपूर्व आनन्द का दिन है। मरकर भी साइमन मुझे भूल नहीं सका है—यहाँ तक कि अपनी प्यारी कुरसी भी उसे भूली नहीं। दुहाई है साइमन—बीच-बीच में दीख जाना। इसके अलावा मैं तुमसे और कुछ नहीं चाहता हूँ। इतना ही उपलब्ध हो जाए तो मैं अपनी बाकी जिन्दगी शान्ति से जी लूँगा।...

इसके बाद डायरी पढ़ी नहीं जाती है। जो कुछ भी है, उसमें दुख की कोई छाप नहीं, क्योंकि साइमन से ब्राउन साहब की हर रोज भेंट हो जाती है। साइमन

के भूत ने साहब को निराश नहीं किया था।

डायरी के आखिरी पन्ने पर लिखा है : जो मुझे प्यार करता है, उसकी मृत्यु के बाद भी उसका प्यार अटूट रहता है, इस ज्ञान की प्राप्ति से मुझे चरम शान्ति मिली है।

बस, इतना ही। लेकिन अब सवाल उठता है—ब्राउन साहब की वह कोठी—बंगलौर के फ्रेजर टाउन का एवरग्रीन लॉज—अब है या नहीं, और वहाँ अब भी शाम के वक्त साइमन साहब के भूत का आगमन होता है या नहीं? मैं अगर उस कोठी में जाकर एक शाम गुजारूँ तो साइमन के भूत को देख पाऊँगा?

बंगलौर आने पर पहले दिन अनीक को इसके बारे में कुछ भी न कहा। उसकी ऐंबेसेडर गाड़ी से घूमकर पूरे बंगलौर शहर की परिक्रमा की—यहाँ तक कि फ्रेजर टाउन को भी नहीं छोड़ा। बंगलौर सचमुच खुबसूरत जगह है, इसलिए इस शहर के बारे में खुशियाँ जाहिर करने में मुझे झिझक नहीं हुई। बंगलौर केवल खूबसूरत ही नहीं है, कलकत्ते से आने पर यह शान्त और कोलाहलशून्य शहर मुझे अयथार्थ सपनों के राज्य जैसा लगा।

अगले दिन रविवार था। सवेरे अनीक के बगीचे में रंगीन छतरी के तले बैठकर चाय पीते हुए मैंने ब्राउन साहब के सन्दर्भ में चर्चा की। सुनकर उसने चाय की प्याली बेंत की कुरसी पर रख दी और बोला, ''देखो रंजन, जिस कोठी के बारे में तुमने चर्चा की वह शायद अब भी हो, एक सौ साल यों कोई ज्यादा अरसा नहीं है। तब हाँ, वहाँ जाकर अगर भूत देखने का इरादा है तो मैं इस काम में साथ नहीं दे सकता। अन्यथा मत लेना भाई, मैं हमेशा से ज़रा भावुक रहा हूँ। यों ही मजे में हूँ। आजकल शहर में कोई उपद्रव नहीं है। भूत के पीछे दौड़ने का मतलब है जानबूझकर उपद्रव को न्योता देना। मैं इस काम में साथ नहीं दे सकता।'

अनीक की बातें सुनने पर लगा, बारह साल के दरमियान उसमें कोई परिवर्तन नहीं आया है। स्कूल में वह अवश्य ही डरपोक के नाम से बदनाम था। याद आया, एक बार हमारे क्लास के जयन्त और कुछ शरारती लड़कों ने मिलकर एक शाम बालीगंज के सर्कुलर रोड पर राइडिंग स्कूल के पास खुद को सिर से पैर तक सफेद कपड़े से ढंक कर उसे डरा दिया था। अनीक इस घटना के बाद दो दिन स्कूल नहीं आया था और अनीक के पिताजी ने हेडमास्टर वीरेश्वर बाबू के पास आकर घटना के सन्दर्भ में शिकायत की थी।

मैं इसके बारे में कुछ कहूँ कि इसके पहले ही अनीक अचानक बोल उठा, 'अगर तुम्हें जाना ही है तो साथी का अभाव नहीं होगा।...आइए, मिस्टर बनर्जी।'

मैंने पीछे की तरफ मुड़कर देखा। लगभग पैंतालीस साल के एक सज्जन अनीक के बगीचे के फाटक से प्रवेश कर हँसते हुए मेरी ओर आ रहे हैं। हट्टा-कट्टा शरीर, लगभग छह फीट ऊँचाई। पहनावे के रूप में सिलेटी रंग की हैंडलूम की पैंट और

उस पर गाढ़े नीले रंग की टेरिलिन की बुश्शर्ट, गले में काला-सफेद बूटेदार रेशमी मफलर।

अनीक ने परिचय कराया, 'आप हैं मेरे मित्र रंजनसेन गुप्त और आप मिस्टर हृषिकेश बनर्जी।'

पता चला कि वे बंगलौर की एयरक्राफ्ट फैक्टरी में काम करते हैं। बहुत दिनों से बंगाल के बाहर हैं इसलिए उनके लहजे में गैर-बंगाली की छाप है। साथ ही ढेरों अंग्रेजी शब्दों का व्यवहार करते हैं।

अनीक ने बेयरा को पुकारकर और एक प्याली चाय लाने का आदेश दिया और फिर सीधे ब्राउन साहब की कोठी के प्रसंग को छेड़ दिया। सुनकर उन्होंने ऐसा ठहाका लगाया कि एक गिलहरी जो कुछ देर पहले से हमारी टेबल के इर्द-गिर्द चक्कर लगा रही थी, अपनी पूँछ उठाकर देवदारु के एक वृक्ष के तने को पार कर एकबारगी ऊँची डाल पर चली गई।

'गोस्ट्स? गोस्ट्स? यू सीरियसली बिलीव इन गोस्ट्स? इस जमाने में भी? इस युग में भी?'

बनर्जी की हँसी का सिलसिला थमने का नाम ही नहीं ले रहा था। देखा, उनके दाँत सफेद और मजबूत हैं।

अनीक ने कहा, 'चाहे जो भी हो मिस्टर बनर्जी—गोस्ट ऑर नो गोस्ट—वैसा अगर कोई मकान है और रंजन जबकि एक अजीब धारणा पाले हुए हैं—तो उसके साथ किसी शाम आप वहाँ थोड़ी देर तक रह सकते हैं या नहीं, यही बताइए? वह कलकत्ते से आया है और मेरा गेस्ट है। उसे मैं वहाँ अकेले नहीं जाने दूँगा। और सच कहूँ, मैं बहुत सावधान रहने वाला आदमी हूँ। अगर मैं उसे अपने साथ लेकर जाऊँ तो उसे सुविधा के बजाय असुविधा ही होगी।'

मिस्टर बनर्जी ने अपनी शर्ट की पॉकेट से एक तिरछा पाइप बाहर निकाला और उसमें तम्बाकू ठूंसते हुए कहा, ''मुझे आपत्ति नहीं है। तब हाँ, मैं एक ही शर्त पर जा सकता हूँ—वह यह कि मैं अपने साथ एक के बदले दो आदमी ले जाऊँगा।''

अपनी बात समाप्त कर बनर्जी ने पुनः एक ठहाका लगाया और इस ठहाके के फलस्वरूप आसपास के पेड़ों से चार-पाँच किस्म के परिंदों की तीखी आवाज और पंखों की फड़फड़ाहट सुनाई पड़ी। अनीक का चेहरा हालाँकि ज़रा मलिन हो गया मगर वह मना नहीं कर सका।

'कोठी का नाम क्या बताया?' बनर्जी ने पूछा।

'एवरग्रीन लॉज।'

'फ्रेजर टाउन में?'

'डायरी तो यही बताती है।'

'हुँ'... उन्होंने पाइप से कश लिया, 'फ्रेजर टाउन में साहबों की कुछ कोठियाँ

हैं, कॉटेज टाइप की। एनी वे—अगर जाना ही है तो देरी करने से क्या फायदा? ह्वाट एबाउट आज तीसरे पहर? यही चार बजे?'

इंजीनियर होने से क्या—मूड बिलकुल मिलिटरी मैन और साहब के जैसा है। घड़ी देखकर ठीक चार बजे हृषिकेश बनर्जी अपनी मॉरिस माइनर कार लेकर आ धमके। जब गाड़ी में बैठा तो वे बोले, 'साथ में क्या-क्या लिया?'

अनीक ने फेहरिस्त की सूचना दी—पाँच सेल का एक टार्च, छह मोमबत्तियाँ, फस्ट एड का बॉक्स, एक बड़े फ्लास्क में गरम कॉफी, एक बक्सा हैम सैंडविच, एक पैकेट ताश, जमीन पर बिछाने के लिए एक चादर, मच्छरों को भगाने के लिए एक ट्यूब ऑडोमस।

'और अस्त्र-शस्त्र?' बनर्जी ने पूछा।

'भूत को किस हथियार से काबू में किया जाता है? क्यों रंजन, तुम्हारे साइमन का भूत क्या सॉलिड है?'

'खैर,' मिस्टर बनर्जी ने गाड़ी के दरवाजे को बन्द करते हुए कहा, 'मेरे पास एक छोटा-सा आग्नेय अस्त्र है, इसलिए सॉलिड-लिक्विड के बारे में चिन्ता करने की जरूरत नहीं है।'

गाड़ी रवाना होने पर बनर्जी ने कहा, 'एवरग्रीन लॉज की बात काल्पनिक नहीं है।'

मैंने अवाक् होकर कहा, 'आपने इस बीच पता भी लगा लिया?'

बनर्जी एक-एक कर दो साइकिल-चालकों की बगल से गाड़ी बढ़ाते हुए बोले, 'आइ एम ए वेरी मेथडिकल मैन, मिस्टर सेनगुप्त। जहाँ जाना है, वह जगह है या नहीं, इसके बारे में पहले से ही पता लगा लेना क्या उचित नहीं है? उस ओर श्रीनिवास देशमुख रहते हैं। हम एक ही साथ गोल्फ खेलते हैं। उनसे मेरी बहुत दिनों से जान-पहचान है। सुबह यहाँ से उन्हीं के घर पर गया था। उन्होंने बताया, एवरग्रीन नामक एक एकमंजिला कॉटेज लगभग पचास साल से खाली पड़ा है। मकान के बाहर एक बगीचा है, जहाँ लोग दस साल पहले तक पिकनिक करने जाया करते थे पर अब नहीं जाते। मकान बिलकुल निर्जन स्थान में है। पहले भी उस मकान में कोई एक लम्बे अरसे तक नहीं रहा है। तब हाँ, किसी ने हण्टर हाउस कहकर उसे बदनाम नहीं किया है। मकान के फर्नीचर बहुत पहले ही नीलाम हो चुके हैं। उनमें से कुछ कर्नल मार्सल के मकान में हैं। वह एक रिटायर्ड आर्मी अफसर है और फ्रेजर टाउन में ही रहता है। सब कुछ सुनने के बाद लगता है, मिस्टर सेनगुप्त, हमें पिकनिक करके ही लौट आना पड़ेगा। अनीक ने ताश लाकर अच्छा ही किया है।'

बंगलौर की साफ-सुथरी चौड़ी सड़क से गाड़ी से जाते-जाते लग रहा था, यह

शहर भूत-प्रेत से इतना खाली है कि यहाँ भुतहा मकान के अस्तित्व की कल्पना भी नहीं की जा सकती है।

लेकिन उसके बाद ही मुझे ब्राउन साहब की डायरी की बात याद आ जाती थी। पागल हुए बिना आदमी इस तरह की अद्‌भुत बातें डायरी में क्यों लिखेगा? साइमन के भूत को ब्राउन साहब ने खुद ही देखा है। एक बार नहीं, अनेकों बार। वह भूत क्या हमें एक बार भी दिखाई न देगा?

मैं विलायत नहीं गया हूँ। परन्तु विलायत के कॉटेज की ढेरों तस्वीरें किताबों में देखी हैं। एवरग्रीन लॉज के सामने आने पर मुझे महसूस हुआ कि मैं सचमुच ही इंग्लैण्ड के ग्रामीण अंचल के एक पुराने परित्यक्त मकान के सामने आ गया हूँ।

कॉटेज के सामने ही बगीचा है। यहाँ अब फूलों की क्यारियों के बदले घास और झाड़-झंखाड़ हैं। लकड़ी के एक छोटे गेट (जिसे अंग्रेजी में विकेट कहते हैं) से होकर बगीचे के अन्दर जाना पड़ता है। उस गेट पर एक फलक पर घर का नाम लिखा है। तब हाँ, शायद किसी पिकनिक करने वाले की जमात ने ही मजाक में एवरग्रीन शब्द के आगे एक 'एब' जोड़कर उसे 'नेवरग्रीन' बना दिया है।

हम गेट से प्रवेश कर मकान की तरफ बढ़ने लगे। चारों तरफ अगिनत पेड़-पौधे हैं। तीनेक युक्लिपटस के पेड़ हैं। बाकी जितने भी पेड़ हैं, उनका नाम मुझे मालूम नहीं। बंगलौर की हवा और पानी में ऐसा गुण है कि वहाँ किसी भी देश का पेड़ जिन्दा रह जाता है।

कॉटेज के सामने टाइल से छावनी किया हुआ पोर्टिको है। उसके टेढ़े-मेढे खम्भों से होती हुई लता ऊपर की ओर चली गई है। छावनी की बहुत-सी टाइलें गायब हैं, फलस्वरूप फाँक से आसमान दिखाई पड़ता है। सामने के दरवाजे का एक पल्ला टूटकर तिरछा पड़ा हुआ है। मकान के सामने के दरवाज़े-खिड़कियों के कांच टूट गए हैं। दीवार पर लोनी लगने के कारण ऐसी हालत हो गई है कि मकान का असली रंग क्या था, इसका पता लगाना मुश्किल है।

हम दरवाजे से मकान के अन्दर गये।

अन्दर जाते ही एक गलियारा मिला। पीछे की तरफ टूटी दीवार से एक कमरा दीख रहा है। हमारे दाहिने और बायें भी कमरे हैं। दाहिनी तरफ का ही कमरा बड़ा मालूम होता है। अन्दाज लगाया, यही बैठक रही होगी। फर्श पर विलायती कायदे से तख्ते लगे हैं, मगर एक भी तख्ता साबुत नहीं है। सावधानी से कदम रखना पड़ता है और हर कदम पर खट्-खट् आवाज होती है।

हमने कमरे के अन्दर प्रवेश किया।

खासा बड़ा कमरा है, फर्नीचर न रहने के कारण और भी सूना जैसा लगता है। पश्चिम और उत्तर की तरफ खिड़कियों की कतार है। एक तरफ की खिड़की

से गेट समेत बगीचा दीखता है, दूसरी तरफ की खिड़की से पेड़ों की कतार। क्या इन्हीं पेड़ों में से किसी पर वज्रपात हुआ था? साइमन उसी के नीचे खड़ा होगा और तत्काल उसकी मौत हो गई होगी। सोचते ही रोंगटे खड़े हो गए।

अब मैंने दक्खिन तरफ की बिना खिड़की वाली दीवार की ओर देखा। बायें कोने में फायरप्लेस है। इसी फायरप्लेस के पास ही साइमन की प्रिय कुरसी रही होगी।

कमरे की सीलिंग की ओर देखने पर मकड़ियों की जालियों को झूलते हुए पाया । किसी जमाने में एवरग्रीन लॉज खूबसूरत रहा होगा, अब उसकी हालत शोचनीय हो गई है।

मिस्टर बैनर्जी शुरू में 'लाला-ला' करते हुए विलायती स्वर में आलाप ले रहे थे, अब उन्होंने पाइप सुलगाई और कहा, 'आप लोग कौन-सा खेल खेलना जानते हैं? ब्रिज या पोकर या रमी?'

अनीक अपने हाथ के सरोसामान को फर्श पर रखने के बाद चादर बिछाकर बैठने जा रहा था, तभी एक आवाज सुनाई दी।

किसी दूसरे कमरे में कोई आदमी जूता पहनकर चहल-कदमी कर रहा है।

अनीक की तरफ देखा तो उसका चेहरा उतरा हुआ पाया।

पैरों की आवाज थम गई। मिस्टर बैनर्जी अचानक अपने मुँह से पाइप हटाकर जोरों से चिल्ला उठे, 'इज एनी बॉडी देयर?' और हम तीनों गलियारे की तरफ बढ़ गए। अनीक अपने हाथ से मेरे कोट की आस्तीन थामे हुए था।

जूते की आवाज फिर से शुरू हुई। हम जैसे ही बाहरी गलियारे में पहुँचे, दूसरी तरफ के कमरे से एक आदमी बाहर निकलकर आया और हम पर नजर पड़ते ही ठिठककर खड़ा हो गया। वह एक भारतीय ही था। चेहरा दाढ़ी और मूँछों से भरा रहने पर भी वह भला और शिक्षित जैसा लगा। उसने कहा, 'हेलो।'

हम क्या कहें यह समझ में नहीं आ रहा था कि तभी अजनबी ने खुद ही हमारे कौतूहल का निवारण कर दिया।

'मेरा नाम वेंकटेश है। आइ एम ए पेन्टर। आप लोग इस मकान के मालिक हैं या खरीदार?'

बैनर्जी ने हँसते हुए कहा, 'दोनों में से एक भी नहीं। हम चक्कर लगाते-लगाते यूँ ही यहाँ पहुँच गए हैं।'

'आई सी। मेरा खयाल था। अगर यह मकान मुझे मिल जाता तो अपने काम के लिए एक स्टूडियो बना लेता। टूटा-फूटा रहने पर भी मुझे एतराज नहीं है। मालिक कौन है, इसके बारे में आप लोगों को कोई जानकारी नहीं है?'

'जी नहीं। सॉरी। आप कर्नल मार्सर के यहाँ जाकर खोज-खबर ले सकते हैं। सामने का रास्ता पकड़कर बायीं ओर जाइए। जाने में पाँच मिनट लगेगा।'

'थैंक्यू,' कहकर मिस्टर वेंकटेश वहाँ से चले गए।

गेट खोलने और बन्द करने के बाद मिस्टर बैनर्जी ने पहले की तरह ही एक ठहाका लगाते हुए कहा, 'मिस्टन सेनगुप्त, यह आदमी आपके साइमन या उस किस्म का कोई भूत वगैरह नहीं है।'

मैंने हँसकर कहा, 'कुल मिलाकर अभी सवा पाँच ही बजे हैं, इस बीच आप भूत की उम्मीद कैसे करते हैं? और ये भले आदमी अगर भूत थे तो उन्नीसवीं सदी के नहीं होंगे। क्योंकि वैसा होने पर उनका लिबास और ही तरह का होता।'

इस बीच हम बैठक में लौट आए हैं। अनीक ने फर्श पर बिछी चादर पर बैठते हुए कहा, 'झूठमूठ की कल्पना पालने का मतलब है नर्वसनेस बढ़ाना। इससे बेहतर तो यही है कि हम ताश खेलें।'

'पहले कुछ मोमबत्तियाँ जला लो,' बैनर्जी ने कहा, 'यहाँ शाम एकाएक उत्तर आती है।'

दो मोमबत्तियाँ जलाकर हमने उन्हें लकड़ी के फर्श पर खड़ा कर दिया। उसके बाद फ्लास्क के ढक्कन में कॉफी डाल-डालकर बारी-बारी से पी। एक बात मेरे मन में बहुत देर से घुमड़ रही थी, उसे बिना कहे रह नहीं सका। भूत का नशा मेरे सिर पर कितना सवार हो गया है। यह तथ्य मेरी बात से ही जाहिर होगा। बैनर्जी की ओर मुखातिब होकर मैंने कहा, 'आपने बताया था कि कर्नल मार्सर ने यहाँ के कुछ फर्नीचर खरीदे थे। वे जब इतने निकट हैं तो उनसे क्या एक बात दरियाफ्त की जा सकती है?'

'क्या?' बैनर्जी ने पूछा।

'एक खास तरह की हाइबैक्ड चेयर के बारे में?'

अनीक ने तनिक ऊब के साथ कहा, 'अचानक हाइबैक्ड चेयर के बारे में पूछकर क्या होगा?'

'नहीं, यानी ब्राउन साहब ने लिखा है वह साइमन की बड़ी ही प्यारी कुरसी थी। भूत होने के बाद भी वह उसी पर बैठता था और वह फायरप्लेस के पास रखी रहती थी। हो सकता है, उसे यहाँ लाकर रखने से ...'

अनीक ने मेरी बात काटते हुए कहा, 'तुम बैनर्जी साहब की उस मॉरिस कार पर हाइबैक्ड चेयर ले आओगे या हम तीनों ही उसे कन्धे पर ढोकर ले आएँ? तुम्हारा दिमाग क्या खराब हो गया है?'

बैनर्जी ने हाथ उठाकर हम दोनों को चुप कराया और कहा, 'कर्नल मार्सर ने जो कुछ खरीदा है उसमें उस किस्म की कुरसी नहीं है, यह बात मुझे मालूम है। मैं उसके घर पर अक्सर जाया करता हूँ। अगर वह कुर्सी वहाँ रहती तो मेरी निगाह में पड़ती ही। जहाँ तक मुझे मालूम है, उन्होंने दो बुककेस, दो ऑयल पेंटिंग, कुछ गुलदस्ते और शेल्फ सजाने की कुछ शौकिया चीजें, जिन्हें आर्ट ऑब्जेक्ट कहते हैं,

खरीदी थीं।'

मेरा उत्साह ठंडा पड़ गया। ताश निकालकर फेंटना शुरू किया। बैनर्जी ने कहा, 'रमी ही चले। और यह खेल तभी जमता है जब पैसा लगाकर खेला जाए। आप लोगों को इसमें कोई आपत्ति है?'

मैंने कहा, 'बिलकुल नहीं। तब इतनी बात जरूर है कि मैं ठहरा बैंक का मामूली कर्मचारी। बहुत ज्यादा पैसा लगाने की मुझे सामर्थ्य नहीं है।'

बाहर दिन की रोशनी फीकी हो गई है। हम खेल में तल्लीन हो गए। ताश के खेल में तकदीर कभी मेरा साथ नहीं देती है। आज भी वही हालत रही। मैं जानता हूँ, अनीक मन ही मन नर्वस है। इसलिए अगर जीत उसकी हो तो मुझे बहुत-कुछ निश्चिन्तता का अहसास होगा, मगर उसका कोई लक्षण नहीं दीख रहा है। एकमात्र मिस्टर बैनर्जी की तकदीर उनका साथ दे रही है। वे विलायती स्वर गुनगुनाते जा रहे हैं और दाँव पर दाँव जीते जा रहे हैं। खेलते-खेलते सन्नाटे के बीच एक बार एक बिल्ली की आवाज सुनाई पड़ी। उसके कारण मेरे उत्साह पर और अधिक पानी फिर गया। भुतहा मकान में बिल्ली का रहना भी उचित नहीं है। यह बात जब मैंने बैनर्जी से कही तो वे हँसकर बोले, 'बट इट वाज ए ब्लैक कैट—इसी गलियारे से होकर गया है। ब्लैक कैट तो भूत के साथ जाता ही है, है न यह बात?'

खेल का सिलसिला चलता रहा। बीच में एक अनजान पक्षी की कर्कश आवाज के अतिरिक्त किसी तरह की आवाज, दृश्य या घटना ने हमारी एकाग्रता में बाधा नहीं डाली।

घड़ी साढ़े छह बजा रही है। कहा जा सकता है बाहर रोशनी है ही नहीं। अच्छा ताश मिल जाने के कारण मैं लगातार दो बार जीत चुका हूँ। इस बीच रमी का एक और दौर चल चुका है। तभी कानों में एक अस्वाभाविक आवाज आई। कोई बाहर से दरवाजे को खटखटा रहा है।

हम तीनों के हाथ ताश समेत नीचे गिर पड़े।

खट्-खट्, खट्-खट्।

अनीक का चेहरा इस बार और भी उतर गया। मेरी भी छाती अन्दर ही अन्दर धड़क रही है। मगर बैनर्जी में घबराहट का नामोनिशान तक नहीं है। अचानक सन्नाटे को भेदकर वे अपनी पुरजोर आवाज में चिल्ला उठे, 'हू इज़ इट?'

दरवाजे पर फिर खटखटाहट शुरू हो गई।

बैनर्जी पता लगाने के लिए चटपट उठकर खड़े हो गए। मैंने उनका हाथ पकड़कर कहा, 'अकेले मत जाइए।'

हम तीनों एक साथ कमरे के बाहर आए। गलियारे में आने के बाद बाईं तरफ हमने एक आदमी को खड़ा पाया। वह सूट पहने है और उसके हाथ में लाठी है। अँधेरे में उसे पहचानना मुश्किल है। अनीक ने मेरी आस्तीन पकड़ ली। इस

बार और ज्यादा जोर से। उसकी हालत देखकर मुझमें अपने आप एक साहस का भाव आ गया।

इस बीच बैनर्जी कई कदम आगे बढ़ चुके थे। वे चिल्ला उठे, 'ओह, हेलो डाक्टर लार्किन! आप यहाँ?'

अब मैंने भी उस प्रौढ़ साहब को गौर से देखा। सोने के चश्मे के पीछे उसकी नीली आँखों में एक सिकुड़न आ गई और वह बोला, 'तुम्हारी मॉरिस गाड़ी बाहर दिखाई दी। उसके बाद देखा, खिड़की से मोमबत्ती की रोशनी आ रही है। इसीलिए सोचा, एक बार देख लूँ कि तुम पर किस पागलपन का भूत सवार हुआ है।'

बैनर्जी ने हँसकर कहा, 'मेरे इन दो जवान मित्रों को एक अजीब एडवेंचर का शौक चर्राया है। कहा, एवरग्रीन लॉज में बैठकर ताश खेलेंगे।'

'वेरी गुड, वेरी गुड। जवानी ही इस तरह के पागलपन का वक्त हुआ करता है। हम बूढ़े सिर्फ अपने-अपने घर के कोच पर बैठकर पुरानी यादों को दुहराते हैं। वेल वेल, हैव ए गुड टाइम।'

लॉर्किन साहब ने हाथ उठाकर 'गुडबाइ' कहा और लाठी ठुकठकाते हुए चले गए और हमें भी भूत की उम्मीद छोड़नी पड़ी। अब और क्या करें! हम फिर ताश खेलने में जुट गए। शुरू में मैं लगभग साढ़े चार रुपया हार रहा था। पिछले आध घंटे के दरमियान उसमें से कुछ वापस आ गया है। साइमन का भूत न भी दीखे मगर ताश में जीतकर अगर घर लौट सकूँ तो आज का यह रहस्य-रोमांच कुछ सार्थक जैसा लगे।

बीच-बीच में आँखें घड़ी की तरफ चली जाती थीं। असली घटना कब घटी थी। उसका वक्त मुझे मालूम नहीं। ब्राउन साहब की डायरी से पता चला था कि शाम के इसी वक्त वज्रपात से साइमन की मृत्यु हुई थी।

मैं ताश बाँट रहा हूँ, मिस्टर बैनर्जी अपनी पाइप सुलगा रहे हैं, अनीक कुल मिलाकर सैंडविच खाने के उद्देश्य से पैकेट में हाथ देने जा रहा है कि तभी उसकी आँखों की दृष्टि एक ही क्षण में बदल जाती है और उसके अंग-प्रत्यंग जड़ जैसे हो जाते हैं।

उसकी दृष्टि दरवाजे के बाहर गलियारे की तरफ टिकी हुई है। हम दोनों की भी दृष्टि स्वभावतया उसी ओर चली जाती है। जो कुछ देखता हूँ उसके कारण कई क्षणों के लिए मेरा गला भी सूख जाता है और साँसों का चलना बन्द हो जाता है।

बाहर गलियारे के अँधेरे से दो चमकती हुई आँखें हमारी ओर अपलक ताक रही हैं।

मिस्टर बैनर्जी का दाहिना हाथ आहिस्ता-आहिस्ता कोट के वेस्ट पॉकेट की तरफ चला जाता है। और ठीक उसी क्षण जादू की तरह वह मामला मेरे सामने स्पष्ट हो जाता है और मेरे मन से सारा भय दूर हो जाता है। मैंने कहा, 'आपके

पिस्तौल की जरूरत नहीं है, साहब! यह वही काली बिल्ली है।'

मेरी बात से अनीक में भी साहस का संचार हुआ। बैनर्जी ने पॉकेट से हाथ बाहर निकाल कर कहा, 'हाउ रिडिकुलस!'

अब वे चमकती आँखें हमारे कमरे की तरफ आने लगीं। चौखट पार करते ही मोमबत्ती की रोशनी में मेरी बात सही साबित हुई। यह वही काली बिल्ली थी।

चौखट पार कर बिल्ली बाईं तरफ मुड़ी। हमारी दृष्टि उसके साथ-साथ घूम रही थी, उसका पीछा कर रही थी।

अबकी हम तीनों के गले से एक साथ ही एक शब्द बाहर निकल आया। अकस्मात् विस्मय होने पर जिस तरह शब्द निकलता है, ठीक उसी तरह का शब्द। इस शब्द के निकलने का कारण यह था कि हम जब ताश खेलने में व्यस्त थे, उसी बीच, पता नहीं कहाँ से और कैसे एक गाढ़े लाल रंग के मखमल से लिपटी हुई हाइबैक्ड कुरसी फायरप्लेस के पास आ गयी थी।

अमावस जैसे काली रात के अँधेरे में काली बिल्ली चुपचाप कुरसी की तरफ बढ़ गयी। उसके बाद वहाँ एक क्षण रुकी रही। फिर उसने एक छलाँग लगाई और कुरसी पर गुंजलक मारकर लेट गई। और उसी क्षण एक अजीब शब्द सुनकर मेरा शरीर विवर्ण हो गया। किसी एक अशरीरी वृद्ध की खिलखिलाहट के अन्तराल से बार-बार उच्चरित हो रहा है–'साइमन, साइमन, साइमन, साइमन।' और उसके साथ ही बचपने से भरी खुशियाँ और तालियों की गड़गड़ाहट।

एक चीख सुनाई पड़ी और अनीक बेहोश हो गया। और मिस्टर बैनर्जी? वे अनीक को गोद में लेकर गलियारे से दरवाजे की तरफ बढ़ने लगे।

मैं भी अब बैठा नहीं रह सका। ताश, मोमबत्ती, फ्लास्क, चादर सब कुछ पड़े रह गए।

सौभाग्य से बंगलौर की सड़कों पर लोगों का आवागमन कम रहता है वरना हमारी गाड़ी की तेज रफ्तार की चपेट में आकर उस समय कितने आदमी घायल होते, कहना मुश्किल है।

अनीक को गाड़ी में होश आ चुका था, मगर उसके मुँह से एक भी शब्द बाहर नहीं निकल रहा था। पहले-पहल मिस्टर बैनर्जी के मुँह से ही आवाज निकली। अनीक के बेयरा के हाथ से ब्राँडी का गिलास छीनकर एक ही घूंट में आधा गिलास पी गये और घरघराती आवाज में बोले, 'सो साइमन वाज ए कैट।'

मैं भी इस हालत में नहीं था कि कुछ बोलता, मगर मेरे मन ने हामी भरी।

सचमुच साइमन ब्राउन साहब की अक्लमन्द, मनमौजी, अभिमानिनी आज्ञाकारिणी और लाड़ली थी। जिस साइमन की मृत्यु आज से एक सौ तेरह वर्ष पहले वज्रपात से हुई थी। वह यही पालतू काली बिल्ली थी।

सदानन्द की छोटी दुनिया

आज मेरा मन खुश है, इसलिए सोचता हूँ, तुम लोगों को राज की बात बता दूँ। जानता हूँ, तुम लोग मेरी बात पर यकीन करोगे। तुम लोग इन लोगों के जैसे नहीं हो। इन लोगों का ख्याल है, मेरी सारी बातें झूठी और बनावटी हैं। यही वजह है, मैं इन लोगों से अब बातचीत ही नहीं करता।

अभी दोपहर है, इसलिए ये लोग मेरे कमरे में नहीं हैं। तीसरे पहर आएँगे। अभी यहाँ मैं हूँ और मेरा मित्र लालबहादुर है। लालबहादुर सिंह। उफ्, कल उसने मुझे कितनी चिन्ता में डाल दिया था। मेरा यह खयाल था ही नहीं कि वह फिर लौटकर आएगा। वह बड़ा ही अक्लमन्द है, इसलिए भागकर उसने अपनी जान बचा ली। कोई दूसरा होता तो अब तक मर कर भूत हो चुका होता।

लो, मित्र का नाम तो बता दिया मगर अपना नाम बताया ही नहीं। मेरा नाम है सदानन्द चक्रवर्ती। सुनने से दाढ़ीवाले बूढ़े जैसा क्या नहीं लगता हूँ? दरअसल मेरी उम्र तेरह साल है। नाम यदि बूढ़े जैसा है तो मैं क्या करूँ? मैंने खुद तो अपना नाम रखा नहीं। रखा है मेरी दादी अम्मा ने।

इतना जरूर है कि उन्हें अगर पता होता कि नाम के कारण मुझे परेशानी में पड़ना होगा तो वे मेरा नाम कुछ और ही रखतीं। उन्हें यह मालूम नहीं था कि लोग मेरे पीछे पड़ जाएँगे और कहेंगे, 'तेरा ही नाम सदानन्द है न?'

काश! उनमें थोड़ी भी अक्ल होती! सियार की तरह सिर्फ खों-खों कर हँसने से ही क्या खुशी हासिल होती है? सभी तरह की खुशियों में क्या हँसा जाता है या हँसना उचित है?

जैसे, मान लो तुम बिना कुछ सोचे-विचारे जमीन में एक लकड़ी गाड़ देते हो। एक फतिंगा उड़ता हुआ आता है और उस लकड़ी के ऊपर बैठ जाता है। यह तो बहुत मजेदार बात है। मगर इसको देखकर अगर तुम हो-हो कर हँसने लगते हो तो लोग तुम्हें पागल ही कहेंगे। इसी तरह के मेरे एक पगले दादाजी थे। मैंने उन्हें देखा नहीं है, मगर बाबूजी से सुना है कि वे बेवजह हँसा करते थे। आखिर

में जब उनका पागलपन बहुत बढ़ गया तो बाबूजी, छोटे चाचा और अविनाश चाचा ने मिलकर उन्हें साँकल से बाँध दिया। उस समय भी वे इतना हँसते थे, इतना कि क्या कहूँ!

जानते हो, असली बात क्या है? मुझे जिन चीजों में दिलचस्पी है, ज्यादातर लोगों के ध्यान में वे चीजें आती ही नहीं। अपने बिस्तर पर लेटे-लेटे ही मैं बहुत-सी मजेदार चीजें देखता रहता हूँ। बीच-बीच में खिड़की के रास्ते से कमरे के अन्दर सेमल का बीज उड़ता चला आता है। उसमें लम्बा रोआँ रहता है और वह रोआँ इधर-उधर उड़ता रहता है। वह बड़ी ही मजेदार चीज है। हो सकता है, वह एक बार तुम्हारे चेहरे के पास उड़ता हुआ आए। तुम जैसे ही एक बार फूँक मारोगे वह झट से उड़कर शहतीर की तरफ चला जाएगा।

और खिड़की पर अगर एक कौवा आकर बैठे तो उधर देखने पर तुम्हें लगेगा कि यह तो सर्कस का मसखरा है। कौवा जैसे ही आकर बैठता है, मैं हिलना-डुलना बन्द कर देता हूँ और तिरछी निगाहों से उसका तमाशा देखता रहता हूँ।

इतना ज़रूर है कि अगर कोई पूछे कि मुझे सबसे ज्यादा मज़ा किसमें मिलता है तो मैं कहूँगा चींटी में। सिर्फ़ मज़ा कहना गलत होगा। कारण...। न, कारण अभी नहीं बताऊँगा। पहले ही अगर आश्चर्यजनक बातें बता दूँ तो सारा मजा किरकिरा हो जाएगा। इससे तो बेहतर यही है कि शुरू से ही बताऊँ।

आज से लगभग एक साल पहले मैं बुखार की चपेट में फँस गया था। यह कोई नई चीज हो, ऐसी बात नहीं। मुझे अकसर बुखार आ जाया करता था। सर्दी और बुखार। माँ कहती, सुबह-शाम मैदान में भीगने और भीगी घास और जमीन पर बैठे रहने के कारण यह सब होता है।

हर बार की तरह इस बार भी बुखार के शुरुआत के दिनों में अच्छा ही लग रहा था। ठंडा-ठंडा, बदन में ऐंठन और सुस्ती का भाव। उसके साथ स्कूल न जाने का मजा तो है ही। बिस्तर पर लेटा हुआ खिड़की के बाहर तर्री के एक वृक्ष पर गिलहरी को खेलते हुए देख रहा था। तभी माँ ने आकर एक कसैली दवा पीने को दी। मैंने भले लड़के की तरह दवा पीकर गिलास से पानी के कई घूँट हलक से नीचे उतारे और बाकी पानी को कुल्ली कर खिड़की के बाहर फेंक दिया। माँ खुश होकर कमरे से बाहर चली गई।

उसके बाद चादर को खींचकर भलीभाँति बदन पर डाला। फिर गावतकिये को बगल में दबाकर लेटने जा ही रहा था कि एक चीज पर मेरी नजर गई।

देखा, कुल्ली का थोड़ा-सा पानी खिड़की पर पड़ा हुआ है और उस पानी में एक छोटी काली चींटी गोते लगा रही है।

यह बात मुझे इतनी अद्भुत लगी कि अच्छी तरह देखने के ख्याल से मैं अपनी आँखों को चींटी के बिलकुल करीब ले गया।

देखते-देखते मुझे अचानक लगा। वह चींटी चींटी नहीं, कोई आदमी है। और न केवल आदमी बल्कि मुझे ऐसा लगा कि झन्टू के बहनोई साहब मछली पकड़ने गए हैं और फिसलकर कीचड़ में गिर पड़े हैं, अच्छी तरह तैरना न जानने के कारण डुबकियाँ लगा रहे हैं और हाथ-पाँव पटक रहे हैं। याद है, झंटू के बहनोई साहब को झंटू के बड़े भैया और नौकर नरहरि ने बचाया था।

जैसे ही मुझे यह बात याद आई, मेरे मन में इच्छा जगी कि चींटी को बचा लूँ। बुखार की हालत में ही झट से बिस्तर से उठकर खड़ा हो गया और बगल के कमरे में प्रवेश किया। वहाँ पिताजी के राइटिंग पैड से ज़रा-सा ब्लौटिंग पेपर फाड़कर एक ही दौड़ में अपने कमरे में वापस चला आया और छलाँग लगाकर ब्लौटिंग पेपर के टुकड़े को पानी पर रख दिया। रखने के साथ ही ब्लौटिंग पेपर ने पानी को सोख लिया।

जान बचने के कारण चींटी एक क्षण के लिए हक्की-बक्की रह गई, एक-दो बार इधर-उधर मुड़ती हुई सीधी नाली में चली गई।

उस दिन फिर कोई चींटी नहीं आई।

दूसरे दिन मेरा बुखार बढ़ गया। दोपहर में माँ काम-धाम खत्म कर कमरे में आईं और बोलीं, ''खिड़की की ओर फटी-फटी आँखों से क्यों ताक रहे हो? इतना बुखार है। चाहे नींद आए, चाहे न आए, आँख बन्द कर चुपचाप लेटे रहो।''

माँ को खुश करने की खातिर मैंने आँखें बन्द कर लीं, मगर उसके जाते ही आँख खोलकर नाली की तरफ ताकने लगा।

तीसरे पहर सूरज जब पेड़ के पीछे चला गया, एक चींटी को नाली के छेद से झांकते हुए देखा।

अचानक वह बाहर निकल आई और खिड़की पर चहल-कदमी करने लगी।

सभी चींटियाँ हालाँकि एक जैसी होती हैं, फिर भी मुझे न जाने क्यों ऐसा महसूस हुआ कि यह कल वाली ही वह चींटी है जो मुसीबत में फंस गई थी। मैंने चूँकि मित्र का काम किया था इसलिए आज हिम्मत बाँधकर मेरे पास आई है।

मैंने पहले से ही योजना बना ली थी। भंडारघर से एक चम्मच चीनी ले आया था और उसे कागज में मोड़कर अपने तकिये के नीचे रख दिया था। उससे एक बड़ा दाना निकालकर मैंने खिड़की पर रख दिया।

चींटी अचानक ठिठककर खड़ी हो गई। उसके बाद धीरे-धीरे चीनी के दाने के पास आकर उसे चारों तरफ़ से छू-छाकर देखा। उसके बाद न जाने क्या सोचा और मुड़कर नाली के अन्दर चली गई।

मैंने सोचा, वाह जी वाह, खाने के लिए इतनी अच्छी चीज दी और हजरत उसे छोड़कर लापता हो गए! फिर आने की जरूरत ही क्या थी?

कुछ देर बाद डाक्टर साहब आए। मेरी नाड़ी और जीभ देखी, छाती और पीठ की स्टेथस्कोप से परीक्षा की। सब कुछ देखने-सुनने के बाद कहा कि मुझे कसैली

दवा और पीनी है। दो दिन के बाद ही बुखार उतर जाएगा।

सुनकर मेरा मन खराब हो गया। बुखार उतरने का मतलब है स्कूल जाना और स्कूल जाने का मतलब है दोपहर की बरबादी। दोपहर को ही चींटी मेरी खिड़की से होकर आती है।

खैर, डाक्टर बाबू के कमरे से जाते ही मैंने फिर से खिड़की की तरफ देखना शुरू कर दिया और मेरा मन फिर खुशियों से भर उठा। अबकी एक नहीं, अगनित चींटियाँ कतार बाँधकर नाली से होकर अन्दर आ रही हैं। सामने की चींटी मेरी वही जानी-पहचानी चींटी है। उसी ने अन्य चींटियों के पास खबर पहुँचाई होगी और अब सबको अपने साथ लेकर आई है।

थोड़ी देर तक गौर से देखने के बाद चींटी की बुद्धि का नमूना दिखाई पड़ा। सभी चींटियों ने मिलकर चीनी के दाने को ठेलना शुरू किया और ठेलती हुई नाली की तरफ ले गईं। वह इतनी मजेदार बात थी कि बिना देखे समझ में नहीं आ सकती। मन-ही-मन सोचने लगा, मैं अगर चींटी होता तो अवश्य ही सुनता कि वे कह रही हैं—मारो जवान, हैया। और भी थोड़ा, हैया। चले इंजिन, हैया।

बुखार उतरने के बाद शुरू में कई दिनों तक स्कूल में बहुत खराब लगता रहा। क्लास मैं बैठा-बैठा सिर्फ अपनी खिड़की की बात सोचता रहता था। पता नहीं, कितनी तरह की चींटियाँ वहाँ आ-जा रही होंगी। इतना ज़रूर है कि आने के समय हर रोज मैं खिड़की पर चीनी के दो-तीन दाने रख आता था। तीसरे पहर जब मैं लौटकर जाता तो उन दानों को वहाँ से लापता पाता था।

क्लास में मैं ज्यादातर बीच की एक बेंच पर बैठा करता था। मेरी बगल में शीतल बैठता था। एक दिन मुझे जाने में देर हो गई और वहाँ पहुँचने पर शीतल की बगल में फणी को बैठा हुआ पाया। क्या करता, पीछे दीवार की तरफ एक सीट खाली थी, उसी पर जाकर बैठ गया।

टिफिन के पहले इतिहास का क्लास था। हाराधन बाबू अपनी महीन आवाज में हैनिबेल की वीरता की कहानी सुना रहे थे। हैनिबेल ने कार्थेज से सेना लेकर आल्पस पर्वत पार किया था और उसके बाद इटली पर चढ़ाई की थी। सुनते-सुनते मुझे लगा, हैनिबेल की सेना इसी कमरे में है और मेरे निकट से होकर चली जा रही है।

इधर-उधर ताकते ही पीछे की दीवार पर मेरी आँखें टिक गईं। देखा, चीटिंयों की एक लम्बी कतार दीवार से नीचे उतर रही है। ठीक सेना की तरह काली-काली, छोटी-छोटी अनगिनत चींटियों की कतारें। लगातार एक ही ढंग से चली जा रहीं और रुकने का नाम ही नहीं ले रही हैं।

टिफिन की घंटी बजते ही मैं बाहर निकल आया—क्लास के पीछे की तरफ। जाकर उस दरार को ढूँढ़ निकाला। देखा, चींटियाँ दीवार की दरार से निकल कर घास के अन्तराल से सीधे अमरूद के दरख्त की ओर जा रही हैं।

चींटियों की कतार का अनुसरण करते हुए जब पेड़ के तने के पास पहुँचा तो जिस चीज पर नजर पड़ी उसे किले के अलावा क्या कहा जाए!

देखा, किले की तरह ही ऊँचा मिट्टी का एक टीला है, उसके नीचे की तरफ एक फाटक। और उसी फाटक से कतार बाँधकर चींटियों की सेना अन्दर प्रवेश कर रही है।

मेरे मन में इच्छा जगी कि किले के अन्दरूनी हिस्से को ज़रा देख लूँ। जेब में जो पेंसिल थी, उसी की नोक से मैंने टीले के ऊपर की मिट्टी को धीरे-धीरे हटाना शुरू किया।

शुरू में कुछ भी न मिला, परन्तु उसके बाद जिस चीज पर मेरी नजर पड़ी उसने मुझे आश्चर्य में डाल दिया। किले के अन्दर छोटे-छोटे अनेक खाने बने हैं और एक खाने से दूसरे खाने के लिए अनगिनत सुरंगें बिछी हैं। कितने आश्चर्य की बात है! इन छोटे-छोटे हाथ-पैरों से इस तरह के मकान इन लोगों ने कैसे बनाए? इनमें इतनी अक्ल कहाँ से आई? क्या इन लोगों के भी स्कूल और शिक्षक हैं? ये लोग भी क्या लिखते-पढ़ते हैं, हिसाब बनाते हैं, तसवीर बनाते हैं और कारीगरी सीखते हैं? फिर क्या सिवाय चेहरे के आदमी और इनमें कोई अन्तर नहीं है? शेर, भालू, हाथी, घोड़ा वगैरह अपने-अपने घर अपने हाथों से कहाँ बना पाते हैं? यहाँ तक कि पालतू कुत्ते भी नहीं।

चिड़ियाँ जरूर खोंता बनाती हैं। मगर उनके एक खोंते में कितनी चिड़ियाँ वास कर सकती हैं? चिड़ियाँ क्या इन लोगों के जैसा किला बना पाती हैं जिसमें हजारों चिड़ियाँ एक साथ वास कर सकें?

किले का कुछ हिस्सा टूट जाने के कारण चीटियाँ में खलबली मच गई थी। मुझे बड़ा दुख हुआ। मन-ही-मन सोचा, इन लोगों की मैंने हानि की है तो अब भलाई भी करनी चाहिए। ऐसा यदि नहीं करूँगा तो चींटियाँ मुझे अपना दुश्मन समझ लेंगी और मैं उनका दुश्मन नहीं होना चाहता। असल में मैं उनका मित्र हूँ।

इसलिए दूसरे दिन मैंने उस सन्देश का आधा भाग, जिसे माँ ने मुझे खाने को दिया था, सखुए के एक पत्ते में मोड़कर जेब में रख लिया।

स्कूल पहुँचने पर, घंटा बजने के पहले ही सन्देश के उस टुकड़े को बांबी के पास रख दिया। बेचारों को भोजन की तलाश में बहुत दूर जाना पड़ता है। आज घर से बाहर निकलते ही उन्हें अपने सामने भोजन का पहाड़ दीख पड़ेगा। यह क्या कोई कम उपकार है?

इसके कुछ दिन बाद ही गरमी की छुट्टी हुई और चींटियों से मेरी दोस्ती और भी गहरी हो गई।

चींटियों को देख-देखकर उनके विषय में जो सब आश्चर्यजनक बातें मालूम हुईं, बीच-बीच में मैं बड़े-बुजुर्गों को वही बातें बताता था। मगर वे मेरी बात पर

ध्यान ही नहीं देते थे। सबसे ज्यादा गुस्सा मुझे उस वक्त आता जब वे मेरी बातें हँसकर उड़ा देते। इसलिए एक दिन तय किया कि अब किसी को कुछ भी न बताऊँगा। जो करने का होगा खुद ही करूँगा, जो कुछ जानकारी प्राप्त होगी, उसे अपने तक ही सीमित रखूँगा।

एक दिन एक घटना घट गई।

तब दोपहर का वक्त था। मैं झंटु के मकान की दीवार पर बनी माटे की एक बांबी के पास बैठा था और माटों का खेल देख रहा था। बहुत-से आदमी कहेंगे कि माटे की बाँबी के पास अधिक देर तक बैठा नहीं जा सकता। क्योंकि माटा काट लेता है। यह बात सही है कि इसके पहले माटा मुझे काट चुका है, मगर कुछ दिनों से देख रहा हूँ कि अब वह मुझे नहीं काटता। मैं निश्चिंतता के साथ बैठा हुआ माटों को देख रहा था कि तभी छिकु वहाँ आ धमका।

छिकु के बारे में इसके पहले मैंने कुछ भी न बताया है। उसका अच्छा नाम श्री कुमार है। वह हमारे ही दर्जे में पढ़ता है, मगर हम लोगों से काफी बड़ा है, क्योंकि दाढ़ी-मूँछें उग आई हैं। छिकु सिर्फ लीडरी करता रहता है। यही वजह है कि कोई उसे प्यार नहीं करता। मैं भी नहीं। लेकिन ऐसा होने पर भी मैं उससे कभी उलझता नहीं, क्योंकि मुझे मालूम है कि उसकी देह में बहुत ताकत है।

मुझे देखकर छिकु बोला, 'अरे बेवकूफ, यहाँ बैठकर किसका इन्तजार कर रहा है?'

मैंने छिकु की बातों पर ध्यान नहीं दिया, मगर देखा वह मेरी ओर ही आ रहा है।

मैं माटों की तरफ देखने लगा। छिकु ने मेरे पास आकर पूछा, 'क्या हो रहा है? हाव-भाव अच्छा नहीं लग रहा है।'

मैंने अब छिपाने की कोशिश नहीं की और सच्ची बात बता दी।

सुनकर छिकु दाँत पीसने लगा और बोला, 'माटा देख रहे हो—इसका मतलब? इसमें देखने की क्या चीज है? चींटी क्या तुम्हारे घर में नहीं है कि यहाँ देखने पहुँच गए?'

मुझे बड़ा गुस्सा आया। मैं कुछ भी करूँ, इससे तुम्हारा क्या बिगड़ता है? हर चीज में नाक घुसेड़ता है और लीडरी किए चलता है!

मैंने कहा, 'देखना मुझे अच्छा लगता है, इसीलिए देखता हूँ। चींटी का रहस्य तुम्हारी समझ में नहीं आएगा। तुम्हें जो अच्छा लगे, जाकर वही करो। यहाँ परेशान करने क्यों आ गए?'

मेरी बात सुनकर छिकु बिलाव की तरह झुंझला उठा और बोला, 'ओह, देखना अच्छा लगता है! चींटी देखना अच्छा लगता है? फिर लो, देखो!' यह कहकर छिकु ने लाठी की चोट से माटे की बाँबी को तोड़कर बरबाद कर दिया। और उस चोट से कम-से-कम पाँच सौ चींटियों की जान चली गई। लाठी मारकर छिकु हंसता हुआ

वहाँ से चला जा रहा था। तभी मेरे सिर पर भूत सवार हो गया।

मैंने छलांग लगाई और छिकु के बालों को कसकर पकड़ लिया और फिर उसके सिर को झंटु की दीवार से चार-पाँच बार जोरों से टकरा दिया।

उसके बाद जब मैंने छिकु को छोड़ा तो वह रोता हुआ अपने घर की तरफ चला गया।

मैं जब घर पहुँचा, उसके पहले ही छिकु शिकायत पहुँचा गया था। मगर आश्चर्य की बात है कि तब माँ ने न तो मुझे मारा और न डाँटा-फटकारा ही। दरअसल उसे विश्वास ही नहीं हुआ, क्योंकि इसके पहले मैंने कभी किसी से मारपीट नहीं की थी। इसके अलावा माँ को यह मालूम था कि मैं छिकु से डरता हूँ।

मगर बाद में माँ ने जब मुझसे इसके बारे में पूछताछ की तो मैंने सच बात कह दी।

सुनकर माँ हैरान हो गई। बोली, 'ऐं, तुमने छिकु का सिर फोड़ दिया है?'

मैंने कहा, 'हाँ। छिकु ही क्यों, जो भी आदमी चींटी की बांबी तोड़ेगा। उसका सिर फोड़ दूँगा।'

इस बात से माँ को बड़ा गुस्सा आया। उसने मुझे बेहद पीटा और कमरे के अन्दर बन्द कर दिया। उस दिन शनिवार था। पिताजी जल्दी ही कचहरी से लौट आए थे। जब माँ से उन्हें सारी बातें मालूम हुईं तो उन्होंने मेरे कमरे के दरवाजे पर बाहर से ताला लगा दिया।

मार खाने के कारण हालाँकि मेरी पीठ दर्द कर रही थी, मगर इसके लिए मेरे मन में कोई दुख न था। अगर दुख था तो चींटी के कारण ही। उस बार सहाबगंज में, जहाँ परिमल रहता है, दो ट्रेनें आपस में टकरा गई थीं और लगभग तीन सौ आदमियों की मृत्यु हो गई थी। आज छिकु के लाठी के वार से इतनी-इतनी चींटियाँ मर गईं!

कितना अन्याय है, कितना अन्याय!...

बिस्तर पर लेटे-लेटे जब यही सब सोच रहा था तो मेरा सिर चकराने लगा और मैं बदन में ठंड महसूस करने लगा। चादर तानकर मैंने करवट बदली।

उसके बाद कब मेरी आँखों में नींद उतर आई इसका पता नहीं चला।

एक बहुत ही महीन और मीठी आवाज, बहुत कुछ संगीत की तरह, आरोह-अवरोह के साथ सुनाई पड़ रही है।

मैंने ध्यान से सुनने की कोशिश की मगर पता नहीं चला कि वह आवाज किधर से आ रही है। शायद कहीं दूर संगीत का कार्यक्रम चल रहा है। लेकिन इस तरह का गीत इसके पहले सुनने को नहीं मिला है।

लीजिए, मैं गीत सुनने में मग्न हूँ और ये हजरत कब नाली से आकर उपस्थित हो गए हैं, इसका पता भी नहीं चला।

अब मैंने ठीक से पहचाना—यह मेरी वही जानी-पहचानी चींटी है, जिसे मैंने

पानी से बचाया था। मेरी ओर ताकती हुई। दोनों पैरों को माथे से छुलाकर मुझे नमस्कार कर रही है! इसका नाम क्या रखा जाए? काली? केष्टो? काला चाँद? सोचना होगा। मित्र है मगर नाम नहीं। यह कैसे हो सकता है?

मैंने अपनी हथेली खिड़की पर रख दी। अपने अगले पैरों को सिर से नीचे की तरफ हटाकर चींटी धीरे-धीरे मेरी ओर आने लगी। उसके बाद मेरी कनिष्ठ उँगली से होती हुई मेरे हाथ पर आई और मेरी हथेली की आँकी-बाँकी नदी जैसी रेखाओं पर चहल-कदमी करने लगी। तभी दरवाजे पर खट से आवाज हुई और मैं चौंक उठा। चींटी भी हड़बड़ाती हुई हाथ से नीचे उतर आई और नाली के अन्दर चली गई।

उसके बाद ताला खोलकर माँ अन्दर आई और मुझे एक कटोरा दूध पीने के लिए दिया। फिर मेरी आँखों को देखने और बदन को छूने पर उसको पता चला कि मुझे बुखार आ गया है।

दूसरे दिन सवेरे डाक्टर साहब आए। माँ ने कहा, ''सदानन्द रात-भर छटपट-छटपट करता रहा है और 'काली-काली' बुड़बुड़ाता रहा है।'' माँ ने शायद सोचा कि मैं देवी-देवता का नाम ले रहा था। असली बात माँ को मालूम ही नहीं है।

डाक्टर साहब ने मेरी पीठ पर जब स्टेथस्कोप लगाया तो उस समय भी मुझे कल के जैसा ही मृदु संगीत सुनाई पड़ा। आज कल से कुछ तेज आवाज थी और स्वर भी कुछ दूसरी ही तरह का। लगा, खिड़की की तरफ से ही संगीत का स्वर आ रहा है। लेकिन डाक्टर साहब ने मुझे चुपचाप पड़े रहने को कहा था। इसलिए मैं मुड़कर नहीं देख सका। डाक्टर साहब मेरे शरीर की जाँच करके खड़े हो गए और मैंने तिरछी निगाहों से खिड़की की तरफ देखा। बाप रे, आज तो एक नया ही मित्र आया है—च्यूंटा! और वह मुझे नमस्कार कर रहा है! फिर क्या तमाम चींटियाँ ही मेरी मित्र हैं? गीत भी क्या यही च्यूंटा गा रहा है?

मगर माँ तो गीत के बारे में कुछ भी न कह रही है। फिर क्या वह सुन नहीं पा रही है?

पूछने के खयाल से मैं माँ की तरफ मुड़ा ही था कि तभी वह फटी-फटी आँखों से खिड़की की ओर ताक रही है। उसके बाद अचानक मेज से मेरी हिसाब की कापी उठाकर मेरी तरफ झुकी और कापी पटककर उसे मार डाला।

उसके साथ ही गीत का सिलसिला थम गया।

माँ ने कहा, ''बाप रे, चींटी का उपद्रव कितना बढ़ गया है! कहीं तकिये पर चढ़कर कान के अन्दर जाकर काट ले तो हालत खराब हो जाए!''

डाक्टर साहब जब इंजेक्शन देकर चले गए तो मैंने मरे हुए च्यूंटे की ओर देखा। इतना सुन्दर गीत गाते-गाते बेचारा चल बसा। यह तो ठीक मेरे इन्द्रनाथ दादाजी

की जैसी हालत हुई। वे भी बड़े ही मधुर गीत गाते थे। यह जरूर था कि उनका गीत हमारी समझ में ठीक से नहीं आता था। लेकिन बड़े बुजुर्गों का कहना था कि वह उच्चकोटि का शास्त्रीय संगीत था। वे भी इसी तरह एक दिन तानपूरा लेकर गीत गा रहे थे कि एकाएक उनकी मृत्यु हो गई। जब उन्हें श्मशान की ओर ले जाया गया था तो उनके पीछे-पीछे शहर का एक कीर्त्तनिया दल था जो हरिनाम का संकीर्त्तन गाता हुआ जा रहा था। मैंने इसे अपनी आँखों से देखा था और वह बात अब भी मुझे याद है, हालाँकि उस समय मैं बिलकुल छोटा था।

आज एक अद्‌भुत घटना घटी। इन्जेक्शन लेकर जब मैं नींद में खो गया तो सपने में देखा, चींटियों का एक विशाल झुंड मृत च्यूंटे को इन्द्रनाथ दादा जी की तरह ही श्मशान की ओर लेकर जा रहा है। दस या बारह चींटियों ने उन्हें कन्धे पर उठा लिया है और बाकी चींटियाँ कीर्त्तन जैसा गीत गाती हुई पीछे-पीछे चली जा रही हैं।

तीसरे पहर माँ ने जैसे ही मेरे सिर पर हाथ रखा कि मेरी नींद खुल गई।

मैंने खिड़की की तरफ गौर से देखा वहाँ मरी हुई चींटी नहीं थी।

उस बार मेरा बुखार आसानी से उतरने का नाम नहीं ले रहा था। उतरे तो कैसे, दोष तो मेरे घरवालों का ही है। घर के सभी लोगों ने चींटियों को मारना शुरू कर दिया था। दिन-भर अगर चींटियों की उस तरह की चीखें सुननी पड़ें तो बुखार बढ़ेगा ही।

मुझे एक और मुसीबत का सामना करना पड़ता है। हमारे घर के लोग जब भंडार घर या आँगन में चींटियों को मारते हैं तो दूसरी चींटियों का झुंड मेरी खिड़की के पास आकर बेहद रोने लगता है। समझ गया, ये चींटियाँ चाहती हैं कि मैं इनकी तरफ से कोई काम करूँ—या तो चींटियों का मारा जाना रुकवा दूँ या उन्हें जो लोग मारते हैं उन्हें डाँट-फटकार सुनाऊँ। मगर बुखार रहने के कारण मेरी देह में ताकत नहीं थी। और ताकत अगर रहती तो भी छोटा होने के कारण बड़े-बुजुर्गों को कैसे डाँट-फटकार सुनाता?

मगर आखिर में कुछ-न-कुछ इन्तजाम करना ही पड़ा।

दिन कौन-सा था, याद नहीं। इतना ही याद है कि उस दिन खूब तड़के मेरी नींद टूट गई थी। नींद टूटते ही सुना, फटिक की माँ चिल्ला-चिल्लाकर कह रही है कि रात के वक्त एक च्यूंटे ने उनके कान के अन्दर जाकर काट लिया है।

यह बात सुनकर मुझे बेहद खुशी हुई थी। मगर उसके बाद ही झाडू पीटने की आवाज सुनकर समझ गया कि चींटियों को मारने का अभियान शुरू हो गया है।

उसके बाद एक अजीब घटना घटी। अचानक कानों में धीमी आवाज आई— 'बचाओ! बचाओ! हम लोगों की रक्षा करो!' मैंने खिड़की की तरफ गौर से देखा। चींटियों का झुंड खिड़की के ऊपर आकर घबराहट के मारे चहल-कदमी कर रहा है।

चींटियों के मुँह से यह बात सुनकर मैं खामोश नहीं रह सका। बीमारी की

बात भूलकर मैं बिस्तर से कूद कर बरामदे में चला आया। शुरू में मेरी समझ में यह नहीं आया कि क्या करूँ, उसके बाद सामने एक घड़ा देखकर उसे उठाकर पटक दिया।

उसके बाद जो भी टूटने लायक चीजें थीं, उन्हें तोड़ना शुरू कर दिया।

मैंने बहुत ही कारगर उपाय खोज निकाला था। क्योंकि उसके बाद मेरा काण्ड देखकर चींटियों को मारने का अभियान रुक गया। मगर उसी क्षण माँ, बाबूजी, छोटी बुआ जी, साबीदी—जितने भी लोग थे—घबराकर बाहर निकल आए और मुझे कसकर पकड़ लिया। उसके बाद मुझे गोद में उठाकर खाट पर पटक दिया और दरवाजे को ताले से बन्द कर दिया।

मैं मन-ही-मन बेहद हँसा और मेरी खिड़की पर चींटियों ने खुशी के मारे नाचना शुरू कर दिया और मुझे शाबाशी देने लगीं।

उसके बाद मैं ज्यादा दिनों तक घर में नहीं रहा, क्योंकि एक दिन डाक्टर साहब ने मेरी जाँच करने के बाद कहा कि घर पर रहने से चिकित्सा में सुविधा नहीं होगी और मुझे अस्पताल जाना होगा।

अभी मैं जहाँ हूँ, वह अस्पताल का एक कमरा है। मैं यहाँ चार दिनों से हूँ।

पहले दिन मुझे यह कमरा बहुत बुरा लगा था, क्योंकि यह इतना साफ-सुधरा है कि लगता है चींटी यहाँ हो ही नहीं सकती। चूँकि कमरा नया है इसलिए छेद-दरार नहीं है। कोई अलमारी भी नहीं है कि जिसके नीचे या पीछे चींटी रह सके। नाली अलबत्ता है, मगर वह भी बेहद साफ-सुधरी है। हाँ, एक खिड़की है और खिड़की के बाहर ही आम के एक पेड़ का ऊपरी हिस्सा है। उसकी एक डाल खिड़की के बिलकुल करीब है।

समझ गया, अगर चींटी होगी तो उसी डाल पर होगी।

मगर पहले दिन मैं खिड़की के पास जा ही नहीं सका। कैसे जाऊँ? दिन-भर डाक्टर, नर्स और घर के आदमी मेरे कमरे में अन्दर आते-जाते रहे हैं।

दूसरे दिन भी यही हालत रही।

मेरा मन बेहद उदास हो गया। मैंने दवा की एक शीशी तोड़ डाली। नये डाक्टर साहब बेहद झुंझला उठे। नये डाक्टर साहब भले आदमी नहीं हैं। यह बात मैं उनकी मूँछ और चश्मे को देखकर ही समझ गया था।

तीसरे दिन एक घटना घट गई।

तब कमरे में सिवाय एक नर्स के और कोई नहीं था और वह भी कोने की एक कुरसी पर बैठी किताब पढ़ने में तल्लीन थी। मैं चुपचाप लेटा हुआ था और यह तय नहीं कर पा रहा था कि क्या करूँ। तभी धप से आवाज हुई और मेरी आँखें उसकी ओर मुड़ गईं। देखा, उसके हाथ से किताब गोद पर गिर गई है और वह नींद में खो गई है।

यह देखकर मैं आहिस्ता से बिस्तर से उठा और दबे पाँवों खिड़की के पास पहुँच गया।

उसके बाद खिड़की के निचले पल्ले पर पाँव रखकर, और अपने शरीर को यथासम्भव बाहर निकालकर, मैंने अपना हाथ आगे बढ़ाया। मेरे हाथ की पहुँच की सीमा में आम की एक डाल आ गई और उसे पकड़कर मैंने खींचना शुरू किया। तभी मेरा दाहिना पाँव अचानक पल्ले से खिसक गया और खट् से आवाज हुई। उस आवाज से नर्स की नींद टूट गई।

अब जाऊँ तो कहाँ जाऊँ!

नर्स के मुँह से एक विकट आवाज निकली और वह दौड़ती हुई मेरे पास आई। उसके बाद मुझे पकड़कर खींचती हुई ले आई और बिछावन पर पटक दिया।

डाक्टर साहब ने मुझे एक इन्जेक्शन दिया। उन लोगों की बातचीत से पता चला कि मैं खिड़की से नीचे कूदने जा रहा था। कितने बेवकूफ हैं ये लोग! इतनी ऊँचाई से आदमी कूदे तो उसकी हड्डी-पसली टूटेगी ही, साथ-ही-साथ जान जाने की भी नौबत आ जाएगी।

डाक्टर साहब के चले जाने के बाद मुझे नींद आने लगी, और अपने मकान की खिड़की की बात भी याद आने लगी। मेरा मन बहुत ही उदास हो गया। पता नहीं, कब घर लौटकर जाऊँगा!

सोचते-सोचते मैं नींद में खो गया था कि तभी एक धीमी आवाज सुनाई पड़ी, 'सिपाही हाजिर है हुजूर। सिपाही हाजिर है।'

मैंने आँख खोलकर देखा। मेरी खाट की बगलवाली मेज की सफेद चादर पर, दवा की शीशी के बिलकुल पास ही, शान के साथ दो लाल माटे खड़े हैं।

ये दोनों जरूर ही पेड़ से मेरे हाथ पर होते हुए यहाँ आए हैं। मुझे इसका पता भी नहीं चला।

मैंने कहा, 'सिपाही?'

जवाब मिला, 'हाँ, हुजूर!'

'तुम लोगों का नाम क्या है?' मैंने पूछा।

एक ने कहा, लालबहादुर सिंह और दूसरे ने अपना नाम लालचन्द पाँडे बताया।

मुझे बेहद खुशी हुई। मैंने उन दोनों को सावधान कर दिया कि बाहर का आदमी आए तो वे कहीं छिप जायें वरना उनकी जान चली जाएगी। लालचन्द और लालबहादुर ने मुझे लम्बी सलामी दी और कहा, 'ठीक है हुजूर।'

उसके बाद दोनों ने मिलकर एक बहुत मधुर गीत गाना शुरू कर दिया। आज मैं उस गीत को सुनते-सुनते नींद में खो गया।

अब जल्दी-जल्दी कल की घटना बता दूँ, क्योंकि घड़ी पाँच बार टन-टन आवाज कर चुकी है। डाक्टर के आने का समय हो चुका है।

कल तीसरे पहर मैं लेटा-लेटा लालबहादुर और लालचन्द की कुश्ती देख रहा था। मैं बिस्तर पर था और वे लोग मेज पर। दोपहर में मुझे सोना चाहिए था। मगर कल इन्जेक्शन लेने और दवा खाने के बावजूद नींद नहीं आई थी। या कह सकते हैं कि जान-सुनकर नींद को मैंने अपने पास फटकने नहीं दिया था। दोपहर में यदि सो जाऊँ तो फिर चींटियों के साथ कब खेलूँगा ?

कुश्ती जोर-शोर से चल रही थी। जीत किसकी होगी, समझ में नहीं आ रहा था। तभी खट-खट कर जूते की आवाज हुई। लो, डाक्टर साहब आ रहे हैं!

मैंने अपने मित्रों को इशारा किया और लालबहादुर झट से मेज के नीचे चला गया।

मगर बेचारा लालचन्द कुश्ती करते-करते चित होकर गिर पड़ा था और हाथ-पैर शून्य में पटक रहा था। यही वजह है कि वह जल्दी से भाग नहीं सका और उसके चलते एक बहुत ही बुरा काण्ड हो गया।

डाक्टर बाबू ने वहाँ आने पर लालचन्द को मेज पर देखा तो पता नहीं अंग्रेजी में झुंझलाकर क्या कहा और एक ही झटके में उसे फर्श पर पटक दिया।

लालचन्द बेहद जख्मी हो गया, यह बात उसकी चीख से ही समझ में आ गई। मगर मैं कर ही क्या सकता हूँ? इस बीच मेरी नाड़ी की परीक्षा करने के खयाल से डाक्टर साहब ने मेरा हाथ थाम लिया था। एक बार हाथ ठेलकर मैंने उठने की कोशिश भी की मगर दूसरी ओर से नर्स ने आकर मुझे कसकर पकड़ लिया।

नाड़ी की जाँच कर डाक्टर साहब हर रोज की तरह मुँह लटकाये, अपनी मूँछों के इर्द-गिर्द के हिस्से को खुजलाते हुए दरवाजे की तरफ जा ही रहे थे कि पता नहीं क्यों हठात् उछल पड़े और उनके मुँह से तीन-चार किस्म की बंगला अंग्रेजी के शब्द बाहर निकल आए—'इह! ओह! आउच।'

उसके बाद तो काण्ड ही हो गया। स्टेथेस्कोप छिटककर नीचे गिर पड़ा, चश्मा गिरकर टूट गया, कोट खोलने के समय बटन टूट गया, टाई खोलने में गले में गाँठ लग गई, अन्त में कमीज खोलने पर गंजी का छेद तक बाहर निकल आया। फिर भी डाक्टर का उछलना और चिल्लाना बंद नहीं हुआ। मैं तो अवाक् रह गया।

नर्स ने पूछा, 'क्या हुआ सर?'

डाक्टर साहब ने उछलते-उछलते कहा, 'ऐन्ट! रेड ऐन्ट! आस्तीन से चढ़कर—ओह! ओह!'

वाह-वाह! बात क्या मेरी समझ में नहीं आई? अब मजा चखो। आस्तीन से होकर लालबहादुर सिंह गया था—दोस्त का बदला लेने के लिए।

उस समय अगर कोई मुझे देखता तो यह नहीं कह सकता था कि सदानन्द हँसना नहीं जानता।

खगम

हम पेट्रोमैक्स की रोशनी में बैठकर डिनर ले रहे थे। कुल मिलाकर अभी अण्डे को दाँत से काटा ही होगा कि चौकीदार लछमन सिंह ने आकर पूछा, 'आप लोग इमली बाबा के दर्शन नहीं करेंगे?'

लाचार होकर उससे कहना पड़ा कि इमली बाबा का नाम हमारे लिए बिलकुल नया है। इसलिए दर्शन करने का प्रश्न खड़ा ही नहीं होता। लछमन ने कहा कि जंगल विभाग की जो जीप हम लोगों के लिए नियुक्त की गई है, उसके ड्राइवर को कहने से ही वह हमें बाबा के डेरे पर ले जाएगा। जंगल के भीतर ही उनकी कुटिया है। वहाँ का परिवेश बड़ा ही मनोरम है और वे एक पहुँचे हुए साधु हैं। भारतवर्ष के नाना स्थानों से लोग आकर उनके दर्शन कर जाते हैं, इत्यादि-इत्यादि। जिस बात को सुनकर सबसे अधिक आश्चर्य हुआ वह यह कि बाबा के पास एक पालतू नाग है और वह बाबा की कुटिया के समीप ही एक गड्ढे में रहता है। हर रोज शाम के वक्त गड्ढे से निकलकर वह बाबा के पास आता है और बकरी का दूध पीता है।

सब कुछ सुनने के बाद धुर्जटि बाबू ने अपना मंतव्य प्रकट किया कि इस देश में दिन-दिन बाजीगरी का बोलबाला हो रहा है, खासकर पाखंडी-साधु-संन्यासियों की संख्या बेहिसाब बढ़ती जा रही है। पाश्चात्य देशों में विज्ञान का प्रभाव जितना बढ़ता जा रहा है, हमारा देश उतना ही कुसंस्कारों के अँधेरे की ओर बढ़ता जा रहा है। 'होपलेस मामला है साहब! सोचते ही दिमाग गरमा जाता है।'

यह कहकर धुर्जटि बाबू ने काँटा-चम्मच नीचे रख दिया और बगल से फ्लाइ-फ्लैप यानी मक्खी मारने वाली छड़ी उठाकर उसे मेज पर पटक दिया और एक मच्छर का खून कर डाला। धुर्जटि बाबू की उम्र पैंतालीस से पचास के बीच होगी। नाटा कद। दुबला, गोरा, चमकता हुआ चेहरा। पीली-पीली आँखें। भरतपुर आने पर ही उनसे जान-पहचान हुई है। मैं आगरे से आया हूँ और मुझे मंझले भैया के पास जयपुर जाना है। वहाँ मैं दो सप्ताह की छुट्टी बिताने जा रहा हूँ। यहाँ आने पर जब डाकबंगला या टूरिस्ट लॉज में जगह न मिली तो अन्त में काफी खर्च करने

के बाद शहर के फॉरेस्ट रेस्टहाउस में जगह मिली। इसमें पछतावे की कोई बात नहीं है, क्योंकि जंगल से घिरे रेस्टहाउस में रहने से रोमांचकारी आराम महसूस होता है।

धुर्जटि बाबू मुझसे एक दिन पहले आए हैं। वे क्यों आए हैं, यह बात अभी तक खोलकर नहीं बताई है, हालाँकि सैर-सपाटे के अलावा कोई दूसरा कारण होना जरूरी नहीं है। हम दोनों एक ही जीप से सैर-सपाटे करते हैं। कल हम यहाँ से बाईस मील दूर दीग नामक एक स्थान के किले और प्रासाद देखने गए थे। आज सुबह भरतपुर का किला भी देख लिया है। तीसरे पहर केवलादेव की झील के पक्षियों का आवास-स्थान देखने गया था। वह एक बहुत ही दिलचस्प जगह है। झील सात मील से ज्यादा ही लम्बी होगी। बीच-बीच में टापू की तरह ऊँची जमीन है और उन्हीं जमीन के टुकड़ों पर राज्य-भर के पक्षी आकर इकट्ठे हो गए हैं। उसमें से आधे से ज्यादा पक्षियों पर इसके पहले कभी मेरी नजर नहीं पड़ी थी। मैं अवाक् होकर पक्षियों को देख रहा था और धुर्जटि बाबू हर पल कुछ बुड़बुड़ाते जाते थे और अपने हाथों को नचाते हुए आसपास से भुनगों को भगाने की चेष्टा कर रहे थे। भुनगा एक प्रकार का छोटा कीड़ा होता है। वे झुंड बनाकर आते हैं और सिर के चारों ओर चक्कर काटकर नाक-मुँह पर बैठ जाते हैं। लेकिन वे इतने छोटे होते हैं कि उन्हें नजर-अन्दाज भी किया जा सकता है। मगर धुर्जटि बाबू बार-बार ऊब रहे थे। इस तरह धीरज खोने से काम कैसे चलेगा?

साढ़े आठ बजे खाना-पीना खत्म कर, सामने के बरामदे में बैठे हम चाँदनी रात की शोभा देख रहे थे। मैंने धुर्जटि बाबू से कहा, ''वह जिस साधु बाबा के बारे में कह रहा था, उन्हें देखने जाइएगा?''

धुर्जटि बाबू ने अपनी सिगरेट को एक युकलिप्टस पेड़ के तने की ओर फेंकते हुए कहा, 'नाग पालतू नहीं होता है, हो भी नहीं सकता। साँप के बारे में मैं काफी जानकारी रखता हूँ। बचपन में मैं जलपाईगुड़ी में रहता था और अपने हाथों से ढेरों साँप मार चुका हूँ। नाग वीभत्स और नम्बरी शैतान साँप होता है। उसे पालतू बनाना असम्भव है। इसलिए साधु बाबा के बारे में जो खबर मिली है उसमें कहाँ तक सचाई है, इस पर मुझे शक हो रहा है।'

मैंने कहा, 'कल तीसरे पहर कोई प्रोग्राम है भी नहीं। सुबह बायान का किला देख लेने के बाद हम फ्री हो जाते हैं।'

'आप में क्या साधु-संन्यासियों के प्रति भक्ति है?' इस सवाल के पीछे एक गहरा व्यंग्य है, यह बात मेरी समझ में आ गई। लेकिन मैंने उसका उत्तर सहज ही ढंग से दिया।

'इसमें भक्ति की बात कहाँ आती है, क्योंकि अभी तक मुझे साधु-संसर्ग का सुयोग नहीं मिला है। हाँ, कौतूहल जरूर है।'

'किसी जमाने में मुझमें भक्ति थी, लेकिन एक बार अनुभव हुआ तो फिर...'

धुर्जटि बाबू को जो अनुभव हुआ था। उसका वृत्तान्त दे रहा हूँ। वे ब्लडप्रेशर के मरीज हैं। दस वर्ष पहले अपने ताऊजी की बात में आकर उन्होंने एक साधु बाबा के द्वारा दी गई औषधि खा ली थी और उसके फलस्वरूप उन्हें सात दिन तक भयंकर पेट-दर्द का सामना करना पड़ा था और रक्त का दवाब भी बढ़ गया था। उसी दिन से धुर्जटि बाबू ने यह धारणा बना ली है कि हिन्दुस्तान के सौ में नब्बे साधु पाखंडी और धूर्त्त हैं।

उनका संन्यासियों के प्रति विद्वेष-भाव मुझे बड़ा ही दिलचस्प जैसा लग रहा था। इसलिए उनको भड़काने के खयाल से मैंने कहा, 'आप या हम पालतू नहीं हो सकते हैं, मगर मैंने सुना है कि हिमालय में साधु और शेर एक ही गुफा में वास करते हैं।'

'सुना ही है न, देखा तो नहीं?'

मुझे स्वीकारना पड़ा कि मैंने देखा नहीं है। 'दीखेगा ही नहीं। हम लोगों का हिन्दुस्तान किस्सा-कहानी गढ़ने वाला देश है। सुनिएगा बहुत कुछ, मगर आँखों से देखना चाहिएगा तो कुछ भी नहीं दिखाई देगा। रामायण-महाभारत को ही लीजिए न! लोग कहते हैं कि वे इतिहास हैं, मगर असल में अजीब-अजीब कहानियों के डिपो हैं। रावण के दस सिर हैं। हनुमान पूँछ में आग लेकर लंकादहन कर रहा है। भीम की भूख, घटोत्कच, हिडिम्बा, पुष्पक, कुम्भकरण—इन सबों से बढ़कर नॉनसेन्स और क्या हो सकता है? और अगर साधु-संन्यासियों के पाखण्ड की बात लें तो उसकी शुरुआत पुराणों से ही हुई है। लेकिन सारे देश के शिक्षित और अशिक्षित आदमी इतने दिनों से इसी पर विश्वास करते आ रहे हैं।'

बायान का किला देख लेने के बाद हम रेस्टहाउस में लौट आए और खाना खाकर आराम करने लगे। फिर चार बजे इमली बाबा के डेरे पर पहुँचे। इस बार धुर्जटि बाबू ने कोई आपत्ति नहीं की। हो सकता है बाबा के बारे में उनमें भी तनिक कौतूहल जग रहा हो। जंगल के बीच एक साफ-सुथरी और खुली जगह में एक विशाल इमली के पेड़ के नीचे बाबा की कुटिया है। पेड़ के नाम से ही बाबा का नाम इमली बाबा पड़ गया है और यह नाम स्थानीय लोगों ने ही दे रखा है। बाबा का असली नाम किसी को भी मालूम नहीं है।

खजूर के पत्ते की कुटिया में अपने एकमात्र शिष्य के साथ बाबा भालू की खाल पर बैठे हैं। शिष्य कम उम्र का है। बाबा की उम्र का पता लगाना मुश्किल है। सूर्यास्त होने में अभी एकाध घण्टे की देर है। लेकिन इमली के पत्तों की घनी छांह के कारण उसी वक्त यहाँ अँधेरा फैल चुका है। कुटिया के सामने धूनी जल रही है। बाबा के हाथ में गाँजे की चिलम है। धूनी के प्रकाश में दिखाई पड़ा कि

कुटिया के पास ही एक रस्सी टंगी हुई है। जिस पर अंगोछा और कोपीन के अलावा साँप की दसेक केंचुलें लटकी हुई हैं।

हमें देखकर बाबा चिलम की फाँक से मुस्करा दिए। धुर्जटि बाबू ने फुसफुसाकर कहा, 'बेकार की बातें न कर असली प्रसंग की ही चर्चा कीजिए। पूछिए कि दूध किस वक्त पिलाया जाता है?'

'आप बालकिशन से मिलना चाहते हैं?'

मुझे आश्चर्य हुआ कि इमली बाबा ने हमारे मन की बात कैसे जान ली। नाग का नाम बालकिशन है, यह बात जीप का ड्राइवर दीनदयाल कुछ देर पहले ही हमें बता चुका है। इमली बाबा से बताना पड़ा कि उनके साँप के बारे में हम सुन चुके हैं और पालतू साँप को दूध पीते हुए देखना चाहते हैं। हमें यह सौभाग्य प्राप्त हो सकेगा?

इमली बाबा ने खेद की मुद्रा में सिर हिलाया और बताया, बालकिशन हर रोज सूर्यास्त के समय बाबा की पुकार सुनकर गड्ढे से निकलकर कुटिया में आता है और दूध पीकर चला जाता है। दो दिन पहले तक वह यहाँ आ चुका है मगर कल से उसकी तबीयत ठीक नहीं है। आज चूँकि पूर्णिमा है। इसलिए आज भी वह नहीं आएगा। कल से आना शुरू करेगा।

साँप की तबीयत खराब होती है, यह बात मेरे लिए नई थी। लेकिन पालतू होने के कारण ऐसा हो भी सकता है। गाय, घोड़ा, कुत्ते इत्यादि के लिए अस्पताल हैं ही।

बाबा के शिष्य ने एक और सूचना दी। एक तो उसकी तबीयत खराब थी, उस पर उसके गड्ढे में कुछ माटे घुस गए थे और उसे परेशान कर मारा था। बाबा के अभिशाप से वे माटे पंचत्व प्राप्त कर चुके हैं। यह बात सुनकर धुर्जटि बाबू ने तिरछी निगाहों से मेरी ओर देखा। मैं इमली बाबा की ओर देख रहा था। उनके चहरे में यों कोई खासियत नहीं है। एक मामूली-सी झब्बा पहने हैं। सिर पर जटा हैं, परन्तु वैसी नहीं कि कोई प्रभाव छोड़ सकें। कानों में लोहे का कुन्डल। गले में चारेक छोटी-बड़ी मालाएँ। दाहिने हाथ की कुहनी के ऊपर ताबीज। और साधुओं से इनमें कोई अन्तर नहीं दीखता है। फिर भी शाम की ढलती रोशनी में धूनी के पीछे बैठे उस व्यक्ति के चेहरे पर से मेरी आँखें दूसरी ओर जाना ही नहीं चाहती थीं। हमें खड़े देखकर शिष्य दो चटाइयाँ ले आया और बाबा से दसेक हाथ की दूरी पर उन्हें बिछा दिया। लेकिन बाबा का नाग दीखेगा ही नहीं तो बैठने से लाभ ही क्या? लौटने में ज्यादा देर करने से रात हो जाएगी। गाड़ी तो है, मगर रास्ता जंगल के भीतर से होकर जाता है और आसपास जंगली जानवरों की कमी नहीं। हिरनों के झुंड पर हर दिन नजर पड़ जाती है। अतः हम वहाँ बैठे नहीं। बाबा को जब हमने नमस्कार किया तो चिलम को बिना हटाए, आँखों को मूंदकर और माथे को झुकाकर उन्होंने हमें प्रतिनमस्कार जताया। हम दोनों सौ एक गज की दूरी पर खड़ी जीप की ओर रवाना हो गए। कुछ देर तक पेड़ों पर बैठे हुए पक्षियों का कलरव

हमारे कानों में आता रहा। उसके बाद सन्नाटा रेंगने लगा।

कुटिया से निकलने के बाद जब कुछ कदम आगे बढ़ गए तो अचानक धुर्जटि बाबू ने कहा, 'साँप हम नहीं देख सके। मगर उसका गड्ढा एक बार देख लेने में हर्ज ही क्या है?'

मैंने कहा, 'इसके लिए इमली बाबा के पास जाने की कोई जरूरत नहीं। हम लोगों का ड्राइवर दीनदयाल बता ही चुका है कि उसे गड्ढे का पता है।''

''आप ठीक ही कह रहे हैं।''

गाड़ी से दीनदयाल को अपने साथ लेकर हम लौट आए। अबकी बार कुटिया की ओर न जाकर हम एक बादाम के पेड़ की बगल से होते हुए एक पगडंडी से थोड़ी दूर आगे बढ़े। सामने ही काँटों की एक झाड़ी थी। आसपास पत्थर के टुकड़ों को देखकर लगा कि किसी जमाने में यहाँ कोई इमारत रही होगी। दीनदयाल ने बताया, झाड़ी के पीछे ही साँप का गड्ढा है। ऐसे देखा जाए तो कुछ भी पता नहीं चल सकता है, क्योंकि रोशनी और भी फीकी हो गई है। धुर्जटि बाबू ने अपनी जेब से एक छोटा-सा टार्च निकाला और झाड़ी पर रोशनी डाली। झाड़ी के पीछे का गड्ढा दिखाई पड़ने लगा। खैर, गड्ढा तो सचमुच ही है। मगर साँप? वह क्या अस्वस्थ अवस्था में हमारे कौतूहल के निवारण के लिए बाहर निकलेगा? सच कहूँ, साधु बाबा के हाथ से नाग को दूध पीते हुए देखने की इच्छा रहने पर भी गड्ढे के सामने खड़े होकर साँप को देखने की मुझमें इच्छा नहीं थी। मगर धुर्जटि बाबू के मन में मुझसे कहीं अधिक कौतूहल था। रोशनी से जब काम नहीं निकला तो ज़मीन से ढेले चुन-चुनकर उन्होंने झाड़ी पर फेंकना शुरू कर दिया।

मुझे उनकी यह ज्यादती अच्छी नहीं लगी। मैंने कहा, 'क्या हुआ साहब? देख रहा हूँ, आप पर जिद सवार हो गई है। आपको तो यकीन ही नहीं हो रहा था कि साँप है।'

अबकी उन्होंने एक बड़ा-सा ढेला हाथ में उठा लिया और बोले, 'मुझे अब भी यकीन नहीं हो रहा है। इस ढेले से भी अगर कुछ नतीजा न निकला तो समझूंगा कि बाबाजी के बारे में झूठमूठ का प्रचार किया गया है।'

ढेला जोर से आवाज करता हुआ झाड़ी पर गिरा और उसने काँटों और पत्तों को तहस-नहस कर दिया। धुर्जटि बाबू गड्ढे पर अब भी रोशनी डाले हुए थे। कुछ लमहों तक चुप्पी छाई रही—सिर्फ जंगल के अन्दर कहीं से झींगुर की आवाज आ रही थी। अब की उस आवाज के साथ और एक आवाज सुनाई दी। एक फीकी, बेसुरी सिसकारी जैसी आवाज। उसके बाद पत्तों की खड़खड़ाहट शुरू हुई और फिर टार्च की रोशनी में किसी चीज का काला और चिकना जैसा हिस्सा दिखाई पड़ा। वह चीज हिलडुल रही है, जीवित है और धीरे-धीरे गड्ढे के बाहर निकल रही है। अबकी झाड़ी के पत्ते हिल उठे और दूसरे ही क्षण उसके अन्तराल से साँप का माथा बाहर निकल आया। टार्च की रोशनी में नाग की जलती हुई आँखें दिखाई पड़ीं, उसके

बाद उसकी दो भागों में विभक्त जीभ, जो बार-बार मुँह से बाहर निकलकर लपलपाने लगती थी और फिर अन्दर चली जाती थी। दीनदयाल कुछ देर पहले से ही लौटने का तकाजा कर रहा था। अबकी उसने भर्राई और अनुनयपूर्ण आवाज में कहा, 'छोड़ दीजिए, बाबू! अब तो देख चुके, वापस चलिए।'

शायद टार्च के कारण ही बालकिशन अब भी अपना सिर निकालकर हमारी ओर घूर रहा है और बीच-बीच में जीभ बाहर निकाल रहा है। मैं ढेरों साँप देख चुका हूँ मगर इतने नजदीक से इस किस्म के नाग को नहीं देखा था। नाग आक्रमण करने की चेष्टा न कर इस तरह हमारी ओर घूर क्यों रहा है? ऐसा तो कभी नहीं देखा था। अचानक टार्च की रोशनी काँपती हुई वहाँ से अलग हट गई। उसके बाद जो काण्ड हुआ उसके लिए मैं कतई तैयार नहीं था। धुर्जटि बाबू ने अचानक पत्थर का एक टुकड़ा उठाकर बालकिशन पर जोरों से फेंक दिया। उसके बाद एक-एक कर और दो पत्थर फेंके। एक भयंकर आशंका से घबराकर मैंने कहा, 'आपने यह क्या किया धुर्जटि बाबू?'

दीनदयाल हक्का-बक्का-सा झाड़ी की ओर ताक रहा है। धुर्जटि बाबू के हाथ से टार्च लेकर अबकी मैंने ही गड्ढे की ओर रोशनी डाली। बालकिशन के निढाल पड़े शरीर का थोड़ा-सा हिस्सा दीख रहा है। झाड़ी के पत्तों पर साँप के माथे से छिटका हुआ थोड़ा-सा खून लगा हुआ है।

इस बीच कब इमली बाबा और उनके शिष्य हमारे पीछे आकर खड़े हो गए थे, इसका हमें पता ही नहीं चला। पहले धुर्जटि बाबू ही पीछे की तरफ मुड़े। उसके बाद मैंने भी मुड़कर देखा। बाबा हाथ में एक लाठी थामे हमसे करीब दस कदम की दूरी पर, एक बौने खजूर के पेड़ के पास खड़े हैं और धुर्जटि बाबू की ओर एकटक ताक रहे हैं। बाबा इतने लम्बे हैं, इसका अनुमान उस समय नहीं लग सका था जब वे बैठे हुए थे। उनकी दृष्टि का वर्णन करना मेरी सामर्थ्य के परे है। इतना ही कह सकता हूँ कि विस्मय, क्रोध और विद्वेष से मिली-जुली ऐसी दृष्टि मैंने कभी किसी की नहीं देखी थी।

बाबा का दाहिना हाथ सामने की तरफ उठ गया। वह हाथ धुर्जटि बाबू की ओर इंगित कर रहा है। हाथ की तर्जनी सामने की ओर आ गई और इससे इंगित और भी स्पष्ट हो गया। पहली बार मैंने देखा कि बाबा की हर उँगली का नख लगभग दो इंच लम्बा है। बाबा को देखकर मुझे किसका स्मरण आ रहा है? बचपन में देखा हुआ बीडन स्ट्रीट स्थित अपने मामा के घर की दीवार पर रवि वर्मा के द्वारा बनाए गए चित्र का ही मुझे स्मरण आ रहा है। दुर्वासा मुनि शकुन्तला को अभिशाप दे रहे हैं। ठीक उसी तरह से उनका हाथ उठा हुआ है, आँखों की दृष्टि भी वैसी ही है।

मगर इमली बाबा ने अभिशाप नहीं दिया। अपनी गम्भीर और दबी आवाज में उन्होंने हिन्दी में जो कुछ कहा उसका अर्थ यही है—एक बालकिशन चला गया

तो इससे हर्ज ही क्या है? एक दूसरा आ जाएगा। बालकिशन की मृत्यु नहीं हो सकती है। वह अमर है।

धुर्जटि बाबू धूल से सने अपने हाथों को पोंछकर मेरी तरफ मुड़े और बोले, 'चलिए।' बाबा के शिष्य ने वहाँ आकर गड्ढे के मुँह से नाग की लाश को बाहर निकाला। शायद उसकी अन्त्येष्टि करने के खयाल से। साँप की लम्बाई देखकर मेरे मुँह से एक विस्मयसूचक शब्द अपने आप निकल आया। नाग इतना लम्बा हो सकता है, ऐसी मेरी धारणा नहीं थी। इमली बाबा धीरे-धीरे अपनी कुटिया की ओर चले गए। हम तीनों जीप पर बैठ गए।

रेस्टहाउस वापस आते समय धुर्जटि बाबू को गुमसुम पाकर मैं उनसे बिना कुछ कहे न रह सका। 'साँप जबकि उनका पालतू था और उसने आपकी कोई हानि नहीं की थी तो आपने उसे मारा ही क्यों?' मैंने कहा।

मेरा खयाल था कि वे साँप और साधुओं के बारे में कुछ कड़वी बातें कहकर अपने काले कारनामे के समर्थन की कोशिश करेंगे; मगर उन्होंने यह सब नहीं किया, बल्कि उलटे ही मुझसे एक अवान्तर प्रश्न पूछ बैठे—

''खगम कौन था साहब?''

खगम? नाम तो परिचित जैसा लगता है। मगर याद नहीं आ रहा है कि इसके बारे में कहाँ मैंने पढ़ा या सुना है। धुर्जटि बाबू ने दो-बार और खगम शब्द का उच्चारण किया और आखिर में चुप हो गए। जब हम रेस्टहाउस पहुँचे तो छह बज चुके थे। इमली बाबा का चेहरा बीच-बीच में याद आ रहा है—धुर्जटि बाबू की ओर आँख तरेरे, हाथ उठाए दुर्वासा की तरह खड़े हैं। पता नहीं क्यों धुर्जटि बाबू मतिभ्रम के शिकार हो गए? तब हाँ, मेरा मन कह रहा था कि हम घटना का अन्त देख आए हैं, अतः उस पर सोचने से अब कोई लाभ नहीं है। बाबा खुद ही कह चुके हैं कि बालकिशन की मृत्यु नहीं हुई है। भरतपुर के जंगल में क्या दूसरा नाग नहीं होगा? कल ही बाबा के चेले एक दूसरे नाग को पकड़ कर ले आएंगे।

डिनर के लिए लछमन ने मुर्गे की करी बनाई थी, उसके साथ पूरी और उड़द की दाल। दिन-भर घूमते-फिरते रहने से आदमी की भूख बहुत तेज हो आती है। कलकत्ते में रात में जितना खाता हूँ उसका यहाँ दुगुना खा लेता हूँ। कद नाटा होने से क्या होगा; धुर्जटि बाबू के भोजन की मात्रा भी खासी अच्छी है। लेकिन आज ऐसा लगा जैसे उन्हें भूख है ही नहीं। मैंने जब उनकी तबीयत के बारे में पूछताछ की तो उन्होंने कुछ भी उत्तर न दिया। मैंने कहा, 'आपको क्या बालकिशन के लिए दुख हो रहा है?'

धुर्जटि बाबू ने जवाब तो दिया ज़रूर, मगर उसे मेरे सवाल का जवाब नहीं कहा जा सकता है। पेट्रोमैक्स की ओर घूरते हुए अपनी आवाज को अत्यन्त धीमी और मुलायम बनाकर कहा, ''साँप फिस-फिस फिस-फिस कर रहा था...फिस-फिस...कर रहा था।'

मैंने हँसकर कहा, 'फिस-फिस या फोंस-फोंस?'

आँखों को रोशनी की ओर से बिना हटाए उन्होंने सिर हिलाकर कहा, 'नहीं, फिस-फिस।... साँप की भाषा, साँप की सिसकारी फिस-फिस-फिस'...

यह कहकर उन्होंने अपनी जीभ की फाँक से साँप की सिसकारी जैसी आवाज बाहर निकाली। उसके बाद कविता लिखने की मुद्रा में सिर हिला-हिलाकर कहा, 'साँप की भाषा, साँप की सिसकारी, फिस-फिस-फिस। बालकिशन का विषम विष, फिस-फिस-फिस! यह क्या चीज है? बकरी का दूध?'

अन्तिम दो वाक्य अवश्य ही कविता के अंश न थे। यह उन्होंने एक मामूली तश्तरी में रखी पुडिंग के बारे में कहा था।

लछमन ने 'बकरी' नहीं, सिर्फ दूध शब्द ही सुना था। वह बोला, 'हाँ बाबू, दूध और अंडा है।'

दूध और अण्डे से पुडिंग बनता है, यह बात कौन नहीं जानता?

धुर्जटि बाबू यों भी स्वभाव से मनमौजी और अधपगले हैं, मगर उनका आज का हाव-भाव ज्यादती जैसा लग रहा था।

इस बात को महसूस कर उन्होंने अपने-आपको संभाल लिया और कहा, 'कई दिनों से धूप में बहुत चक्कर काटना पड़ा है... कल से ज़रा सावधानी बरतनी होगी।'

आज कड़ाके की सरदी है, इसलिए खाना खाने के बाद बाहर बैठने के बजाय मैं अपना सूटकेस सहेजने लगा। कल शाम भरतपुर से विदा होना है। आधी रात में माधोपुर में गाड़ी बदलनी है, भोर पाँच बजे मैं जयपुर पहुँच जाऊँगा।

मैंने यही योजना बनाई थी। मगर वह योजना कार्यान्वित नहीं हो सकी। मंझले भैया को तार भेजकर सूचना दे दी कि कुछ आवश्यक कारणवश मेरे पहुँचने की तिथि एक दिन आगे बढ़ गई है। ऐसा क्यों हुआ, यही बात अभी बताने जा रहा हूँ। घटनाओं को यथासम्भव स्पष्ट और अविकल रूप में ही प्रस्तुत करने की चेष्टा करूँगा। जानता हूँ, इस घटना पर सभी यकीन नहीं करेंगे। जिस चीज से मैं सबूत पेश कर सकता था, वह अब भी इमली बाबा की कुटिया से पचास हाथ दूर पड़ी हुई है। उसके बारे में सोचते ही मेरे रोंगटे खड़े हो जाते हैं, इसीलिए उस चीज को सबूत के तौर पर अपने हाथ में उठाकर नहीं चल सका। इसमें आश्चर्य की कोई बात नहीं। खैर, अब घटना के बारे बताऊँ।

सूटकेस संभालकर मैंने लालटेन की रोशनी कम कर दी और उसे मेज की ओट में रख दिया। उसके बाद रात का लिबास पहनकर जैसे ही बिस्तर पर लेटने जा रहा था कि पूरब तरफ के दरवाजे पर दस्तक पड़ी। उस दरवाजे के पीछे की ओर धुर्जटि बाबू का कमरा है।

ज्योहीं दरवाजा खोला, उन्होंने धीमी आवाज में कहा, 'आपके पास फ्लिट वगैरह है? या मच्छर भगाने की कोई दवा?'

मैंने कहा, 'मच्छर कहाँ से आया? आपके कमरे के दरवाजे और खिड़कियों में जाली नहीं लगी है?''

'है।'

'फिर?'

'फिर भी कोई चीज काटती है।'

'उसका आपको पता चलता है?'

'हाथ और मुँह में दाग उभरते जा रहे हैं।'

दरवाजे के सामने अँधेरा था। इसलिए उनका चेहरा अच्छी तरह दीख नहीं रहा था। 'भीतर चले आइए,' मैंने कहा, 'देखूं , किस तरह का दाग है।'

धुर्जटि बाबू कमरे के अन्दर चले आए। उनके सामने लालटेन रखते ही दाग दीख पड़े। चौकोने कलछौंहे दाग। इस तरह का दाग मैंने इसके पहले नहीं देखा था और देखने पर मुझे अच्छा भी नहीं लगा। मैंने कहा, ''अजीब ही तरह की बीमारी हो गई है। एलर्जी से भी ऐसा हो सकता है। कल सवेरे नींद टूटते ही डाक्टर के पास चलेंगे। आप सोने की कोशिश कीजिए। इसके लिए चिन्ता नहीं कीजिए। यह कीड़े के चलते नहीं हुआ है, बात कुछ और ही है। दर्द कर रहा है?'

'उहुं।'

'ठीक है। जाइए, सो रहिए।'

धुर्जटि बाबू चले गए और मैं भी बिस्तर पर आकर कम्बल के नीचे घुस गया। रात में बिस्तर पर लेटकर पुस्तक पढ़ने का मैं अभ्यस्त रहा हूँ। यहाँ लालटेन की रोशनी में इसकी सम्भावना नहीं है। सच कहूँ, इसकी जरूरत भी नहीं है। दिन-भर थके रहने के बाद तकिये पर सिर रखते ही दस मिनट के अन्दर आँखों में नींद उतर आती है।

मगर आज ऐसा नहीं हुआ। किसी गाड़ी की आवाज से तन्द्रा दूर हो गई। साहबों के गले के साथ-साथ एक अजनबी कुत्ते की आवाज सुन रहा हूँ। रेस्टहाउस में कुछ सैलानी आए हैं। डाँट सुनकर कुत्ते ने भौंकना बन्द कर दिया। लगता है, साहब लोग भी शायद कमरे के अन्दर आ गए हैं। पुनः सन्नाटा रेंगने लगा है। बाहर से झींगुर की आवाज आ रही है। इसके अतिरिक्त एक और आवाज आ रही है। मेरे पूरब के कमरे के पड़ोसी अभी तक जगे हैं और न केवल जगे हैं, बल्कि चहल-कदमी कर रहे हैं। उनके पैरों की आवाज सुनाई पड़ रही है। हालाँकि दरवाजे के नीचे के छेद से कुछ देर पहले देख चुका हूँ कि लालटेन को या तो बुझा दिया गया है या बगल के बाथरूम के अन्दर रख दिया गया है। वे कमरे के अन्दर चहल-कदमी क्यों कर रहे हैं?

मुझे लगा, वे अधपगले ही नहीं, उससे भी बढ़-चढ़कर कुछ हैं। उनसे मेरी जान-पहचान महज दो दिनों की है। उन्होंने अपने बारे में जो कुछ बताया है, उससे

अधिक उनके बारे में मुझे जानकारी नहीं है। दो घण्टे पहले मैंने उनमें पागलपन का कोई लक्षण नहीं देखा था। दीग और बायान के किले को देखने के समय उन्होंने जिस प्रकार की बातें की थीं, उससे पता चला कि इतिहास के बारे में उन्हें खासी अच्छी जानकारी है। इतना ही नहीं, कला के सम्बन्ध में भी उन्हें यथेष्ट जानकारी है, और उसकी झलक उनकी बातचीत से मिल रही थी। राजस्थान के स्थापत्य में हिन्दू और मुसलमान कारीगरों के योगदान की बात उन्होंने उत्साहपूर्वक बताई थी। नः, लगता है उनकी तबीयत खराब है।

मेरी घड़ी का रेडियम डायल तब ग्यारह बजने की सूचना दे रहा था। पूरब के दरवाजे पर फिर दस्तक पड़ी। अबकी बिस्तर से उठने के बजाय मैंने चिल्ला कर पूछा, 'क्या बात है धुर्जटि बाबू?

'स-स-स-स।'

'क्या कह रहे हैं?'

'स-स-स-स...'

पता चल गया कि भले आदमी की आवाज रुंध गई है। भारी मुश्किल में पड़ा। मैंने फिर पूछा, 'क्या कह रहे हैं, ठीक से कहिए।'

'स-स-स सुनिए ज़रा।'

आखिर मुझे उठना ही पड़ा। दरवाजा खोलते ही उन्होंने इस तरह का सवाल किया कि मुझे ऊब महसूस होने लगी।

'अच्छा स-स-स साँप में क्या दन्त्य स होता है?'

'जी हाँ। साँप का अर्थ जब सर्प, स्नेह होता है तो दन्त्य स ही होता है।' मैंने अपनी ऊब छिपाने की कोशिश नहीं की।

'आपने इसी चीज को जानने के लिए इतनी रात में दरवाजा खटखटाया?'

'दन्त्य स?'

'जी हाँ। साँप का अर्थ जब साँप होता है तो दन्त्य स ही।'

'और तालव्य श?'

'वह दूसरी ही चीज है—शाप। उसका अर्थ है...'

'हाँ, अभिशाप।'

'थैंकू यू। स-स-स सोइए जाकर।'

उनकी हालत देखकर मुझे तरस आ रहा था। मैंने कहा, 'आपको बल्कि नींद की दवा देता हूँ। दवा मेरे पास है। खाइएगा?'

'नहीं। श-श-श शीतकाल में यों ही नींद आ जाती है। स-स-स सिर्फ श-श शाम में स-स सूर्यास्त के स-स समय'...

मैंने उन्हें टोका, 'आपकी जीभ में कुछ हो गया है क्या? बातें क्यों अटक जाती हैं? ज़रा अपना टार्च दीजिए तो।'

उनके साथ मैं भी उनके कमरे के अन्दर गया। टार्च ड्रेसिंग टेबल पर पड़ा था। उसे जलाकर मैने उनके मुँह के सामने किया और उन्होंने मुँह बा कर जीभ बाहर निकाल दी। इसमें सन्देह नहीं कि जीभ में कुछ-न-कुछ हुआ है। एक पतला-सा लाल दाग जीभ के सिरे से लेकर बीच तक चला गया है।

'इसमें भी कोई दर्द नहीं है?'

'नहीं।'

उन्हें किस बीमारी ने जकड़ लिया है। यह बात मेरी समझ के परे की चीज है।

अब मेरी आँखें उनके पलंग की तरफ गईं। बिस्तर का रंग-ढंग देखकर समझ में आया, अब तक वे पलंग पर लेटे नहीं हैं। मैंने रूखे स्वर में कहा, 'आप जब लेट जाइएगा तभी मैं अपने कमरे में जाऊँगा। मैं हाथ जोड़कर अनुरोध करता हूँ कि इसके बाद दरवाजा नहीं खटखटाइएगा। कल ट्रेन में सो नहीं पाऊँगा, इसीलिए आज रात सो लेना चाहता हूँ।'

मगर उनमें पलंग की तरफ जाने का कोई आग्रह नहीं दीख पड़ा। लालटेन बाथरूम में रखी हुई है, इसलिए कमरे में रोशनी नहीं के बराबर है। बाहर पूनम का चाँद मुस्करा रहा है। उत्तर दिशा की खिड़की से चाँदनी आकर फर्श पर लोट रही है, उसी की रोशनी में धुर्जटि बाबू दिखाई पड़ रहे हैं। वे स्लींपिग ड्रेस पहनकर खड़े हैं और बीच-बीच में होंठों की फाँक से सिसकारी जैसी आवाज निकाल रहे हैं। आने के समय मैंने अपने बदन पर कम्बल लपेट लिया था। मगर धुर्जटि बाबू के बदन पर एक भी गरम कपड़ा नहीं है। कहीं धुर्जटि बाबू सचमुच ही किसी बीमारी के चक्कर में फँस जाएँ तो उन्हें छोड़कर मेरा यहाँ से जाना मुश्किल है। विदेश के कोई बंगाली यदि मुसीबत में फंस जाए तो बंगाली होने के नाते उसे छोड़कर जाना मेरे लिए मुमकिन नहीं है।

मैंने जब एक बार उनसे सोने को कहा और मेरे कहने का कोई नतीजा न निकला तो सोचा, हाथ पकड़कर जोर जबरन लिटा देने के अलावा कोई दूसरा चारा नहीं है। अगर वे अबोध शिशु बनते हैं तो मुझे बड़े-बुजुर्गों की भूमिका निभानी ही होगी।

मगर उनका हाथ पकड़ते ही मुझमें एक ऐसी प्रतिक्रिया हुई कि मैं तीन कदम पीछे हट गया।

धुर्जटि बाबू का बदन बर्फ की तरह ठंडा है। जीवित आदमी का शरीर इतना ठंडा हो सकता है यह बात मेरी कल्पना के बाहर है।

मेरी हालत देखकर धुर्जटि बाबू के होंठों के कोने में एक हंसी खेल गई। अब वे अपनी पीली आँखों से मेरी ओर घूरते हुए मुस्करा रहे हैं। मैंने रुंधी आवाज में कहा, 'आपको क्या हुआ है, बताइए।'

धुर्जटि बाबू मेरी ओर से अपनी आँखें नहीं हटाते हैं। कुछ मिनटों से मेरी

ओर अपलक ताक रहे हैं। मैं हैरत में आकर देखता हूँ, उनकी पलकें एक बार भी नहीं झपकती हैं। इस बीच उनकी जीभ कई बार होंठों की फाँक से बाहर निकल चुकी है। उसके बाद उन्होंने फुसफुसाकर कहा, 'बाबा बुला रहे हैं—बालकिशन! बालकिशन! ... बाबा बुला रहे हैं'...

उसके बाद उनका घुटना मुड़ गया। पहले वे घुटनों के बल बैठ गए। उसके बाद अपने शरीर को आगे की तरफ फैलाकर फर्श पर मुँह के बल पड़ गए और कुहनी के बल चलते हुए पलंग के नीचे चले गए।

यह बात मेरी समझ में आ गई कि मेरा पूरा जिस्म पसीने से तर-बतर हो गया है। मेरे हाथ-पैर थर-थर काँप रहे हैं। खड़ा रहने में मैं अपने आपको असमर्थ पा रहा हूँ। धुर्जटि बाबू के बारे में जो दुश्चिंता थी वह दूर हो गई है और अभी मैं जो कुछ महसूस कर रहा हूँ वह अविश्वास और आतंक से मिला-जुला एक डरावना भाव है।

मैं अपने कमरे में लौट आया।

दरवाजे को बन्द कर मैंने चिटकनी लगा दी और फिर सिर से पैर तक कंबल से ढंक लिया। इसी हालत में कुछ देर तक पड़े रहने के बाद मेरे बदन की कँपकँपी दूर हुई और मेरे दिमाग ने सोचना शुरू किया। मामला कहाँ जा चुका है और अपनी आँखों के सामने जो कुछ घटित होते हुए देख चुका हूँ, उससे किस सिद्धान्त पर पहुँचा जा सकता है, इसपर मैंने एक बार सोचकर देखा। आज तीसरे पहर धुर्जटि बाबू ने इमली बाबा के पालतू नाग को पत्थर से मार दिया है। उसके बाद ही इमली बाबा ने धुर्जटि बाबू की ओर उँगली तानकर कहा था—एक बालकिशन चला गया तो हर्ज ही क्या है? उसकी जगह दूसरा बालकिशन चला आएगा। वह दूसरा बालकिशन कोई साँप होगा या आदमी?

या आदमी ही साँप बन जाएगा?

धुर्जटि बाबू के सारे बदन में चकत्ते दाग किस चीज के हैं?

जीभ का दाग क्या चीज है?

यह क्या दो भागों में बँट जाने के पूर्व की हालत है?

उनका शरीर इतना ठंडा क्यों था?

वे पलंग पर सोने के बजाय पलंग के नीचे क्यों चले गए?

अचानक बिजली की कौंध की तरह एक बात याद आ गई। खगम! धुर्जटि बाबू ने खगम के बारे में पूछा था। नाम जाना-पहचाना जैसा लग रहा था, मगर समझ में नहीं आया था। अब याद आया। बचपन में महाभारत की एक कहानी पढ़ी थी। खगम नाम के एक तपस्वी थे। उनके अभिशाप से उनके मित्र सहस्त्रपाद मुनि ढोंरा साँप हो गए थे। खगम—साँप—शाप... सबमें एक तारतम्य है। लेकिन वे ढोंरा साँप हो गए थे और धुर्जटि बाबू क्या...?

कोई मेरे दरवाजे को फिर से खटखटा रहा है। ऊपर के बजाय नीचे की तरफ खटखटा रहा है। चौखट के ठीक ऊपर।

एक बार, दो बार, तीन बार। मैं बिस्तर से हटने का नाम नहीं लेता हूँ। मैं दरवाजा नहीं खोलूँगा। हाँ, अब नहीं खोलूँगा।

आवाज थम जाती है। मैं साँस रोके सतर्क पड़ा हूँ। अब कानों में सिसकारी आती है। धीरे-धीरे वह सिसकारी दरवाजे से दूर सरक जाती है। अब मेरी छाती की धड़कन के अतिरिक्त किसी दूसरी चीज की आवाज नहीं आ रही है।

वह क्या है? चीं-चीं जैसी आवाज। एक तीखी परन्तु पतली चीख। चूहा है क्या? यहाँ चूहा है। पहली रात ही अपने कमरे के अन्दर देख चुका हूँ। दूसरे दिन जब लछमन से कहा तो वह रसोईघर से चूहेदानी में एक जिन्दा चूहा लाकर दिखा गया था। कहा था, 'चूहे के साथ-साथ छछूंदर भी हैं।'

चीख आहिस्ता-आहिस्ता खत्म हो जाती है और सन्नाटा फिर से रेंगने लगता है। दस मिनट बीत चुके हैं। घड़ी देखता हूँ। पौने एक बज रहा है। पता नहीं, नींद कहाँ लापता हो गई है। खिड़की से बाहर के पेड़-पौधे दीख रहे हैं। चन्द्रमा शायद बीच आकाश में है।

दरवाजा खोलने की आवाज होती है। धुर्जटि बाबू बरामदे पर जाने के लिए बगल के कमरे का दरवाजा खोल रहे हैं। मेरे कमरे में जिस तरफ खिड़की है, बरामदे पर जाने का दरवाजा उसी तरफ है। धुर्जटि बाबू के कमरे में भी यही स्थिति है। बरामदे पर से उतरकर बीस हाथ जाने के बाद ही पेड़-पौधे मिलने लगते हैं।

धुर्जटि बाबू बरामदे पर निकल आए हैं। कहाँ जा रहे हैं वे? उनका क्या इरादा है? मैं अपलक खिड़की की ओर ताकता हूँ।

सिसकारी की आवाज आ रही है। आवाज क्रमशः बढ़ती जा रही है। अब आवाज मेरी खिड़की के बाहर से आ रही है। सौभाग्य से खिड़की ढँकी हुई है वरना...

कोई चीज खिड़की के नीचे से ऊपर की तरफ आ रही है। थोड़ी दूर तक ऊपर आती है और फिर ठिठक जाती है। किसी का सिर है। लालटेन की धुंधली रोशनी में दो चमकती हुई पीली आँखें दिखाई पड़ रही हैं। वे आँखें एकटक मेरी ओर देख रही हैं।

कुछ मिनटों तक इसी तरह रहने के बाद वह सिर एक कुत्ते की आवाज सुनते ही नीचे उतरकर कहीं लापता हो जाता है।

कुत्ता भौंक रहा है। परित्राण की याचना-भरी एक चीख सुनाई पड़ती है। इसके बाद एक साहब की नींद से बोझिल आवाज की फटकार सुनाई पड़ती है। एक कातर कराह के साथ-साथ कुत्ते की आवाज थम जाती है। उसके बाद कोई आवाज नहीं आती है। मैं लगभग दस मिनटों तक अपनी इन्द्रियों को सतर्क रखकर लेटा रहा। कानों में बार-बार आज की सुनी हुई कविता की पंक्तियाँ आ रही हैं—

सॉंप की भाषा साँप की
सिसकारी
फिस-फिस-फिस!
बालकिशन का विषम विष
फिस-फिस-फिस!

धीरे-धीरे वह कविता भी शून्य में खो जाती है। जड़ता और अवसन्नता का भाव मुझे नींद की ओर खींचकर ले जा रहा है। साहब की चिल्लाहट सुनकर मेरी नींद टूट गई। घड़ी देखने पर पता चला, छह बजने में दस मिनट बाकी हैं। लगता है, कुछ गड़बड़ी हुई है। जल्दी-जल्दी बदन पर एक गरम कपड़ा डालकर जब बाहर निकला तो गोरे लोगों से मुलाकात हुई। दो अमरीकी युवक हैं—पुकारू नाम ब्रूस और माइकेल। उन लोगों का पालतू कुत्ता कल रात मर गया। अपने कमरे में ही कुत्ते को रखकर वे सोए हुए थे। कमरे का दरवाजा खुला हुआ था। उन लोगों का खयाल है कि साँप या बिच्छू ने उसे काट लिया था। माइकेल की धारणा है कि बिच्छू होगा क्योंकि जाड़े के दिन में साँप बाहर नहीं निकलते।

कुत्ते के पीछे समय नष्ट न कर मैं बरामदे की दूसरी तरफ धुर्जटि बाबू के सामने पहुँचा। दरवाजा खुला हुआ है मगर कमरे में कोई नहीं है। लछमन हर रोज सुबह साढ़े पाँच बजे जगकर चूल्हा जलाता है और चाय के लिए पानी गरम करता है। उससे पूछने पर पता चला कि धुर्जटि बाबू पर उसकी नजर नहीं पड़ी है।

मन में नाना प्रकार की आशंकाएँ जग रही हैं। चाहे जैसे भी हो, उन्हें खोजकर निकालना ही है। पैदल चलकर वे कितनी दूर जा सकते हैं। मगर जंगल में चारों तरफ खोज-पड़ताल करने पर भी उनका पता नहीं चला।

साढ़े दस बजे जीप आई। मैंने ड्राइवर से कहा, 'पोस्ट ऑफिस जाकर मुझे टेलीग्राम करना है। जब तक धुर्जटि बाबू से सम्बन्धित रहस्य का समाधान नहीं हो जाता है, भरतपुर से नहीं जाऊँगा।'

मंझले भैया को टेलीग्राम करने के बाद मैंने ट्रेन की टिकट एक दिन आगे के लिए बढ़वा ली और रेस्टहाउस लौट आया। वहाँ आने पर पता चला कि धुर्जटि बाबू के बारे में कोई खबर नहीं मिली है। दोनों अमरीकी इसी बीच कुत्ते को दफनाकर, बोरिया-बस्ता संभालकर वहाँ से रवाना हो चुके थे।

दोपहर-भर मैं रेस्टहाउस के इर्द-गिर्द चक्कर काटता रहा। मेरे कहे अनुसार जीप फिर तीसरे पहर आई। मेरे दिमाग में एक खयाल आया था। मन कह रहा था, उससे कोई नतीजा निकल सकता है। मैंने ड्राइवर से कहा, "इमली बाबा के पास चलो।"

कल जिस वक्त पहुँचा था आज भी लगभग उसी वक्त बाबा की कुटिया में पहुँचा। बाबा कल की तरह की धूनी रमाए बैठे थे। आज यहाँ और दो शिष्य हैं—एक

वयस्क और दूसरा युवक।

मुझपर नजर पड़ते ही बाबा ने गरदन तिरछी कर नमस्कार किया। कल की उस भस्मकारी दृष्टि से आज की दृष्टि में कोई साम्य नहीं था। समय नष्ट न कर मैंने बाबा से सीधे सवाल किया कि कल मेरे साथ जो सज्जन आए थे, उनके बारे में वे कुछ बता सकते हैं या नहीं। बाबा के चेहरे पर प्रसन्नता उभर आई। बोले, 'बता सकता हूँ। तुम्हारे दोस्त ने मेरी आशा पूरी कर दी है। वह मेरे बालकिशन को वापस ले आया है।'

इतनी देर के बाद बाबा के दाहिने रखी हुई पत्थर की एक कटोरी पर मेरी नजर पड़ी। उसमें जो सफेद रंग का तरल पदार्थ रखा है, वह दूध के अतिरिक्त कुछ और नहीं हो सकता है। मगर मैं साँप और दूध की कटोरी देखने के लिए इतनी दूर नहीं आया हूँ। मैं धुर्जटि प्रसाद बसु की खोज में आया हूँ। वे हवा में मिल नहीं गए होंगे। उनके अस्तित्व का अगर कोई चिन्ह भी दीख जाता तो मैं बहुत कुछ निश्चिन्त हो पाता।

यह पहले भी देख चुका हूँ कि इमली बाबा आदमी के मन की बात समझ जाते हैं। गाँजे की चिलम से एक लम्बा कश लेकर उन्होंने चिलम अपने प्रौढ़ शिष्य की ओर बढ़ा दी और बोले, 'अपने मित्र को तुम पहले के जैसे वापस नहीं पा सकोगे, हाँ, वह अपना स्मृति-चिन्ह रख गया है। वह स्मृति-चिन्ह तुम्हें बालकिशन के डेरे से पचास कदम दाहिनी ओर मिलेगा। सावधानी से जाना, रास्ते में बहुतेरे काँटेदार पौधे हैं।'

बाबा के कहे अनुसार मैं बालकिशन के गड्ढे के पास गया। उसमें साँप है या नहीं, यह जानने का मुझमें अब तनिक भी कौतूहल नहीं है। आसमान के डूबते हुए सूर्य की ओर निहारता हुआ दक्खिन दिशा की ओर बढ़ता गया। पत्थर के ढोंके और काँटों के बीच से होता हुआ गिनकर पचास कदम जब आगे बढ़ा तो अर्जुन के एक पेड़ के तने के पास जिस चीज पर नजर पड़ी, उस किस्म की चीज कुछ मिनट पहले इमली बाबा की कुटिया में रस्सी पर टंगी हुई देख चुका हूँ।

वह एक केंचुल थी। पूरी केंचुल पर चितकबरे दाग हैं।

यह क्या साँप की केंचुल है? नहीं-नहीं, बात ऐसी नहीं है। साँप का शरीर इतना चौड़ा कहाँ होता है? साँप के दोनों ओर से क्या दो हाथ और निचले हिस्से से दो पैर बाहर निकलते हैं?

दरअसल यह आदमी की केंचुल है। वह आदमी अब आदमी की शक्ल में नहीं रह गया है। अभी वह उस गड्ढे में कुण्डली मारकर लेटा है। वह अब नाग के रूप में है और उसके दाँतों में जहर है।

लो, अब उसकी सिसकारी सुनाई पड़ रही है। सूर्य डूबने लगा है। इमली बाबा पुकार रहे हैं—बालकिशन...बालकिशन...बालकिशन...

रतन बाबू और वह आदमी

ट्रेन से उतरने के बाद रतन बाबू ने जब अपने इर्द-गिर्द निगाह डाली तो उनका मन खुशियों से भर उठा। जगह तो अच्छी लगती है। स्टेशन के पीछे का सखुए का पेड़ अपना मस्तक ऊपर उठाए खड़ा है और उसकी डाल में एक लाल रंग की पतंग अटकी पड़ी है। लोगों में व्यस्तता का भाव नहीं है, हवा में एक तरह की सोंधी गंध है—कुल मिलाकर यहाँ का परिवेश अत्यन्त मनोरम है।

उनके साथ एक छोटा बिस्तर और चमड़े का एक सूटकेस है। कुली की कोई जरूरत नहीं है। रतन बाबू ने उन चीजों को अपने दोनों हाथों में उठा लिया और गेट की तरफ बढ़ गए।

बाहर रिक्शा मिलने में कोई कठिनाई नहीं हुई। धारीदार हाफ पैंट पहने हुए छोकरा जैसे रिक्शे वाले ने पूछा, 'कहाँ जाइएगा बाबू?'

रतन बाबू ने कहा, 'न्यू महामाया होटल। कहाँ है, जानते हो?'

छोकरे ने सिर हिला-हिलाकर हामी भरी और कहा, 'बैठिए।'

घूमना-फिरना एक तरह से रतन बाबू का झक्कीपन ही कहा जाएगा। मौका मिलते ही वे कलकत्ते के बाहर कहीं भ्रमण करने के लिए निकल पड़ते हैं। यह नहीं कि उन्हें वे हमेशा सुयोग मिल जाता है, क्योंकि वे नौकरी करते हैं। कलकत्ते के जियालॉजिकल सर्वे ऑफिस में वे किरानी का काम करते हैं। चौबीस साल से वे इसी नौकरी पर हैं। इसलिए उन्हें बाहर जाने का मौका साल में एक बार ही मिलता है। पूजा की छुट्टी के साथ ही साल-भर में मिलने वाली छुट्टी लेकर वे हर साल कहीं-न-कहीं सैर-सपाटे के लिए निकल जाते हैं।

सैर-सपाटे के मामले में वे किसी को अपने साथ नहीं लेते। लेने की इच्छा भी उनके मन में नहीं जगती है। यह नहीं कि शुरू में साथी का अभाव उन्हें अखरता नहीं था। एक बार बगल की मेज के केशव बाबू से उनकी इस सम्बन्ध में बातचीत हुई थी—महालया के कई दिन पहले ही। रतन बाबू तब कुल मिलाकर छुट्टी की योजना बना रहे थे। उन्होंने कहा था, 'आप भी तो साहब अकेला आदमी हैं। चलिए न

इस बार पूजा की छुट्टी में कहीं घूम-फिर आएँ।''

केशव बाबू ने अपनी कलम कान में खोंसकर अपने हाथों को जोड़ते हुए उनकी ओर देखा था और सिर हिलाकर मुसकुराते हुए कहा था, 'आपकी पसन्द और मेरी पसन्द क्या एक हो पाएगी? आप ऐसी-ऐसी अजीब जगहों में जाइएगा, जिनका हमें नाम भी मालूम नहीं। वहाँ न तो कोई दर्शनीय स्थान होगा और न खाने-पीने की ही कोई सुविधा। मुझे क्षमा करें। मैं हरिनाभि अपने साढ़ू के यहाँ जा रहा हूँ।'

धीरे-धीरे रतन बाबू की समझ में यह बात आ गई थी कि मन के लायक दोस्त मिलना मुश्किल है। उनकी पसन्दगी-नापसन्दगी दूसरों की पसन्दगी-नापसन्दगी से बिलकुल नहीं मिलती है। इसलिए मित्र बनाने की उम्मीद छोड़ ही देनी चाहिए।

रतन बाबू के स्वभाव और चरित्र में सचमुच ही एक नयापन था। उदाहरण के तौर पर वायु-परिवर्तन के लिए जाने की ही बात लें। केशव बाबू ने गलत नहीं कहा था। लोग आमतौर से जलवायु-परिवर्तन के खयाल से जहाँ जाते हैं, रतन बाबू की निगाह उस तरफ जाती ही नहीं। वे कहते, 'अरे साहब, यह बात तो हर किसी को मालूम है कि पुरी के पास ही समुद्र है, जगन्नाथ जी का मन्दिर है; दार्जिलिंग से कंचनजंघा दीख पड़ता है; हजारीबाग में पहाड़ है, जंगल है; राँची के पास हुन्ड्र फॉल्स है। और लोगों के मुँह से एक ही चीज का बार-बार वर्णन सुनने का मतलब हुआ उसे देख लिया।'

रतन बाबू को जिस जगह की तलाश रहती है, वह है रेलवे स्टेशन का कोई एक छोटा शहर। बस, इतना ही। हर साल छुट्टी के पहले टाइम टेबल खोलकर वे एक ऐसी जगह के नाम की तलाश करते हैं, जो ज्यादा दूर न हो। और फिर वे दुर्गा का नाम लेकर घर से निकल पड़ते है। कहाँ गए थे, क्या-क्या देखा, यह सब उनसे कोई नहीं पूछता और वे भी किसी को नहीं बताते हैं। ऐसा बहुत बार हो चुका है कि वे ऐसी जगह पहुँच गए हैं, जिसका नाम तक उन्होंने पहले सुना नहीं होगा। और वे जहाँ भी गए हैं वहाँ उन्हें ऐसी चीज जरूर मिल गई है जिसके कारण उनका मन खुशियों से परिपूर्ण हो उठा है। और-और लोगों की नजरों में ये सब चीजें, हो सकता है। बिलकुल मामूली हों—जैसे रातभातखावा का एक बूढ़ा पीपल—जो एक बेर और नारियाल के पेड़ों से लिपटकर खड़ा है; महेशगंज की एक नीलकोठी का खण्डहर; मयना की एक मिठाई की दुकान की दाल की बरफी...

अब की रतन बाबू जहाँ आए हैं, उस स्थान का नाम सिनी है। यह कस्बा टाटानगर से पन्द्रह मील दूरी पर है। इतना जरूर है कि इस स्थान को उन्होंने टाइम टेबल से खोजकर नहीं निकाला है। ऑफिस के अनुकूल मित्र ने इस जगह के बारे में बताया था। न्यू महामाया होटल का नाम भी उन्हीं से सुना था।

रतन बाबू को होटल अच्छा ही लगा। कमरा छोटा है, मगर उससे क्या आता-जाता है! पूरब और दक्खिन दोनों तरफ खिड़कियाँ हैं। उन खिड़कियों से बड़ा

ही सुन्दर दृश्य दीख पड़ता है। पंचा नामक जो नौकर है, वह सीधा-साधा है। चाहे जाड़ा हो या गरमी, रतन बाबू दोनों वक्त गरम पानी से स्नान करते हैं। पंचा ने उन्हें आश्वासन दिया कि इसके लिए उन्हें चिन्ता करने की कोई जरूरत नहीं। होटल की रसोई मोटे तौर पर ठीक ही है और रतन बाबू भी यही पसन्द करते हैं, क्योंकि खाने-पीने के बारे में उन्हें कोई परहेज नहीं है। बस उनकी तरफ से एक ही माँग रहती है—भात और रोटी—ये दो चीजें एक साथ न हों तो वे खाना खा नहीं सकते। मछली के शोरबे के साथ भात और दाल सब्जी के साथ रोटी—यही उनका खाना खाने का तरीफा है। होटल आते ही उन्होंने यह बात पंचा को बता दी है और पंचा ने इसकी सूचना मैनेजर को दे दी है।

नई जगह आने पर पहले दिन ही जब तक वे तीसरे पहर चहल-कदमी नहीं कर आते हैं, उन्हें शान्ति नहीं मिलती। सिनी आने पर भी इस नियम में कोई हेर-फेर नहीं आया। चार बजे पंचा के द्वारा लाई गई चाय पीकर रतन बाबू घूमने-फिरने निकल गए।

कस्बे से बाहर निकलते ही खुला हुआ असमतल प्रान्तर मिलता है। उसी की बीच से पगडंडियाँ निकलकर चली गई हैं। रतन बाबू एक पगडंडी पकड़कर जब एक-डेढ़ मील निकल गए तो उन्होंने एक बहुत ही मनोरम वस्तु ढूंढ़ निकाली। एक छोटा-सा डबरा है। उसमें कुछ कुमुद के फूल खिले हैं और उनके चारों तरफ बेहिसाब पक्षियों का जमघट लगा है। बगुला, डाहुक, चाहा, कौडिल्ला—इन पक्षियों को रतन बाबू पहचानते हैं। बाकी पक्षियों को उन्होंने यहाँ पहली बार देखा।

हर रोज तीसरे पहर इसी डबरे के किनारे बैठकर रतन बाबू छुट्टी के बाकी दिन गुजार दे सकते हैं, मगर दूसरे दिन किसी दूसरी वस्तु की खोज में उन्होंने एक नई पगडंडी पकड़कर चलना शुरू कर दिया।

एकाध मील जाने के बाद रास्ते में बकरियों का एक झुंड मिला और उन्हें अपनी चहल-कदमी कुछ देर के लिए रोकनी पड़ी। जब रास्ता खाली हो गया तो वे आगे बढ़े और पाँचेक मिनटों के बाद उनकी निगाह लकड़ी के एक पुल पर गई। और कुछ दूर जाने पर उन्हें पता चला कि वह एक ओवर ब्रिज है। उसके नीचे से रेल की लाइन चली गई है। पूरब तरफ थोड़े फासले पर स्टेशन दीख रहा है और पश्चिम तरफ, आँखें जितनी दूर जाती हैं, रेल की पटरियाँ बिछी हुई दीखती हैं। अचानक कभी कोई ट्रेन आकर पुल के नीचे से निकल जाए तो कितनी अजीब बात होगी। इस पर सोचते ही रतन बाबू के रोंगटे खड़े हो गए।

रतन बाबू चूँकि एकटक रेलगाड़ी की पटरियों की ओर देख रहे थे, इसलिए कब एक दूसरा आदमी उनकी बगल में आकर खड़ा हो गया, इसका उन्हें पता नहीं चला। जब उन्होंने बगल की ओर निगाह फेरी तो चौंक उठे।

वह आदमी धोती और कमीज पहने था। कन्धे पर सुंघनी के रंग की एक

चादर थी। पाँवों में कैनवास के जूते, आँखों पर बाइफोकल चश्मा। रतन बाबू के मन में एक खटका पैदा हुआ। इस आदमी को क्या वे इसके पहले देख चुके हैं? जाना-पहचाना जैसा क्या नहीं लगता? मंझले कद का है, देह का रंग भी गोरे-काले के बीच का है, आँखों में उदासी और भावुकता की छाया है। कितनी उम्र होगी? पचास से ज्यादा नहीं। बाल बहुत ही कम पके हैं। कम-से-कम शाम की रोशनी में तो ऐसा ही लगता है।

अजनबी ने एक ठंडी हँसी हँसकर रतन बाबू को नमस्कार किया। रतन बाबू जब हाथ जोड़कर प्रतिनमस्कार करने लगे तो अचानक उनकी समझ में यह बात आ गई कि उनके मन में खटका क्यों पैदा हो रहा था। यह आदमी जो पहचाना-पहचाना जैसा लगता है, इसका कोई दूसरा कारण नहीं है—इस ढाँचे के चेहरे को रतन बाबू बहुत बार देख चुके हैं और देखा है तो आईने में ही। भले आदमी के चेहरे से उनका चेहरा हूबहू मिलता-जुलता है। चेहरे का चकौर भाव, बालों की माँग, मूंछों की शक्ल, ठुड्डी के बीच का गड्ढा, कान के ऊपर का हिस्सा—ये सब लगभग एक ही जैसे हैं। हाँ, अजनबी के शरीर का रंग कुछ ज्यादा कालापन लिए हुए है, भौंहें ज्यादा घनी है और सिर के पिछले हिस्से के बाल कुछ अधिक लम्बे हैं।

इसके बाद अजनबी के गले का स्वर सुनकर रतन बाबू और भी अधिक चौंक पड़े। एक बार मुहल्ले के सुशान्त नामक एक लड़के ने उनके गले की आवाज टेपरेकार्ड में भरकर उन्हें सुनाई थी। उस आवाज और इस आदमी के गले की आवाज में कोई फर्क नहीं है।

अजनबी ने कहा, 'मेरा नाम है मणिलाल मजूमदार। आप न्यू महामाया होटल में ठहरे हुए हैं न?'

रतनलाल मणिलाल। नाम में भी सादृश्य है। रतन बाबू ने आश्चर्य के भाव को किसी तरह अलग हटाकर अपना परिचय दिया।

अजनबी ने कहा, ''शायद आप मुझे पहचान नहीं रहे हैं, मगर मैं इसके पहले भी आपको देख चुका हूँ।''

'कहाँ?'

'आप पिछली पूजा की छुट्टी में धुलियान नहीं गए थे?'

रतन बाबू ने हैरत में आकर कहा, 'आप भी वहाँ गए थे?'

'जी हाँ। मैं हर बार पूजा की छुट्टी में कहीं न कहीं जाता हूँ। अकेला आदमी हूँ, दोस्त-मित्रों की तादाद भी ज्यादा नहीं। अकेले ही नई-नई जगहों का सैर-सपाटा करना बहुत अच्छा भी लगता है। सिनी के बारे में मेरे ऑफिस के एक सहकर्मी ने मुझे बताया था। बहुत ही अच्छी जगह है। कहिए, ठीक कह रहा हूँ न?'

रतन बाबू ने थूक निगलकर सिर हिलाते हुए हामी भरी। वे एक अजीब तरह का अविश्वास और अशान्ति से मिला-जुला भाव महसूस करने लगे।

‘उस तरफ का तालाब देखा है—जिसके पास तीसरे पहर चिड़ियों का जमघट लगा रहता है?’ मणिलाल बाबू ने पूछा।

रतन बाबू ने हामी भरी।

‘लगा, कुछ विदेशी पक्षी भी वहाँ जमा हो गए हैं। कुछ ऐसे पक्षी भी देखे, जिन्हें बंगाल में नहीं देखा था। आपका क्या खयाल है?’

इतनी देर के बाद रतन बाबू कुछ स्वाभाविक स्थिति में आए। बोले, ‘मेरा भी यही खयाल है। मैं भी बहुत-से पक्षियों को पहचान नहीं सका था।’

दूर से एक धम-धम जैसी आवाज आ रही है। ट्रेन आ रही है। पूरब की तरफ देखने पर सर्चलाइट दीख पड़ा। रोशनी आहिस्ता-आहिस्ता बड़ी शक्ल लेकर आगे बढ़ रही है। रतन बाबू और मणिलाल बाबू पुल की रेलिंग के किनारे जाकर खड़े हो गए। तेज आवाज करती, पुल को कँपाती ट्रेन दूसरी दिशा की ओर चली गई। दोनों आदमी पैदल चलकर पुल की दूसरी दिशा की ओर बढ़ गए और तब तक ट्रेन को देखते रहे जब तक कि वह आँखों से ओझल न हो गई। रतन बाबू के मन में बच्चों के जैसा रोमांच-भाव जग गया है। मणिलाल बाबू ने कहा, ‘आश्चर्य है! इतनी उम्र हो गई, फिर भी रेलगाड़ी देखने का कौतूहल मन से दूर नहीं हुआ है।’

लौटने के वक्त रतन बाबू को पता चला कि मणि बाबू को सिनी आए तीन दिन हुए हैं और वे कालिका होटल में ठहरे हुए हैं। कलकत्ते ही में उनका पैतृक मकान है और वे वहीं के एक बिजिनेस ऑफिस में काम करते हैं। आमतौर से लोग एक-दूसरे से तनख्वाह के बारे में पूछताछ नहीं करते हैं, मगर रतन बाबू एक अदम्य इच्छा के वशीभूत होकर पूछ ही बैठे। उत्तर सुनकर उनका माथा पसीने से नहा गया। ऐसा होना सम्भव है? मणिलाल और रतन बाबू को तनख्वाह के रूप में एक ही रकम मिलती है—दोनों में से प्रत्येक को चार सौ सैंतीस रुपये। पूजा में दोनों को बोनस भी एक समान मिला है।

यह आदमी पहले से ही रतन बाबू के बारे में सब कुछ पता लगाकर उनके साथ चालबाजी कर रहा है—रतन बाबू को ऐसा महसूस नहीं हुआ। पहली बात तो यह कि उनकी रोजमर्रा की जिन्दगी में क्या-क्या घट रहा है, इस पर कभी किसी ने माथापच्ची नहीं की है। वे अपनी रौ में जिन्दगी जी रहे हैं। ऑफिस के बाहर नौकर के अलावा किसी दूसरे से बात तक नहीं करते हैं कभी किसी के घर पर जाकर अड्डेबाजी नहीं करते। मान लिया, तनख्वाह के बारे में बाहरी लोगों को भी पता चल जा सकता है, मगर रात में वे कब सोते हैं, क्या खाना पसन्द करते हैं, किस अखबार को पढ़ते हैं, कौन-सा थियेटर या बंगला सिनेमा अभी हाल में उन्होंने देखा है—ये सब बातें उनके अलावा किसी दूसरे को मालूम नहीं। लेकिन ये सारी

बातें भले आदमी से हू-ब-हू मिल रही हैं।

रतन बाबू यह बात मुँह खोलकर मणिलाल बाबू को नहीं कह सके। रास्तेभर वे सिर्फ मणिलाल बाबू की बातें सुनते रहे और अपने साथ उसका सादृश्य पाकर बार-बार अवाक् होते रहे। अपने बारे में उन्होंने कभी कुछ न बताया।

रतन बाबू का ही होटल पहले मिलता है। होटल के सामने आकर मणिलाल बाबू ने पूछा, 'आपके यहाँ खाना कैसा मिलता है?'

रतन बाबू ने कहा, ''मछली का शोरबा बढ़िया बनता है। बाकी सब चलने लायक।'

'मेरे होटल में अच्छी रसोई नहीं बनती है। सुना है, यहाँ जगन्नाथ मिष्ठान्न भण्डार में खासी अच्छी पूरियाँ और चने की दाल मिलती है। आज रात वहीं खाना खाया जाए तो कैसे रहे?'

रतन बाबू ने कहा, ''मुझे कोई आपत्ति नहीं। आठ बजे चला जाए?''

'ठीक है। मैं आपका इन्तजार करूँगा। उसके बाद एक साथ चलेंगे।'

मणिलाल बाबू के चले जाने के बाद रतन बाबू होटल के अन्दर जाने के बजाय कुछ देर तक रास्ते पर ही चहल-कदमी करते रहे। शाम गहराने लगी है। आसमान साफ है—इतना साफ कि तारों के बीच से गुजरता हुआ छाया-पथ साफ-साफ दीख रहा है। आश्चर्य है! इतने दिनों तक रतन बाबू को यही दुख था कि उन्हें ऐसा कोई मित्र न मिला जिससे उनके मन और विचारों का सादृश्य हो। लेकिन सिनी आने पर अचानक एक ऐसे आदमी से भेंट हो गई जिसे उनका ही डुप्लिकेट संस्करण कहा जा सकता है। चेहरे में थोड़ी-बहुत भिन्नता रहने पर भी स्वभाव और रुचि में ऐसी समानता है कि जुड़वें भाइयों में भी ऐसा मिलना मुश्किल है।

इसका मतलब क्या यही कि इतने दिनों के बाद दोस्त का अभाव दूर हो गया?

रतन बाबू को इस सवाल का जवाब तत्काल नहीं मिला। मणिलाल बाबू से थोड़ा और मिलने-जुलने से, हो सकता है यह बात उनकी समझ में आ जाए। एक चीज वह अच्छी तरह समझ गए थे और वह यह कि उनके अकेलेपन का भाव दूर हो गया है। इस दुनिया में उन्हीं के जैसा एक आदमी इतने दिनों से था और उससे अकस्मात् भेंट हो गई।

जगन्नाथ मिष्ठान्न भण्डार में टेबल पर आमने-सामने बैठकर खाना खाते हुए रतन बाबू ने गौर किया कि मणि बाबू भी उन्हीं की तरह चाट-पोंछकर खाना खाना पसन्द करते हैं, उन्हीं की तरह खाना खाते-खाते पानी पीते हैं। उन्हीं की तरह कागजी नींबू दाल में निचोड़ लेते हैं। सब कुछ खाने के बाद रतन बाबू दही खाते हैं। मणिलाल बाबू के साथ भी यही बात है।

खाना खाने के समय रतन बाबू को इसलिए अशान्ति का अनुभव हो रहा था कि दूसरी मेजों के आदमी उन दोनों की ओर मुड़-मुड़कर देख रहे थे। ये लोग

क्या इन दोनों की समता को ध्यान से देख रहे हैं? यह समता क्या इतनी स्पष्ट है कि लोगों का ध्यान उनकी ओर खिंच जाता है?

खाना खाने के बाद रतन बाबू और मणिलाल बाबू चाँदनी रात में कुछ देर तक चहल-कदमी करते रहे। एक सवाल रतन बाबू के दिमाग में बहुत देर से चक्कर काट रहा था। बातचीत के सिलसिले में वह बाहर निकल आया, 'आप क्या पचास पार कर चुके हैं?'

मणिलाल बाबू ने हँसकर कहा, 'जल्दी ही पचास की सीमा पार करने जा रहा हूँ। ग्यारह पूस में पचास कम्पलीट हो जाएगा।' रतन बाबू का दिमाग चकराने लगा। दोनों की जन्म-तिथि भी एक ही है—1916 ई. का ग्यारह पूस।

आधे घण्टे तक चहल-कदमी करने के बाद, वहाँ से विदा होने के समय मणिलाल बाबू ने हँसकर कहा, 'आपसे परिचय प्राप्त कर बेहद खुशी हुई। मैं किसी से घुलता-मिलता नहीं हूँ, मगर आपके साथ कुछ और ही बात है। लगता है, छुट्टी मजे में बीतेगी।'

और-और दिन रतन बाबू दस बजे के पहले ही सो जाते हैं। अपने साथ दो-चार बंगला मासिक पत्रिकाएँ लेकर लेटे-लेटे जब कुछ देर तक उनके पन्नों को उलटते-पुलटते हैं तो नींद अपने आप आ जाती है। लेटे-लेटे ही हाथ बढ़ाकर बिजली का स्विच दबाकर बत्ती बुझा देते हैं और कुछ मिनटों में ही उनकी नाक बजने लगती है। मगर आज नींद उनकी आँखों में आने का नाम नहीं ले रही थी। पढ़ने की भी इच्छा न हो रही थी। पत्रिका को हाथ में उठाकर उसे फिर से बगल की मेज पर रख दिया।

मणिलाल मजूमदार...

रतन बाबू ने कहीं पढ़ा था कि दुनिया में करोड़ों आदमी हैं, फिर भी कहीं ऐसे दो आदमी नहीं मिल सकते हैं जिनके चेहरे हूबहू एक जैसे हों। हालाँकि सभी की आँख, कान, नाक, हाथ, पैर इत्यादि की संख्या बराबर होती है। चेहरे का एक जैसा होना हो सकता है असम्भव हो, लेकिन दो व्यक्तियों के मन का एक जैसा होना क्या सम्भव है? मन ही नहीं—उम्र, पेशा, गले की आवाज, चलने और बैठने की मुद्रा, आँखों के ऐनक का पावर इत्यादि और भी बहुत-सी चीजें हूबहू एक जैसी हैं। सोचने पर लगता है, सम्भव नहीं है। परन्तु सम्भव हो गया है और इसका प्रमाण पिछले चार घंटों के दौरान रतन बाबू को कई बार मिल चुका है।

रात बारह बजे रतन बाबू ने बिस्तर से उठकर सुराही से चुल्लू में थोड़ा-सा पानी लेकर उसे अपने सिर पर डाला। उनका सिर चकराने लगा है। इस हालत में नींद नहीं आएगी। भीगे सिर को अंगोछे से आहिस्ता से पोंछा और फिर से बिछावन पर लेट गए। तकिया भीग गया। अच्छी ही बात है। जब तक तकिया सूख नहीं जाता है, माथा ठंडा रहेगा।

पूरे मुहल्ले में निस्तब्धता छाई हुई है। एक उल्लू विकट स्वर में चिल्लाता हुआ

होटल के पास से उड़ता हुआ चला गया। खिड़की से चाँदनी आकर बिस्तर पर रेंग रही है। न जाने कब रतन बाबू के मन से चिन्ता अपने आप दूर हो गई और उनकी पलकें झिप गईं।

रात में सोने में देर होने के कारण रतन बाबू की नींद लगभग आठ बजे टूटी। नौ बजे मणि बाबू आने वाले हैं। आज मंगलवार है। यहाँ से एकाध मील के फासले पर एक जगह आज हाट लगेगी। कल खाते-खाते दोनों ने लगभग एक साथ ही हाट जाने की इच्छा प्रकट की थी। खरीदना कोई खास चीज नहीं है, यों ही घूम-फिर आएँगे।

चाय पीते-पीते लगभग नौ बज गए। सामने रखी तश्तरी से थोड़ी-सी सौंफ उठाकर रतन बाबू ने मुँह में डाली और होटल से बाहर आते ही देखा, मणिलाल बाबू मुस्कराते हुए चले आ रहे हैं।

निकट आते ही मणिलाल बाबू ने पहली जो बात कही वह यह कि रतन बाबू और उनमें कितना साम्य है! यही बात सोचते-सोचते कल रात वे बहुत देर से सोए थे। जब सोकर उठे तो आठ बजकर पाँच मिनट हो चुके थे। यों वे ठीक छह बजे बिस्तर से उठ जाते हैं।

रतन बाबू ने इस बात का कोई जवाब नहीं दिया। दोनों हाट की तरफ रवाना हो गए। मुहल्ले के कुछेक छोकरों का जमघट लगा हुआ था। रतन बाबू और मणि बाबू उनके सामने से जाने लगे तो उसमें से एक ने टिटकारी के लहजे में कहा, 'माणिक-मुक्ता की जोड़ी है।' रतन बाबू उसकी बात पर ध्यान दिए बिना आगे बढ़ गए। बीसेक मिनटों में वे हाट पहुँच गए।

खासी अच्छी हाट लगी है। फल-मूल से लेकर साग-सब्जी, बरतन, मिट्टी की हाँडी, मुर्गा, बकरी इत्यादि की दूकानें सजी हुई हैं। लोगों की भीड़ भी काफी है। उसी भीड़ के बीच से दुकानों पर सरसरी निगाह दौड़ाते हुए रतन बाबू और मणिलाल बाबू आगे बढ़ते गए।

वह कौन है? पंचा? न जाने क्यों रतन बाबू ने उस भीड़ के सामने अपने होटल के नौकर को देखकर अपनी आँखें झुका लीं और अपने चेहरे को भीड़ की ओट में छिपा लिया। उस छोकरे की 'माणिक-मुक्ता की जोड़ी' बात सुनने के बाद से ही उनके मन में यह धारणा घर कर गई है कि उन दोनों को एकसाथ देखकर लोग मन ही मन हँसा करते हैं।

भीड़ के बीच से गुजरते-गुजरते रतन बाबू के मन में अचानक एक विचार आया। उन्हें लगा कि वे जब अकेले थे तो अच्छी हालत में थे। उन्हें मित्र की कतई जरूरत नहीं है। और अगर मित्र हो भी तो वह आदमी मणिलाल बाबू जैसा न हो। वे मणिलाल बाबू से जितनी बार बातचीत करते हैं, उतनी ही बार उन्हें लगता है, वे अपने आपसे बाचचीत कर रहे हैं। सवाल करने से उसका जवाब क्या मिलेगा,

यह बात जैसे उन्हें पहले से ही मालूम हो। तर्क करने का कोई अवसर नहीं आता है, विचार-विमर्श करने की जरूरत नहीं पड़ती है, झगड़ा-झंझट की कोई सम्भावना नहीं है। यह क्या मैत्री का लक्षण है? उनके ऑफिस के कार्तिक राय और मुकुन्द चक्रवर्ती में गहरी दोस्ती है, मगर ऐसा होने पर भी दोनों में क्या बहस-मुबाहसा नहीं होता है? होता जरूर है। मगर फिर भी वे मित्र हैं, एक-दूसरे के सच्चे मित्र।

सारी बातों पर गौर करने के बाद उन्हें बार-बार यही महसूस होने लगा कि मणिलाल मजूमदार उनके जीवन में न आते तो अच्छा रहता। एक जैसे दो आदमी अगर इस दुनिया में हों तो उनका एक-दूसरे के निकट आना कोई मानी नहीं रखता। सिनी से कलकत्ता लौट जाने के बाद भी मणिलाल बाबू से मुलाकात हो सकती है—यह बात सोचते ही रतन बाबू सिहर उठे।

एक दुकान में बाँस की लाठी बिक रही थी। रतन बाबू की बहुत दिनों से लाठी खरीदने की इच्छा थी। मगर मणिलाल बाबू को दर-दाम करते देखकर जोर-जबरन अपनी इच्छा को मन ही में दबा लिया। अन्त में देखने में यह आया कि मणि बाबू ने एक के बदले दो लाठियाँ खरीदीं और उनमें से एक रतन बाबू को उपहार के तौर पर दे दी। देने के समय कहा, ‘‘यह मामूली लाठी मित्रता के चिह्न के रूप में लेने में आप नाहीं न कहेंगे।’

हाट से लौटने के समय रास्ते में मणिलाल बाबू ने बहुत सारी बातें बताईं। अपने बचपन की बात, अपने माँ-बाप की बात, अपने स्कूल-कॉलेज की बात। सुनते समय रतन बाबू को महसूस हो रहा था कि उन्हीं की बातें कोई धड़ल्ले से उन्हें ही सुना रहा है।

तीसरे पहर चाय पीकर जब वे दोनों मैदान के बीच की पगडंडी से होकर पुर की ओर जा रहे थे तो रतन बाबू के दिमाग में एक विचार आया। उन्हें अधिक बोलना नहीं पड़ रहा था। इसलिए उनका दिमाग अच्छी तरह काम कर रहा था। दोपहर से ही उन्हें लग रहा था कि इस आदमी को अगर दूर हटा सकूँ तो अच्छा रहे, मगर दिमाग में कोई सूझ-बूझ नहीं आ रही थी। इस क्षण आसमान के काले मेघ पर दृष्टि पड़ते ही रतन बाबू की आँखों के सामने यह उपाय देदीप्यमान दृश्य की तरह साकार हो उठा।

आश्चर्य है! एक आदमी की हत्या करने की बात सोचकर भी रतन बाबू खुद को दोषी नहीं मान सके। मणिलाल बाबू में यदि कोई विशेषता होती—यहाँ तक कि उनका स्वभाव और चरित्र रतन बाबू से अगर तनिक भी भिन्न होता—तो रतन बाबू उनकी हत्या करने की बात नहीं सोच सकते थे। रतन बाबू को विश्वास हो गया है कि एक ही तरह के दो आदमियों का एक साथ जिन्दा रहना कोई मानी नहीं रखता। वे हैं और वे ही रहेंगे, यही काफी है। मणिलाल बाबू जिन्दा रहकर भी यदि उनसे दूर रहते—जैसा कि कुछ दिन पहले तक थे—तो उन्हें कोई आपत्ति न थी।

मगर अब इस जान-पहचान के बाद ऐसा होना सम्भव नहीं है, इसलिए उन्हें दूर हटा देना निहायत जरूरी है।

दोनों व्यक्ति ओवरब्रिज पर पहुँच चुके थे।

'बड़ी ही उमस है,' मणिलाल बाबू ने कहा, 'रात में बारिश हो सकती है। और इसका मतलब यह कि कल से कड़ाके की सरदी पड़ेगी।'

इस बीच रतन बाबू ने अपनी घड़ी की ओर एक बार निगाह डाली। छह बजने में बारह मिनट बाकी हैं। ट्रेन ठीक वक्त पर आती-जाती है। अब देर नहीं है। रतन बाबू ने अपनी जड़ता को ढँकने के खयाल से उबासी ली और कहा, 'अभी चार-पाँच घण्टे तक बारिश होने की कोई सम्भावना नहीं है।'

'सुपारी खाइएगा?'

मणिलाल बाबू ने जेब से टीन का एक गोल डिब्बा निकाला और उसके ढक्कन को खोलकर रतन बाबू की तरफ बढ़ाया। रतन बाबू की जेब में भी एक डिब्बे में सुपारी थी। उस डिब्बे को जेब से बिना निकाले और उसकी चर्चा बगैर किए उन्होंने मणिलाल बाबू के डिब्बे से सुपारी का एक टुकड़ा निकालकर मुँह में डाल लिया।

और ठीक उसी समय ट्रेन की आवाज सुनाई दी।

मणिलाल बाबू ने रेलिंग के पास जाकर घड़ी की ओर देखा और कहा, 'सात मिनट बिफोर टाइम।'

पश्चिम की ओर घटा छाए रहने के कारण आज और दिनों के बनिस्बत ज्यादा अँधेरा है। इसीलिए हेडलाइट की रोशनी ज्यादा उजली लग रही है। ट्रेन अब भी काफी दूर है, तब हाँ, रोशनी का आयतन जल्दी-जल्दी बढ़ता जा रहा है। एकटक देखा जाए तो आँखों में पानी भर आए।

'क्रिं क्रिं!'

एक आदमी साइकल पर सवार होकर सड़क से पुल की तरफ आ रहा है। भारी मुसीबत है! यह आदमी यहाँ रुकने वाला है क्या?

रतन बाबू की आशंका गलत साबित हुई। वह उन लोगों की बगल से होता हुआ आँधी की तरह साइकल चलाता हुआ विपरीत दिशा के रास्ते में शाम के अँधेरे में विलीन हो गया।

ट्रेन तेज रफ्तार से चली आ रही है। आँखों में चकाचौंध पैदा करने वाले हेडलाइट में फासले का अन्दाज लगाना मुश्किल है। अब कुछ ही सेकण्डों के दौरान ऑवरब्रिज काँपने लगेगा।

ट्रेन की आवाज से कान का परदा फटा जा रहा है।

मणिलाल बाबू रेंलिग पकड़कर ट्रेन की ओर देख रहे हैं। एक बार बिजली चमकी और उसके साथ ही रतन बाबू ने अपनी पूरी ताकत लगाकर दोनों हाथों से मणिलाल बाबू की पीठ पर एक धक्का लगाया। मणिलाल बाबू की देह दो हाथ

ऊँची लकड़ी की रेलिंग के ऊपर से होती हुई सीधे रेल की पटरियों की तरफ चली गई। ठीक उसी क्षण रतन बाबू को महसूस हुआ कि ओवरब्रिज थरथराने लगा है।

आज रतन बाबू ने ट्रेन जाने के दृश्य को देखने का इन्तजार नहीं किया। लकड़ी की ब्रिज की तरह ही उनके अन्दर भी एक थरथराहट शुरू हो गई है। पच्छिम की घटा बहुत आगे चली आई है और बीच-बीच में बिजली चमक रही है।

रतन बाबू ने शाल को भलीभाँति लपेट लिया और होटल की ओर चल पड़े।

बारिश के पहले झोंके को नजरअन्दाज करने की विफल चेष्टा में रतन बाबू ने बाकी रास्ते को दौड़ते-दौड़ते तय किया और हाँफते हुए होटल पहुँचे।

अन्दर जाते ही उन्हें शक हुआ।

वे कहाँ आ गए? महामाया होटल के सामने ऐसा मकान नहीं था। इस तरह की मेज, इस तरह की कुरसियों की सजावट, दीवार पर इस तरह की तस्वीर...!

इधर-उधर देखने के बाद अचानक उनकी निगाह लकड़ी के एक बोर्ड पर गई। बाप रे, उनसे कितनी बड़ी गलती हो गई है! वे तो कालिका होटल के अन्दर आ गए हैं। यहीं मणिलाल बाबू टिके हुए थे न?

बारिश ने उन्हें भिगो दिया क्या?

किसी आदमी ने उनसे कुछ पूछा। रतन बाबू ने मुड़कर देखा, एक आदमी है। जिसके बाल घुंघराले हैं, देह पर हरे रंग की शाल है। लगता है, इसी होटल का रहने वाला है। वह उनकी ओर मुँह किए चाय की प्याली लिए बैठा हुआ है। रतन बाबू के चेहरे पर नजर पड़ने के बाद उसने तनिक घबराहट के साथ कहा, 'सॉरी! गलती हो गई। आप पर अचानक नजर पड़ी तो लगा, मणिलाल बाबू हैं।'

इस सवाल से उनके मन में यह सन्देह पैदा हुआ कि उन्होंने जो हत्या की है। वह हर दृष्टि से सोच-समझकर और पूरी सावधानी बरत कर की है या नहीं। वे दोनों एक साथ निकले थे, बहुतों ने हो सकता है, देखा हो। मगर देखना ही क्या ध्यान से देखना है? जिन्होंने देखा होगा, उन्हें क्या यह बात याद होगी? और अगर याद हो भी तो क्या उन पर सन्देह करेंगे? हाट से निकलने के बाद जब वे खुले रास्ते पर आए थे तो उन्हें किसी ने नहीं देखा था—यह बात रतन बाबू भलीभाँति जानते हैं। और उस ओवरब्रिज पर पहुँचने के बाद ...ओ हाँ...उस साइकलवाले ने उन्हें निश्चय ही देखा होगा। मगर तब गहरा अँधेरा उतर आया था। उस तरह तेजी से साइकल चलाते हुए उस आदमी ने उनका चेहरा क्या पहचान लिया होगा और पहचान करके याद रखा होगा? असम्भव बात है।

रतन बाबू ने इस पर जितना सोचा-विचारा, वे उतनी ही निश्चिन्तता का बोध करने लगे। मणिलाल बाबू की लाश अवश्य ही बरामद होगी। परन्तु उसके फलस्वरूप

रतन बाबू पर सन्देह होगा, मामले पर विचार किया जाएगा, उन्हें खूनी मानकर फाँसी की सजा दी जाएगी—इन बातों पर रतन बाबू को कतई विश्वास नहीं हुआ।

बाहर बारिश होते देखकर रतन बाबू ने कालिका होटल में बैठकर एक प्याली चाय पी। साढ़े सात बजे बारिश ने रुकने का नाम लिया। रतन बाबू सीधे महामाया चले आए। किस तरह गलती से वे दूसरे होटल में चले गए थे, इस पर सोचते ही उन्हें हँसी आने लगी।

रात में पेट भर खाना खाकर रतन बाबू बिस्तर पर लेट गए और 'देश' पत्रिका खोलकर आस्ट्रेलिया की जंगली जाति के बारे में एक लेख पढ़ा, उसके बाद बत्ती बुझकर इत्मीनान के साथ आँखें बन्द कर लीं। अब फिर वे अकेले और अद्वितीय हो गए। उनका कोई साथी नहीं है और न उसकी कोई आवश्यकता ही है। वे इतने दिनों से जिस तरह जीवन जी रहे थे उसी तरह जीवन जिएँगे। इससे बढ़कर आराम और क्या हो सकता है?

बाहर फिर से पानी बरसने लगा है। उसके साथ बिजली की चमक और मेघ की गड़गड़ाहट शुरू हो गई है। मगर इससे कुछ आता-जाता नहीं। क्योंकि रतन बाबू की नाक बजने लगी है।

दूसरे दिन जब वे चाय पी रहे थे तो पंचा ने पूछा, 'यह लाठी कल बाजार में खरीदी है क्या बाबू?'

रतन बाबू ने कहा, 'हाँ।'

'कीमत कितनी है?'

रतन बाबू ने उसका दाम बताया। उसके बाद अपनी आवाज को यथासम्भव स्वाभाविक बनाकर कहा, 'तुम हाट गए थे?'

पंचा ने हंसते हुए कहा, 'हाँ बाबू। आपको भी देखा था। आपकी नजर मुझ पर नहीं पड़ी थी?'

'नहीं।'

उसके बाद पंचा से उनकी कोई बातचीत नहीं हुई।

चाय पीकर वे होटल से बाहर निकले और पैदल चलते हुए कालिका होटल के पास आए। कल का वही घुंघराले बालों वाला आदमी कुछ बंगालियों के साथ दरवाजे की चौखट पर खड़ा होकर बातचीत कर रहा था। मणिलाल बाबू का नाम और 'स्यूइसाइड' शब्द रतन बाबू को सुनाई पड़ा। अच्छी तरह सुनने के लिए वे थोड़ा और आगे बढ़ गए। इतना ही नहीं, एक सवाल भी किया—

''किसने आत्महत्या कर ली साहब?''

कल के भले आदमी ने कहा, 'कल आपको देखकर जिस आदमी का मैंने अनुमान लगाया था, उन्होंने।'

'स्यूइसाइड?'

'लगता तो यही है। रेलगाड़ी की पटरी के पास लाश मिली है। एक ओवर ब्रिज है, ठीक उसी के नीचे। लगता है ऊपर से छलाँग मारकर कूद पड़े हैं। वे यूँ भी अजीब किस्म के थे। किसी से ज्यादा बातचीत नहीं करते थे। हम उन पर टीका-टिप्पणी किया करते थे।'

'डेड बॉडी कहाँ है?'

'पुलिस के जिम्मे। हवा-पानी बदलने के खयाल से आए थे। यहाँ उनका परिचित कोई नहीं था। कलकत्ते से आए थे। इससे ज्यादा कुछ मालूम नहीं है।'

रतन बाबू ने सहानुभूति की मुद्रा में दो बार सिर हिलाकर 'च्य-च्य' आवाज की और उसके बाद फिर से चहल-कदमी करना शुरू कर दिया।

स्यूइसाइड। फिर हत्या की बात किसी के दिमाग में नहीं आई है। उनकी तकदीर कितनी अच्छी है! फिर हत्या करना तो बड़ा ही आसान काम है! लोग इतना डरते क्यों हैं?

रतन बाबू बहुत हल्कापन महसूस करने लगे। दो दिनों के बाद वे आज फिर अकेले घूमने के लिए बाहर जा सकेंगे। यह बात सोचकर उन्हें खुशी हुई।

गत कल मणिलाल बाबू को धक्का देने के वक्त सम्भवतः रतन बाबू का एक बटन टूटकर गिर गया था। दर्जी की दुकान पर जाकर उन्होंने उसे टंकवा लिया। उसके बाद मनिहारी की दुकान पर जाकर नीम का टूथपेस्ट खरीदा। नहीं खरीदते तो कल सुबह दाँत साफ नहीं कर पाते। अभी जो टूथपेस्ट उनके पास है। दबते-दबते वह चपटा होकर आखिरी हालत में पहुँच चुका है।

दुकान से निकलकर कुछ दूर जाते ही उन्हें एक मकान में कीर्तन की आवाज सुनाई पड़ी। रतन बाबू थोड़ी देर तक रुककर कीर्तन सुनते रहे। उसके बाद शहर के बाहर की एक नई सड़क को पकड़कर एकाध मील का चक्कर काटते रहे। उसके बाद ग्यारह बजे होटल लौटकर नहाया-धोया और खाना खाया। खाना खाने के बाद दिवा-निद्रा उपभोग करने की कोशिश करने लगे।

और दिनों की तरह तीन बजे उनकी आँखें खुलीं और खुलते ही रतन बाबू को लगा, उनका मन चाह रहा है कि आज शाम एक बार फिर ओवर ब्रिज की ओर घूमने जाएं। कल स्वाभाविक कारणवश ही वे ट्रेन के दृश्य का उपभोग नहीं कर सके थे। आकाश की बदली छँटी नहीं थी। मगर उससे हर्ज ही क्या है। आज बाारिश की कोई सम्भावना नहीं है। आज वे ट्रेन को आने से जाने के क्षण तक आराम से देखते रहेंगे।

पाँच बजे चाय पीकर रतन बाबू नीचे आए। सामने ही मैनेजर शम्भू बाबू बैठे हुए मिले। रतन बाबू पर नजर पड़ते ही बोले, 'कल जिस आदमी की मृत्यु हुई है उससे आप परिचित थे?'

शुरू में बिना कुछ बोले रतन बाबू ने अवाक् होने का अभिनय कर शम्भू

बाबू की ओर देखा । उसके बाद कहा, 'क्यों, बात क्या है?'

'नहीं—वो... यानी, पंचा ने बताया कि हाट में उसने आप दोनों को एक ही साथ देखा था।'

रतन बाबू ने तनिक मुस्करा कर शान्तिपूर्वक कहा, 'यहाँ मुझे किसी से जान पहचान नहीं हुई है। हाट में अलबत्ता दो-चार आदमियों से बातचीत हुई थी, पर किस आदमी की मृत्यु हुई है। यह बात मुझे मालूम नहीं है।'

'ओ!' शम्भू बाबू हँस पड़े 'बड़ा ही दिलचस्प आदमी था। आपकी ही तरह हवा-पानी बदलने के खयाल से यहाँ आया था। कालिका होटल में ठहरा हुआ था।'

'ओह, यह बात है!'

इसके बाद बिना कुछ बोले रतन बाबू बाहर निकल आए। लगभग दो मील रास्ता तय करना है। अब देर करने से ट्रेन देख नहीं पाएँगे।

रास्ते में किसी ने उन पर सन्दिग्ध दृष्टि नहीं डाली। कल जिन छोकरों का जमघट लगा था, आज उनमें से कोई वहाँ नहीं था। 'माणिक-मुक्ता की जोड़ी' वाली बात रतन बाबू को अच्छी नहीं लगी थी। वे छोकरे कहाँ चले गए? रतन बाबू को ढोल की आवाज सुनाई पड़ रही है। मुहल्ले में पूजा हो रही है। छोकरे अवश्य ही वहीं गए होंगे। रतन बाबू इत्मीनान के साथ आगे बढ़ते गए।

खुले मैदान के बीच के रास्ते पर आज वे अकेले ही हैं। मणिलाल बाबू से जान-पहचान होने के पहले भी वे इत्मीनान से रहते थे, लेकिन आज वे जितना हल्कापन महसूस कर रहे हैं, इसके पहले कभी इतना हल्कापन महसूस नहीं किया था।

वही तो बबूल का पेड़ दीख रहा है। उसको पार करने के बाद कुछ मिनटों तक चहल-कदमी करनी पड़ेगी और तब ओवर ब्रिज मिलेगा। आसमान में चारों तरफ घटा छाई है। हाँ, घटा का रंग गहरा काला नहीं, बल्कि स्लेटी है। हवा नहीं है, इसीलिए तमाम बादल एक ही जगह स्थिर होकर खड़े हैं।

ओवर ब्रिज पर नजर पड़ते ही रतन बाबू का मन आनन्द से नाच उठा। वे लम्बे डग भरने लगे। कहा नहीं जा सकता—ट्रेन कहीं कल से पहले न आ जाए! सिर के ऊपर से बगुलों का एक झुण्ड उड़कर चला गया। पता नहीं, विदेशी बगुले हैं या इसी देश के।

पुल पर खड़े होने के बाद रतन बाबू को शाम की निस्तब्धता का भरपूर अहसास हुआ। खूब सावधानी से, एकाग्रता के साथ सुनने पर ही ढोल की क्षीण आवाज सुनाई पड़ती है। इसके अलावा कोई दूसरी आवाज नहीं है।

रतन बाबू रेलिंग के पास जाकर खड़े हो गए। दूर सिगनल दिखाई पड़ रहा है और उससे भी दूर स्टेशन। रेलिंग के निचले हिस्से में लकड़ी की दरार में कोई चीज चमक रही है। रतन बाबू ने झुककर उस चीज को उठाया। वह एक गोल

टीन का डिब्बा है। उसके अन्दर इलायची और सुपारी है। रतन बाबू ने तनिक मुसकराकर उसे पुल के नीचे रेलवे लाइन पर फेंक दिया। ठन से आवाज हुई। पता नहीं, सुपारी का यह डिब्बा वहाँ कितने दिनों तक पड़ा रहेगा।

यह किस चीज की रोशनी है?

ट्रेन आ रही है, अभी आवाज सुनाई नहीं पड़ रही है। मगर रोशनी आगे बढ़ती हुई आ रही है।

रतन बाबू अवाक् होकर रोशनी देखने लगे। अचानक हवा का एक तेज झोंका आता है और उनके कन्धे से शाल नीचे गिर पड़ती है। रतन बाबू उसे फिर से बदन में लपेट लेते है।

अब आवाज सुनाई पड़ रही है और उसके साथ-साथ मेघ की गड़गड़ाहट।

अचानक रतन बाबू को लगता है, कोई उनके पीछे आकर खड़ा हो गया है। अभी ट्रेन की ओर से आँखें हटाना मुश्किल है, फिर भी उन्होंने एक बार अपने इर्द-गिर्द निगाह डाली। कहीं कोई नहीं है। कल की तुलना में आज अँधेरा कम है, इसलिए देखने में कोई असुविधा नहीं हो रही है। तेज रफ्तार में आती हुई उस विशाल ट्रेन और रतन बाबू के अलावा एकाध मील के दायरे में सम्भवतः और कोई नहीं है।

अभी ट्रेन एक सौ गज के बीच ही होगी। रतन बाबू रेलिंग की तरफ थोड़ा और बढ़ गए। पहले के जमाने की स्टीम इन्जन होती तो इतना आगे बढ़ना निरापद नहीं था, आँख-मुँह में कोयले का धुआँ भर जाने की सम्भावना थी। यह डीजल ट्रेन है, इसलिए इससे धुआँ नहीं निकलता। बस, छाती को कँपाने वाली गुरु गम्भीर आवाज है और आँखों में चकाचौंध पैदा करने वाला हेडलाइट।

अब ट्रेन ब्रिज के नीचे आ चुकी है।

रतन बाबू कुहनियों के बल सामने की तरफ झुक गए।

और ठीक उस क्षण पीछे से दो हाथों ने उनकी पीठ को जोरों से ढकेल दिया। रतन बाबू उस धक्के को संभाल नहीं सके। क्योंकि रेलिंग सिर्फ दो हाथ की ऊँची थी।

मेल ट्रेन आवाज करती, ब्रिज को कंपाती पच्छिम की तरफ, जहाँ के आकाश का रक्तिम रंग अब बैंगनी हो चुका है, चली गई।

रतन बाबू अब ब्रिज पर नहीं हैं, तब हाँ, उनकी निशानी के तौर पर एक चीज अब भी रेलिंग की लकड़ी की एक दरार में अटकी हुई है। और वह है सुपारी और इलायची से भरा हुआ अलम्यूनियम का एक डिब्बा।

भक्त

अरूप बाबू—यानी अरूप रतन सरकार—ग्यारह साल के बाद पुरी आए हैं। शहर में थोड़ा-बहुत परिवर्तन दीख रहा है—जैसे कुछ नये मकान, नये सिरे से बनाई गई कुछ सड़कें, दो-चार छोटे-बड़े होटल—मगर जब वे समुद्र के किनारे आए तो उन्हें लगा, यह समुद्र बदलने वाली चीज नहीं है। वे सागरिका होटल में ठहरे हैं, वहाँ से समुद्र हालाँकि दीखता नहीं, लेकिन रात में, लोगों का शोरगुल जब थम जाता है। लहरों की आवाज स्पष्ट सुनाई पड़ती है। उस आवाज को सुनकर कल अरूप बाबू बाहर निकल आए थे। कल ही वे पुरी आए हैं; दिन के वक्त उन्हें कुछ खरीद-फरोख्त करनी थी, इसीलिए समुद्र के किनारे की तरफ नहीं गए थे। रात में जाकर देखा, अमावस के अँधेरे में भी लहरों का फेन साफ-साफ दिखाई पड़ता है। अरूप बाबू को याद आया, बचपन में उन्होंने कहीं पढ़ा था कि समुद्र के पानी में फॉसफोरस रहता है। और इसलिए अँधेरें में भी लहरें दिखाई पड़ती हैं। अरूप बाबू को रोशनी से जगमगाती रहस्यमयी लहरों की ओर देखना बड़ा ही अच्छा लगा। कलकत्ते में उन्हें देखकर कोई भावुक नहीं कह सकता। सो नहीं कहे। अरूप बाबू जानते हैं कि किसी जमाने में उनमें कितनी भावुकता थी। काम के दवाब से वह भावुकता कहीं भोथरी न हो जाए इसीलिए वे अब भी बीच-बीच में गंगा के किनारे और ईडेन गार्डन में जाकर बैठ जाते हैं, पेड़, पानी और फूलों को देखकर उन्हें प्रसन्नता होती है। पक्षियों का गीत सुनकर पहचानने की कोशिश करते हैं कि वह कोयल, बया या पपीहे का स्वर है। अँधेरे में बहुत देर तक समुद्र की ओर अपलक देखते रहने के बाद उन्हें लगा, सोलह साल की नौकरी के जीवन का अवसाद बहुत कुछ दूर हो गया है।

आज तीसरे पहर भी अरूप बाबू समुद्र के किनारे आए हैं। कुछ दूर तक पैदल चलने के बाद उन्हें इच्छा नहीं हो रही है कि अब चहल-कदमी करें। एक गेरुआधारी साधु बाबा या गुरु जैसा व्यक्ति तेज कदमों से बालू के ऊपर चला आ रहा है। पीछे-पीछे औरत-मर्द चेला-चंटियों का एक दल उसके कदमों से कदम मिलाकर हाँफता

हुआ चला जा रहा है। अरूप बाबू को यह दृश्य बहुत ही अच्छा लग रहा है। तभी उनकी बाईं ओर से एक बच्चे की आवाज तैरती हुई उनके कानों में आती है—

' 'मुन्ना का सपना' क्या आपने ही लिखा है?'

अरूप बाबू ने गरदन घुमाकर देखा—सात-आठ साल का एक लड़का है। सफेद शर्ट और नीली पैन्ट पहने। हाथ की कुहनी तक बालू लगा है। गरदन उठाकर वह विस्मय की दृष्टि से उनकी ओर ताक रहा है। अरूप बाबू के जवाब का इन्तजार न कर लड़के ने कहा, 'मैं 'मुन्ना का सपना' पढ़ चुका हूँ। बाबूजी ने सालगिरह के अवसर पर दिया था। मुझे...मुझे...'

'कहो, कहो, इसमें शरमाने की क्या बात है?'

यह एक महिला की आवाज थी।

लड़के को थोड़ी हिम्मत हुई और वह बोला, 'मुझे वह किताब बहुत अच्छी लगी थी।'

अरूप बाबू ने अब महिला की ओर देखा। तीसेक साल उम्र होगी। सुन्दर चेहरा। मुसकराती हुई उनकी ओर देख रही है और आहिस्ता-आहिस्ता आगे बढ़ रही है।

अरूप बाबू ने लड़के से कहा, ''नहीं मुन्ना, मैंने कोई किताब नहीं लिखी है। तुम सम्भवतः गलती में हो।''

महिला लड़के की माँ है, इसमें कोई सन्देह नहीं। दोनों के चेहरे में स्पष्ट समानता है। खासकर चिबुक की गढ़न में।

अरूप बाबू की बात से महिला की हँसी मलिन नहीं हुई। वह और भी आगे बढ़ आई और पहले की अपेक्षा अधिक मुसकराहट अपने चेहरे पर बिखेर कर बोली, 'सुनने में आया कि आप लोगों से मिलना-जुलना पसन्द नहीं करते। मेरे एक देवर ने एक समारोह का सभापतित्व करने के लिए आपको एक अनुरोध भरा पत्र लिखा था। आपने जवाब दिया था कि आप यह सब कतई पसन्द नहीं करते। मगर अबकी हम आपको छोड़ने वाले नहीं हैं। आप हालाँकि बच्चों के लिए लिखते हैं, लेकिन हम भी आपकी रचना पढ़ा करते हैं।'

'मुन्ना का सपना' पुस्तक का लेखक चाहे जो हो, मगर माँ और बेटा उनके एक जैसे भक्त हैं, यह बात समझने में अरूप बाबू को असुविधा नहीं हुई। इस तरह की बेढब स्थिति का सामना करना पड़ेगा, इसकी उन्होंने कल्पना तक न की थी। उन्हें यह बताना जरूरी है कि उनकी धारणा गलत है। मगर बेरुखी से बताया जाए तो इन्हें तकलीफ पहुँचेगी। यह सोचकर अरूप बाबू असमंजस में पड़ गए। असल में अरूप बाबू का हृदय बहुत की कोमल है। एक बार उनके धोबी गंगाचरण ने एक नये अद्धी के कुरते में इस्तिरी का दाग लगाकर कुरते का हुलिया बिगाड़ दिया था। उनकी जगह कोई और होता तो उसे निश्चय ही दो-चार थप्पड़ जमा देता।

लेकिन अरूप बाबू ने धोबी की दयनीय और झिझक से भरी मुद्रा देखकर कोमल स्वर में इतना ही कहा था, 'इस्तिरी ज़रा सावधानी से किया करो।'

अपने इस ममतालु हृदय के कारण ही उन्होंने कुछ और न कहकर इतना ही कहा, 'मैं 'मुन्ना का सपना' का लेखक हूँ, आप इतना श्योर होकर यह बात कैसे कह रही हैं?'

महिला ने हैरत में आकर कहा, 'वाह, उसी दिन 'युगान्तर' में तसवीर छपी थी। रेडियो से घोषणा की गई कि आपको बंगला भाषा के श्रेष्ठ बाल-साहित्य के लेखक की हैसियत से इस वर्ष का साहित्य अकादमी का पुरस्कार दिया गया है, और उसके दूसरे दिन अखबारों में तसवीर छपी। हमीं नहीं, अब अनेकों अमलेश मौलिक के चेहरे से परिचित हो गए हैं।'

अमलेश मौलिक! अरूप बाबू नाम से तो परिचित हैं, पर चेहरा नहीं देखा है। दोनों के चेहरे में क्या इतना साम्य है? इतना जरूर है कि आजकल के अखबारों में छपे चेहरे का साफ-साफ पता नहीं चलता है।

'आप पुरी आ रहे हैं, यह बात चारों तरफ फैल गई है,' महिला कहने लगी, 'हम उस दिन सी-व्यू होटल गए हुए थे। मेरे पति के एक मित्र कल तक वहीं टिके थे। उनसे होटल के मैंनेजर ने बताया था कि आप बृहस्पतिवार को आ रहे हैं। आज ही तो बृहस्पतिवार है। आप सी-व्यू में टिके हुए हैं न?''

'अयं? ओ... नहीं। मैं, वो, सुना था कि वहाँ खाना उतना अच्छा नहीं मिलता है।'

'आपने ठीक ही सुना है। हम भी यही सोच रहे थे—इतने-इतने होटल रहने के बावजूद आप वहाँ क्यों ठहरने जा रहे हैं। आप कहां ठहरे हैं?'

'मैं...सागरिका में।'

'ओह! वह तो नया होटल है। किस तरह का है?'

'चलाऊ ही कहिए। कुछ ही दिनों तक ठहरना है।'

'कितने दिनों तक ठहरिएगा?'

'पाँचेक दिन।'

'फिर किसी दिन हमारे यहाँ आइए। हम पुरी होटल में ठहरे हैं। आपको देखने के लिए कितने ही आदमी प्रतीक्षा कर रहे हैं। बच्चों का तो कुछ कहना ही नहीं। यह क्या, आपके पैर भीग गए?'

लहर जो आगे बढ़ आई है, अरूप बाबू का इस ओर ध्यान ही नहीं है। पैर ही भीगे हैं। यह कहना गलत होगा। तेज हवा रहने पर भी अरूप बाबू का पूरा शरीर पसीने से भीगने लगा है। प्रतिवाद करने का सुयोग कब और कैसे टल गया, यह उनकी समझ में आया ही नहीं। अभी जरूरत इसी बात की है कि वे वहाँ से खिसक जाएँ। मुसीबत कहाँ तक आगे बढ़ आई है। एकान्त में बैठकर सोचने पर

ही यह बात समझ में आएगी।

'मैं अब...चलता हूँ...'

'ज़रूर ही कुछ नई चीज़ लिख रहे हैं।'

'नः। अभी, कहने का मतलब है कि आराम करूँगा।'

'दुबारा मिलेंगे। अपने पति से कहूँगी। कल तीसरे पहर इधर आ रहे हैं न?'

सी-व्यू के मैनेजर विवेकराय ने अभी अपने गाल के अन्दर एक पान ठूँसा ही था कि अरूप बाबू उनके सामने उपस्थित हो गए।

'यहाँ अमलेश मौलिक आने वाले हैं?'

'ऊँ।'

'अब तक नहीं आए हैं?'

'उहुँ।'

'कब... आएँगे...यह...?''

'मोंगोंबर। टेरीगगां अय्या है? क्यों?'

मंगलवार। आज है बृहस्पतिवार। अरूप बाबू मंगलवार तक ही ठहरेंगे। टेलीग्राम आने का मतलब है कि मौलिक बाबू ने किसी वजह से आने की तारीख आगे बढ़ा दी है।

मैनेजर से पूछने पर अरूप बाबू को पता चला कि उनका अनुमान सही है। अमलेश मौलिक आज ही आने वाले थे।

विवेक बाबू के 'क्यों' के उत्तर में अरूप बाबू ने उन्हें बताया कि उन्हें अमलेश बाबू से एक जरूरी काम है। वे मंगलवार की दोपहर में आकर पता लगाएँगे।

अरूप बाबू सी-व्यू होटल से सीधे बाजार की तरफ चले गए। एक दुकान से अमलेश बाबू की लिखी चार किताबें खरीदीं। 'मुन्ना का सपना' वहाँ नहीं मिला। खैर कोई हर्ज नहीं। चार ही काफी हैं। दो उपन्यास हैं, दो छोटी-छोटी कहानियों के संकलन।

होटल में लौटते-लौटते साढ़े छह बज गए। सामने के दरवाजे से घुसते ही एक कमरा मिलता है, उसके बायें मैनेजर के बैठने की जगह है, दाहिने एक दस-पाँच फीट जगह में एक बेंच और दो कुरसियाँ बिछी हुई हैं। कुरसियों पर दो आदमी बैठे हुए है। बेंच पर दो लड़के और दो लड़की, जिनकी उम्र दस-बारह के बीच होगी। अरूप बाबू पर नजर पड़ते ही दोनों आदमियों ने मुस्कुराते हुए हाथ जोड़कर उन्हें नमस्कार किया और उठकर खड़े हो गए। उसके बाद बच्चों की ओर देखकर गरदन हिलाई। बच्चे शरमाते हुए अरूप बाबू की ओर बढ़ आए और पैर छूकर प्रणाम किया। अरूप बाबू मना करने जा रहे थे। मगर कर नहीं सके।

दोनों सज्जन भी आगे बढ़ आए। उनमें से एक ने कहा, 'हम पुरी होटल से आ रहे हैं। मेरा नाम सुहृद सेन है और आप हैं मिस्टर गांगुली। मिसेज घोष ने बताया

कि आज आपसे उनकी मुलाकात हुई है आप यहीं ठहरे हैं। इसलिए सोचा कि...'

सौभाग्यवश किताबें बांस के कागज में बंधी है। वरना अपनी ही किताबें खुद खरीदकर ला रहे हैं, यह देखकर वे क्या सोचते!

अरूप बाबू ने उनकी हर बात पर गरदन हिलाकर हामी भरी। यह नहीं कि अब भी प्रतिवाद नहीं किया जा सकता है। ऐसी कौन-सी बात है? इतना कहना ही काफी, 'देखिए साहब, एक बहुत बड़ी गलतफहमी हो गई है। मैंने खुद अमलेश मौलिक की तसवीर नहीं देखी है, तब हाँ, यह मान लेता हूँ कि उनका चेहरा मुझसे बहुत कुछ मिलता-जुलता है। हो सकता है, उनकी भी मूँछें पतली हैं, उनके भी बाल घुँघराले हैं, उनकी आँख पर मेरे जैसा ही चश्मा है। यह भी ठीक है कि वे पुरी आने वाले हैं। लेकिन दुहाई आप लोगों की, मैं वह आदमी नहीं हूँ। मैं बाल-साहित्य का लेखक नहीं हूँ। मैं साहित्यिक हूँ ही नहीं। कुछ लिखता भी नहीं हूँ। इन्श्योरेन्स ऑफिस में नौकरी करता हूँ। एकान्त में छुट्टी बिताने आया हूँ। आप लोग कृपया मेरी जान छोड़ दें। असली अमलेश मौलिक मंगलवार को सी-व्यू होटल में आ रहे हैं।'

मगर इतना कहने से ही क्या झंझट से मुक्ति मिल जाएगी? एक बार जब इनके दिमाग में यह बात बैठ गई है कि वे ही अमलेश मौलिक हैं और पहली बार प्रतिवाद करने पर जब कोई काम न हुआ तो फिर क्या सी-व्यू के मैनेजर का टेलीग्राम दिखाया जाए तभी इन लोगों की गलतफहमी दूर होगी? ये लोग मान लेंगे, यह मौलिक जी का एक करिश्मा है। दरअसल वे छद्‌म नाम से सागरिका में ठहरे हुए हैं और आने के पहले सी-व्यू में अपने नाम से झूठा टेलीग्राम भेज दिया है। वह इसलिए कि लोगों के उपद्रव से छुटकारा मिल सके।

प्रतिवाद के मामले में सबसे बड़ी बाधा उन तीन बच्चों ने डाल दी। वे तीनों अवाक् और-भक्ति भरी दृष्टि से अरूप बाबू को घूर रहे हैं। प्रतिवाद की गन्ध पाते ही इन तीनों बच्चों की आशा, आनन्द और उत्साह पर एक ही क्षण में पानी फिर जाएगा।

'बाबुन, तुम जिस चीज की जानकारी प्राप्त करना चाहते थे, अमलेश बाबू से पूछ लो।' दोनों लड़कों में जो बड़ा है, उसे सम्बोधित करते हुए सुहृद सेन ने कहा।

अरूप बाबू घबराहट महसूस करने लगे। अब भागने का कोई रास्ता नहीं है। बाबुन अपनी गरदन टेढ़ी कर, दोनों हाथों की उँगलियों को आपस में फँसा कर सवाल करने के लिए तैयार है।

'अच्छा, मुन्ना की आँखों में जिस बूढ़े ने नींद ला दी थी, वह क्या जादू जानता था?'

चरम संकट की घड़ी में अरूप बाबू को अचानक पता नहीं कि उनका दिमाग गजब का काम कर रहा है। सामने झुककर बाबुन के कान के पास अपना मुँह ले

जाकर बोले, 'तुम्हें क्या लगता है?'

तीनों बच्चे अरूप बाबू की बात पर बेहद प्रसन्न हुए। जाने के समय सुहृद सेन अरूप बाबू को निमंत्रण दे गए कि उन्हें आज रात पुरी होटल में आकर खाना खाना है। वहाँ आठ बंगाली परिवार आकर ठहरे हुए हैं। उनके साथ कुछ छोटे-छोटे बच्चे हैं जो अमलेश मौलिक के भक्त हैं। अरूप बाबू ने आपत्ति न की, क्योंकि इस बीच उन्होंने मान लिया है कि कुछ समय के लिए उन्हें अमलेश मौलिक की भूमिका में अभिनय करना ही है। उसका नतीजा क्या हो सकता है, इस पर सोचने का समय अभी नहीं है। बस, एक ही बात उन्होंने सुहृद बाबू से कही–

'देखिए जनाब, मैं शोरगुल पसन्द नहीं करता हूँ। लोगों से मिलने-जुलने का भी मैं अभ्यस्त नहीं हूँ। इसलिए आप लोगों से इतना ही कहना चाहूँगा कि मैं यहाँ जो ठहरा हूँ यह बात कृपया कहीं फैलाएँ नहीं।'

सुहृद बाबू ने वचन दिया कि कल के निमंत्रण के बाद वे लोग फिर कभी उन्हें तंग नहीं करेंगे और वे इसके लिए भी शक्ति-भर कोशिश करेंगे कि और लोग भी उन्हें तंग न करें।

रात में कुछ देर पहले ही खाना खाकर अरूप बाबू बिछावन पर लेट गए और अमलेश मौलिक की 'हाबू के कारनामे' पुस्तक पढ़ने लगे। इसके अलावा और जो तीन पुस्तकें हैं, वे हैं–टुटुल का एडवेंचर, किश्तीमात और फूल की डलिया। अन्तिम दो कहानियों के संकलन हैं।

साहित्यिक न रहने पर भी अरूप बाबू ने नौकरी जीवन के पहले, विशेषकर स्कूली जीवन के अन्तिम तीन सालों के दरमियान, बच्चों की बहुत-सी देशी-विदेशी कहानियाँ पढ़ी हैं। इतने दिनों के बाद, उनचालीस साल की उम्र में नये सिरे से बच्चों की कहानियाँ पढ़ने पर उन्हें इसलिए आश्चर्य लगा कि छुटपन में पढ़ी कितनी ही कहानियाँ उन्हें अब भी याद हैं और उन कहानियों से अमलेश मौलिक की कहानियाँ यत्र-तत्र मिलती-जुलती हैं।

बड़े-बड़े हरफों में छपी एक सौ-सवा सौ पृष्ठों की चारों पुस्तकों को पढ़ने के बाद, जब कमरे की बत्ती बुझाकर लेट गए तो उस समय सागरिका होटल में निस्तब्धता तैर रही थी। समुद्र की आवाज आ रही है? कितनी रात बीत चुकी है? अरूप बाबू ने तकिये की बगल से घड़ी उठा ली। यह घड़ी उनके पिता की थी। पुराने जमाने का रेडियम डायल है। समुद्र के फेन की तरह ही अँधेरे में चमकता है। पौने एक बज चुका है।

साहित्य अकादमी से पुरस्कार प्राप्त बाल-साहित्य के रचयिता अमलेश मौलिक की भाषा सरल है, शैली मंजी हुई। शुरू करने पर बिना अन्त तक पढ़े रहा नहीं जाता। फिर भी मौलिक साहब की कृति में मौलिकता का अभाव है। कितने ही तरह के आदमी, कितनी ही तरह की घटना और कितने ही तरह के अनुभवों की बात

हम हमेशा सुनते रहते हैं। हम लोगों के अपने जीवन में भी कितनी ही तरह की घटनाएँ घटती रहती हैं। उनके साथ थोड़ी-सी कल्पना मिला दी जाए तो कहानी बन जाए। फिर दूसरों की रचना से सामग्री लेने की जरूरत ही क्यों पड़े?

अरूप बाबू के मन में अमलेश मौलिक के प्रति जो श्रद्धा थी, उस श्रद्धा में थोड़ी-बहुत कमी आ गई। साथ ही साथ उनका मन भी तनिक हलका हो गया। कल से वे और भी अधिक आजादी से मौलिक जी का अभिनय कर सकेंगे।

पुरी होटल की पार्टी में अमलेश मौलिक के भक्तों की भक्ति दुगुनी हो गई। अरूप बाबू इस बीच एक दूसरी दुकान से 'मुन्ना का सपना' पुस्तक खरीद कर पढ़ चुके हैं। नतीजा यह हुआ कि तेरह शिशु-भक्तों के तीन सौ तैंतीस प्रकार के सवालों का जवाब अपने मनचाहे ढंग से देने में उन्हें कोई असुविधा नहीं हुई। पार्टी खत्म होने के पहले से ही बच्चों ने उन्हें 'शहद चट्टा' बाबू कहकर पुकारना शुरू कर दिया, क्योंकि अरूप बाबू ने उन्हें सिखाया कि 'मौ' का अर्थ शहद है और 'लिक' अंग्रेजी शब्द है, जिसका अर्थ है चाटना। यह सुनकर दासगुप्त बाबू ने अपनी राय जाहिर की, 'शहद की सृष्टि आप कर रहे हैं और उसे ये बच्चे चाट रहे हैं।' इस पर उनकी पत्नी सुरंगना देवी ने कहा, 'वे ही क्यों, हम भी चाट रहे है!'

खाना-पीना खत्म होने के बाद दो बातें हुईं। एक, बच्चों ने आग्रह किया कि उन्हें कम-से-कम एक कहानी सुनानी ही है। उस पर अरूप बाबू ने कहा कि वे मुँह से कहानी कहने के अभ्यस्त नहीं हैं। तब हाँ, उन्होंने अपने बचपन की एक दिलचस्प घटना सुनाई। बचपन में अरूप बाबू बाँछाराम अक्रूरदत्त लेन में रहते थे। जब वे पाँच साल के थे तो उनके घर से एक दिन एक कीमती कलाई-घड़ी चोरी चली गई। चोर पकड़ने के लिए अरूप बाबू के पिताजी घर पर एक सूप झाड़ने वाले को ले आए। उस सूप झाड़ने वाले ने एक कैंची को चिमटे की तरह व्यवहार में लाकर उसके सहारे एक सूप को शून्य में टिका दिया और मुट्ठियों में चावल भरकर उस सूप पर डालने लगा और साथ ही साथ मन्त्र भी पढ़ने लगा। इस प्रकार उसने घर के नये नौकर नटवर को चोर के रूप में पकड़वा दिया। अरूप बाबू के मंझले चाचा नटवर के बाल पकड़कर जब उसे मुक्का मारने जा रहे थे तो ठीक उसी वक्त कलाई-घड़ी एक बिछावन के चादर के नीचे से बाहर निकल आई।

तालियों की गड़गड़ाहट के बीच कहानी समाप्त कर जब वे जाने के लिए कुरसी से उठने लगे तो चार-पाँच बच्चे उठे, 'ठहरिए, ठहरिए, जाइएगा नहीं।' उसके बाद वे दौड़ते हुए अपने-अपने कमरों में गए और वहाँ से अमलेश मौलिक के द्वारा लिखी सात नई पुस्तकें ले आए और उनके सामने रखकर बोले, 'अपना नाम लिख दीजिए।'

अरूप बाबू बोले, 'मैं पुस्तकों पर अपना हस्ताक्षर नहीं करता हूँ। कभी नहीं। मैं इन्हें ले जा रहा हूँ; हर पुस्तक पर एक-एक तसवीर बना दूँगा। तुम लोग परसों

तीसरे पहर साढ़े चार बजे मेरे होटल में आकर किताबें वापस ले जाना।'

जिनकी पुस्तकें थीं उन्होंने तालियाँ पीटीं, 'हस्ताक्षर के बजाय तसवीर रहना कहीं अच्छा रहेगा।'

अरूप बाबू को स्कूल में पढ़ते वक्त दो-बार अच्छी ड्राइंग का पुरस्कार मिला था। उसके बाद से हालाँकि तसवीरें बनाई नहीं हैं मगर एक दिन अगर ज़रा अभ्यास कर लें तो क्या किसी चीज की तसवीर, क्या बनाई नहीं जा सकती?

दूसरे दिन, शनिवार की सुबह, अरूप बाबू अपना डॉटपेन और किताबें लेकर बाहर निकल गए। मछुआरों को बस्ती की ओर जाने पर उन्होंने देखा, वहाँ तसवीर बनाने के लिए यथेष्ट सामग्री है। एकाध घण्टे में ही उनका काम खत्म हो गया। एक पुस्तक में उन्होंने केंकड़े की तसवीर बनाई। दूसरों में उन्होंने तीन सीपियों को बालू पर आस-पास पड़े दिखाया। तीसरी में उन्होंने दो कौवों की तसवीर बनाई; चौथी में मछली पकड़ने की नाव। पाँचवी में मछुआरे का मकान। छठी में मछुआरे के बच्चे की तसवीर। और आखिरी पुस्तक की तसवीर में चोंगेदार टोपी पहने हुए मछुआरे को मछली पकड़ने का जाल बुनते हुए दिखाया।

रविवार को तीसरे पहर ठीक साढ़े चार बजे झुनी, पिन्टु, चुमकी, शान्तनु, बाबुन, प्रसेन और नवनीता होटल में आए और अपनी-अपनी पुस्तकें लेकर किलकारियाँ भरते हुए वापस चले गए।

उस दिन बिस्तर पर लेटने के बाद अरूप बाबू की समझ में यह बात अचानक आई कि उनके मन में खुशियों के भाव के साथ एक दुश्चिंता का भाव भी चला आया है। मैं अमलेश मौलिक हूँ—यह बात हालाँकि उन्होंने कभी किसी के सामने अपने मुँह से नहीं कही है, फिर भी उनकी समझ में यह बात आई कि वे पिछले तीन दिनों से जो काम करते आ रहे हैं, वह धोखेबाजी के सिवा दूसरा कुछ नहीं है। परसों मंगलवार की सुबह असली अमलेश मौलिक आने वाले हैं। अरूप बाबू को इन कई दिनों के दरमियान इन बच्चों और उनके बाप-माँ, मौसी-बुआ से जो आदर और भक्ति मिली है, उसके अधिकारी तो वे हैं जो मंगलवार को आ रहे हैं। वे सब सशरीर उपस्थित होंगे और सी-व्यू होटल के मैनेजर विवेक राय जब इस खबर को गर्व के साथ प्रचारित करेंगे, उस समय किस तरह की विषम स्थिति का सामना करना पड़ेगा! इस बात को सोचते ही अरूप बाबू के होश उड़ गए।

फिर क्या एक दिन पहले ही भाग जाना उनके लिए बुद्धिमानी का काम होगा? नहीं तो फिर मंगलवार की सुबह से रात तक वे क्या करेंगे? अपने को कैसे छिपाएँगे? और अगर ऐसा न करेंगे तो ये लोग उन्हें कैसे छोड़ देंगे? धूर्त्त, धोखेबाज कहकर उनकी चमड़ी उधेड़ देंगे। मौलिक जी को बात मालूम हो जाएगी तो वे क्या बिना पिटाई किए छोड़ेंगे? कोई-कोई साहित्यिक क्या साँड जैसा ताकतवर नहीं होता? और पुलिस? पुलिस का भी डर है। इस तरह की धोखेबाजी करने से जेल की सजा दी

जाती है या नहीं, यह बात अरूप बाबू को मालूम नहीं है। अगर दी जाती हो तो अरूप बाबू को कोई आश्चर्य नहीं होगा। इसमें कोई सन्देह नहीं कि वे एक बहुत बड़ा अपराध कर बैठे हैं।

दुश्‍चिंता के कारण नींद नहीं आएगी, यह सोचकर अरूप बाबू ने नींद की एक गोली खा ली।

अन्ततः अरूप बाबू ने मंगलवार को रात की ट्रेन से जाना ही तय किया। दरअसल अमलेश मौलिक को एक बार अपनी आँखों से देख लेने का लोभ वे किसी तरह संभाल नहीं सके। सोमवार की सुबह अपने होटल में ही खोज-पड़ताल करने पर 'युगान्तर' का वह अंक उन्हें मिल गया जिसमें अमलेश मौलिक की तसवीर छपी थी। पतली मूँछें, घुंघराले बाल, मोटे फ्रेम का चश्मा—ये सारी चीजें हैं। लेकिन सादृश्य की मात्रा को ठीक से समझने के लिए असली आदमी को अपनी आँखों से देखना होगा, क्योंकि तसवीर साफ-साफ नहीं छपी है। जहाँ तक समझ में आ रहा है, उससे उन्हें पहचानने में कोई असुविधा नहीं होगी। अरूप बाबू स्टेशन आएँगे। उन्हें न केवल अपनी आँखों से देखेंगे, बल्कि उनसे दो-चार बातें भी कर लेंगे; जैसे, आप मिस्टर मौलिक हैं न। आपकी तसवीर उस दिन अखबार में देखी थी। आपकी रचना मैंने पढ़ी हैं। बहुत अच्छी लगती है इत्यादि। उसके बाद अपना सरो-सामान स्टेशन पर रखकर अरूप बाबू शहर छोड़कर निकल जाएँगे। कोणार्क अब तक देख नहीं सके हैं। मन्दिर देखकर शाम को लौटेंगे और सीधे स्टेशन जाकर ट्रेन में बैठ जाएँगे। अपने को छिपाने का इससे बढ़कर कोई उपाय नहीं है।

मंगलवार को पुरी एक्सप्रेस बीस मिनट देर से पहुँची। मुसाफिर नीचे उतर रहे हैं। अरूप बाबू एक खम्भे की ओट में खड़े होकर प्रथम श्रेणी की अलग-बगल वाली दोनों बोगी को ध्यान से देख रहे हैं। एक दरवाजे से हाफपैन्ट पहने दो विदेशी उतरे, उसके बाद एक स्थूलकाय मारवाड़ी। दूसरे दरवाजे से एक बूढ़ी उतरी, जिसका हाथ एक सफेद पैन्ट पहने युवक संभाले था। युवक के बाद एक बूढ़ा, उसके बाद...हाँ, किसी तरह की कोई गलती नहीं हो रही है, ये ही अमलेश मौलिक हैं। अरूप बाबू से चेहरा मिल-जुल रहा है। तब इतनी बात जरूर है कि अलग-अलग खड़े हो जाएँ तो जुड़वां भाई समझ लिए जाने की कोई सम्भावना नहीं है। मौलिक जी की ऊँचाई अरूप बाबू से कम-से-कम दो इंच कम है और देह का रंग दुगुना काला। उम्र भी शायद ज्यादा है, क्योंकि जुल्फें बहुत पक गई हैं। अरूप बाबू के बाल उतने नहीं पके हैं।

सूटकेस हाथ में संभालकर उतरते हुए उन्होंने एक कुली को पुकारा। अरूप बाबू भी कुली के साथ उनकी ओर बढ़ गए।

“आप ही मिस्टर मौलिक हैं न?”

उन्होंने तनिक आश्चर्य में आकर अरूप बाबू की ओर देखा और ज़रा-सा सिर हिलाकर कहा, ‘हाँ।’

कुली अपने सिर पर सूटकेस रख चुका है। इसके अलावा मौलिक बाबू के साथ जो सरो-सामान है वह है कन्धे पर लटका हुआ एक बैग और फ्लास्क! तीनों व्यक्ति गेट की तरफ बढ़ने लगे। अरूप बाबू ने कहा, “मैं आपकी किताब पढ़ चुका हूँ। अखबार में आपको पुरस्कार मिलने की बात पढ़ चुका हूँ और तसवीर भी देखी है।”

‘ओ।’

‘आप सी-व्यू में ठहरिएगा?’

अमलेश मौलिक ने और भी अधिक आश्चर्य में आकर अबकी अरूप बाबू को ज़रा सन्देहपूर्ण दृष्टि से देखा। अरूप बाबू ने मौलिक जी के मनोभावों का अनुमान लगाते हुए कहा, “सी-व्यू का मैनेजर आपका भक्त है। उन्होंने ही यह खबर फैलाई है।’

‘ओ।’

‘आप आ रहे हैं, सुनकर बहुत-से बच्चे उत्कंठित हैं।’

‘ऊँ।’

यह आदमी इतना कम क्यों बोलता है? उसकी चहल-कदमी की रफ्तार भी जैसे कम होती जा रही है। भला आदमी क्या सोच रहा है?

अमलेश मौलिक अबकी ठिठककर खड़े हो गए और अरूप बाबू की ओर घूरते हुए बोले, “बहुतों को मालूम हो गया है?’

‘देखा तो यही। क्यों, इससे क्या आपको कोई असुविधा होगी?’

‘नहीं, मतलब है कि मैं ज़रा अकेले रहना पप-पप-पप—’

‘पसन्द करते हैं?’

‘हाँ।’

हकलाता है। अरूप बाबू को याद आया, एडवर्ड अष्टम ने जब एकाएक राजगद्दी त्याग दी थी तो उनका भाई चिन्तित हो उठा था। क्योंकि वह तुतलाता था। लेकिन उसे ही राजा बनना था और राजा बनने के बाद भाषण देना जरूरी था।

कुली माल लेकर गेट के सामने खड़ा है, यह देखकर दोनों फिर से चहल-कदमी करने लगे।

‘इसी को कहते हैं ख्याख-ख्याति की वि-इडंबना।’

अरूप बाबू ने इसकी कल्पना करने की कोशिश की कि इस हकलाने वाले साहित्यिक से बातचीत करने के बाद झुनी, पिन्टु, चुमकी, शान्तनु, बाबुन, प्रसेनजित और नवनीता के चेहरे की क्या हालत होगी। कल्पना में उन्होंने जो कुछ देखा। वह

उन्हें ज़रा भी अच्छा न लगा।

'एक काम कीजिएगा?' गेट के बाहर आकर अरूप बाबू ने पूछा।

'क्या-क्या?

'आपकी छुट्टी भक्तों के उपद्रव के चलते बरबाद हो जाए, यह सोचने में ज़रा भी अच्छा न लगता है।'

'मुझे भी नहीं।'

'मेरा कहना है कि आप सी-व्यू मत जाएँ।'

'त-तब?'

'सी-व्यू में खाना अच्छा नहीं मिलता है। मैं सागरिका में ठहरा था। अभी मेरा कमरा खाली है। आप वही चले जाएँ।'

'ओ।'

''और आप अपने नाम को व्यवहार में मत लाएँ। बेहतर तो यही होगा कि आप अपनी मूँछ मुड़ा लें।''

'मूँ-मूँछ-?'

'अभी तुरन्त। वेटिंग रूम में चले जाइए। दस मिनट की बात है। ऐसा करने से आपकी छुट्टी कोई बरबाद नहीं कर सकेगा। मैं बल्कि कल कलकत्ता लौटकर आपके नाम से सी-व्यू में तार भेज दूँगा कि आप नहीं आ रहे हैं।'

अमलेश मौलिक की परेशानी से चिन्ता की लकीरों को मिटने में लगभग बीस सेकैंड लगे। उसके बाद उनके होंठ और आँखों की दोनों ओर नई लकीर खिंच आई। मौलिक जी हँस रहे हैं।

'आपकी क्-क्या कहकर ध-ध-ध—'

'कहने की जरूरत नहीं है। आप बल्कि इन पुस्तकों पर अपना हस्ताक्षर कर दें। इस नीम के पेड़ के पीछे चले आइए। किसी की नजर नहीं पड़ेंगी।'

पेड़ की ओट में जाकर अमलेश मौलिक अपने भक्त की ओर देखते हुए एक कोमल हँसी और जेब से उन्होंने लाल पार्कर कलम बाहर निकाली। जिस दिन से पुरस्कार मिला है, ढेर सारा कागज और स्याही खरीदकर उन्होंने अपना एक बहुत ही खूबसूरत हस्ताक्षर तैयार कर लिया है। पाँचों पुस्तकों पर उन्होंने हस्ताक्षर कर दिए। वे जानते हैं कि उनकी जीभ हालाँकि हकलाती है, परन्तु कलम नहीं हकलाएगी।

झक्की बाबू

झक्की बाबू का असली नाम पूछ ही न सका। उपाधि है मुखर्जी। चेहरा एक बार देख लिया जाए तो भूलना मुश्किल है। लम्बाई लगभग छह फीट। देह पर चर्बी का नाम नहीं। पीठ धनुष की तरह टेढ़ी। हाथ, पाँव, गला और कपाल से अगनित शिरा-उपशिरा चमड़ा ठेलकर बाहर निकल आना चाहती हैं। टेनिस कॉलरवाली सफेद शर्ट, काले फ्लानेल की पैन्ट, सफेद मोजा, सफेद केड्स—दार्जिलिंग में यही उनका पेटेण्ट लिबास था। इसके अलावा उनके हाथ में एक मजबूत लाठी रहती थी। जंगल की ऊबड़-खाबड़ धरती पर घूमने-फिरने का अभ्यास रहने के कारण, हो सकता है, लाठी की जरूरत पड़ती हो।

दस वर्ष पूर्व झक्की बाबू से मेरी जान-पहचान हुई थी। मैं कलकत्ते में बैंक में नौकरी करता हूँ। दस दिनों की छुट्टी बाकी थी। बैसाख के महीने में अपने प्रिय शहर दार्जिलिंग पहुँच गया। पहले दिन ही झक्की बाबू के दर्शन प्राप्त हुए, दर्शन कैसे प्राप्त हुए, यही बताने जा रहा हूँ।

तीसरे पहर साढ़े चार बजे होटल में चाय पीकर बाहर निकला। दोपहर में बारिश का एक झोंका आ चुका था। अब फिर कब आ जाए, कहा नहीं जा सकता। इसीलिए बदन पर बरसाती डालकर निकला हूँ। दार्जिलिंग का सबसे मनोरम, सबसे एकान्त रास्ता जलापहाड़ रोड से होता हुआ मैं चहल-कदमी कर रहा था। अचानक लगभग पचास हाथ की दूरी पर, एक मोड़ पर एक आदमी को सड़क के किनारे लाठी के सहारे खड़ा देखा। वह झुककर किसी चीज को ध्यान से देख रहा था। वह दृश्य वैसे कुछ स्वाभाविक जैसा नहीं लगा। जंगली फूल या कीड़े-मकोड़े के बारे में उत्सुकता रहने पर व्यक्ति इस तरह घास की ओर निहार सकता है। मैंने उस आदमी की ओर एक कौतूहलपूर्ण दृष्टि डाली और फिर आगे बढ़ना शुरू किया।

मगर उसके नजदीक पहुँचने पर पता चला कि मैं उस बात को जितनी स्वाभाविक समझ रहा था, उतनी नहीं है, उस आदमी की एकाग्रता पर मुझे आश्चर्य हुआ। मैं पाँच हाथ के फासले पर खड़ा होकर उसका हाव-भाव गौर से देख रहा था, मगर

वह मुझे पूरी तरह नजर-अन्दाज कर पहले के जैसा ही झुककर घास की ओर देख रहा था। बंगाली जानकर मैं उनसे बिना कुछ पूछे चुप न रह सका।

'कोई चीज खो गई है क्या?'

कुछ भी जवाब न मिला। यह आदमी बहरा है क्या?

मेरे कौतूहल की मात्रा बढ़ गई। घटना का अन्त देखे बिना नहीं जाऊँगा। मैंने एक सिगरेट सुलगाई। तीनेक मिनटों के बाद उस अचल देह में प्राणों का संचार हुआ। वह थोड़ा और झुक गया और अपने दाहिने हाथ को घास की ओर बढ़ाया।

घनी घास के अन्दर उसकी उँगलियों ने प्रवेश किया। उसके बाद हाथ ऊपर की ओर उठ आया। अँगूठा और तर्जनी के बीच एक छोटी-सी गोल चीज थी। गौर से देखने पर पता चला कि वह एक बटन है। लगभग अठन्नी जितना बड़ा। सम्भवतः कोट का बटन है।

बटन को आँखों के सामने लाकर कुछ मिनटों तक उसे उलट-पुलट कर देखा। उसके बाद जीभ से चार बार 'च्य-च्य' जैसी खेदसूचक आवाज की और उसे शर्ट के बुकपॉकेट में रखकर मुझे नजरअन्दाज कर वहाँ से चला गया।

शाम को लौटने के वक्त माल के सामने, फव्वारे के पास दार्जिलिंग के पुराने बाशिंदे डॉक्टर भौमिक से भेंट हो गई। वे कॉलेज के दिनों बाबूजी के सहपाठी रह चुके हैं। मुझ पर उनका अपार स्नेह है। उन्हें आज तीसरे पहर की घटना बिना सुनाए नहीं रह सका। भौमिक साहब सुनकर बोले, 'चेहरे और हाव-भाव के ब्यौरे से झक्की बाबू मालूम पड़ रहे हैं।'

'झक्की बाबू?'

'सैड केस। असली नाम याद नहीं है, उपाधि है मुखर्जी। पाँचेक साल से दार्जिलिंग में रह रहे हैं। ग्रिन्डलेज बैंक के पास ही किराये के एक मकान में रहते हैं। कटक के रैवनशा कॉलेज में फिजिक्स के प्रोफेसर थे। जर्मन विश्वविद्यालय की डिग्री उनके पास है। सुना है; छात्र की हैसियत से बड़े ब्रिलियेन्ट थे। नौकरी छोड़कर यहीं चले आए हैं। शायद थोड़ी-बहुत पैतृक सम्पत्ति है।'

'आपसे जान-पहचान है?'

'शुरू में एक बार मेरे पास आए थे। रास्ते में फिसलकर गिर जाने के कारण सेपटिक होने का लक्षण आ गया था। मैंने ठीक कर दिया था।'

''मगर झक्की बाबू नाम...?'

भौमिक साहब ने एक कहकहा लगाया, 'उनके एक बेढब शौक के चलते यह नाम पड़ गया है। लेकिन यह नाम किसने रखा है। कहना मुश्किल है।'

'शौक क्या है?'

''तुम तो अपनी आँखों से देख ही चुके हो कि रास्ते में पड़े एक बटन को उठाकर पॉकेट में रख लिया। यही है उनका शौक या हॉबी। जहाँ-तहाँ से चीज उठाकर

यत्न के साथ रख लेते हैं।''

'कोई भी चीज?' पता नहीं क्यों, उस आदमी के प्रति मेरे मन में उत्सुकता बढ़ती जा रही थी।

डॉक्टर भौमिक बोले, 'हम उन्हें मामूली चीज कहेंगे, मगर वे क्लेम करेंगे कि बहुत ही प्रेशस चीज है। क्योंकि उन चीजों के साथ कोई-न-कोई घटना जुड़ी हुई है।'

'मगर उन्हें इसकी जानकारी कैसे प्राप्त होती है?'

डॉक्टर भौमिक ने अपनी कलाई-घड़ी की ओर देखते हुए कहा, 'यह बात तुम उन्हीं से पूछ लो। विजिटर मिल जाए तो उन्हें खुशी होती है—क्योंकि उनके पास गप्पों का बहुत बड़ा खजाना है। उन्होंने जिन-जिन चीजों का संग्रह किया है, हरेक के पीछे कोई-न-कोई कहानी है। सबकी सब वाइल्ड और नॉनसेन्स। तब हां, वे उन्हें सुनाकर खुश होते हैं। यह अलग बात है कि तुम्हें सुनकर खुशी होगी या नहीं।'

दूसरे दिन नाश्ता करने के बाद मैं बाहर निकला। ग्रिन्डलेज बैंक के पास झक्की बाबू का मकान खोजने में असुविधा नहीं हुई। क्योंकि मुहल्ले का हर आदमी उन्हें पहचानता है। सत्रह नम्बर के मकान के दरवाजे पर दस्तक देते ही वे बाहर निकल आए। आश्चर्य की बात है कि उन्होंने मुझे देखते ही पहचान लिया।

'कल आपने मुझसे कुछ पूछा था, मगर तब मैं जवाब देने की स्थिति में नहीं था। वैसे वक्त में कॉन्सनट्रेशन दूर हो जाए तो भारी मुसीबत का सामना करना पड़ता है। अन्दर आइए।'

कमरे के अन्दर जाते ही जिस चीज पर मेरी सबसे पहले दृष्टि गई, वह एक आलमारी थी। बाईं तरफ की दीवार के आधे हिस्से तक पसरी हुई काँच से ढँकी एक आलमारी के हर खाने में एक के बगल में दूसरी चीज पड़ी है। वे हालाँकि बिलकुल मामूली चीजें हैं, परन्तु एक से दूसरी का कोई सम्बन्ध नहीं है। सरसरी निगाह दौड़ाने पर मेरी आँखें एक शेल्फ पर पड़ीं। वहाँ पेड़ की एक जड़, एक जंग लगा ताला; एक पुराने जमाने की गोल्डफ्लैक की टीन, एक ऊन बुनने की सलाई, जूते का एक ब्रश और टार्चलाइट की एक बैटरी थी। मैं भौंचक-सा उन चीजों की ओर देख रहा था कि तभी बोले, 'उन चीजों को देखने से आपको कोई खास खुशी हासिल नहीं होगी, क्योंकि उन चीजों का मूल्य मात्र मैं ही जानता हूँ।'

मैंने कहा, 'सुना है, इन चीजों के पीछे खास-खास घटनाओं का हाथ है।'

'है।'

'मगर ऐसी बात तो हर चीज के साथ रहती है। जैसे आप जिस घड़ी को हाथ में पहने हैं...'

भले आदमी ने हाथ उठाकर मुझे बोलने से रोका और कहा, 'घटना तो जुड़ी रहती है जरूर, परन्तु सभी चीजों पर उस घटना की छाप नहीं रह जाती है। कभी-कभार ऐसी चीज मिल जाती है, जिस पर छाप रहती है। जैसे कल का यह बटन...'

कमरे की दाहिनी ओर एक राइटिंग डेस्क पर बटन रखा हुआ था। उन्होंने बटन को मेरी तरफ बढ़ाया। कत्थई रंग का कोट का बटन है। उसमें मुझे कोई विशेषता नहीं दीख पड़ी है।

'समझ में कुछ आ रहा है?'

मुझे 'नहीं' कहना ही पड़ा। झक्की बाबू बोले, 'यह बटन एक साहब के कोट का है। वे घोड़े की पीठ पर सवार होकर जला पहाड़ रोड से होकर जा रहे थे। उम्र साठ के आस-पास। राइडिंग लिबास में थे। स्वस्थ-शक्तिशाली मिलेटरी बदन। जहाँ यह बटन मिला है, वहीं आने पर दिल का दौरा पड़ा। घोड़े से गिर पड़े। उनपर दो राहगीरों की नजर पड़ी और वे दौड़ते हुए आए, मगर तब तक उनकी जान निकल चुकी थी। घोड़े से गिरने के समय ही बटन टूटकर सड़क के किनारे गिर पड़ा।'

'यह सब क्या आप देख लेते हैं?'

'विविडली। जितना भी मन को एकाग्र करता हूँ। उतना ही स्पष्ट दिखाई पड़ता है।'

'कब देखते हैं?'

'इस किस्म की विशेष गुण-सम्पन्न वस्तु के पास आते ही पहले मैं अपने सिर में दर्द महसूस करने लगता हूँ। उसके बाद मेरी दृष्टि धुँधली हो जाती है। लगता है, नीचे गिर पडूँगा। मगर उसके बाद ही दृश्य दिखाई पड़ने लगता है। और मेरे पैर स्टेडी हो जाते हैं। इस एक्सपेरिमेंट की वजह से मेरे शरीर का टेम्परेचर बढ़ जाता है। ऐसा हर बार होता है। कल रात लगभग आठ बजे तक बुखार था। इतना जरूर है कि बुखार ज्यादा देर तक नहीं रहता है। अब मैं पूर्णतः स्वस्थ हूँ।'

बात अजीब होने पर भी मुझे दिलचस्प जैसी लग रही थी। मैंने कहा, 'आप दो-चार उदाहरण और दे सकते हैं?'

झक्की बाबू बोले, 'आलमारी उदाहरणों से भरी हुई है। वह जो कापी देख रहे हैं। उसमें हर घटना का विवरण विस्तार के साथ है। आप किसके बारे में जानना चाहते हैं?'

मैं कुछ बोलूँ कि इसके पूर्व ही उन्होंने आलमारी का काँच हटाकर खाने से दो वस्तुएँ निकालकर टेबल पर रख दीं—एक बहुत ही पुराना चमड़े का दस्ताना और एक चश्मे का शीशा।

'इस दस्ताने को देख रहे हैं न,' झक्की बाबू ने कहा, 'इसे मैंने सबसे पहले पाया था। यानी यह मेरे संग्रह का पहला आइटम है। इसे मैंने स्विट्जरलैण्ड के लुसर्न शहर के बाहर एक जंगल में पाया था। तब मारबुर्ग में मेरी पढ़ाई का सिलसिला खतम हो चुका था। स्वदेश लौटने के पहले मैं घूम-फिर कर कण्टिनेन्ट देख रहा था। प्रातः भ्रमण के लिए लुसर्न में निकला था। रास्ता निर्जन वन से होकर गया है। सुस्ताने के खयाल से मैं एक बेंच पर बैठा हुआ था, तभी पास ही एक पेड़

के तने के नीचे दस्ताने के अँगूठे पर मेरी नजर पड़ी और साथ-ही-साथ मेरा सिर दर्द करने लगा। उसके बाद दृष्टि में धुँधलापन तिर आया। उसके बाद आँखों के सामने तसवीर तिर आती है। एक सुदर्शन संभ्रान्त, मुँह में लम्बी-टेढ़ी पाइप। दस्ताना पहने हाथ में छड़ी लिए रास्ते पर पैदल चला जा रहा है। हठात् झाड़ी के पीछे से दो आदमी बाहर निकलकर आते हैं और उस पर आक्रमण करते हैं। वह हताश होकर हाथ-पैर पटकता है। उठा-पटक में उसके दाहिने हाथ का दस्ताना गिर जाता है। आततायी उसपर कूद पड़े और बेदर्दी के साथ उसकी हत्या कर, कोट की जेब से रुपया-पैसा और हाथ से सोने की घड़ी निकाल कर चंपत हो गए।'

'क्या सचमुच इस तरह की घटना घटी थी?'

'मैं तीन दिनों तक अस्पताल में था। बुखार की वजह से डेलिरियम की हालत में। उसके साथ और भी तकलीफें थीं। डॉक्टर स्टाइनिट्स मर्ज का पता नहीं लगा सके। उसके बाद अपने आप बीमारी दूर हो गई। अस्पताल से निकलने के बाद मैंने खोज करना शुरू कर दिया। दो साल पहले उसी जंगल में ठीक उसी स्थान पर काउण्ट फर्डिनेण्ड मुसैप नामक एक धनी व्यक्ति की इसी तरह हत्या हुई थी। उसके लड़के ने दस्ताने को पहचान लिया।'

वे इस तरह इस घटना को कह गए कि उनकी बात पर अविश्वास करने की इच्छा नहीं हो रही थी। मैंने कहा, 'तभी से आपने संग्रह करना शुरू कर दिया?'

झक्की बाबू बोले, 'इस दस्ताने को पाने के बाद लगभग दस बरसों तक उस तरह का कोई और अनुभव न हुआ। उस दरमियान मैं स्वदेश वापस आकर कटक के कॉलेज में प्रोफेसरी कर रहा था। छुट्टी में जहाँ-तहाँ घूमने के लिए निकल जाया करता था। एक बार वाल्टेयर जाने पर दूसरा अनुभव प्राप्त हुआ। समुद्र के किनारे एक पत्थर की खोज में जाने पर चश्मे का यह शीशा मिला। आप देख ही रहे हैं कि यह प्लस पॉवर का काँच है। एक मद्रासी सज्जन ने चश्मा उतारकर रख दिया और स्नान करने चले गए। वे फिर पानी से बाहर नहीं निकले। उनके पाँवों को क्लैम्प ने पकड़ लिया और नतीजा यह हुआ कि वे पानी में डूब गए। पानी से हाथ उठाकर सहायता के लिए चिल्लाते रहे। बड़ी ही बेधक थी उनकी चीख। उन्हींके चश्मे का यह शीशा मुझे चार वर्ष बाद मिला। यह भी सच्ची घटना है, जाँच-पड़ताल करने पर मुझे पता चला था। वेलनोन ड्राउनिंग केस। मृत व्यक्ति कोयम्बटोर में रहते थे। नाम था शिवरमण।'

झक्की बाबू ने दस्ताने और शीशे को यथास्थान रख दिया और फिर अपनी जगह पर बैठ गए। 'जानते हैं, मेरी आलमारी में कितनी चीजें हैं? एक सौ बहत्तर। पिछले तीस सालों में इन्हें इकट्ठा किया है। इस तरह के संग्रह की बात आपने सुनी है?'

मैंने सिर हिलाकर नकारात्मक उत्तर दिया और उसके बाद कहा, 'आपको यह हॉबी बिलकुल युनीक है, इसमें कोई सन्देह नहीं। मगर आपकी हर चीज के साथ

क्या मृत्यु की घटना जुड़ी हुई है?'

उन्होंने गम्भीरता के साथ कहा, ''हाँ, बात यही है। मृत्यु नहीं, बल्कि आकस्मिक, अस्वाभाविक मृत्यु। खून, आत्महत्या, दुर्घटनाजन्य मृत्यु, दिल का दौरा पड़ जाने से मृत्यु—इस प्रकार की घटनाओं से जुड़े रहने पर ही कोई चीज मुझमें प्रतिक्रिया जगाती है।'

'ये सारी चीजें आपको क्या राह-बाट में मिली हैं?'

ज्यादातर राह-बाट में ही मिली हैं। बाकी चीजें काले बाजार, नीलाम और क्यूरियो की दुकानों में मिली हैं। यह जो कट-ग्लास का सुरापात्र देख रहे हैं। वह मुझे कलकत्ते के रसेलस्ट्रीट की एक नीलाम की दुकान में मिली है। इस सुरापात्र में ब्राण्डी के साथ जहर मिला देने के कारण उन्नीसवीं सदी के एक विशालकाय गोरे की कलकत्ते में मृत्यु हो गई थी।'

मैं कुछ क्षणों से आलमारी की वस्तुओं को छोड़कर झक्की बाबू के चेहरे को ध्यान से देख रहा था। बहुत गौर करने पर भी उसमें पाखण्ड का कोई चिह्न न मिला। पागलपन का कोई लक्षण है? लगता तो नहीं है। पागलों की आँखों में जिस तरह की उदासी का भाव रहता है, कवि, भावुक और साधकों में भी उसकी सम्भावना है।

उसके बाद मैं वहाँ नहीं बैठा। विदा लेकर जब वहाँ से रवाना हुआ तो वे बोले, 'फिर आइएगा। आप जैसे सज्जनों के लिए मेरा दरवाजा हमेशा खुला रहता है। आप कहाँ ठहरे हुए हैं?'

'एलिसविला होटल में?'

'ओ। तब तो दस मिनट का रास्ता है। आपके साथ वक्त मजे में गुजरा। कोई-कोई आदमी ऐसा होता है जिसे मैं कतई बरदाश्त नहीं कर पाता। मगर आप सहृदय और समझदार हैं।'

तीसरे पहर डॉक्टर भौमिक ने चाय पर बुला भेजा था। मेरे अतिरिक्त दो और सज्जन आमंत्रित थे। चाय के साथ चनाचूर और केक खाते-खाते मैंने झक्की बाबू के सन्दर्भ में चर्चा छेड़ दी। भौमिक साहब ने पूछा, 'वहाँ कितनी देर तक थे?'

'एकाध घण्टे तक।'

'बाप रे!' डॉक्टर भौमिक के आश्चर्य की कोई सीमा न रही, 'एक घण्टे तक उस झूठे की बड़बड़ाहट सुनते रहे?'

मैंने मुस्कराकर कहा, 'इतनी बारिश हो रही है कि स्वछन्दतापूर्वक घूमना-फिरना मुश्किल है। होटल के कमरे में बन्द रहने के बजाय उसकी गप्पें सुनना कहीं अच्छा है।'

'किसके बारे में बातें चल रही हैं?'

यह सवाल चालीसेक साल के एक सज्जन ने पूछा। डॉक्टर भौमिक ने परिचय के सिलसिले में उनका नाम मिस्टर खास्तगीर बताया था। झक्की बाबू के झक्कीपन

की बातें सुनकर खास्तगीर व्यंग्य की हँसी हँसते हुए, बोले, 'ऐसे लोगों को यहाँ डेरा डालने का मौका देकर यहाँ की वायु क्यों दूषित कर रहे हैं, डॉक्टर भौमिक?'

डॉक्टर भौमिक ने मुस्कराकर कहा, 'इतने बड़े शहर की वायु दूषित कर दे, ऐसी क्षमता क्या उसमें है? शायद नहीं।'

मिस्टर नस्कर नामक एक तीसरे व्यक्ति ने हिन्दुस्तान के झूठों के दुष्प्रभाव पर एक छोटा-मोटा भाषण दे डाला। आखिरकार मुझे लाचार होकर कहना पड़ा कि झक्की बाबू चूँकि संगी-साथीहीन जीवन जीते हैं, इसलिए उनके झूठेपन का असर दूसरों पर पड़ने की कम ही सम्भावना है।

भौमिक साहब दार्जिलिंग में करीब तीस सालों से रह रहे हैं। खास्तगीर भी पुराने बाशिन्दे हैं। अन्त में उन दोनों से एक सवाल किए बिना मैं रह न सका। 'जलापहाड़ रोड में कोई गोरा घुड़सवार हार्टफेल करने के कारण मर गया हो, इस तरह की कोई घटना आप लोगों को मालूम है?'

'तुम मेजर ब्रैडले के बारे में कह रहे हो? यह तो आठेक साल पहले की बात है। स्ट्रोक हुआ था। सम्भवतः जलापहाड़ रोड में ही। अस्पताल में लाया गया था, पर उसके पहले ही मृत्यु हो चुकी थी। मगर तुम यह बात क्यों पूछ रहे हो?'

मैंने झक्की बाबू के बटन की बातें बताईं। मिस्टर खास्तगीर आग-बबूला हो गया। 'वह यह सब बातें कर अलौकिक शक्ति का दावा कर रहा है? अरे, वह तो नम्बरी शैतान मालूम होता है। इतने दिनों से दार्जिलिंग में रह रहा है। घोड़े से गिरकर साहब मर चुका है, यह बात यों भी उसके कानों में पहुँच सकती है। यहाँ अलौकिक शक्ति की बात कहाँ से आती है?'

मैंने भी इस बात पर गौर किया था। दार्जिलिंग में रहकर वहाँ की एक घटना की बात जानना झक्की बाबू के लिए असम्भव नहीं है। इसीलिए मैंने बातचीत का सिलसिला आगे नहीं बढ़ाया।

चाय का दौर जब दस तरह की बातों की बीच खत्म हो गया तो मैं उठकर खड़ा हो गया। मेरे साथ-साथ मिस्टर नस्कर भी उठकर खड़े हो गए। बताया कि वे भी एलिस विला की तरफ रहते हैं, इसलिए मेरे साथ ही चहल-कदमी करते हुए लौटेंगे। हम डॉक्टर भौमिक से विदा लेकर बाहर निकल पड़े। शाम होने को है। दार्जिलिंग आने के बाद पहली बार मैंने देखा कि मेघ छँटने लगा है और अस्तगामी सूर्य की रश्मियाँ मंच के स्पॉट लाइट की तरह शहर और शहर के आसपास के पहाड़ों पर चमक रही हैं।

मिस्टर नस्कर देखने-सुनने में काफी तगड़े लग रहे थे। मगर अब देख रहा हूँ कि चढ़ाई के रास्ते में वे काफी परेशान मालूम हो रहे हैं। हाँफते-हाँफते उन्होंने मुझसे पूछा, 'वे सज्जन रहते कहाँ है?'

मैंने कहा, 'मिलिएगा?'

'नहीं। यों ही कौतूहल हो रहा था।'

झक्की बाबू के मकान का पता बताते हुए मैंने कहा, 'वे चहल-कदमी करने के लिए निकलते हैं। हो सकता है, रास्ते में ही मुलाकात हो जाए।'

कितने आश्चर्य की बात है! वही हुआ। बात कहने के बाद दो मिनट भी न बीते होंगे कि एक मोड़ पर आते ही हमने देखा, सामने बीस हाथ की दूरी पर झक्की बाबू हैं। वे अपने दाहिने हाथ में लाठी थामे और बायें हाथ में एक मुड़ा हुआ अखबार लिए हमारी ही ओर आ रहे थे। मुझे अपने सामने पाकर उनके चेहरे पर जो भाव आया उसे अगर हँसी न कहा जाए तो अप्रसन्नता भी नहीं कहा जा सकता। बोले, 'घर में बिजली फेल कर गई है भाई, इसीलिए मोमबत्ती खरीद कर आ रहा हूँ।'

शिष्टाचार के नाते मैंने मिस्टर नस्कर से उनका परिचय कराया, 'आप है मिस्टर नस्कर और आप मिस्टर मुखर्जी।'

नस्कर साहबी तौर-तरीके के आदमी जैसे लगे। नमस्कार करने के बदले अपना दाहिनी हाथ आगे बढ़ा दिया। जबान से बिना किसी तरह का सौजन्य प्रकट किए झक्की बाबू ने उनका हाथ पकड़कर हैंडशेक किया। उसके बाद वे उसी तरह खड़े रहे जैसे पहले थे। मेरे साथ-साथ मिस्टर नस्कर भी ऊब महसूस करने लगे। लगभग आधा मिनट तक चुप रहने के बाद जब स्थिति नस्कर के बरदाश्त के बाहर हो गई तो वे बोले, ''वेल, मैं फिर आगे बढ़ता हूँ। आपके बारे में सुना था, सौभाग्यवश जान-पहचान हो गई।'

'अच्छा, चलूँ मिस्टर मुखर्जी।' लाचार होकर मुझे भी यही कहना पड़ा। अबकी झक्की बाबू सचमुच पागल जैसे लग रहे थे। सड़क के बीच खड़े होकर वे क्या सोच रहे हैं, पता नहीं। हम लोगों के वहाँ से विदा लेकर चले जाने की बात की उन्हें जैसे परवाह ही नहीं थी। हो सकता है, नस्कर साहब उन्हें पसन्द न आए हों, मगर मुझसे तो आज सवेरे बहुत घनिष्ठता से बातचीत कर चुके हैं। उन्हें पीछे छोड़कर हम आगे निकल गए। उसके बाद मैंने पीछे की ओर मुड़कर देखा—वे तब भी उसी तरह खड़े थे। नस्कर साहब ने उनके बारे में अपनी राय जाहिर की, 'आपसे सुनने के बाद ये सज्जन जितने पागल लगे थे, अब देखने पर पता चला कि उससे कहीं अधिक पागल हैं।'

रात के नौ बजे हैं। कुल मिलाकर अब तक मैं डिनर लेकर, मुँह में पान का एक बीड़ा लिए, जासूसी उपन्यास हाथ में थामे बिस्तर पर जाने की सोच ही रहा था कि तभी बेयरा ने आकर खबर दी कि एक आदमी मुझे खोज रहा है। बाहर आकर देखा तो बिल्कुल अवाक् जैसा हो गया। इतनी रात में झक्की बाबू वह भाव अभी तक मेरे मन से पूरे तौर पर दूर नहीं हुआ है। वे बोले, 'यहाँ बैठने का कोई स्थान है जो एकान्त हो? बाहर खड़े रहने में मुझे कोई आपत्ति न थी। मगर फिर से वर्षा की बूँदें टपकने लगी हैं।'

मैं उन्हें अपने कमरे के भीतर ले आया। कुर्सी पर बैठकर हाँफते हुए बोले, 'ज़रा

मेरी नाड़ी देखो तो। मैं तुम्हें 'तुम' कहकर संबोधित कर रहा हूँ, अन्यथा मत लेना।''

उनके बदन पर हाथ रखते ही मैं चिहुंक उठा। काफी ज्वर है। मैंने घबरा कर कहा, 'एनासिन दूँ? मेरे पास है।'

झक्की बाबू ने हँसते हुए कहा, 'किसी भी 'सिन' से फायदा न होगा। आज रात-भर ज्वर रहेगा। कल 'रेमिशन हो जाएगा। मगर असली बात बुखार नहीं है। मैं तुम्हारे पास इलाज कराने नहीं आया हूँ। मुझे उस अँगूठी की जरूरत है।'

अँगूठी? किस अँगूठी के बारे में भले आदमी कह रहे हैं?

मुझे हतप्रभ जैसा पाकर वे थोड़ी-बहुत असहिष्णुता के साथ बोले, 'वही लस्कर या नस्कर ऐसा ही कुछ नाम तुमने बताया था। उनके हाथ की अँगूठी पर तुम्हारी नजर नहीं पड़ी है? सस्ती अँगठी है-नग या पत्थर जड़ा हुआ नहीं है, मगर वह अँगूठी मुझे चाहिए ही।'

अब मुझे याद आया कि मिस्टर नस्कर के दाहिने हाथ की उँगली में मैंने चाँदी की एक सिगनेटरिंग देखी थी।

झक्की बाबू कहन लगे, 'हैंडशेक करने के वक्त वह अँगूठी मेरे हथेली से छू गई। लगा, मेरे शरीर के अन्दर जैसे कोई 'एक्सप्लोजन' हो गया हो। उसके बाद मेरे साथ जो हुआ करता है, वही हुआ। सड़क के बीच खड़ा होकर मैंने घटना को देखना शुरू किया ही था कि सामने से एक जीप आई और उसने सब कुछ बरबाद कर डाला।

'इसका मतलब तो यही हुआ कि घटना को आप देख नहीं सके?'

'जितना कुछ देख चुका हूँ, वह काफी है। खून का मामला है। आततायी का चेहरा मैं देख नहीं सका। अँगूठी सहित हाथ एक आदमी के गले की ओर बढ़ता जा रहा है। विकटिम गैर बंगाली है। उसके सिर पर राजस्थानी टोपी है, आँखों पर सोने का चश्मा। आँखें विस्फारित हैं। चीखने के लिए मुँह खोलना चाहता है। निचले जबड़े का एक दाँत सोने से मढ़ा है...बस इतना ही। वह अँगूठी मुझे चाहिए ही।'

मैं कुछ क्षणों तक झक्की बाबू की ओर ताकता रहा और उसके बाद बोला, ''देखिए, मिस्टर मुखर्जी, अगर आपको अँगूठी की जरूरत है तो उसे खुद ही मिस्टर नस्कर से माँग लीजिए। मैं उनसे साधारण तौर से ही परिचित हूँ। और जहाँ तक बात मेरी समझ में आई है, वे आपकी 'हॉबी' को सहानुभूति की दृष्टि से नहीं देखते हैं।'

'फिर मेरे माँगने से फायदा ही क्या है? बेहतर तो यही है कि...'

'वेरी सॉरी मिस्टर मुखर्जी...' उनकी बात काटकर साफ-साफ कहे बिना मैं रह नहीं सका। मैं माँगू तो भी कोई नतीजा न निकलेगा। अँगूठी वगैरह के मामले में कभी-कभी आदमी में कितनी ममता होती है यह बात आपसे छिपी नहीं है। वे उस चीज को उपयोग में न लाए होते तो...'

इसके बाद वे वहाँ बैठे नहीं। एक लम्बी साँस लेकर कुर्सी छोड़कर खड़े हो गए और बूंदाबांदी में ही अँधेरे में निकल पड़े। मैंने मन-ही-मन सोचा, भले आदमी

की माँग अजीब तरह की है। रास्ते से चीज चुन लेना और ही तरह की बात है। मगर लोगों के व्यक्तिगत व्यवहार की चीजों को लेकर अपने संग्रह की वृद्धि का प्रयास अन्यायपूर्ण है। इस मामले में कोई भी उसकी मदद न करता। मैं भी कैसे करूँ? और नस्कर यूँ भी बेहद नीरस आदमी है। माँगने पर उससे अँगूठी मिल जाएगी, यह उम्मीद करना ही गलत है।

दूसरे दिन सवेरे मेघ छट गए थे और दिन साफ हो गया था। यह देखकर मैं बर्च हिल की तरफ घूमने निकल गया। रूखा-सूखा जैसा दिन है। माल में लोगों का जमघट लगा है भीड़ के बीच से होता हुआ, घोड़ा और चेंजरों से अपने आपको बचाता हुआ, आहिस्ता-आहिस्ता मैं ऑबजरवेटरी हिल के पश्चिमी तरफ के एकान्त रास्ते पर पहुँच गया। कल रात से ही झक्की बाबू का दयनीय चेहरा बीच-बीच में मेरे सामने तिर आता था और मन में धीरे-धीरे एक इच्छा जग रही थी कि नस्कर से यदि मेरी मुलाकात हो जाए तो एक बार उस अँगूठी के बारे में कहूँ। हो सकता है, अँगूठी के प्रति उनमें कोई खास लगाव न हो और माँगने पर दे दें। झक्की बाबू को अँगूठी दे देने से उनके चेहरे का भाव कैसा हो जाएगा, यह बात मैं भलीभाँति समझ रहा था। बचपन में मैं डाक टिकटों का संग्रह किया करता था, इसलिए मैं जानता हूँ कि हॉबी का नशा किस तरह का होता है। और झक्की बाबू एक ऐसे आदमी हैं जो किसी तरह की झंझट और झमेले में नहीं रहते, अपना उद्भट शौक लिए अपने आपमें मशगूल रहते हैं। जोर-जबरन किसी को अपनी जमात में लाने की कोशिश नहीं करते। हो सकता है जीवन में यह पहले-पहल किसी की चीज के प्रति उनमें लोभ जगा हो और वह चीज कोई कीमती भी नहीं है। सच कहूँ, कल रात के बाद से मैं इस निष्कर्ष पर पहुँचा हूँ कि उनमें अलौकिक क्षमता नामक कोई चीज नहीं है, उनके शौक का सारा कार्य व्यापार उनके अधपगले मन की कल्पना पर आधारित है। मगर उससे यदि यह संगी-साथीहीन आदमी प्रसन्न रहता है तो दूसरे की हानि ही क्या है? मगर बर्च हिल के रास्ते पर दो घण्टे तक चहल-कदमी करने पर भी नस्कर से भेंट नहीं हुई। जब मैं माल पहुँचा, तब लगभग साढ़े दस बजे चुके थे। भीड़ तब भी थी, लेकिन जाने के वक्त जितनी भीड़ थी, उससे थोड़ी कम। इधर-उधर दस-बीस आदमी की कई जमातें खड़ी हैं और उन जमातों में किसी विषय पर उत्तेजनापूर्ण बहस छिड़ी है। आग बढ़ने पर 'पुलिस', 'जाँच-पड़ताल' और 'खून' जैसे शब्द कानों में आने लगे। एक अपरिचित प्रौढ़ बंगाली को अपने पास पाकर मैंने पूछा, 'बात क्या है जनाब? कुछ हुआ है क्या?'

भले आदमी ने कहा, 'कलकत्ते का कोई ससपेक्टेड क्रिमिनल यहाँ आकर छिप गया है। उसका पीछा करती हुई पुलिस यहाँ आई है और तलाशी चल रही है।'

'उस आदमी का नाम आपको मालूम है?'

'असली नाम मालूम नहीं है। यहाँ उसने अपना नाम नस्कर बताया है।'

मेरी छाती धड़कने लगी। एक ही आदमी ऐसा है जो असली बात बता सकता है और वे हैं डॉक्टर भौमिक।

मुझे उनके घर तक जाना नहीं पड़ा। लेडेन-ला रोड पर, रिक्शे के पड़ाव के पास खास्तगीर और भौमिक से मुलाकात हो गई। बोले, 'कल वह आदमी तीसरे पहर मेरे घर पर आकर चाय पी गया। तीन दिन पहले मेरे पेट के दर्द का इलाज करा गया था। अकेला आदमी है, नया-नया यहाँ आया है, यही सोचकर घर पर खाना खाने बुलाया था और आज यह बात सुन रहा हूँ।'

'पकड़ा गया या नहीं?' मैंने उत्सुकतावश पूछा।

'अभी तक पकड़ा नहीं गया है। सवेरे से ही गायब है। पुलिस उसकी खोज कर रही है। लेकिन है तो इसी शहर में, भागकर जाएगा कहाँ? मगर कितनी बड़ी बात है...!'

भौमिक और खास्तगीर चले गए। मुझे अहसास हो रहा है कि मेरी नाड़ी की गति चंचल हो गई है। यह सोचकर नहीं कि नस्कर अपराधी है बल्कि इसलिए कि झक्की बाबू को अँगूठी के प्रति कितना लोभ था! खूनी के हाथ की अँगूठी है—झक्की बाबू ने यह बात बताई थी। फिर क्या उनमें कोई अलौकिक क्षमता है?

रास्ते पर खड़ा-खड़ा जब मैं यही सब सोच रहा था तो मन में इच्छा जगी कि एक बार झक्की बाबू से मिल आऊँ। उन्हें क्या यह खबर मिली है? एक बार इसकी तहकीकात करना जरूरी है।

मगर सत्रह नम्बर घर के दरवाजे पर तीन-तीन बार दस्तक देने पर भी कोई जवाब न मिला। अब बदली भी छाने लगी है। मैं तेज कदमों से होटल चला आया। आधे घण्टे के बीच ही मूसलाधार वर्षा शुरू हो गई। झिलमिलाता हुआ प्रातःकाल अब जैसे एक दूर के सपने में बदल गया। पुलिस की तलाशी चल रही है। कहाँ छिप गए मिस्टर नस्कर? किसकी हत्या की उन्होंने? किस तरह हत्या की?

साढ़े तीन बजे हम लोगों के होटल के मैनेजर मिस्टर सोंधी ने सूचना दी—नस्कर जिस मकान में थे, उसके पीछे के पहाड़ के करीब तीस हाथ नीचे के गड्ढे में नस्कर की लाश मिली है। उसका माथा चूर-चूर हो गया है। खुदकुशी, दिमाग की गड़बड़ी, भागने के समय पाँव फिसल जाने के कारण गिर पड़ने इत्यादि का लोग अनुमान लगाते हैं। व्यापार के मामले में पार्टनर से दुश्मनी हो गई थी। उसी के कारण उसका खून कर डाला और लाश को छिपाकर खुद दार्जिलिंग में आकर छिप गया। पुलिस ने लाश को बरामद किया इत्यादि इत्यादि।

नः, झक्की बाबू से एक बार मुलाकात करनी ही होगी। अब उपेक्षा की हँसी हँसकर उनकी बात उड़ाई नहीं जा सकती। स्विट्जरलैण्ड और वाल्टेयर की घटनाएँ मनगढ़न्त हो सकती हैं, दार्जिलिंग की घटना उन्हें पहले से मालूम हो सकती है, मगर

नस्कर जो खूनी है, इस बात का उन्हें कैसे पता चला?

पाँच बजे जब बारिश कुछ थमी तो मैं उनके घर पर गया। दस्तक देते ही दरवाजा खुल गया। झक्की बाबू ने हँसकर कहा, 'आओ भैया, अन्दर चले आओ। मैं तुम्हारे बारे में ही सोच रहा था।'

मैं अन्दर गया। शाम उतर चुकी है। झक्की बाबू की मेज पर एक मोमबत्ती टिमटिमा रही है। 'आज भी बिजली नहीं है।' उन्होंने मुसकराते हुए कहा। मैं बेंत की कुर्सी पर बैठते हुए बोला, 'आपको खबर मिली है?'

'तुम्हारे उस नस्कर की खबर? मुझे क्या खबर मिलेगी? मैं पहले ही जान गया था। तब हाँ, मैं उनका कृतज्ञ हूँ।'

'कृतज्ञ?' मैंने आश्चर्य में आकर पूछा।

'मेरे संग्रह की सबसे कीमती चीज वह मुझे दे गया है।'

'दे गया है?' मेरा गला सूखने लगा।

'देख लो न, मेज पर है।'

मैंने ज्योंही मेज की ओर आँखें दौड़ाई मोमबत्ती के पास ही खुली कापी के सफेद पृष्ठ पर वही अँगूठी पड़ी हुई दीख पड़ी।

'घटना का ब्यौरा मैंने लिख लिया है। आइटम नम्बर 'वन सेवेन थ्री।' झक्की बाबू ने कहा। मेरे दिमाग में एक सवाल चक्कर लगा रहा है—'दे गया है—' उसका मतलब? कब दे गया?

'देना क्या आसानी से चाहता था?' झक्की बाबू ने एक लम्बी साँस ली, 'जोर-जबरन लेना पड़ा।'

मैं स्तब्ध बैठा हूँ। कमरे में एक टाइमपीस टिक-टिक आवाज कर रही है।

'तुमने आकर अच्छा ही किया,' झक्की बाबू ने कहा, 'तुम्हें एक चीज दे रहा हूँ, उसे अपने ही पास रख लेना।'

झक्की बाबू कुर्सी से उठकर कमरे की दूसरी ओर अँधेरे कोने की ओर चले गए। वहाँ से खट्-खट् आवाज आई और उसके साथ ही उनका कण्ठस्वर सुनाई पड़ा—

'इसे भी मुझे अपने संग्रह में रख लेना चाहिए था, मगर इसका प्रभाव में बरदाश्त नहीं कर पा रहा हूँ। बार-बार बुखार आ जाता है और एक बहुत ही अप्रीतिकर दृश्य मेरे आँखों के सामने तैरने लगता है।'

बातें करते-करते वे अंधेरे से प्रकाश में आकर खड़े हो गए हैं। अपने दाहिने हाथ को मेरी तरफ बढ़ाए हुए हैं। उसी हाथ में उनकी वह चिर-परिचित लाठी थमी हुई है।

मोमबत्ती की इस धुँधली रोशनी में ही यह बात मेरी समझ में आ गई कि लाठी की मूठ के ऊपर जो लाल दाग है, वह सूखे हुए लोहू के दाग के अतिरिक्त कुछ और नहीं है।

बारीन भौमिक की बीमारी

कंडक्टर के निर्देशानुसार 'डी' डिब्बे में घुसकर बारीन भौमिक ने अपना बड़ा सूटकेस सीट के नीचे रख दिया। उसे रास्ते में खोलने की जरूरत नहीं पड़ेगी। कंघी, ब्रश, टूथ-ब्रश, दाढ़ी बनाने के सरो-सामान, ट्रेन में पढ़ने के लिए हैडली चेज की किताब—सब कुछ इसी बैग में है। इसके अलावा 'थ्रोट पिल्स' भी हैं। ठण्डे डिब्बे में ठण्ड लगने की वजह से कही गला बैठ जाए तो गीत नहीं गा सकेंगे। झट से एक टिकिया मुँह में डालकर बारीन भौमिक ने बैग को खिड़की के सामने की टेबल पर रख दिया।

दिल्लीगामी फेस्टिवूल ट्रेन के खुलने में अब मात्र सात मिनट की देर है, लेकिन उनके डिब्बे में कोई और मुसाफिर क्यों नहीं है? इतनी दूर का रास्ता उन्हें क्या एकाकी ही तय करना होगा? यह तो एकबारगी अय्याशी की पराकाष्ठा है। स्थिति की कल्पना कर बारीन भौमिक के गले से अपने आप गीत की एक कड़ी निकल आई : अरी बाग की बुलबुल, फूलों की डाली पर आज नहीं तुम झूलो!

बारीन भौमिक ने खिड़की से हावड़ा स्टेशन के प्लेटफार्म की भीड़ की ओर निगाह डाली। दो युवक उनकी ओर ताकते हुए आपस में कुछ बातचीत कर रहे हैं। बारीन को उन लोगों ने पहचान लिया है। बहुत-से आदमी उन्हें पहचानते हैं। कम-से-कम कलकत्ता तथा बहुत-से कस्बों के लोग न केवल उनके कंठस्वर से परिचित हैं बल्कि उनके चेहरे को भी पहचानते हैं। हर महीने छह-सात आयोजनों में उनकी बुलाहट होती है। बारीन भौमिक—नजरुल के गीत और आधुनिक संगीत का गायन करेंगे। ख्याति और अर्थ—दोनों चीजें अब बारीन भौमिक की मुट्ठी में हैं। इतना जरूर है कि यह स्थिति पिछले पाँच साल से ही है। उसके पहले कई सालों तक उन्हें बेहिसाब संघर्ष करना पड़ा है। गीत के लिए नहीं। गीत गाने की क्षमता भी उनके लिए सहजात है। मगर सिर्फ गाने से काम नहीं चलता। उसके साथ चाहिए भाग्य और बैंकिंग। उन्नीस सौ सड़सठ में उन्नीस पल्ली के पूजा के पण्डाल पर भोलादा—भोला बाँडु ज्या—उनसे अगर जोर-जबरन 'बैठ विजन में' गीत न गवाते...

इसी गीत की बदौलत बारीन भौमिक दिल्ली जा रहे हैं। दिल्ली का 'बेंगाली

एसोसिएशन' फर्स्ट क्लास का किराया देकर अपनी जुबली के उपलक्ष्य पर नजरुल के गीत गवाने के लिए उन्हें ले जा रहा है। उनके रहने का इन्तजाम भी एसोसिएशन की ओर से किया जाएगा। दो दिन दिल्ली में रहकर आगरा-फतेहपुर सीकरी से होते हुए ठीक सात दिनों के बाद बारीन भौमिक कलकत्ता वापस चले आएँगे। उसके बाद पूजा आ जाएगी और तब उन्हें छुट्टी ही न मिलेगी; हर पहर संगीत की महफिल में हाजिरी बजानी होगी—श्रोताओं के कानों में अमृत बरसाने के लिए।

'आपके लंच का ऑर्डर, सर...'

कण्डक्टर गार्ड आकर खड़ा है।

'क्या-क्या मिलता है?' बारीन ने पूछा।

'आप नॉन-वेजिटेरियन हैं न? देशी खाना खाइएगा या वेस्टर्न स्टाइल? देशी चाहिए तो...'

अपनी पसन्द के लंच का ऑर्डर देकर बारीन ने कुछ मिलाकर अभी एक 'थ्री कैसल्स' सिगरेट सुलगाई ही थी कि तभी डिब्बे के अन्दर एक और मुसाफिर आया। और उसके आते ही गाड़ी रवाना हो गई।

नवागत यात्री से आँखें मिलते ही बारीन को वह आदमी पहचाना जैसा लगा और उनके चेहरे पर मुस्कराहट तिर आई, मगर अजनबी की ओर से उसका कोई उत्तर न पाकर वह मुस्कराहट एक ही क्षण में विलीन हो गई। फिर क्या बारीन से गलती हो गई? छि:-छि! इस नासमझ-भरी मुस्कराहट की क्या जरूरत थी? कितनी विषम स्थिति में पड़ना पड़ा! याद आया, एक बार घुड़दौड़ के मैदान में एक भूरे रंग के कुरते पहने प्रौढ़ व्यक्ति को पीछे की ओर से 'क्या खबर है त्रिदिवदा' कहकर उसकी पीठ पर एक धौल जमाने के बाद बारीन की समझ में आया था कि वे दरअसल त्रिदिवदा नहीं हैं। यह लज्जास्पद स्मृति बहुत दिनों तक उनके मन को कुरेदती रही थी। आदमी को विषम स्थिति में डालने के लिए चारों तरफ कितनी जटिलताएँ बिखरी पड़ी हैं।

बारीन भौमिक ने एक बार और अजनबी के चेहरे पर दृष्टि डाली। भले आदमी चप्पल उतार कर, सीट पर पाँव पसारे 'इलस्ट्रेड वीकली' के पन्नों को उलट-पुलट रहे हैं। कितने आश्चर्य की बात है! उन्हें फिर लग रहा है कि यह आदमी जाना-पहचाना है। वह जान-पहचान एक क्षण की नहीं बल्कि बहुत-बहुत क्षणों की है। मगर कब की जान-पहचान है? कहाँ जान-पहचान हुई थी? घनी भौंहे, पतली मूँछें, पॉमेड से पालिश किए हुए बाल, कपाल के ठीक बीचोंबीच एक दाग। यह चेहरा उनका परिचित है। हाँ, परिचित ही है। वे जब सेंट्रल टेलीग्राफ में नौकरी करते थे तब का परिचय है क्या? मगर एकतरफा परिचय होने से क्या होगा? उनके हाव-भाव को देखने से तो यह पता नहीं चलता कि बारीन भौमिक से कभी उनकी जान-पहचान हुई थी।

'आप अपने लंच का ऑर्डर...'

कण्डक्टर गार्ड फिर आया है। बड़ा ही हँसमुख और हट्टा-कट्टा आदमी है यह।

'सुनिए,' अजनबी ने कहा, 'लंच तो बाद की चीज हैं, पहले क्या एक प्याली चाय मिल सकती है?'

'सर्टेनली!'

'बस एक कप और लिकर देने से ही काम चल जाएगा। मैं रॉ चाय लेता हूँ।'

बारीन भौमिक को लगा, उनके पेडू से नाभि और अन्तड़ी बाहर निकल आई है और वह स्थान बिलकुल रिक्त हो गया है। और इसके बाद ही उन्हें महसूस हुआ कि उनके कलेजे में हाथ-पैर उग आए हैं और वे हाथ-पैर साँस की नली के पिंजडे में उछल-कूद रहे हैं। न केवल उस गले की आवाज, बल्कि उस आवाज से खास तरह से खास जोर डालकर कही गई एक बात—'रॉ टी' ने—उनके अन्दर यह हलचल पैदा कर दी है। उसी एक बात ने बारीन के मन के तमाम अनिश्चय को एक ही धक्के में दूर हटाकर उसके स्थान पर एक स्थिर प्रत्यय को लाकर बिठा दिया है।

बारीन ने इस व्यक्ति को न केवल देखा है बल्कि उनके साथ ठीक इसी तरह दिल्लीगामी ट्रेन के फर्स्ट क्लास के वातानुकूलित डिब्बे में आमने-सामने बैठकर करीब-करीब आठ घण्टे तक यात्रा की है। वे खुद पटना जा रहे थे—अपनी ममेरी बहन शिप्रा की शादी में शामिल होने के लिए। उसके तीन दिन पहले घुड़दौड़ के मैदान में ट्रेवल टोट में एक ही साथ साढ़े सात हजार रुपया जीतकर वे जीवन में पहली बार ट्रेन के फर्स्ट क्लास में चढ़ने का लोभ सम्भाल नहीं सके थे। तब गायक के रूप में वे विख्यात नहीं हुए थे। यह घटना उन्नीस सौ चौंसठ में घटी थी। नौ साल पहले की बात है। भले आदमी की उपाधि की भी धुँधली-सी याद आ रही है। 'च' से उस शब्द की शुरुआत थी। चौधरी? चक्रवर्ती? चैटर्जी?...

कण्डक्टर गार्ड लंच का ऑर्डर लेकर चला गया। बारीन को महसूस हुआ, वे इस आदमी के सामने बैठने में खुद को असमर्थ पा रहे हैं। बाहर कॉरीडोर में जाकर खड़े हो गए, दरवाजे के सामने से पाँच हाथ दाहिने तरफ, 'च' की दृष्टि से परे। 'कोइन्सिडेन्स' की हिन्दी क्या होगी, यह बात बारीन भौमिक को मालूम नहीं, मगर वे जानते हैं कि हर आदमी के जीवन में यह चीज कुछेक बार घटित होती है। मगर इस तरह का कोइन्सिडेन्स?

'च' ने क्या उन्हें पहचान लिया है? न पहचानने के दो कारण हो सकते हैं। एक, हो सकता है, 'च' की स्मरण-शक्ति तेज न हो; दो, हो सकता है, इन नौ बरसों के दरमियान बारीन के चेहरे में काफी बदलाव आ गया हो। खिड़की से बाहर के गतिशील दृश्यों की ओर देखते-देखते बारीन ने सोचने की कोशिश की, उनके नौ बरस पहले के चेहरे से उनके आज के चेहरे में कौन-सा अन्तर है?

उनका वजन काफी बढ़ गया है, इसलिए अनुमान किया जा सकता है कि

उनका चेहरा और भी भर गया है। और क्या हो सकता है? चश्मा नहीं था, पर अब है। मूँछें? कब उन्होंने मूँछें मुड़वा दी थीं? हाँ, याद आया। ज्यादा दिन नहीं हुए हाजरा रोड का वह सैलून। एक नया नौजवान नाई। दोनों तरफ की मूँछों को एक जैसा काट नहीं सका। बारीन ने खुद उतना ध्यान नहीं दिया था, मगर ऑफिस के उस गप्पी लिफ्टमैन शुकदेव से शुरू कर बासठ साल के बूढ़े कैशियर केशव बाबू ने जब उनकी मूँछों के बारे में टीका-टिप्पणी की तो बारीन को लाचार होकर अपनी प्यारी मूँछें मुड़वानी पड़ीं। उसके बाद से उन्होंने मूँछें रखी ही नहीं।

मूँछें हट गई हैं, गाल भर गए हैं, आँखों पर चश्मा लग गया है। बारीन बहुत कुछ निश्चिन्त होकर फिर से डिब्बे के अन्दर चले आए।

बेयरा एक ट्रे में चाय की प्याली और टी-पॉट लाकर 'च' के सामने रखकर चला गया। बारीन भी पेय पदार्थ की आवश्यकता महसूस कर रहे थे—चाहे ठंडा हो, चाहे गरम—मगर कहते-कहते रुक गए।

अगर गले की आवाज पहचान ले!

और पहचानने के बाद नतीजा क्या हो सकता है, बारीन इसकी कल्पना तक नहीं करना चाहते हैं। इतना जरूर है कि सब कुछ इस बात पर निर्भर करता है कि 'च' किस किस्म के आदमी हैं। अगर वे अनिमेषदा की तरह होंगे तो फिर बारीन राहत की साँस नहीं ले पाएँगे। एक बार बस में एक आदमी अनिमेषदा की जेब टटोल रहा था। इसका पता चल जाने पर भी शर्म के मारे वे कुछ कह नहीं सके। मनीबैग सहित दस-दस रुपये के चार फड़फड़ाते नोट एक तरह से उन्होंने खुद ही जेबकतरे को दे डाले थे। बाद में घर आने पर बोले थे, 'पब्लिक बस में इतने-इतने लोगों के बीच एक सीन होगा और उसमें प्रॉमिनेन्ट पार्ट मैं लूँगा—ऐसा होने नहीं दिया जा सकता है।' यह आदमी क्या उसी किस्म का है? न होना ही स्वाभाविक है; क्योंकि अनिमेषदा जैसे आदमी बहुत की कम हुआ करते हैं। इसके अलावा चेहरे से भी पता चल जाता है कि यह आदमी उस किस्म का नहीं है। ये घनी भौंहें, नुकीली नाक, सामने की ओर निकला हुआ थुथना—सब कुछ मिलाने के बाद लगता है, यह आदमी अगर बारीन को पहचान लेगा तो अपने रोयेंदार हाथ से शर्ट का कॉलर कसकर पकड़ते हुए कहेगा, 'आप ही वह आदमी हैं न, जिसने सिक्सटी फोर में मेरी घड़ी चुरा ली थी? स्काउण्ड्रेल! नौ बरसों से मैं तुम्हारी तलाश में हूँ। आज मैं तुम्हें..'

इसके बाद बारीन भौमिक सोच नहीं सके। इस ठंडे डिब्बे में भी उनका कपाल पसीने से तर हो गया। रेलवे के रेक्सिन-मुड़े तकिए पर सिर रखकर वे अपनी सीट पर बैठ गए और बायें हाथ से अपना चेहरा ढंक लिया। आँखों को देखकर ही आदमी को आसानी से पहचाना जा सकता है। बारीन ने भी आँखों को देखकर ही शुरू में उसे पहचाना था।

हर घटना विस्तार से उन्हें याद आने लगी है—न केवल 'च' की घड़ी की

चोरी की घटना। बचपन से ही वे जिन लोगों की जो-जो चीज चुराते आए हैं, सब कुछ अपनी आँखों के सामने देख रहे हैं। कभी-कभी चीजें बिलकुल नगण्य हुआ करती थीं। एक साधारण डॉट पेन भी हो सकती है (मुकुल मामा की), या एक सस्ता मैगनिफाइंग ग्लास (उनके स्कूल के सहपाठी अक्षय का), या फिर छेनीदा का हड्डियों का कफ-लिंक्स, जिसकी बारीन को जरूरत नहीं थी और न किसी दिन उसे अपने उपयोग में ही लाया था। चोरी का कारण यह था कि वे चीजें हाथों के करीब थीं और पराये की थीं। बारह साल की उम्र से शुरू कर पच्चीस साल तक कम-से-कम पचास पराई वस्तुएँ बारीन भौमिक किसी तरह हथियाकर अपने घर ले आए हैं। इसे चोरी के अलावा क्या कहा जा सकता है? चोर से फर्क महज इतना ही है कि वह अभाव के चलते चोरी करता है और उन्होंने आदतन चोरी की है। लोगों ने कभी उनपर सन्देह नहीं किया, यही वजह है कि कभी पकड़ में नहीं आए। बारीन जानते हैं कि इस तरह चोरी करना एक खास तरह की बीमारी है। एक बार बातचीत के बहाने उन्होंने अपने एक डॉक्टर मित्र से इस बीमारी का नाम भी जान लिया था। मगर अब याद नहीं आ रहा है।

तब इतना जरूर है कि नौ साल पहले 'च' की घड़ी चुराने के बाद से आज तक बारीन ने ऐसा काम नहीं किया है। यहाँ तक कि चोरी करने की सामयिक, लेकिन प्रबल, आकांक्षा भी नहीं जगी है। बारीन को मालूम है कि इस दुसाध्य रोग से उन्हें छुटकारा मिल चुका है।

उनकी और-और चोरियों से घड़ी की उस चोरी में यही अन्तर था कि उन्हें उसकी वास्तव में जरूरत थी। वह रिस्टवाच नहीं, स्विटजरलैण्ड की बनी एक बहुत ही खूबसूरत ट्रैवलिंग वाच है। एक नीला चौकोर बक्सा है, उसका ढक्कन खोलते ही घड़ी बाहर निकलकर सीधी खड़ी हो जाती है। अलार्म घड़ी है और उस अलार्म घड़ी की आवाज इतनी मधुर है कि नींद टूटने के साथ-साथ कानों में मधुर संगीत गूंजने लगता है। इन नौ सालों के दरमियान बारीन भौमिक हमेशा उसे उपयोग में लाए हैं। वे जहाँ कहीं गए हैं, उनके साथ वह घड़ी रही है।

आज भी घड़ी उन्हीं के साथ है। खिड़की के सामने टेबल पर रखे उस बैग के अन्दर।

'कहाँ जाइएगा?'

बारीन यों चौंक पड़े जैसे उनके बदन से बिजली का करेंट छू गया हो। यह आदमी उनसे बातचीत कर रहा है, सवाल पूछ रहा है!

'दिल्ली।'

'जी?'

'दिल्ली।'

पहली बार अत्यधिक सावधानी बरतने के कारण बारीन ने बहुत धीमी आवाज

में उत्तर दिया था।

'आपका गला क्या ठंड के कारण रुंध गया है?'

'नः।'

'बीच-बीच में ऐसा होता है। वास्तव में एयर कन्डिशनिंग का एकमात्र लाभ यही है कि धूल से राहत मिलती है। वरना मैं फर्स्ट क्लास में ही सफर करता।'

बारीन चुप है। अगर यह सम्भव होता तो वे 'च' की ओर ताकते भी नहीं, मगर 'च' उसकी ओर देख रहा है या नहीं—यह जानने की दुर्निवार उत्सुकता के कारण उनकी दृष्टि बार-बार उसकी तरफ चली जाती है। 'च' लेकिन उद्वेगहीन और निश्चित है। अभिनय कर रहा है क्या? यह बात बारीन को मालूम नहीं। यह जानने के लिए उस आदमी को और अधिक जानना जरूरी है। बारीन जो कुछ जानते हैं, वह जानकारी पिछली बार की है। एक तो है दूध-चीनी के अलावा चाय और पान की आदत। दूसरा है स्टेशन आते ही नीचे उतरकर कुछ-न-कुछ खाने की सामग्री ले आने की आदत। नमकीन चीजें, मीठी नहीं। याद है, पिछली बार 'च' की बदौलत बारीन भौमिक को बहुत तरह की चटपटी चीजें खाने का मौका मिला था।

इसके अलावा पटना स्टेशन के करीब पहुँचने पर उनके चरित्र का एक और पहलू प्रकाश में आया था। इससे उनकी घड़ी का मामला जुड़ा हुआ है। इसीलिए वह घटना बारीन को बिलकुल याद है। उस बार 'अमृतसर मेल' गाड़ी थी। सुबह पाँच बजे पटना पहुँची थी। कण्डक्टर ने आकर साढ़े चार बजे बारीन को जगा दिया था। 'च' भी अर्धजागृत अवस्था में थे, हालाँकि वे दिल्ली जा रहे थे। गाड़ी स्टेशन पहुँचने के तीन मिनट पहले एकाएक रुक गई थी। बात क्या है? पटरियों पर लैम्प और टार्च की भाग-दौड़ देखकर लगा कि कोई गड़बड़ हुई है। आखिर में गार्ड ने आकर बताया कि एक बूढ़ा लाइन पार करते वक्त इंजन से कट गया है। उसकी लाश हटते ही गाड़ी रवाना होगी। यह खबर मिलते ही 'च' बेहद उत्तेजना में आकर स्लीपिंग सूट पहने ही इस घटना को अपनी आँखों से देखने के लिए अँधेरे में चले गए।

इसी सुयोग से लाभ उठाकर बारीन ने उनके बक्से से घड़ी निकाल ली। उसी रात उन्होंने 'च' को घड़ी में चाबी देते देखा था। लोभ न हुआ हो, ऐसी बात नहीं है, मगर यह सोचकर कि मौका नहीं मिलेगा, उन्होंने घड़ी की चिन्ता मन से दूर हटा दी थी। इस क्षण अप्रत्याशित सुयोग मिल जाने के कारण उनका लोभ इतना बढ़ गया कि बँक पर एक दूसरे मुसाफिर के सोई हुई हालत में रहने पर भी उन्हें खतरा मोल लेने में दुविधा नहीं हुई। यह काम करने में उन्हें सिर्फ पन्द्रह बीस सेकेण्ड लगे। 'च' लगभग पाँच मिनट के बाद वापस आया।

'भयंकर बात है! भिखमँगा था। धड़ एक तरफ है तो माथा दूसरी ओर। सामने काउकैचर रहने पर भी आदमी कैसे कट जाता है, यह बात समझ में नहीं आती। उसका काम यही है कि लाइन पर अगर कोई चीज पड़ी हो तो उसे ठेल कर बाहर फेंक दे!...

पटना में उतरने के बाद बारीन जब स्टेशन पर आकर अपने मंझले मामा की कार पर सवार हुए तो उनके पेडू की अशान्ति जादू की तरह छू-मन्तर हो गई। उनका मन कह रहा है, घड़ी के मालिक से इतने दिनों से जो व्यवधान था—एक-दूसरे का नाम जो नहीं जानता था, एक-दूसरे को जो नहीं देखा था—पिछले आठ घण्टों की आकस्मिक निकटता के कारण वही व्यवधान फिर से आकर उपस्थित हो गया है। इसके बाद फिर एक-दूसरे से भेंट होने की सम्भावना नहीं के बराबर रहती है।

मगर कौन जानता है कि वह 'नहीं के बराबर सम्भावना' हठात् सचाई के रूप में परिणत हो जाएगी? बारीन ने मन ही मन कहा, इसी तरह की घटना से आदमी कुसंस्कार के जाल में फँस जाता है।

'आप दिल्ली के बाशिंदे हैं या कलकत्ते के?'

बारीन को याद आया, उस बार भी इन्होंने तरह-तरह के सवाल किए थे। जोर-जबरन किसी से जान-पहचान करने की इस तरह की सनक बारीन पसन्द नहीं करते।

'कलकत्ते का।' बारीन ने जवाब दिया। अनजाने ही अबकी उनकी स्वाभाविक आवाज बाहर निकल आई। बारीन ने अपने-आपको धिक्कारा। भविष्य में उन्हें और भी अधिक सतर्क रहना पड़ेगा।

मगर यह क्या! वे बारीन की ओर अपलक क्यों निहार रहे हैं? सहसा इस तरह का कौतूहल होने का क्या कारण हो सकता है? बारीन ने महसूस किया कि उनकी नाड़ी फिर चंचल हो गई है।

'आपकी हाल में कोई तसवीर अखबार में छपी है?'

बारीन ने सोचा, इस मामले में सचाई छिपाना अक्लमन्दी का काम नहीं होगा। ट्रेन में और-और बंगाली मुसाफिर भी हैं, वे उन्हें पहचान सकते हैं। इन्हें अपना सही परिचय बताने में हानि ही क्या है? बल्कि इन्हें अगर यह मालूम हो जाए कि बारीन एक नामी व्यक्ति है तो नौ साल के पहले के घड़ी-चोर के रूप में उन्हें देखना 'च' के लिए असम्भव है।

'आपने तसवीर कहाँ देखी थी?' बारीन ने पूछा।

'आप गीत गाते हैं?' पुनः उस ओर से सवाल किया गया।

'हाँ, थोड़ा-बहुत...'

'आपका शुभ नाम?'

'बारीन्द्रनाथ भौमिक।'

'ओह, यही कहिए न। बारीन भौमिक। इसीलिए आप परिचित जैसे लग रहे थे। आप तो बीच-बीच में रेडियो पर भी गाते हैं?'

'जी हाँ।'

'मेरी पत्नी आपकी बहुत भक्त है। गीत के सिलसिले में ही क्या दिल्ली जा रहे हैं?'

'हाँ।'

बारीन अधिक खुलकर बातचीत नहीं करेंगे। सिर्फ हाँ या नहीं, जब जो उत्तर होगा, वही बोलेंगे।

'दिल्ली में और एक भौमिक है—फिनांस में। स्कॉटिश में मेरे साथ पढ़ता था। पूरा नाम है नीतिश भौमिक। आपसे कोई रिश्तेदारी वगैरह है?'

रिश्तेदारी है। बारीन के चचेरे भाई हैं। कड़े, साहबी मिजाज के आदमी हैं, इसलिए बारीन के सगे होने पर भी समगोत्रीय नहीं हैं।

'जी नहीं। मैं उन्हें नहीं पहचानता।'

यहाँ झूठ बोलना ही बारीन ने श्रेयस्कर समझा। अब भले आदमी बातें करना बन्द कर दें तो अच्छा रहे। बाप रे, इतना जिरह क्यों कर रहा है?

खैर, लंच आ गया है। आशा है, कुछ देर तक प्रश्नों के तीर नहीं बरसेंगे।

हुआ भी यही। 'च' भोजनप्रेमी हैं। एक बार मुँह में भोजन प्रवेश कर जाता है तो बातों का रास्ता अपने आप बन्द हो जाता है। लेकिन बारीन भौमिक का भय यद्यपि कुछ-कुछ दूर हो गया है, फिर भी अशान्ति बनी हुई है। अब भी बीस घण्टे का रास्ता बाकी है। मनुष्य की स्मृति का भण्डार बड़ी गजब की चीज होता है। कब धक्का देकर किस जमाने की यादों को जगा दे, कहना मुश्किल है। जैसे यह रॉटी की ही बात। बारीन की धारणा है कि अगर वे उस खास शब्द को नहीं सुनते तो नौ साल पहले के घड़ी-मालिक की बातें उनके ध्यान में आती ही नहीं। उसी तरह बारीन की कोई बात या कोई काम ही उनके पुराने परिचय को 'च' के सामने लाकर खड़ा कर दे तो?

यही सब सोचकर बारीन ने तय किया कि अब न तो वे बातचीत करेंगे और न कोई काम ही। खाना खाने के बाद वे अपने चेहरे के सामने हैडली चेज की किताब खोलकर और तकिये को अपने माथे के नीचे रखकर लेट गए। पहला अध्याय समाप्त कर उन्होंने सावधानी से गरदन घुमाकर देखा और पाया कि 'च' सो गया है। कम-से-कम देखने से तो ऐसा ही लग रहा है। 'इलस्ट्रेड वीकली' हाथ से फर्श पर गिर पड़ा है, आँखें हाथ से ढँकी हुई हैं, मगर सीने का उठना-गिरना देखने से लगता है कि यह सोए हुए आदमी का स्वाभाविक और स्वच्छंद निश्वास है। बारीन ने खिड़की से बाहर की ओर ताका। मैदान, पेड़-पौधे और मकानों का मिला-जुला बिहार का रूखा-सूखा दृश्य दिखाई पड़ रहा है। खिड़की के दोहरे शीशे को भेदकर ट्रेन की आवाज नहीं के बराबर सुनाई पड़ रही है। जैसे दूर बहुत-से मृदंग एक साथ एक ही बोल में बज रहे हैं—धाद्धिनाक, नाद्धिनाक, धाद्धिनाक, नाद्धिनाक, धाद्धिनाक, नाद्धिनाक...

इस आवाज के साथ अब एक और आवाज जुड़ गई है—'च' की नासिका-ध्वनि।

बारीन भौमिक को बहुत-कुछ निश्चिंतता का बोध हुआ। नजरुल के एक चुने

हुए गीत की पहली पँक्ति को गुनगुनाकर देखा। सुबह की तरह उतना मधुर न होने पर भी उन्हें बुरा न लगा। अब गले की आवाज तेज न कर, एक बार खंखारकर उन्होंने फिर से उस गीत को गाना शुरू किया।

एक संत्रासजनक आवाज ने उनके गले को सुखा दिया और उनका गीत गाना थम गया।

वह घड़ी के अलार्म की आवाज थी।

उनके बैग में रखी हुई स्विस घड़ी का अलार्म न जाने कैसे बज उठा। और अब भी बज रहा है। बारीन भौमिक के हाथ-पैर जैसे उनके पेट के अन्दर समा गए। उनकी देह लकड़ी जैसी हो गई। आँखें सोये हुए 'च' की ओर जाकर स्थिर हो गईं।

'च' का हाथ जैसे हिल उठा हो। बारीन विपत्ति की आशंका से काँप उठे। 'च' की नींद टूट चुकी है। आँखों पर से उसके हाथ हट गए।

'गिलास है क्या? उसे उतारकर रख दीजिए—वाइब्रेट कर रहा है।'

बारीन भौमिक ने दीवार में लगे स्टैंड के अन्दर से गिलास को जैसे ही उठाया, आवाज थम गई। उसे टेबल पर रखने के पहले उसके अन्दर के पानी को पीकर उन्होंने अपने गले को तर कर लिया और इससे उन्हें थोड़ा आराम मिला। फिर भी गीत गाने की स्थिति में आने में देर है।

हजारी बाग रोड के कुछ आगे चाय आई। एक-एक कर दो प्याली गरम चाय पीने के बाद और 'च' की ओर से किसी तरह के जिरह या सन्देह का लक्षण न पाकर बारीन के गले का रुंधापन थोड़ा और कम हो गया। बाहर तीसरे पहर की ढलती धूप और दूर के टीले की ओर ताकने के बाद गाड़ी के छन्द से छन्द मिलाते हुए जब उन्होंने एक आधुनिक गीत का टुकड़ा गाया तो आसन्न विपत्ति की बची-खुची आशंका भी उनके मन से दूर हो गई।

गया में 'च' अपनी नौ साल की आदत के अनुसार प्लेटफार्म पर उतरकर सेलोफोन में मुड़े हुए दो पैकेट चनाचूर ले आए और एक पैकेट बारीन की ओर बढ़ा दिया। बारीन ने उसे परमतृप्ति के साथ खाया। गाड़ी छूटने के वक्त सूर्य डूब चुका था। डिब्बे की बत्तियाँ जलाकर 'च' ने कहा—

'हम क्या लेट रन कर रहे हैं? आपकी घड़ी क्या बजा रही है?'

अबकी पहली बार भौमिक के ध्यान में यह बात आई कि 'च' की कलाई में घड़ी नहीं है। इस बात को सोचकर उन्हें हैरानी हुई और उस 'हैरानी' का एक टुकड़ा सम्भवतः उनकी दृष्टि से झाँकने लगा। दूसरे ही क्षण उन्हें याद आया कि 'च' के सवाल का जवाब नहीं दिया गया है। अपनी घड़ी की ओर सरसरी निगाह दौड़ाते हुए बोले, 'सात बजकर पैंतीस मिनट।'

'फिर तो हम मोटे तौर पर समय पर ही जा रहे हैं।'

'हाँ।'

'मेरी घड़ी आज सुबह ही...एच. एम. टी. ... बिलकुल ठीक टाइम देती थी...नौकर ने बिस्तर की चादर को यूँ खींचा कि घड़ी एकदम...'

बारीन खामोश हैं। तटस्थ। घड़ी का सन्दर्भ उनके लिए सोलहों आना अप्रीतिकर है, अवांछनीय है।

'आपकी कौन-सी घड़ी है?'

'एच. एम. टी.।'

'अच्छी सर्विस देती है!'

'हुँ।'

'दरअसल मेरी घड़ी का 'लक' ही खराब है।'

बारीन भौमिक ने एक उबासी लेकर अपने-आपको उद्विग्नता से परे करने की चेष्टा की परन्तु वे सफल नहीं हो सके। उनके अंग-प्रत्यंग की जड़ता उनके जबड़ों तक पहुच चुकी है। श्रवण-शक्ति अगर लुप्त हो जाती तो उन्हें सबसे अधिक प्रसन्नता होती, मगर ऐसा होने वाला नहीं है। 'च' की बातें बेरोक-टोक उनके कानों में पहुँच रही हैं।...

'जानते हैं, एक सोने की स्विस घड़ी—ट्रैवलिंग क्लॉक जनेवा से लाकर मेरे एक मित्र ने मुझे दी थी। एक महीना भी उपयोग में न ला सका... ट्रेन से दिल्ली जा रहा था। आठेक साल पहले की बात है। हम और आप जिस तरह ट्रैवल कर रहे हैं, उसी तरह एक डब्बे में हम दो आदमी—मैं और आप एक दूसरे सज्जन—बंगाली. ..सोचिए तो कितना डेयरिंग है! शायद मैं बाथरूम गया हूँगा, या स्टेशन पर उतरा हूँगा या प्लेटफार्म पर। बस, उसी अन्तराल में घड़ी गायब कर दी। हालाँकि देखने से समझ में नहीं आ सकता था—फर्स्ट क्लास में सफर कर रहा था, भलेमानस-सा खूबसूरत चेहरा था। तकदीर अच्छी थी कि हत्या न कर डाली। उसके बाद से मैं ट्रेन पर चढ़ा ही नहीं। अबकी भी प्लेन से जाता, मगर पाइलेटों की स्ट्राइक के चलते बखेड़े...'

बारीन भौमिक का गला सूख रहा है, होंठों का हर हिस्सा अवश जैसा हो गया है। लेकिन वे भलीभाँति समझ रहे हैं कि इन तमाम बातों के बाद कुछ न कहना अस्वाभाविक जैसा लगेगा, यहाँ तक कि सन्देहजनक भी हो सकता है। जी-जान से कोशिश करने पर, असीम मनोबल की सहायता लेने के बाद अन्त में मुँह से कुछ शब्द बाहर निकले—

'आपने खो-खोजबीन नहीं की थी?'

'खोजबीन क्या की जाए? खोजबीन करने से ये सब चीजें क्या वापस मिलती हैं? तब इतना जरूर है कि उस आदमी के चेहरे को मैंने बहुत दिनों तक याद रखा था। अब भी धुँधली-सी याद है। साँवला रंग। मूँछें। आपके बराबर ही कद होगा, तब हाँ, दुबला-पतला था। अगर फिर उससे मुलाकात हो जाती तो उसे बाप का

नाम याद करा देता। जानते हैं, किसी जमाने में मैं बाक्सिंग किया करता था। लाइट हैवी-वेट चैपियन था। उस आदमी के चौदह पुरखों की किस्मत अच्छी है कि दूसरी बार उसपर निगाह नहीं पड़ी।'

उनका नाम भी बारीन को याद आ गया। चक्रवर्ती—पुलक चक्रवर्ती। आश्चर्य है! बाक्सिंग के सन्दर्भ में चर्चा करते ही उनका नाम सिनेमा की टाइटिल की तरह बारीन भौमिक की आँखों के सामने तैर उठा। पिछली बार भी बाक्सिंग के सन्दर्भ में पुलक चक्रवर्ती ने बहुतेरी बातें बताई थीं।

मगर नाम जानने से ही क्या होगा? इन्होंने तो कोई अपराध नहीं किया है। अपराधी बारीन खुद हैं। और उस अपराध का बोझा उन्हें दुर्वह प्रतीत हो रहा है। सब कुछ अगर स्वीकार लें तो कैसा रहे? घड़ी वापस कर दें तो कैसा रहे? हाथ के पास के बैग को खोलते ही...

धुत, वे पागल हो गए हैं क्या? इन चिन्ताओं को वे क्यों टिकने दे रहे हैं? अपने आपको चोर कहकर परिचय देंगे? वे नामी गायक हैं, बिना कहे क्यों वे पराई वस्तु लेने की बात स्वीकारेंगे? उसके फलस्वरूप उनका नाम जब मिट्टी में मिल जाएगा तो फिर क्या गीत गाने के लिए उनकी बुलाहट आएगी? उनके भक्तों के दल क्या कहेंगे, क्या सोचेंगे? ये खुद पत्रकार नहीं हैं या पत्रकारिता से जुड़े नहीं हैं, इसकी कौन-सी गारन्टी है? स्वीकारने का प्रश्न खड़ा होता ही नहीं।

शायद स्वीकारने की जरूरत है भी नहीं। पुलक चक्रवर्ती बार-बार इनकी ओर घूर रहे हैं। अब दिल्ली पहुँचने में सोलह घण्टे रह गए हैं। किसी भी वीभत्स क्षण में पहचान लिए जाने की सम्भावना है। अरे, यह तो वही आदमी है।—बारीन ने कल्पना की, उनकी मूँछें खिसककर गिर पड़ी हैं, गाल से माँस झर गया है, आँखों से चश्मा उतर गया है, पुलक चक्रवर्ती अपलक उनके नौ साल पहले के चेहरे की ओर घूर रहे हैं, उनकी आँखों की दृष्टि धीरे-धीरे तीक्ष्ण होती जा रही है, होंठों के कोने में निष्ठुर हँसी उभर आई है। हाँ-हाँ प्यारे! अब रास्ते पर आओ। इतने दिनों के बाद तुम पकड़ में आए हो। मजा तो लूटा है मगर नतीजा नहीं देखा है...

दस बजे बारीन भौमिक को कंपकंपी के साथ बुखार आ गया। गार्ड को बुलाकर उन्होंने एक और कम्बल माँग लिया। उसके बाद दोनों कम्बलों को एक में मिलाकर पैर से नाक तक ढँककर लेट गए। पुलक चक्रवर्ती ने डिब्बे का दरवाजा बन्द कर सिटकनी लगा दी। बत्ती बुझाने के समय बारीन की ओर मुड़कर बोले, 'लगता है, आपकी तबीयत ठीक नहीं है। दवा लीजिएगा? मेरे पास बेहतरीन टिकिया है, दो अदद खा लें। लगता है, आपको एयरकन्डिशनिंग की आदत नहीं है।'

भौमिक ने दवा की टिकिया खा ली। एकमात्र भरोसा यही है कि अगर घड़ी-चोर के रूप में पहचान लें तो भी अस्वस्थ पाकर चक्रवर्ती उन्हें दयावश कठिन सजा नहीं देंगे। इस बीच उन्होंने एक बात तय कर ली है। पुलक उन्हें न पहचानें तो भी दिल्ली

पहुँचने के पहले ही मौका मिलते ही स्विस घड़ी को असली मालिक के बक्से में रख देंगे। अगर सम्भव हुआ तो आधी रात में ही यह काम पूरा कर लेंगे। मगर बुखार अगर कम नहीं होता है तो कम्बल के नीचे से निकलना मुश्किल है। अब भी बीच-बीच में पूरा जिस्म काँप उठता है।

पुलक अपने सिर के पास रीडिंग लैम्प जलाए हुए हैं। उनके हाथ में खुली हुई एक पेपरबैक किताब है। मगर वे क्या सचमुच पढ़ रहे हैं या किताब के पन्ने पर आँख रखे कुछ सोच रहे हैं? किताब को क्यों एक ही तरह से पकड़े हुए हैं? पन्ना क्यों नहीं उलट रहे हैं? अगल-बगल के दो पृष्ठों के पढ़ने में कितना वक्त लगता है!

अब बारीन ने गौर किया कि पुलक की दृष्टि किताब के पन्ने से हटती जा रही है। उनका सिर आहिस्ता-आहिस्ता बगल की ओर मुड़ गया। दृष्टि मुड़कर बारीन की ओर आ रही है। बारीन आँखें बन्द कर लेते हैं। कुछ देर तक आँखें बन्द किए पड़े रहते हैं। अब भी क्या पुलक उनकी ओर घूर रहे हैं? खूब सावधानी से बारीन अपनी पलकों को थोड़ा-सा खोलते हैं। उसके बाद फिर बन्द कर लेते हैं। पुलक सीधे उनकी ओर घूर रहे हैं। बारीन को महसूस हुआ कि उसकी छाती के अन्दर वही मेंढक फिर से कूदने लगा है। पसलियों की हड्डियों में फिर से धक्का लग रहा है—

धुकपुक,...धुकपुक... धुकपुक...धुकपुक...।

दादरा का छन्द है। रेलगाड़ी के पहियों के गम्भीर छन्द में वह छन्द लीन होता जा रहा है।

एक बार आहिस्ता से 'खच' शब्द होते ही आँखें बन्द रहने पर भी बारीन की समझ में यह बात आ जाती है कि डिब्बे की आखिरी बत्ती बुझ चुकी है। अब हिम्मत पाकर बारीन आँखें खोलकर देखते हैं—दरवाजे के परदे की फाँक से आती हुई हलकी रोशनी ने डिब्बे के अँधेरे को गहराने नहीं दिया। उसी रोशनी में वह देखते हैं—पुलक चक्रवर्ती ने अपने हाथ की किताब को बारीन के बैग के पास रख दिया है, उसके बाद कम्बल को घुटने तक ओढ़कर करवट लेता है और फिर बारीन के आमने-सामने होकर एक उबासी।

बारीन भौमिक को अहसास हुआ उनकी छाती की धड़कन आहिस्ता-आहिस्ता स्वाभाविक होती जा रही है। कल सवेरे—हाँ, कल सवेरे—पुलक के ट्रैवलिंग क्लाक को अपने बैग से निकालकर पुलक के सूटकेस में कपड़े-लत्ते के नीचे रख देना है। सूटकेस में ताला नहीं लगा है। थोड़ी देर पहले ही पुलक ने स्लीपिंग सूट निकालकर पहना है। बारीन की कंपकंपी बन्द हो गई है। शायद दवा काम कर गई। भले आदमी ने उन्हें कौन-सी दवा दी थी? नाम नहीं पूछ सके थे। अस्वस्थता के कारण दिल्ली के संगीत-प्रेमियों की वाहवाही से कहीं वंचित न हो जाएँ, इसी डर से अत्यन्त व्यग्रता के साथ उन्होंने पुलक चक्रवर्ती के द्वारा दी गई टिकिया खा ली थी। मगर अब लगता है।...

नः, इन चिन्ताओं को वे टिकने न देंगे। गिलास की टुनटुन आवाज को अलार्म

क्लॉक समझकर उनकी कैसी हालत हो गई थी। इन सबों के लिए जिम्मेदार है उनका अपराध-बोध से जर्जरित अस्वस्थ मन। कल सवेरे वे इसके निदान का इन्तजाम करेंगे। मन मगर खुलासा नहीं हुआ तो गला नहीं खुलेगा, गीत बाहर नहीं निकल पाएगा। बंगाली एसोशियेशन...

चाय के सरो-सामान की ढन-ढन आवाज से बारीन भौमिक की नींद खुल गई। बेयरा ट्रे लेकर आया है। चाय, रोटी, मक्खन, आमलेट ले आया है। यह सब वे क्या खा सकते हैं? अब भी बुखार है क्या? न ना, नहीं है। शरीर हलका हो गया है। अचूक दवा दी थी पुलक चक्रवर्ती ने। उनके प्रति बारीन के मन में कृतज्ञता का भाव जग उठा।

मगर वे कहाँ चले गए? लगता है, बाथरूम में हैं, या कॉरीडोर में? बैयरा के चले जाने के बाद बारीन बाहर निकले। कॉरीडोर खाली है, भले आदमी कब से बाथरूम में हैं? चान्स क्या लिया जा सकता है?

बारीन ने चान्स लिया, मगर सफलता हासिल नहीं हुई। बैग से घड़ी निकालकर पुलक चक्रवर्ती के सूटकेस को खींचकर निकालने के लिए ज्योंही झुके कि तभी तौलिया और दाढ़ी बनाने का सामान हाथ में लिए पुलक ने डिब्बे के अन्दर प्रवेश किया। बारीन भौमिक दाहिने हाथ की मुट्ठी बाँधे सीधे होकर खड़े हो गए।

'कैसी तबीयत है? ऑलराइट?'

'हाँ वो...इसे पहचान रहे हैं?'

बारीन ने अपनी मुट्ठी खोलकर घड़ी समेत अपना हाथ पुलक के सामने रखा। अब उनके मन में एक आश्चर्यजनक दृढ़ता आ गई। चोरी की बीमारी से उन्हें बहुत पहले ही छुटकारा मिल चुका है, मगर यह आँखमिचौनी भी तो चोरी ही है। यह प्राकृतिक अवस्था को छिपाने का भाव, अगर-मगर, 'कर रहा हूँ'—करूँगा का भाव, यह पेडू के खालीपन, गले की खसखसाहट, कानों का गरम होना, छाती का धड़कना—यह सब एक बीमारी ही है। इसे बिना दूर हटाए निस्तार नहीं, शान्ति नहीं।

पुलक चक्रवर्ती ने अपने हाथ के तौलिये के एक हिस्से को अपने दाहिने हाथ की तर्जनी के सहारे कुल मिलाकर अभी कानों पर खोंसा ही था कि तभी बारीन के हाथ में घड़ी देखकर उनका हाथ कान पर ही टिका रह गया। बारीन बोले, 'वह आदमी मैं ही हूँ। मोटा हो गया हूँ, मूँछें बनवा ली हैं और चश्मा धारण कर लिया है। मैं पटना जा रहा था और आप दिल्ली। सिक्सटी फोर की बात है। वहीं जब एक आदमी कट गया और आप देखने के लिए नीचे उतरे कि तभी मैंने घड़ी निकाल ली।'

पुलक की निगाह अब घड़ी से हटकर बारीन की आँखों पर जाकर टिक गई। बारीन ने देखा, उनके माथे के बीच दो समान्तर सिकुड़नें हैं, आँखों के कोये अस्वाभाविक तौर पर बाहर निकले हुए हैं, दोनों होंठ एक-दूसरे से अलग होकर कुछ बोलना चाहते

हैं, पर बोल नहीं पा रहे हैं। बारीन कहने लगे–

'जानते हैं, दरअसल यह मेरी बीमारी है। यानी मैं वास्तव में चोर नहीं हूँ। डाक्टरी में इसका कुछ नाम है, लेकिन मुझे अभी याद नहीं आ रहा है। बहरहाल अब मैं एकबारगी यानी नॉर्मल हूँ। इतने दिनों तक घड़ी मेरे पास थी, मैंने इसे उपयोग में लिया है, आज भी वह मेरे साथ है, आपसे मुलाकात हो गई–करीब-करीब मिराकिल की तरह। इसीलिए आपको वापस कर रहा हूँ। उम्मीद है, आपके मन में कोई...वो नहीं रहेगा।'

पुलक चक्रवर्ती एक अस्फुट 'थैंक्स' के अलावा कुछ कह नहीं सके। उनकी खोई घड़ी उन्हें वापस मिल गई है, हतप्रभ जैसे उसे हाथ में लेकर खड़े हैं। बारीन ने अपने बैग से दाँत का मंजन, टूथब्रश और दाढ़ी बनाने का सामान बाहर निकालकर तौलिये को रैक से नीचे उतारा और डिब्बे के दरवाजे के बाहर गए। बाथरूम के अन्दर दरवाजे को बन्द कर दिया। नजरुल के 'कितनी रातें विफल बीत जाती हैं' गीत की एक टुकड़ी गाने के बाद उन्हें महसूस हुआ कि उनके कण्ठ की जीवन्तता लौट आई है।

फाइनेन्स के एन. सी. भौमिक को टेलीफोन पर पाने में लगभग तीन मिनट का वक्त लगा। अन्त में एक परिचित गम्भीर कण्ठ की आवाज आई, 'हेलो।'

'कौन, नीतिशदा? मैं भोंदू बोल रहा हूँ।'

'तू पहुँच गया है। आज तेरी गलेबाजी सुनने जाऊँगा। आखिरकार तू नाग ही निकला। कल्पना नहीं की जा सकती है! खैर, क्या हाल-चाल है? एकाएक नीतिशदा को क्यों याद किया?'

'वो–पुलक चक्रवर्ती नामक किसी व्यक्ति से आपकी जान-पहचान थी? आपके साथ स्कॉटिश कालेज में पढ़ता था। बॉक्सिंग करता था।'

'तू झाडूदार के बारे में कह रहा है?'

''झाडूदार?''

'वह सारा सामान झाड़-पोंछ लेता था। जिसका-तिसका फाउन्टेन पेन, लाइब्रेरी से किताब, कॉमनरूम से टेनिस का बैट। मेरा पहला रनसन वही उड़ाकर ले भागा था। हालाँकि उसे कोई कमी नहीं है, बाप रिच आदमी है। वह एक तरह की बीमारी है।'

'बीमारी?'

'पता नहीं है? क्लेप्टोमेनिया। के-एल-इ-पी...'

टेलीफोन रखकर बारीन भौमिक ने अपने खुले सूटकेस को देखा। होटल आकर सूटकेस खोलते ही उन्हें कुछ चीजें नादारद मिलीं–एक कार्टन थ्री कैसल्स सिगरेट, एक अदद जापानी बाइनाकुलर, एक-एक सौ के पाँच नोट सहित मनीबैग।

क्लेप्टीमेनिया। बारीन को यह मालूम था, परन्तु भूल गए थे। अब भूलेंगे नहीं।

सियार देवता का रहस्य

'टेलीफोन किसने किया था, फेलुदा?'

यह सवाल करते ही मेरी समझ में आया कि मैंने बेवकूफी की है, क्योंकि फेलुदा योगाभ्यास के समय बातचीत नहीं करता है। फेलुदा ने कुल मिलाकर छह महीनों से व्यायाम छोड़कर योगाभ्यास करना शुरू किया है। सुबह वह आधे घण्टे तक तरह-तरह का आसन करता है। यहाँ तक कि कुहनी के बल अपने सिर को नीचे कर पैरों को शून्य में उठाकर शीर्षासन भी करता है। फेलुदा का शरीर एक महीने के अन्दर और भी अधिक मजबूत हो गया है; इसलिए यह मानना ही होगा कि योगासन से बहुत ही फायदा हुआ है।

सवाल करने के बाद ही मैंने पीछे की तरफ मेज पर रखी घड़ी में वक्त देख लिया। साढ़े सात मिनट के बाद फेलुदा ने योगासन समाप्त कर उत्तर दिया—

'तू उसे पहचान नहीं सकेगा।'

इतनी देर के बाद इस तरह का जवाब पाकर बड़ा ही गुस्सा आया। जहाँ तक पहचानने की बात है, बहुतों को नहीं पहचानता हूँ, मगर नाम बतलाने में दोष ही क्या है? और अगर नहीं पहचानता हूँ तो पहचान क्या कराई नहीं जा सकती? मैंने गम्भीरता के साथ कहा, 'तुम पहचानते हो?'

फेलुदा ने भिगोया हुआ चना खाते-खाते कहा, 'पहले पहचानता नहीं था। मगर अब जान-पहचान हो गई है।'

कुछ दिन पहले हमें पूजा की छुट्टी मिल चुकी है। बाबूजी तीन दिन पहले काम से जमशेदपुर गए हुए हैं। घर पर अभी फेलुदा, मैं और माँ हैं। अबकी हम पूजा के अवसर पर कहीं बाहर नहीं जाएँगे। इसके लिए मुझे कोई खास दुख नहीं है, क्योंकि पूजा के अवसर पर मुझे कलकत्ता ही अच्छा लगता है, खासकर फेलुदा अगर मेरे साथ रहे। आजकल शौकिया जासूस के नाम से उसे काफी प्रसिद्धि प्राप्त हो चुकी है, फलस्वरूप बीच-बीच में रहस्य का पता लगाने के लिए उसकी बुलाहट होती है और इसमें कोई आश्चर्य की बात भी नहीं है। इसके पहले मैं हर रहस्य के मामले

में फेलुदा के साथ रहा हूँ। डर लगता है, नाम अधिक फैल जाने के कारण वह एक दिन एकाएक कहीं यह न कह बैठे कि तुझे अपने साथ नहीं लूँगा। मगर अभी तक ऐसी बात नहीं हुई है। मेरा विश्वास है कि वह जो मुझे अपने साथ रखता है उसके पीछे एक कारण है। सम्भवतः उसके साथ एक कच्ची उम्र के लड़के को देखकर अनेकों उसे जासूस समझते ही नहीं। यह एक बहुत बड़ी सुविधा है। जासूस अपने-आपको जितना छिपाकर रख सके, उसके लिए यह बात उतनी ही लाभदायक है।

'फोन किसने किया, यह बात जानने की तुझे बेहद इच्छा हो रही है?'

यह है फेलुदा का एक तौर-तरीका। वह जब समझता है कि किसी चीज को जानने के लिए मैं बहुत आग्रहशील हूँ तो उस बात को तत्काल न कहकर पहले एक ससपेन्स की सृष्टि करता है। यह बात चूँकि मैं जानता हूँ इसलिए विशेष उत्साह न दिखाते हुए मैंने कहा, 'फोन के साथ अगर किसी रहस्य का मामला जुड़ा हुआ हो तो जानने की इच्छा अवश्य ही होती है।'

बनियान पर अपनी हरी धारीदार कमीज को पहनते हुए फेलुदा ने कहा, 'उस आदमी का नाम है नीलमणि सान्याल। रोलैण्ड रोड में रहता है। बहुत जरूरी काम से मुझे बुला भेजा है।'

'यह नहीं बताया कि जरूरत क्या है?'

'नहीं। यह बात फोन पर कहना नहीं चाहता। आवाज से पता चला कि घबराया हुआ है।'

'कब जाना होगा?'

'टैक्सी से जाने में लगभग दस मिनट लगेंगे। नौ बजे एपॉयन्टमेंट है। इसलिए अब दो मिनट के अन्दर निकल जाना चाहिए।'

टैक्सी से नीलमणि सान्याल के मकान की ओर जाते हुए मैंने कहा, 'बहुत तरह के शैतान आदमी हुआ करते हैं। मान लो, नीलमणि सान्याल किसी मुसीबत में न हो और उसने तुम्हें किसी फन्दे में डालने के लिए बुलाया हो!'

फेलुदा ने सड़क की ओर से बिना आँख हटाए कहा, 'वह रिस्क तो रहता ही है। तब इतना जरूर है कि उस तरह का आदमी अपने घर पर बुलाकर फन्दे में नहीं डालेगा, क्योंकि यह उसके लिए भी खतरे से खाली नहीं होगा। इस तरह के कामों के लिए कम रुपये में ही किराये के गुंडे मिल जाते हैं।'

एक बात कहना भूल गया हूँ : फेलुदा पिछले साल ऑल इण्डिया राइफल कम्पटीशन में फर्स्ट आया है। मात्र तीन महीने तक बन्दूक चलाने की शिक्षा पाने के बाद उसका निशाना इतना पक्का हो गया कि आश्चर्य लगता है। अब फेलुदा के पास बन्दूक और रिवाल्वर दोनों हैं, तब इतना जरूर है कि किताब के जासूस की तरह वह हमेशा रिवाल्वर लेकर नहीं घूमता है। सच कहूँ, अब तक फेलुदा को इन दो हथियारों में से एक की भी जरूरत नहीं पड़ी है। फिर भी कोई यह नहीं

कह सकता कि कभी जरूरत होगी ही नहीं।

टैक्सी जब मैडम स्क्वायर के पास आई तो मैंने पूछा, 'वे क्या करते हैं, यह बात तो मालूम है?'

फेलुदा ने कहा, 'वे पान खाते हैं, शायद कान से कुछ कम सुनते हैं, 'वो' शब्द का कुछ अधिक प्रयोग करते हैं और जुकाम से कुछ परेशान हैं। इसके अलावा मुझे अधिक जानकारी नहीं है।'

इसके बाद मैंने उससे कुछ और पूछताछ नहीं की।

नीलमणि सान्याल के घर पहुँचने पर टैक्सी का किराया एक रुपया सत्तर पैसा चुकाना पड़ा। दो रुपये का एक नोट निकालकर फेलुदा ने टैक्सीवाले को दिया और अपने हाथ की भंगिमा से उसे समझा दिया कि खुदरा वापस करने की जरूरत नहीं है। हम टैक्सी से उतरकर पोर्टिको के नीचे से होते हुए सामने के दरवाजे के पास पहुँचे और कॉल बेल दबाई।

दोमंजिला मकान है, बहुत बड़ा नहीं और न पुराना ही। सामने की तरफ एक बगीचा भी है, लेकिन उसमें ऐसा कोई पेड़-पौधा नहीं है जो आकर्षक लगे।

दरबाननुमा एक व्यक्ति ने फेलुदा से विजिटिंग कार्ड ले लिया और हमें बैठक में बैठने को कहा। कमरे के अन्दर जाकर जब हमने चारों तरफ दृष्टि दौड़ाई तो हम विस्मय-विमुग्ध हो गए। सोफा, टेबल, गुलदस्ता, तसवीरों और काँच की आलमारी में सजी हुई खूबसूरत चीजों ने एक खासा आकर्षक वातावरण तैयार कर दिया है। लगता है, बहुत पैसा खर्च कर और दिमाग लगाकर इन चीजों को खरीदकर सजाया गया है।

फेलुदा ने खुद ही उठकर जब पंखे का रेगुलेटर घुमाया, ठीक उसी क्षण एक भले आदमी ने कमरे के अन्दर प्रवेश किया। पहनावे के रूप में स्लीपिंग सूट के पाजामे पर एकतरफा बटनदार अद्धी का कुरता, पाँवों में हिरन के चमड़े का चप्पल और दोनों हाथों की उँगलियों में कई अँगूठियाँ। कद मंझला, दाढ़ी-मूँछ मुड़ी हुई, सिर पर बहुत ही कम बाल, रंग मोटे तौर पर गोरा और आँखें नींद से बोझिल जैसी। देखने से लगता है, अभी नींद से जगकर आ रहे हैं। उम्र कितनी होगी? पचास से ज्यादा नहीं।

'आपका ही नाम प्रदोष मित्तिर है?' भले आदमी ने पूछा, 'आप इतने यंग हैं, यह बात मालूम नहीं थी।'

फेलुदा ने 'हें-हें' करते हुए मेरी ओर इशरा किया और कहा, 'यह मेरा चचेरा भाई है। बड़ा ही अक्लमन्द लड़का है। आप अगर चाहें तो हम लोगों की बातचीत के दौरान उसे मैं बाहर भेज दे सकता हूँ।'

मेरा कलेजा धड़कने लगा। मगर भले आदमी ने एक बार मेरी ओर सरसरी निगााह डालते हुए कहा, 'रहने दीजिए, कोई हर्ज नहीं है।' उसके बाद फेलुदा की

ओर मुड़कर बोले, 'वो—आप लोग कुछ लीजिएगा? चाय या कॉफी?'

'नहीं। हम अभी चाय पीकर ही आ रहे हैं।'

'ठीक है, फिर वक्त, बरबाद न कर यही बता रहा हूँ कि मैंने आपको क्यों बुलाया है। तब हाँ, इसके पहले मैं अपना परिचय बता दूँ। आप समझ ही रहे होंगे कि मैं शौकीन आदमी हूँ। इसका भी अन्दाज लग गया होगा कि मेरे पास थोड़ा-बहुत पैसा भी है। कहने पर आपको इस पर यकीन न होगा कि मैं न तो नौकरी करता हूँ और न व्यवसाय ही। बपौती जायदाद का एक भी पैसा मुझे नहीं मिला है।'

नीलमणि बाबू ने रहस्य की सृष्टि करने की मुद्रा बनाकर चुप्पी साध ली।

'फिर क्या लॉटरी का पैसा मिला है?'

'जी?'

'फिर क्या लॉटरी वगैरह से पैसा मिला है?'

'एग्जैक्टली!' भले आदमी बच्चे की तरह चिल्ला उठे, 'ग्यारह साल पहले रेंजर्स लॉटरी में जीतने के कारण एक ही बार में लगभग ढाई लाख रुपए मिल गए। उसके बाद उसी रुपये से—कुछ तो रुपये के जोर से और कुछ भाग्य के जोर से—अच्छी तरह से रह रहा हूँ। आठेक साल पहले मैंने यह मकान बनवाया है। हो सकता है, आप सोचें कि इस तरह निठल्ला रहकर जीवन कैसे जीता हूँ, मगर दरअसल मैं एक काम करता हूँ—बस एक ही काम—और वह है नीलामी से सब चीजें खरीदकर घर सजाना।'

भले आदमी ने अपने दाहिने हाथ को उठाकर चारों तरफ सजी हुई चीजों की ओर इशारा किया। उसके बाद बोले—

'जो घटना घटी है, उससे मेरी इन आर्टिस्टिक चीजों का कोई रिश्ता है या नहीं, कह नहीं सकता, मगर मेरे मन में सन्देह हो रहा है कि रिश्ता हो भी सकता है। यह जो...'

नीलमणि बाबू ने अपने कुरते की जेब में हाथ डालकर कागज के कुछ टुकड़े बाहर निकाले और फेलुदा की ओर बढ़ा दिए। फेलुदा के साथ-साथ मैंने भी उन कागज के टुकड़ों को देखा। कागज के तीन टुकड़े हैं, उनमें से हरेक में लिखावट के बदले लकीरों के जरिये छोटे चित्र बने हुए हैं। उन चित्रों में से कुछ साफ-साफ समझ में आते हैं—जैसे, उल्लू, आँख, साँप, सूर्य। मुझे ये चित्र पहले से दिखे जैसे लग रहे थे कि तभी फेलुदा ने कहा, 'यह सब तो हियरोग्लिफ्रिक जैसा लगता है।'

भले आदमी ने सकते में आकर कहा, 'जी?'

फेलुदा ने कहा, 'पुराने जमाने में इजिप्शियनों ने जिस लिखावट की ईजाद की थी, यह उसी तरह के जैसा लग रहा है।'

'यह बात है?'

'हूँ। मगर इस लिखावट को पढ़ ले, ऐसा आदमी कलकत्ते में है या नहीं, कहना

मुश्किल है।'

भले आदमी का चेहरा थोड़ा बुझ गया और बोले, 'फिर? जो चीज हर दो दिन के बाद डाक के जरिये मेरे नाम से आती है, उसका अगर अर्थबोध न हो तो बहुत ही परेशानी में डालने वाली बात होगी। मान लीजिए, यह सब अगर सांकेतिक धमकियाँ हों—कोई मेरी हत्या करना चाहता हो और मुझे डरा रहा हो...'

कुछेक क्षण चुप रहने के बाद फेलुदा ने कहा, 'आपके यहाँ जो-जो चीजें सजी हुई हैं, उनके बीच कोई इजिप्शियन चीज है?'

नीलमणि बाबू ने हँसकर कहा, 'मेरी कौन-सी चीज कहाँ की है, यह बात मैं भी अच्छी तरह नहीं जानता। खरीदता इसलिए हूँ कि मेरे पास पैसा है। दूसरी बात है, और-और लोगों को खरीदते देखता हूँ, इसलिए मैं भी खरीदता हूँ।'

'मगर आपकी इतनी चीजों के बीच ऐसी कोई चीज नहीं है जिसे फालतू कहा जाए? इन चीजों को जो भी देखेगा, आपको पूरे तौर पर पारखी ही कहेगा।'

भले आदमी ने मुसकराकर कहा, 'जानते हैं, बात क्या है? इन मामलों में अगर कोई चीज ऐसी होती है जिसकी जानकारी सभी को हो, तो उसकी कीमत ज्यादा होती है। पैसा जब है तो मैं वैसी चीज क्यों न खरीदूँ जो सबसे बेहतरीन हो। बहुतेरे बड़े-बड़े ग्राहकों से ऊँची बोली बोलकर नीलामी में मैंने ये सब चीजें खरीदी हैं। इसलिए मेरे पास अगर बेहतरीन चीजें हैं तो इसमें कोई अचरज की बात नहीं।'

'आपको यह पता है या नहीं कि आपके पास मिस्र की कोई चीज है?'

नीलमणि बाबू सोफे से उठकर काँच की एक आलमारी की ओर गए और उसके ऊपर के ताक से बित्ते-भर की लम्बी एक मूर्ति उतारकर फेलुदा को दी। हरे पत्थर की मूर्ति है, उस पर विविध रंगों के चमकते नग जड़े हुए हैं। दो-चार जगहों में सोना भी है। मगर आश्चर्य की बात यह है कि मूर्ति का शरीर यद्यपि आदमी की तरह है मगर उसका चेहरा सियार के जैसा है। 'इसे मैंने दसेक दिन पहले एराटुन ब्रदर्स की नीलामी में खरीदा है। शायद यह...'

फेलुदा ने मूर्ति पर एक बार सरसरी निगाह दौड़ाकर कहा, 'एनूबिस।'

'एनूबिस? यह एनूबिस क्या है?'

फेलुदा ने मूर्ति को सावधानी से उलट-पुलटकर उसे नीलमणि बाबू के हाथ में वापस करते हुए कहा, 'एनूबिस था प्राचीन मिस्र का 'गॉड ऑफ द डेड'।—मृत आत्माओं का देवता।...आपको यह बेहतरीन चीज मिली है।'

'मगर'...भले आदमी की आवाज में भय का पुट था, 'इस मूर्ति से इन चिट्ठियों का कोई सम्बन्ध है? मैंने इसे खरीदकर कोई गलती की है? इसे छीन लेने के लिए कोई धमकियाँ दे रहा है?'

फेलुदा ने सिर हिलाकर कहा, 'यह कहना मुश्किल है। चिट्ठियों का आना कब से शुरू हुआ है?'

'पिछले सोमवार से।'

'यानी मूर्ति खरीदने के बाद से ही?'

'हाँ।'

'लिफाफे आपके पास है?'

'नहीं, फेंक दिए। रखना ही सम्भवतः उचित था। मगर लिफाफे बिलकुल मामूली थे, मामूली टाइपराइटर से ही पता लिखा गया था। एलगिन रोड पोस्ट ऑफिस की मुहर थी।'

'ठीक है।' फेलुदा उठकर खड़ा हो गया, 'मुझे ऐसा नहीं लगता है कि अभी कोई कार्रवाई की जाए। सेफसाइड में रहने के लिए इतना ही कीजिएगा कि मूर्ति को आलमारी में रखने के बजाय अपने हाथ के पास रखिएगा। हाल में एक आदमी के घर से इस तरह की चीजों की चोरी हो गई है।'

'ऐसी बात है?'

'हाँ। एक सिंधी सज्जन के घर से। जहाँ तक मुझे मालूम है, चोर अब तक पकड़ा नहीं जा सका है।'

हम कमरे से निकलकर बाहर लैंडिंग में चले आए।

फेलुदा ने कहा, 'आपसे मजाक कर सकता हो, ऐसा कोई व्यक्ति आपको याद आ रहा है?'

भले आदमी ने सिर हिलाकर कहा, 'कोई नहीं। पुराने मित्रों से बहुत दिनों से सम्पर्क टूट चुका है।'

'और शत्रु?'

भले आदमी कुछेक क्षणों तक चुप रहे, उसके बाद उन्होंने कहा, 'धनी आदमी का शत्रु हमेशा ही है, लेकिन शत्रु कहकर कोई अपना परिचय नहीं देता। आमने-सामने मुलाकात होने पर सभी सम्मान के साथ बातचीत करते हैं।'

'आपने बताया था कि मूर्ति आपने नीलामी में खरीदी है।'

'हाँ। एराटुन ब्रदर्स की नीलामी में।'

'उस पर और किसी को लोभ था?'

यह बात सुनकर वे अचानक तनिक उत्तेजना में आ गए और हाथ मलने लगे। उसके बाद बोले, 'आपने यह बात पूछकर मेरी चिन्ता के एक नये पहलू को उजागर कर दिया। नीलामी के दौरान एक सज्जन से मेरी कई बार होड़ लग चुकी है। उस दिन भी यही बात हुई थी।'

'वे कौन है?'

'प्रतुल दत्त।'

'क्या काम करते हैं?'

'शायद वकील थे। रिटायर हो चुके हैं। उस दिन हम दोनों में अन्त-अन्त

तक होड़ लगी रही। उसके बाद जब मैंने बारह हजार कहा तो वे चुप हो गए। याद है, नीलामी के बाद जब मैं बाहर आकर गाड़ी पर बैठा, अचानक उनसे मेरी आँखें मिल गईं। उनकी दृष्टि मुझे कतई अच्छी नहीं लगी।'

'आइ सी!'

हम नीलमणि बाबू के घर से बाहर निकल आए। गेट की तरफ चहल-कदमी करते हुए फेलुदा ने पूछा, 'इस मकान में आप लोग बहुत-से आदमी रहते हैं?'

नीलमणि बाबू ने हँसकर कहा, 'आप क्या कह रहे हैं, साहब! मेरे जैसा अकेला आदमी आपको कलकत्ते में शायद ही मिलेगा। ड्राइवर, माली, दो पुराने विश्वसनीय नौकर और मैं—बस इतने ही जने हैं!'

फेलुदा के इसके बाद वाले प्रश्न की उन्होंने कतई प्रत्याशा नहीं की थी—

'इस घर में क्या कोई लड़का रहता है?'

एक क्षण तक वे अवाक् खड़े रहे, उसके बाद एक कहकहा लगाते हुए कहा, 'देख रहे हैं न! मैं तो भूल ही गया था। दरअसल आदमी कहने से मैं बालिगों के बारे में सोच रहा था। दसेक दिनों से मेरा भांजा झंटु यहाँ आकर ठहरा हुआ है। उसके पिताजी व्यवसाय करते हैं। यह अभी उस दिन की ही बात है कि वे जापान चले गए। झंटु को मेरे पास छोड़ गए हैं। वह वेचारा यहाँ आते ही इनफ्लूयेंजा की चपेट में आ गया है।'

उसके बाद एकाएक फेलुदा की ओर देखते हुए बोले, 'आपको बच्चों की बात कैसे याद आई?'

फेलुदा बोला, 'बैठक में एक आलमारी के कोने से एक पतंग झाँक रही थी। उसी को देखकर...'

नीलमणि बाबू का नौकर टैक्सी लाने गया था। टैक्सी रोड़े-बिछी सड़क से कड़-कड़ आवाज करती हुई पोर्टिको के नीचे आकर खड़ी हुई। फेलुदा ने टैक्सी में बैठने के समय कहा, 'अगर कोई सन्देहजनक बात हो तो मुझे फौरन सूचित कीजिएगा। अभी ऐसा नहीं लगता कि कोई कार्रवाई की जाए।'

घर वापस जाते वक्त मैंने फेलुदा से कहा, 'सियार देवता का चेहरा कितना डरावना लगता है!'

फेलुदा ने कहा, 'आदमी के धड़ में किसी भी चीज का सिर जोड़ देने से वह डरावना लगने लगता है। यह बात सिर्फ सियार के साथ ही नहीं है।'

मैंने कहा, 'पुराने इजिप्शियन देवता मूर्ति घर में रखना तो बड़ा ही खतरनाक है।'

'तुमसे यह किसने कहा?'

'वाह! तुम्हींने तो कहा था।'

'बिलकुल नहीं। मैंने यही कहा था कि जिन पुरातत्त्ववेत्ताओं ने मिट्टी खोदकर प्राचीन इजिप्शियन मूर्तियाँ बाहर निकाली हैं उनमें से कुछेक की हालत बदतर हो

गई है।'

'हाँ-हाँ—वह जो एक गोरा था, उसकी तो मौत हो ही गई थी। क्या तो था उसका नाम?'

'लॉर्ड कारनारवन।'

'और उसका कुत्ता?'

'कुत्ता उसके साथ नहीं था। कुत्ता विलायत में था। साहब इजिप्ट में था। तूतनखामेन की कब्र खोदकर मूर्तियाँ निकालने के कुछ दिन बाद ही कारनारवन भयंकर बीमारी की चपेट में पकड़कर मर गया। उसके बाद खबर मिली कि जिस वक्त साहब की मृत्यु हुई, ठीक उसी वक्त बिना किसी बीमारी के, रहस्यमय ढंग से हजारों मील दूर उसका कुत्ता भी मौत के मुँह में समा गया।'

प्राचीन इजिप्ट की किसी चीज पर जैसे ही मेरी नजर पड़ती है, फेलुदा से सुनी हुई इस अजीब घटना की मुझे याद आ जाती है। सियार देवता की एनूबिस की मूर्ति भी किसी आदम के जमाने के इजिप्शियन बादशाह की कब्र से आई है। नीलमणि बाबू क्या यह सब नहीं जानते? जान-सुनकर विपत्ति को बुलाने के पीछे कौन-सा मजा है, यह बात मेरी समझ में नहीं आती।

दूसरे दिन भोर पौने छह बजे हमारे घर में अखबार के बण्डल के गिरने के साथ ही टेलीफोन घनघना उठा। मैं फोन उठाकर 'हेलो' कहकर दूसरी तरफ की बात सुनने की प्रतीक्षा कर ही रहा था कि तभी फेलुदा ने फोन मेरे हाथ से ले लिया। एक-एक कर तीन बार 'हुँ', दो बार 'ओ' और एक बार 'अच्छा, ठीक है, कहकर उसने फोन को नीचे रख दिया और भर्राई आवाज में कहा, 'एनूबिस गायब हो गया है। अभी तुरन्त चलना है।'

सुबह ट्रैफिक कम रहने के कारण नीलमणि सान्याल के घर पहुँचने में सात मिनट लगे। टैक्सी से उतरते ही देखा—नीलमणि बाबू अपने चेहरे पर बेचैनी का भाव लिए मकान के बाहर हम लोगों की प्रतीक्षा में खड़े हैं। फेलुदा पर नजर पड़ते ही बोले, 'नाइटमेयर के बीच से गुजरा हूँ जनाब। इस तरह का हॉरिबिल अनुभव मुझे कभी न हुआ था।'

हम इस बीच बैठक में आ चुके थे। भले आदमी ने हमारे बैठने के पहले ही बैठकर अपनी कलाइयाँ दिखाई। देखा, आदमी जहाँ घड़ी पहनते हैं, उससे ठीक नीचे रस्सी का दाग लगा हुआ है और उनके दोनों हाथ लाल हो गए हैं।

फेलुदा ने कहा, 'बात क्या है?'

भले आदमी ने दम लेकर भर्राई आवाज में कहना शुरू किया, 'आपके कहे अनुसार कल मूर्ति को सोने के कमरे में ले जाकर तकिये के नीचे रख दिया था। अब लगता है, वह जहाँ थी, वहीं अगर पड़ी रहती तो कम-से-कम शारीरिक यातना तो नहीं भोगनी पड़ती। खैर! मूर्ति को सिर के नीचे रखकर मैं मजे में सोया हुआ

था कि तभी—पता नहीं, रात के कितने बजे होंगे—बहुत ही बुरी हालत में मेरी नींद टूट गई। देखा, किसीने कसकर मेरा मुँह अंगोछे से बांध दिया है। गले से आवाज निकलने के रास्ते को बन्द देखकर मैंने अपने हाथ से अड़चन डालने को कोशिश की और ठीक उसी वक्त मेरी समझ में यह बात आई कि अपने से अधिक शक्तिशाली व्यक्ति के शिकंजे में फंस गया हूँ बात की बात में मेरा हाथ पीछे की ओर उमेठ दिया। उसके बाद फिर तकिये के नीचे से मूर्ति लेकर चलता बना।'

भले आदमी दम लेने के लिए कुछ क्षण तक खामोश रहे। उसके बाद बोले, 'शायद तीन घण्टे तक हाथ-बँधे जैसी हालत में पड़ा रहा। पूरे शरीर में झिनझिनी समा गई थी। सुबह मेरा नौकर नंदलाल जब चाय लेकर आया तो मुझे उस हालत में देखकर उसने डोरी खोल दी और मैंने फौरन आपको फोन किया।'

देखा, फेलुदा के चेहरे का भाव बदल गया है। वह सोफा छोड़कर खड़ा हो गया और बोला, 'एक बार आपका कमरा देखना चाहता हूँ और जरूरत पड़ी तो आपके मकान की तसवीरें लूँगा।' कैमरा भी फेलुदा के झक्कीपन में शुमार है।

नीलमणि बाबू हमें दोमंजिले के अपने सोने के कमरे में ले गए। कमरे के अन्दर घुसते ही फेलुदा ने कहा, 'खिड़की में सलाख नहीं हैं?'

भले आदमी ने सिर हिलाकर कहा, 'मत कहिए! विलायती तरीके का मकान है न; और मेरे साथ बात यह है कि मैं खिड़की बन्द कर सो ही नहीं पाता।'

फेलुदा ने खिड़की से गरदन बढ़ाकर नीचे की ओर देखते हुए कहा, 'बहुत आसान बात है—पाइप है, कार्निश है। कोई भी जवान आदमी खिड़की से कमरे के अन्दर आ सकता है।'

उसके बाद फेलुदा ने कमरे के चारों तरफ भलीभाँति देखकर और तसवीरों को उलट-पुलटकर देखते हुए कहा, 'अब मकान के बाकी हिस्से को भी घूम-फिरकर देखना चाहता हूँ।' नीलमणि बाबू ने पहले दोमंजिला दिखाया। बगल के कमरे में एक खाट पर बारह-तेरह साल के एक लड़के को गले तक रजाई ओढ़कर पड़े देखा। उसकी आँखें बड़ी-बड़ी हैं और देखने से लगता है कि उसका स्वास्थ्य ठीक नहीं है। समझ गया, यही झंटु है नीलमणि बाबू ने कहा, 'कल ही डॉक्टर बोस झंटु की नींद की दवा दे गए हैं। इसीलिए रात में उसके कानों में कोई आवाज नहीं पहुँची थी।'

दोमंजिले के और दो कमरों को देखकर और एक मंजिले के कमरों पर सरसरी निगाह दौड़ाकर हम बाहर चले आए। नीलमणि बाबू के कमरे की खिड़की के नीचे कई फूलों के टब देखे, जिनमें पाम जैसे पेड़ लगे हुए है। फेलुदा यह देखने लगा कि टबों के अन्दर कुछ है या नहीं। शुरू के दो टबों में उसे कुछ भी न मिला। तीसरे के पत्तों के अन्दर टटोलने पर टीन का एक छोटा डिब्बा मिला। उसके ढक्कन को खोलकर नीलमणि बाबू की ओर बढ़ाते हुए कहा, 'इस मकान का कोई आदमी

सुंघनी का सेवन करता है?'

नीलमणि बाबू ने सिर हिलाकर 'ना' जताया। फेलुदा ने डिब्बे को अपनी पैन्ट की जेब में रख लिया।

अबकी नीलमणि बाबू ने बहुत ही उदासी-भरे स्वर में कहा, 'मिस्टर मित्तिर, और कोई बात नहीं—एक मूर्ति चली गई, न होगा तो दूसरी खरीद लूँगा—मगर एक डाकू मेरे घर पर आकर मुझपर जोर-जुल्म करके चला जाए, यह बात बरदाश्त के बाहर है। आपको इसका कोई-न-कोई रास्ता निकालना ही होगा। आप अगर उस आदमी को पकड़वा दें तो मैं आपको वो—यानी और क्या...'

'पारिश्रमिक?'

'हाँ-हाँ। पारिश्रमिक यानी रिवार्ड दूँगा।'

फेलुदा ने कहा, 'रिवार्ड कोई बड़ी बात नहीं है। अगर आप देना चाहते हैं तो दीजिएगा। मगर मैं इस काम की जिम्मेदारी जो अपने माथे पर ले रहा हूँ उसका प्रधान कारण यह है कि इस तरह की खोज-बीन के पीछे एक चैलेंज है, आनन्द है।'

यह बात सुनकर मुझे लगा, 'बड़ी-बड़ी जासूसी कहानियों में जासूस लोग जिस तरह की बातें कहते हैं, फेलुदा ने भी वैसी ही बातें कही हैं।

इसके बाद लगभग दस मिनटों तक फेलुदा ने नीलमणि बाबू के ड्राइवर गोविंद, नौकर नंदलाल और पाँचू तथा माली नटवर से बातें कीं। सभी ने बताया कि रात में उन्होंने कुछ अस्वाभाविक घटते हुए नहीं देखा है। बाहरी आदमी में सिर्फ डाक्टर बोस रात को नौ बजे झंटु को देखने आए थे। नीलमणि बाबू सम्भवतः एक बार मुखर्जी के दवाखाने से दवा लेने के लिए बाहर निकले थे।

लौटती बार मैं ज़रा अनमना था। अचानक ध्यान में आया, टैक्सी हमारे घर के रास्ते को छोड़कर कहीं दूसरी ओर ही जा रही है। फेलुदा को गम्भीर पाकर उससे मैंने कुछ और पूछताछ नहीं की। टैक्सी फ्री स्कूल स्ट्रीट के एक मकान के सामने रुकी। देखा, मकान के सदर दरवाजे के ऊपर साइनबोर्ड पर बड़े-बड़े रुपहले अक्षरों में लिखा है—एराटुन ब्रदर्स—ऑक्शनियर्स। यही नीलामी की दुकान है।

मैंने कभी नीलामघर नहीं देखा था। पहली बार देखकर मैं अचम्भे में आ गया। इतनी तरह की अजूबा चीजें एक साथ कभी देखने का मौका नहीं मिला था।

फेलुदा का काम दो मिनटों में निवट गया। प्रतुल दत्त का पता है—सेवेन बाइ वन, लवलक स्ट्रीट। मैंने मन-ही-मन सोचा, प्रतुल दत्त के घर पर जाने पर भी फेलुदा को अगर निराश होना पड़ा तो फिर उसके लिए कहीं जाने का रास्ता नहीं रह जाएगा। इसका मानी यही कि फेलुदा को हार स्वीकार करनी पड़ेगी। और तब मेरी क्या हालत होगी, मालूम नहीं; क्योंकि अब तब फेलुदा को कहीं हार स्वीकार नहीं करनी पड़ी है। वह किसी मामले में हर तरफ से निराश होकर मुँह लटकाए बैठा हो—इस दृश्य की मैं कल्पना तक नहीं कर सकता। मुझे उम्मीद है, जल्द ही उसे किसी सुराग

का पता चल जाएगा। हालाँकि मुझे अभी अँधेरा ही अँधेरा दीख रहा है।

दोपहर के समय खाना खाते-खाते मैंने कहा, 'इसके बाद?'

उसके चावल के ढेर पर एक गड्ढा बनाकर उसमें एक कटोरा मूँग की दाल डाली और कहा, 'इसके बाद मछली। फिर चटनी, फिर दही।'

'उसके बाद?'

'उसके बाद पानी पीकर मुँह धोऊँगा। फिर एक बीड़ा पान खाऊँगा।'

'उसके बाद?'

'उसके बाद एक जगह फोन कर आधे घण्टे तक नींद लेता रहूँगा।'

इन सबों में टेलीफोन ही मेरे लिए सबसे दिलचस्प खबर है, इसीलिए मैं उसीके इन्तजार में बैठा रहा।

डायरेक्टरी से मैंने प्रतुल दत्त का नम्बर खोजकर निकाल दिया था। नम्बर डायल कर 'हेलो' कहने के समय फेलुदा ने अपनी आवाज को बिलकुल बदलकर एक बूढ़े आदमी की जैसी आवाज बना ली। फोन पर जो बातें हुईं, उनमें से एक ही तरफ की बातें मैं सुन सका था। उसको यहाँ ज्यों-का-त्यों लिख रहा हूँ—

'हेलो, मैं नाकतल्ला से बोल रहा हूँ।'

'...'

'जी, मेरा नाम है जयनारायण बागची। मुझे प्राचीन कारुकार्य के शिल्पों के प्रति गहरी दिलचस्पी है। इसपर मैं एक पुस्तक लिखने जा रहा हूँ।'

'...'

'हाँ...जी हाँ। आपके संग्रह के बारे में सुन चुका हूँ। मेरा आपसे यही अनुरोध है कि कृपया मुझे अपनी कुछ चीजें देखने का अवसर प्रदान करें...'

'...'

'नहीं-नहीं! मैं पागल हूँ क्या!'

'...'

'अच्छा!'

'...'

'हाँ—जरूर।'

'...'

'अनेकानेक धन्यवाद। नमस्कार।'

टेलीफोन से बातचीत करना समाप्त कर फेलुदा ने कहा, 'उनके घर पर सफेदी हो रही है। इसलिए चीजों को हटाकर रख लिया है। तब हाँ, शाम को चलें तो देखने का मौका मिलेगा।'

मैं एक बात कहे बिना चुप नहीं रह सका।

'प्रतुल बाबू ने अगर सचमुच एनूबिस की मूर्ति की चोरी की होगी तो उसे

वे हमें दिखाएँगे नहीं।'

फेलुदा ने कहा, 'अगर तेरी तरह बेवकूफ होंगे तो दिखा भी सकते हैं। सम्भावना इस बात की है कि दिखाएँगे नहीं। मैं मूर्ति नहीं, उस आदमी को देखने जा रहा हूँ।'

फेलुदा ने जैसा कहा था, टेलीफोन करने के बाद ही वह अपने कमरे में सोने के लिए चला गया। फेलुदा में एक आश्चर्यजनक क्षमता है और वह यह कि अपनी जरूरत के अनुसार वह किसी भी समय थोड़ी देर तक सो ले सकता है। सुना है, नेपोलियन में भी यह क्षमता थी। वह लड़ाई के मैदान में जाने के पहले घोड़े की पीठ पर बैठे-बैठे नींद लेकर अपने बदन को तरो-ताजा कर लिया करता था।

मेरे पास करने के लिए कोई खास काम नहीं था, इसीलिए फेलुदा के आले से इजिप्शियन आर्ट की एक पुस्तक निकालकर मैं उसे उलट-पुलट कर देख रहा था। तभी क्रिंग-क्रिंग कर फोन बज उठा।

मैं दौड़ता हुआ बैठक के अन्दर गया और फोन उठा लिया।

'हेलो!'

कुछ देर तक किसी की आवाज नहीं आई, हालाँकि यह बात मेरी समझ में आ गई थी कि कोई फोन पकड़े हुए है।

मेरी छाती धड़कने लगी।

लगभग दस सेकेण्ड के बाद एक गम्भीर और कर्कश आवाज सुनाई पड़ी—

'प्रदोष मित्तिर हैं?'

मैंने थूक निगलकर कहा, 'वे सो रहे हैं। आप कौन बोल रहे हैं?'

फिर कई मिनटों तक चुप्पी रेंगती रही। उसके बाद सुनाई पड़ा, 'ठीक है। आप उनसे कह दीजिएगा कि मिस्र के देवता को जहाँ जाना था, वहीं चला गया है। प्रदोष मित्तिर इस मामले में दखलन्दाजी करने नहीं आएं, क्योंकि उससे किसी का कोई उपकार नहीं होने जा रहा है। बल्कि अनिष्ट होने की ही ज्यादा सम्भावना है।'

उसके बाद खट् से फोन रखने की आवाज आई, फिर चुप्पी छा गई।

पता नहीं, मैं कब तक फोन पकड़े और साँस रोके बैठा रहा । अचानक फेलुदा की आवाज कानों में आई और मैंने रिसीवर को यथास्थान रख दिया।

'कौन फोन कर रहा था।?'

मैंने फोन से जो कुछ सुना था, बता दिया। फेलुदा गम्भीर चेहरा लिए, भौंहें सिकोड़कर सोफे पर बैठते हुए बोला, 'इस्स—तू अगर मुझे बुला लेता!'

'मैं क्या करता? कच्ची नींद में जगा देने से तुम बिगड़ उठते हो।'

'उस आदमी के गले की आवाज किस तरह की थी?'

'गम्भीर और घर्घराती जैसी।'

'हु...! खैर, अभी चलकर एक बार प्रतुल दत्त का चेहरा देख आऊँ। लग रहा था, थोड़ी रोशनी दिखाई पड़ रही है; अब फिर धुँधलापन तैरने लगा है।'

छह बजने में जब पाँच मिनट बाकी थे, हम प्रतुल दत्त के मकान के फाटक के सामने टैक्सी से नीचे उतरे। मैं यह दावे के साथ कह सकता हूँ कि हमारे पिताजी भी इस वक्त हमें देखकर पहचान नहीं सकते थे। फेलुदा एक साठ साल के बूढ़े के भेष में सजा हुआ है। खिचड़ी दाढ़ी, आँखों पर मोटे काँच का चश्मा, बदन पर काले रंग का बन्द गले का कोट, घुटने तक उठी हुई धोती और मोजे के ऊपर बाटा के भूरे रंग के केड्स जूते। आधा घण्टे तक कमरे का दरवाजा बन्द कर उसने मेकअप किया और बाहर निकलकर कहा, 'तेरे लिए दो-तीन चीजें रखी हुई हैं, चटपट पहन ले।'

मैंने अवाक् होकर कहा, 'मुझे भी मेकअप करना है?'

'बेशक।'

दो मिनटों में ही मेरे सिर पर छोटे-छोटे बालों वाला एक विग और नाक पर एक चश्मा लग गया। उसके बाद फेलुदा ने एक पेन्सिल से मेरे बालों को बिखेर दिया। उसके बाद कहा, 'तू मेरा भांजा है, तेरा नाम है सुबोध—यानी तू शान्त शिष्ट पूँछदार भलामानस है। वहाँ अगर कुछ बोला तो घर लौटते ही तमाचे और थप्पड़ से तेरा स्वागत किया जाएगा।'

प्रतुल बाबू के मकान में सफेदी का काम करीब-करीब खत्म हो चुका है। मकान की डिजाइन देखकर पता चल जाता है कि वह कम-से-कम पचीस-तीस साल पुराना है। नये रंग के कारण खिड़की, दरवाजे, दीवार इत्यादि झिलमिला रहे हैं।

फाटक के अन्दर घुसते ही देखा, बाहर एक खुले बरामदे पर बेंत की कुरसी पर एक मध्यवयस्क आदमी बैठे हुए हैं। हमें अपनी ओर आते देखकर भी वे कुरसी से नहीं उठे। शाम के धुँधलके में भी यह पता चल गया कि उनका चेहरा खासा गम्भीर है।

फेलुदा ने दोनों हाथ जोड़कर और सिर झुकाकर नमस्कार करते हुए अपने नये बुढ़ापे की धीमी आवाज में कहा, 'क्षमा करें, आप ही क्या प्रतुल बाबू हैं?

भले आदमी ने गम्भीर स्वर में कहा, 'हाँ।'

'मैं ही जयनारायण बागची हूँ। मैंने ही आज दोपहर आपको फोन किया था। यह है मेरा भान्जा, सुबोध।'

'भांजे को अपने साथ क्यों ले आए? इसके बारे में तो आपने फोन पर कुछ कहा नहीं था।'

मेरे सिर पर का विग खुजलाने लगा।

फेलुदा ने अपनी आवाज को अत्यन्त मीठी बनाते हुए कहा, 'वह चित्र बनाना

सीख रहा है इसीलिए'...भले आदमी कुरसी छोड़कर खड़े हो गए।

'आप लोग मेरी चीजें देखना चाहते हैं, इसमें मुझे कुछ आपत्ति नहीं। तब हाँ, हटाकर रखी हुई तमाम चीजों को खींच-खाँच कर बाहर निकालना पड़ा है। बड़ी ही परेशानी उठानी पड़ी। एक तो यों ही घर पर रात-दिन मिस्त्रियों का झमेला लगा रहता है, इसे ठेलो, उसे हटाओ... चारों तरफ कच्चा रंग है। रंग की गन्ध भी बरदाश्त नहीं होती। सारी झंझटें चुक जाएँ तो साँस लेने का मौका मिले। आइए, अन्दर...'

वह आदमी भले ही अच्छा न लगा हो परन्तु अन्दर जाकर उनकी चीजों को देखते ही मैं आश्चर्यचकित रह गया।

फेलुदा ने कहा, 'देख रहा हूँ, आपके पास मिस्र की शिल्प-कला का खासा अच्छा संग्रह है।'

'सो है। कुछ चीजें कैरो में खरीदी हैं और कुछ यहाँ ऑक्शन में।'

'देखो भैया सुबोध, अच्छी तरह से देख लो।' फेलुदा ने मेरी पीठ में चिकौटी काटकर मुझे चीजों की ओर धकेल दिया। 'तरह-तरह के देवी-देवता हैं, देख लो। यह जो बाज है, वह भी देवता ही है, यह जो उल्लू है—वह भी देवता ही है। देखो, मिस्र में कितनी तरह की चीजों की लोग-बाग पूजा-उपासना किया करते थे।'

प्रतुल बाबू ने सोफे पर बैठकर चुरुट सुलगाया।

न जाने एकाएक मुझे क्या विचार आया कि मैं बोल उठा, 'सियार देवता नहीं है, मामा जी?'

इस सवाल से प्रतुल बाबू को जैसे एक धक्का लगा हो। वे बोले, 'चुरुट की क्वालिटी फॉल कर गई है। पहले इतना कड़ा नहीं हुआ करता था।'

फेलुदा ने पहले की तरह ही महीन आवाज में कहा, 'हें-हें—मेरा भांजा एनूबिस के बारे में कह रहा है। कल ही उसे इसके बारे में बताया था।'

प्रतुल बाबू अचानक झुंझला उठे, 'हुँ! एनूबिस! स्टुपिड फूल!'

'जी?' फेलुदा ने अचकचाकर प्रतुल बाबू की ओर देखा, 'एनूबिस को आप मूर्ख कह रहे हैं?'

'एनूबिस को नहीं कह रहा हूँ। उस दिन नीलामी के समय...उस आदमी को मैं पहले भी देख चुका हूँ...ही इज एक फूल। उसकी बिडिंग का कोई हिसाब ही नहीं रहता। एक बहुत की खूबसूरत मूर्ति थी। ऐसी एबसर्ड बोली बोला कि उससे ज्यादा बोलना मुश्किल था। पता नहीं, उतना पैसा कहाँ से लाता है!'

फेलुदा ने चारों तरफ एक बार फिर से सरसरी निगाह दौड़ाते हुए उन्हें नमस्कार किया और कहा, 'बहुत-बहुत धन्यवाद। आप बड़े ही भले आदमी हैं। आपका शिल्पों का संग्रह देखकर बेहद खुशी हुई।'

ये सब चीजें दोमंजिले पर थीं। अब हम नीचे की ओर चल दिए। सीढ़ियाँ

उतरते हुए फेलुदा ने कहा, 'आपके यहाँ और कौन-कौन...?'

'पत्नी है। लड़का विदेश में रहता है।'

प्रतुल दत्त के घर से निकलने के बाद जब हम टैक्सी के लिए आगे बढ़े तो यह बात समझ में आई कि मुहल्ला कितना निर्जन है। अभी सात भी नहीं बजे हैं, फिर भी सड़क पर राहगीर नहीं के बराबर हैं। दो भिखमंगे बच्चे श्यामा संगीत गाते हुए आ रहे हैं। हम जब उनके करीब पहुँचे तो पता चला कि उनमें से एक गीत गा रहा है और दूसरा बाजा बजा रहा है। लड़के का गला बड़ा ही मधुर है। फेलुदा उसके स्वर से स्वर मिला कर गाने लगा—

बोलो माँ तारा जाऊँ मैं कहाँ
कोई न मेरा है शंकरी यहाँ...

बालीगंज के सर्कलुर रोड से चहल-कदमी करते वक्त हमारी दृष्टि एक भागती हुई टैक्सी पर पड़ी। फेलुदा ने आवाज देकर उसे रोका। जब हम टैक्सी के अन्दर बैठने लगे तो बूढ़े ड्राइवर को फेलुदा की ओर आश्चर्य-भरी दृष्टि से देखते हुए पाया। इस मरियल बूढ़े के गले से नौजवान के गले की जैसी तेज आवाज कैसे निकली थी, शायद वह यही सोच रहा था।

दूसरे दिन सुबह जब टेलीफोन बजा मैं बाथरूम के अन्दर दाँत साफ कर रहा था। इसलिए फेलुदा ने ही फोन का रिसीवर उठाया।

पूछने पर पता चला कि नीलमणि बाबू ने एक सूचना देने के लिए फोन किया था।

कल प्रतुल बाबू के घर में भी डकैती हो गई। यह खबर अखबार में भी छपी है। रुपया-पैसा नहीं गया है, डकैत सिर्फ कुछेक प्राचीन काठकार्य की चीजें ले गए हैं। आठ-दस छोटी-छोटी चीजें। उनकी कीमत कुल मिलाकर बीस-पचीस हजार रुपये से कम न होगी। पुलिस ने खोज-पड़ताल शुरू कर दी है।

प्रतुल बाबू के घर पर सुबह-सुबह पुलिस से साक्षात्कार होना और उनके बीच फेलुदा का परिचित आदमी मिल जाना—कोई आश्चर्य की बात नहीं है। हम जब वहाँ पहुँचे तो सवा सात बज चुके थे। आज मैंने मेकअप नहीं किया है। फेलुदा अपना जापानी कैमरा अपने साथ लाना भूला नहीं था।

हम कुल मिलाकर गेट के अन्दर पहुँचे ही होंगे कि तभी एक प्रसन्न मुख मोटा-सोटा चश्मा लगाए हुआ आदमी—शायद इन्स्पेक्टर या कुछ वैसा ही होगा—फेलुदा पर नजर पड़ते ही उसके पास बढ़ आया और उसकी पीठ पर एक धौल जमाते हुए बोला, 'क्या हाल-चाल है फेलु मास्टर? लगता है, गंध मिलते ही आकर हाजिर हो गए।'

फेलुदा ने विनम्रता के साथ हँसते हुए कहा, 'क्या करूँ, हमारा तो यही काम है।'

'काम मत कहो। काम तो है हम लोगों का। तुम लोगों का यह शौक है। कहो, ठीक कह रहा हूँ न?'

फेलुदा ने इस बात का उत्तर न देकर कहा, 'कुछ पता चला? बर्गलरी केस है?'

'इसके अलावा और क्या हो सकता है? इतना जरूर है कि भले आदमी बहुत ही 'अपसेट' हैं। अपना सिर पीटते हुए बस इतना ही कहते हैं कि कल एक बूढ़ा आदमी एक छोकरे के साथ उनकी चीजें देखने आया था। उनकी धारणा है कि इस बर्गलरी के पीछे दोनों का हाथ है।'

यह बात सुनते ही मेरा गला सूखने लगा। फेलुदा वास्तव में बीच-बीच में बड़ा ही बेढब काम कर बैठता है।

मगर फेलुदा में घबराहट का नामोनिशान नहीं था। वह बोला, 'फिर उस बूढ़े का पता चलते ही चोर पकड़ में आ जाएगा। यह तो बड़ा ही आसान मामला है।'

मोटे पुलिस के अफसर ने कहा, 'बहुत ही अच्छी बात कह रहे हो। एक बारगी उपन्यास के खाँटी जासूस की तरह। वाह!'

उनसे इजाजत लेकर फेलुदा और हम कमरे की ओर बढ़ गए। प्रतुल बाबू को आज भी उसी बरामदे पर बैठे हुए देखा। वे इतने अनमने थे कि हमें देखकर भी जैसे नहीं देख रहे थे।

'किस कमरे से चोरी हुई है, देखोगे?' मोटे पुलिस अफसर ने पूछा।

'चलिए।'

कल शाम हम दोमंजिले के जिस कमरे में गए थे, आज भी हमें उसी के अन्दर जाना पड़ा। किसी और चीज की ओर आँखें दौड़ाए बगैर फेलुदा सीधे बालकॉनी की ओर चला गया। बालकॉनी से झुककर नीचे की ओर देखते हुए बोला, 'हूँ, पाइप से अनायास ऊपर चढ़ा जा सकता है।'

मोटे पुलिस-अफसर ने कहा, 'हाँ, चढ़ा तो जा सकता है। और जानते हो, परेशानी की बात यह है कि दरवाजे का रंग कच्चा रहने के कारण उसे दो दिनों से बन्द नहीं किया जाता था।'

'चोरी किस वक्त हुई है?'

'रात पौने दस बजे।'

'पहले-पहल इसका पता किसे चला?'

'इनका एक पुराना नौकर उसी तरफ एक कमरे में बिस्तर बिछा रहा था। आवाज सुनकर वह वहाँ देखने गया। तब कमरे में अँधेरा फैला था। बत्ती जलाने के पहले ही उसपर एक जोरों का घूँसा पड़ा और वह बेहोश हो गया। उसी मौके से लाभ उठाकर चोर चंपत हो गया।'

फेलुदा की भौंहों में सिकुड़न पड़ गई। बोला, 'एक बार उस नौकर से बातचीत करना चाहता हूँ।'

नौकर का नाम वंशलोचन है। घूँसे के कारण उसे जिस यातना और भय का सामना करना पड़ा था—उनमें से दोनों चीजें अब तक बरकरार हैं। फेलुदा ने पूछा, 'दर्द कहाँ है?'

नौकर ने कराहते हुए कहा, 'पेडू में।'

'पेडू में? घूँसा पेडू में मारा था?'

'हाथ में कितनी ताकत थी—बाप रे बाप! ऐसा महसूस हुआ जैसे पेट पर किसी पत्थर की चोट पड़ी हो और उसके बाद ही आँखों के सामने अँधेरा तिर आया।'

'तुम्हें आवाज कब सुनाई पड़ी थी? उस वक्त तुम क्या कर रहे थे?'

'मैंने टाइम नहीं देखा था, बाबू। तब मैं माँजी के कमरे में बिस्तर बिछा रहा था। दो बच्चे मिलकर कीर्तन गा रहे थे और मैं सुन रहा था। माँजी पूजाघर में थीं। वे बोलीं, बच्चे को जाकर पैसा दे दो। मैं जाने-जाने को था ही कि तभी बाबू के कमरे से बरतन गिरने की जैसी आवाज आई। सोचा, कोई वहाँ है नहीं, फिर भी चीजों के गिरने की आवाज क्यों आ रही है? इसलिए मैं देखने गया और कमरे के अन्दर जाते ही...'

वंशलोचन इसके बाद कुछ कह नहीं सका।

सब कुछ सुनने के बाद लगा, हमारे जाने के बाद एकाध घण्टे के अन्दर ही चोर वहाँ पहुँचा होगा।

मैंने सोचा, फेलुदा शायद और कुछ पूछताछ करे, मगर अन्ततः वह कुछ नहीं बोला। मोटे पुलिस-अफसर को धन्यवाद देकर हम कमरे से बाहर निकल आए।

बाहर सड़क पर आते ही फेलुदा के चेहरे पर एक परिवर्तन आ गया। इस चेहरे को मैं पहचानता हूँ। फेलुदा को कोई रास्ता दीख गया है और उस रास्ते पर चलते ही रहस्य का समाधान मिल जाएगा।

हमारे निकट से होती हुई टैक्सी गुजर गई, मगर फेलुदा ने उसे नहीं रोका। हम दोनों पैदल चलने लगे। फेलुदा को देखादेखी मैं भी सोचने लगा, परन्तु बहुत आगे तक नहीं बढ़ पाया। प्रतुल बाबू चोर नहीं हैं, इसका साफ-साफ पता चल जाता है, हालाँकि प्रतुल बाबू जवान जैसे दीखते हैं और उनकी आवाज में एक बुलन्दी है। मगर यह बात फिर भी मुमकिन जैसी नहीं लग रही थी कि प्रतुल बाबू एक पाइप से चढ़कर दोमंजिले पर पहुँच सकते हैं। उसके लिए बहुत कम उम्र के आदमी की जरूरत पड़ती। फिर चोर कौन है? और, फेलुदा किस चीज के बारे में इतनी तल्लीनता से सोच रहा है?

कुछ देर तक पैदल चलने के बाद हम नीलमणि बाबू की दीवार के पास पहुँच गए। दीवार को अपनी बाईं ओर छोड़कर फेलुदा आगे बढ़ने लगा।

कुछ दूर के बाद दीवार बाईं ओर मुड़ गई है। फेलुदा मुड़ गया और उसके साथ-साथ मैं भी। इस ओर रास्ता नहीं है, घास पर से होकर चलना पड़ता है। मुड़ने

के बाद अठारह या उन्नीस कदम चला हूँगा कि फेलुदा एकाएक ठिठककर खड़ा हो गया और दीवार के एक हिस्से को बड़े गौर के साथ देखने लगा। उसके बाद बिलकुल करीब जाकर उस जगह की एक फोटो खींची। देखा, वहाँ एक भूरे रंग की हाथ की छाप है। पूरे हाथ की नहीं, दो उँगलियों और हथेली के कुछ अंश की। मगर उससे पता चल जाता है कि यह बच्चे के हाथ की छाप है।

अब हम जिस रास्ते से वहाँ गए थे, उसी रास्ते से लौटकर फाटक से होते हुए एकबारगी मकान की ओर चले गए।

खबर भेजते ही नीलमणि बाबू हड़बड़ाते हुए नीचे चले आए। हम तीनों जब बैठक के अन्दर बैठ गए तो नीलमणि बाबू ने कहा, 'आपसे कहूँगा तो पता नहीं, आप क्या सोचेंगे मगर हकीकत यही है कि आज मेरा मन कल के बनिस्बत हल्का है। हमारी ही तरह एक और व्यक्ति की दुर्दशा हुई है, यह सोचकर तकलीफ बहुत कुछ कम हो गई है। मगर जब तक एक सवाल का जवाब न मिलेगा, मेरी तकलीफ दूर नहीं होगी। और वह सवाल है—मेरा एनूबिस कहाँ गया? बतलाइए। आप इतने बड़े डिटेक्टिव हैं। एक-एक कर दो डकैतियाँ दो दिनों के दरमियान हो गई और आप पहले की तरह अब भी अँधेरे में हैं।'

फेलुदा एक सवाल कर बैठा—

'आपका भांजा कैसा है?'

'कौन, झन्टु? आज वह बहुत अच्छा है। दवा कारगर साबित हुई है। आज बुखार बहुत कम हो गया है।

'अच्छा, एक बात तो बताइए—बाहर से कोई लड़का दीवार लाँघकर यहाँ आता है?'

'दीवार लाँघकर? क्यों?'

'आपकी दीवार के बाहरी हिस्से में एक बच्चे के हाथ की छाप दिखाई पड़ी है।'

'छाप का मतलब? किस तरह की छाप है?'

'भूरे रंग की छाप।'

'ताजा छाप है?'

'कहना मुश्किल है। तब इतनी बात जरूर है कि पुरानी नहीं है।'

'मैंने कभी किसी बच्चे को आते नहीं देखा है। एक ही बच्चा यहाँ आता है—और वह भी दीवार लाँघकर नहीं—वह है एक भिखमँगा। अत्यन्त मधुर स्वर में श्यामा संगीत गाता है। तब हाँ, मेरे बगीचे के पश्चिम तरफ तर्री का एक पेड़ है। बीच-बीच में मुहल्ले के लड़के दीवार लाँघकर यहाँ न आते हों और पेड़ के फल तोड़कर न खाते हों—इसकी मैं गारन्टी नहीं दे सकता।'

'हुँ...'

नीलमणि बाबू ने अब पूछा, 'चोर के बारे में और कुछ जानकारी हासिल नहीं

हुई है?'

फेलुदा सोफे से उठकर खड़ा हो गया।

'उसके हाथ में गजब की ताकत है। एक ही घूंसे में प्रतुल बाबू के नौकर को बेहोश कर डाला था।'

'फिर यहाँ और वहाँ एक ही चोर ने चोरी की है और इसमें सन्देह की कोई बात नहीं है।'

'हो सकता है। तब देह की ताकत यहाँ वैसी कोई बड़ी बात जैसी नहीं लगती है। एक भयंकर बुद्धि का भी संकेत मिलता है।'

नीलमणि बाबू का चेहरा उतर गया। बोले, 'मुझे उम्मीद है, उस बुद्धि को परास्त करने की बुद्धि आपमें है। और अगर नहीं है तो मुझे अपनी मूर्ति वापस पाने की आशा छोड़नी ही होगी।'

फेलुदा ने कहा, 'दो दिन और इन्तजार कीजिए। आज तक फेलुदा मित्तिर ने हार नहीं मानी है।'

नीलमणि बाबू के मकान के पोर्टिको से गेट तक रोड़े से बिछा रास्ता है। हम जब उस रास्ते के बीच पहुँच चुके होंगे कि तभी खट्-खट् आवाज सुनाई पड़ी और हमने पीछे की ओर मुड़कर देखा। नीलमणि बाबू के दोमंजिले के एक कमरे की खिड़की के पीछे एक छोटा लड़का—शायद झण्टु ही होगा—खिड़की के शीशे पर हाथ से दस्तक दे रहा है।

मैंने कहा, 'झण्टु है।'

फेलुदा ने कहा, 'देख चुका हूँ।'

दोपहर-भर फेलुदा अपनी नीली कापी में अपनी आदत के अनुसार ग्रीक अक्षरों में क्या-क्या अन्टसन्ट लिखता रहा। जानता हूँ, असल में वह अंग्रेजी है, मगर उसके अक्षर ग्रीक हैं, इसलिए कि पढ़कर कोई उसका असली मतलब नहीं समझ सके। मेरी बोलचाल फेलुदा से एकदम बन्द है और वह एक तरह से अच्छा ही है। अभी उसका सोचने का समय है, बोलने का नहीं। बीच-बीच में उसे गीत गुनगुनाते देखता हूँ। यह उस भिखमंगे बच्चे के द्वारा गाया गया वही रामप्रसादी संगीत है।

तीसरे पहर पाँच बजे चाय पीकर फेलुदा बोला, 'मैं ज़रा बाहर निकल रहा हूँ। पॉपुलर फोटो से मुझे अपनी तसवीर का एनलार्जमेण्ट ले आना है।'

घर पर मैं अकेला ही रह गया।

दिन छोटे होते जा रहे हैं। इसीलिए साढ़े पाँच बजते न बजते सूर्य डूब गया और अँधेरा रेंगने लगा। पॉपुलर फोटो की दुकान हाजरा रोड के मोड़ पर है। फेलुदा को फोटो लेकर लौटने में बीस मिनट से ज्यादा नहीं लगना चाहिए था। लेकिन इतनी देर क्यों हो रही है? यह जरूर है कि कभी-कभी तसवीर तैयार न रहने के कारण

दुकान पर बैठना पड़ता है। मुझे उम्मीद है, वह कहीं दूसरी जगह नहीं गया होगा। मुझे छोड़कर अगर वह इधर-उधर चक्कर लगाता है तो मुझे अच्छा नहीं लगता।

करताल की आवाज मेरे कान में आती है और उसके साथ-साथ परिचित गले का वही गीत—

बोलो माँ तारा जाऊँ मैं कहाँ
कोई न मेरा है शंकरी यहाँ...

वे दोनों लड़के ही हैं। आज हमारे मुहल्ले में भीख माँगने आए हैं।

गीत धीरे-धीरे आगे की ओर बढ़ता आ रहा है। मैं अपने कमरे की खिड़की के पास जाकर खड़ा हो गया। यहाँ से सड़क दिखाई पड़ती है। वे ही लड़के हैं—एक गीत गा रहा है और दूसरा करताल बजा रहा है। कितना मधुर है उस लड़के का स्वर!

अब गीत गाना बन्द कर दोनों लड़के हमारे घर के सामने खड़े हो गए और ऊपर की ओर चेहरा उठाकर बोले, 'माँजी, भीख दीजिए, माँजी!'

पता नहीं मुझे क्या हुआ कि मैंने पचास पैसे का एक सिक्का खिड़की से लड़कों की ओर फेंक दिया। ठन से आवाज करता हुआ वह सिक्का जमीन पर गिर पड़ा। लड़के ने उसे उठाकर झोले में रख लिया और फिर से गीत गाता हुआ वहाँ से रवाना हो गया।

एक बात की वजह से मेरा माथा चकराने लगा। हम लोगों का रास्ता हालाँकि काफी अँधेरा था, फिर भी भिखमँगे बच्चे ने ऊपर की ओर मुँह उठाकर भीख माँगी, तो मुझे लगा कि उसके चेहरे से झण्टु का चेहरा हूबहू मिल रहा है। हो सकता है मैंने देखने में गलती की हो, मगर मन में तो एक खटका पैदा हो ही गया। मैंने तय किया कि फेलुदा के आते ही उससे यह बात कहूँगा।

लगभग साढ़े छह बजे फेलुदा एनलार्जमेन्ट लेकर वापस आया। उसके चेहरे पर एक तनाव था। मैंने जो सोचा था, वही हुआ, उसे दुकान में बैठकर इन्तजार करना पड़ा। बोला, 'अब खुद ही एक डार्करूम तैयार करूँगा और उसी में फोटो का डेवलपिंग-प्रिन्टिग करूँगा। बंगाली दुकानदारों की बात पर यकीन नहीं किया जा सकता।'

फेलुदा जब अपने बिस्तर पर तसवीरों को फैलाए बैठा था, मैंने उसके पास जाकर उससे भिखमँगे बच्चे की बात बताई। बिना किसी आश्चर्य के उसने कहा, 'इसमें हैरान होने की कौन-सी बात है?'

'हैरान होने की बात नहीं है?'

'उहुँ।'

'मगर इसे तो भयंकर गड़बड़ ही कहा जाएगा।'

'गड़बड़ है ही। यह बात शुरू ही में मेरी समझ में आ गई थी।'

'तुम क्या यह कहना चाहते हो कि वह लड़का चोरी के मामले में शामिल है?'

'हो भी सकता है।'

'मगर एक बच्चे के घूँसे में क्या इतनी ताकत हो सकती है कि वह एक बड़े आदमी को बेहोश कर दे?'

'मैंने तो यह नहीं कहा कि बच्चे ने घूँसा मारा है।'

'तब ठीक है।'

यों मैंने कह तो दिया कि 'ठीक है,' मगर वास्तव में मुझे ठीक नहीं लग रहा था। पता नहीं, फेलुदा साफ-साफ कुछ क्यों नहीं कह रहा है।

पलंग पर फैली बारह तसवीरों में से एक को फेलुदा बहुत गौर के साथ देख रहा था। करीब जाने पर मैंने देखा, वह आज ही सवेरे नीलमणि बाबू की दीवार से बच्चे के हाथ की छाप की ली गई तसवीर है। एनलार्जमेन्ट के कारण हथेली साफ-साफ दीख रही है। मैंने कहा, 'तुम्हारा कहना है कि तुम हाथ देखना जानते हो। यह तो बताओ कि बच्चे की आयु कितनी है?'

फेलुदा ने कुछ भी जवाब न दिया। वह तन्मय होकर तसवीर की ओर देख रहा था। उसमें बेहद दत्तचित्तता का भाव था।

'तेरी समझ में कुछ आ रहा है?'

उसके आकस्मिक प्रश्न ने मुझे चौंका दिया।

'समझ में क्या आएगा?'

'सुबह तूने क्या समझा था और अब तेरी समझ में क्या आ रहा है—यही बता।'

'सुबह? यानी जब तुमने तसवीर ली थी?'

'हाँ।'

'क्या समझूंगा? बच्चे का हाथ है—इसके सिवा समझने की और क्या बात है?'

'छाप का रंग देखने से कुछ मतलब नहीं निकलता है?'

'रंग तो भूरा था।'

'इसका क्या मतलब निकलता है?'

'यही कि बच्चे के हाथ में भूरा रंग लगा हुआ था।'

'इसका कुछ मानी है? ठीक-ठीक बताओ।'

'पेण्ट हो सकता है।'

'कहाँ का पेण्ट?'

मुझे एकाएक यह बात याद आ गई।

'प्रतुल बाबू के दरवाजे का रंग।

'एग्जैक्टली। उस दिन तुम्हारी शर्ट की आस्तीन में भी लग गया था। तू जाकर देख सकता है कि अब भी लगा हुआ है।'

'मगर...' मेरा सिर चकराने लगा था, 'जिसके हाथ की छाप है वही क्या प्रतुल बाबू के घर के अन्दर घुसा था?'

'हो सकता है। अब यह बता कि तसवीर देखने से तेरी समझ में क्या बात आती है?'

बहुत सोचने के बाद भी मैं यह बता नहीं सका कि कोई नई बात मेरी समझ में आई है।

फेलुदा ने कहा, 'तू बता देता तो मुझे ताज्जुब होता। ताज्जुव ही नहीं, शॉक भी लगता; क्योंकि तब मुझे मानना पड़ता कि तेरी और मेरी बुद्धि में कोई अन्तर नहीं है।'

'तुम्हारी बुद्धि क्या बता रही है?'

'बता रही है कि यह एक संगीन मामला है। भयंकर बात। एनूबिस जितना भयंकर होता है उतनी ही भयंकर।'

दूसरे दिन सवेरे फेलुदा ने पहले नीलमणि सान्याल को फोन किया।

'हेलो, आप कौन बोल रहे हैं—मिस्टर सान्याल? आपके रहस्य का पता चल गया है...मूर्ति अब भी मिली नहीं है, तब वह कहाँ है इसका मोटे तौर पर अन्दाज लगा लिया है...आप क्या घर पर ही रहिएगा?...बुखार बढ़ गया है?...किस अस्पताल में लेकर जा रहे हैं...? ओह अच्छा। फिर बाद में मिलूँगा...'

फोन रखकर फेलुदा ने एक दूसरे नम्बर में डायल किया। फुसफुसाकर क्या बातचीत हुई, अच्छी तरह सुन नहीं सका। तब हाँ, यह जरूर ही समझ गया कि फेलुदा पुलिस को फोन कर रहा है। फोन रखकर उसने मुझसे कहा, 'अभी तुरन्त बाहर चलना है। तैयार हो जा।'

एक तो सुबह यों ही ट्रैफिक कम रहता है, उसपर फेलुदा ने ड्राइवर से टॉप स्पीड में गाड़ी चलाने को कहा। देखते न देखते हम नीलमणि बाबू के घर के रास्ते पर आ गए।

हम जब गेट के करीब पहुँचे, नीलमणि बाबू अपनी काले रंग की एम्बेसडर गाड़ी पर सवार होकर बहुत तेजी के साथ दूसरी दिशा की ओर रवाना हो गए। सामने ड्राइवर और पीछे नीलमणि बाबू के अतिरिक्त और कोई आदमी दिखाई नहीं पड़ा।

'और जोर से।' फेलुदा चिल्ला उठा। टैक्सी ड्राइवर ने भी उत्तेजना में आकर एक्सिलेटर को अपने पैर से दबा दिया।

सामने की गाड़ी एक भद्दी गों-गों आवाज करती दाहिनी ओर मुड़ गई।

अब फेलुदा ने एक ऐसा काम किया, जैसा इसके पहले उसने नहीं किया था। कोट के अन्दर हाथ डालकर अचानक उसने अपना रिवाल्वर बाहर निकाल लिया और खिड़की से नीचे झुककर नीलमणि बाबू की गाड़ी के पिछले टायर को निशाना बनाकर गोली दाग दी।

लगभग एक ही साथ रिवाल्वर और टायर फटने की आवाज कानों में आई। नीलमणि बाबू की गाड़ी सड़क के एक किनारे तिरछी होकर एक लैंपपोस्ट से टकरा गई।

हम लोगों की गाड़ी जैसे ही नीलमणि बाबू की गाड़ी के पास खड़ी हुई, दूसरी दिशा से पुलिस की जीप भी आ गई।

नीलमणि बाबू गाड़ी से उतरकर विरक्ति के साथ इधर-उधर ताक रहे थे।

फेलुदा और मैं टैक्सी से उतरकर नीलमणि बाबू की ओर चले गए।

पुलिस की गाड़ी आकर रुक चुकी है। उससे वही मोटा अफसर नीचे उतरा।

नीलमणि बाबू अचानक बोल पड़े, 'यह सब क्या हो रहा है?'

फेलुदा ने गम्भीरता के साथ कहा, 'क्या मैं यह जान सकता हूँ कि आपके साथ गाड़ी में ड्राइवर के अलावा और कौन-कौन है?'

'और कौन रहेगा?' वे चिल्ला उठे, 'बताया ही था कि मैं अपने भांजे को साथ लिए अस्पताल जा रहा हूँ।'

अब फेलुदा बिना कुछ बोले सीधे नीलमणि बाबू की गाड़ी के पास चला गया और दरवाजे के हैण्डल को पकड़कर जोरों से खींचा। दरवाजा खुल गया। दरवाजे को खोलते ही एक बच्चा गाड़ी के अन्दर से तीर की तरह बाहर निकला और फेलुदा पर झपटकर उसका गला दबोचने लगा। मगर फेलुदा सिर्फ योगाभ्यास नहीं करता, उसने कुश्ती की भी शिक्षा पाई है। बच्चे की कलाइयों को पकड़कर उसे एक अजीब तरीके से सिर की तरफ से घुमाकर सड़क पर पटक दिया। बच्चे के मुँह से दर्द के कारण एक चीख निकल पड़ी और उस चीख को सुनकर मैं भय से काँप उठा।

क्योंकि वह एक बच्चे के गले की आवाज नहीं थी।

वह एक वयस्क आदमी के गले की विकट और जोरदार चीख थी।

यही आवाज उस दिन मुझे टेलीफोन पर सुनाई पड़ी थी।

इसी बीच पुलिस ने आकर नीलमणि बाबू की गाड़ी के ड्राइवर और बच्चे को पकड़ लिया था।

फेलुदा अपनी कमीज का कॉलर ठीक करते हुए बोला, 'दीवार पर हाथ की छाप देखते ही बात मेरी समझ में आ गई थी। कच्ची उम्र के लड़कों के हाथ में इतनी रेखाएँ नहीं हुआ करती हैं। उनका हाथ और भी अधिक कोमल हुआ करता है। लेकिन आकार जब छोटा है तो उसका एक ही मतलब निकल सकता है। दरअसल यह एक बौने के हाथ की छाप है। बच्चा और कुछ नहीं, बल्कि एक बौना है। आपके

शागिर्द की उम्र कितनी है, नीलमणि बाबू?'

'चालीस!' नीलमणि बाबू के गले से ठीक से आवाज नहीं निकल रही है।

'बहरहाल आपने बड़ी अक्लमन्दी से काम निकाला था। पहले अपनी चीज की चोरी की घटना खड़ी कर मुझे बुलवाया और उसके बाद अपने आदमी से दूसरे की चीज की चोरी कराई। आपके घर पर जिसे कल देखा था, वह क्या वही भिखमँगा बच्चा है?'

नीलमणि बाबू ने सिर हिलाकर हामी भरी।

'इसका मानी तो यही है कि असल में वह आपका भांजा नहीं है। उसे आपने चोरी के मामले में मदद पहुँचाने के लिए घर पर लाकर रखा है।'

नीलमणि बाबू सिर झुकाकर खामोश खड़े रहे।

फेलुदा कहने लगा, 'लड़का गीत गाता था और बौना खंजड़ी बजाता था। जब चोरी का वक्त आता, खंजड़ी भिखारी के हाथ में थमा देता था और तब वही बजाता रहता था। बौना होने के कारण ही उसकी देह में इतनी ताकत है। एक ही घूँसे में वह एक जवान को घायल कर सकता है। वन्डरफुल! आपकी अक्ल की तारीफ किए बिना रहा नहीं जाता, नीलमणि बाबू!'

नीलमणि बाबू ने एक लम्बी साँस लेकर कहा, 'मिस्र की प्राचीन चीजों के प्रति मुझमें एक नशा छा गया था। उसके बारे में मैंने गहरा अध्ययन किया है। यही वजह है कि प्रतुल बाबू से मैं रश्क किया करता था।'

फेलुदा ने कहा, 'लालच बुरी बला है। आप और आपका बौना दोनों पकड़ में आ गए।...खैर, अब मैं एक अन्तिम अनुरोध करना चाहता हूँ।'

'क्या?'

'मेरा पुरस्कार।'

नीलमणि बाबू फटी-फटी आँखों से फेलुदा की ओर देखने लगे।

'पुरस्कार!'

'एनूबिस की मूर्ति सम्भवतः आपके पास ही है।'

नीलमणि बाबू ने बेवकूफ की तरह अपने दाहिने हाथ को कुरते की जेब के अन्दर डाला।

जब हाथ बाहर निकाला तो देखा—बित्ते भर लम्बे काले पत्थर पर मणिमुक्ता जड़ी चार हजार साल पुरानी मिस्र देश के स्यारमुखी देवता एनूबिस की मूर्ति है।

फेलुदा ने हाथ बढ़ाकर उसे ले लिया और कहा, 'थैंक यू।'

समाद्दार की चाबी

फेलुदा बोला, 'यह जो पेड़-पौधे, मैदान-जंगल देखकर आँखें जुड़ जाती हैं, इसका कारण तुझे मालूम है? कारण यही है कि हजारों साल से पेड़-पौधों के बीच वास करने से हरियाली के साथ आँखों का एक स्वाभाविक और स्वाथ्यकारी सम्बन्ध पैदा हो गया था। आज पेड़ नामक चीज धीरे-धीरे शहर से लापता होती जा रही है, यही वजह है कि शहर से बाहर निकलते ही आँखों को आराम मिलता है। नतीजा यह होता है कि मन भी हलका हो जाता है। आँखों की जितनी भी बीमारियाँ हैं, शहरों में ही मिलती हैं। देहात या पहाड़ पर निकल जाने पर चश्मा तलाशने के बावजूद नहीं मिलेगा।'

मैं यह जानता हूँ कि फेलुदा की आँखें बहुत अच्छी हैं, उसे चश्मा नहीं लगाना पड़ता है, वह घड़ी देखकर तीन मिनट पन्द्रह सेकेण्ड तक आँखों की पलकें बिना झपकाए रह सकता है। हालाँकि वह कभी गाँव में नहीं रहा है। यह बात मैं उससे कह सकता था मगर यह सोचकर चुप रह गया कि कहीं वह बिगड़ न जाए। हम लोगों के साथ मणि बाबू—मणिमोहन समाद्दार हैं। उनकी आँखों पर माइनस पावर का चश्मा है। वे भी शहर के आदमी हैं, उम्र पचास के करीब, रंग गोरा, नाक नुकीली, कनपटी के बाल पके हुए। हम मणिमोहन बाबू की फियेट गाड़ी से जसोर रोड होते हुए बामुनगाछी जा रहे हैं। क्यों जा रहे हैं, यह कहना अब जरूरी है।

कल रविवार था। अभी कुल मिलाकर पूजा की छुट्टी शुरू हुई हैं। हम दोनों अपनी बैठक में बैठे थे। मैं अखबार खोलकर सिनेमा के पृष्ठ पर छपे विज्ञापन देख रहा था और फेलुदा संख्या-विज्ञान की एक पुस्तक ध्यान से पढ़ रहा था। मैंने गौर किया, कभी वह बेवजह हँसता है और कभी भौंहों को ऊपर की ओर उठाता है, जिससे पता चलता है कि उसे अच्छा और आश्चर्य—दोनों का अहसास हो रहा है। पुस्तक डॉक्टर, मैट्रिक्स के बारे में थी। फेलुदा ने बताया था, संख्या या नम्बर डॉक्टर मैट्रिक्स के जीवन पर बहुत बड़ा प्रभाव छोड़ गया था। बहुतेरी साधारण या असाधारण घटनाओं के बारे में यदि खोज-बीन की जाए तो संख्या के खेल का पता चल सकता

है। यह बात मेरी समझ में नहीं आई होती अगर फेलुदा ने पुस्तक से एक उदाहरण देकर मुझे समझाया न होता। बोला, 'डॉक्टर मैट्रिक्स की एक आश्चर्यजनक खोज के बारे में सुनो। यह तो तुम्हें मालूम ही होगा कि अमरीका के दो प्रसिद्ध राष्ट्रपतियों की हत्या की गई थी।'

'लिंकन और केनेडी?'

'हाँ। अच्छा यह तो बताओ कि इन दोनों व्यक्तियों के नाम में कितने-कितने अक्षर हैं?'

'L—I —N—C—O—L—N—सात। K—E—N—N—E—D—Y—सात।'

'ठीक है। अब सुनो, लिंकन 1860 ई. में प्रेसिडेंट हुआ था और केनेडी 1960 ई. में—ठीक एक सौ साल बाद। दोनों की हत्या शुक्रवार को हुई थी। हत्या के समय दोनों की पत्नी बगल में थीं। लिंकन की हत्या थियेटर में हुई थी और उस थियेटर का नाम था फोर्ड। केनेडी की हत्या मोटर गाड़ी में हुई थी। वह गाड़ी फोर्ड कम्पनी की बनी थी। गाड़ी का नाम था लिंकन। लिंकन के बाद जो व्यक्ति प्रेसिडेंट हुआ उसका नाम था जॉनसन। केनेडी के बाद लिंडन जॉनसन प्रेसिडेंट हुए थे। पहले आदमी का जन्म 1808 ई. में हुआ था, दूसरे का 1908 ई. में—ठीक एक सौ साल बाद। लिंकन की जिसने हत्या की थी, उसका नाम जानते हो?'

'जानता था। भूल गया हूं।'

'जॉन विलकस बूथ। उसका जन्म 1839 ई. में हुआ था। केनेडी की हत्या ली हारवी ऑसवाल्ड ने की थी। उसका जन्म ठीक एक सौ साल बाद हुआ था—1939 में! अब दोनों नाम पर एक बार फिर से ध्यान दो। John Wilkes Both—Lee Harvey Oswald । इन नामों में कितने-कितने अक्षर हैं?'

अक्षरों को गिनने के बाद मेरे आश्चर्य की कोई सीमा न रही। मैंने थूक निगलकर कहा, 'दोनों में पन्द्रह-पन्द्रह अक्षर।'

हो सकता था, फेलुदा डॉक्टर मैट्रिक्स के अद्भुत आविष्कार के बारे में और कुछ कहता मगर ठीक उसी समय बिना एपॉयन्टमेन्ट के मणिमोहन समाद्दार आ टपके। उन्होंने अपना परिचय दिया और उसके बाद सोफा पर बैठते हुए बोले, 'मैं आप लोगों के मुहल्ले में ही रहता हूँ—लेक प्लेस में।'

फेलुदा 'ओह' कहकर चुप हो गया। मैं उन्हें तिरछी निगाहों से देख रहा था। वे हल्के रंग की बुश्शर्ट और भूरे रंग की पैन्ट पहने हैं, पैरों में बाटा के चप्पल। गला खंखारकर उन्होंने हिचक के साथ कहा, 'शायद आपने मेरे चाचा राधारमण समाद्दार का नाम सुना होगा।'

'वही जो उस दिन स्वर्गवासी हुए हैं?' फेलुदा ने कहा, 'गाने-बजाने का जिन्हें बहुत शौक था?'

'जी हाँ।'

'काफी उम्र हो चुकी थी?'

'बयासी।'

'हाँ-हाँ, अखबार में पढ़ा था। तब हाँ, इतना जरूर कहूँगा कि मृत्यु-सामचार के पहले उनका नाम मैंने नहीं सुना था।'

'यह कोई आश्चर्य की बात नहीं है। उन्होंने जब गाना-बजाना बन्द कर दिया था, तब आप बहुत ही छोटे होंगे। करीब पन्द्रह साल पहले रिटायर होकर बामुनकाछी में मकान बनवाया था और वहीं शान्ति से वास कर रहे थे। अठारह सितम्बर के प्रातःकाल दिल का दौरा पड़ा। उसी दिन रात में चल बसे।'

'आइ सी।'

वे कुछ सेकेण्डों तक चुप रहे। फेलुदा अपने बायें पाँव को दाहिनी पाँव पर रखकर बैठा था। इसी बीच उसने दाहिने पाँव को बाएँ पर रख लिया। मिस्टर समाद्दार ने थोड़ी हिचक के साथ कहा, 'हो सकता है, आप सोचते होंगे कि मैं क्या कहने आया हूँ। असल में पृष्ठभूमि यदि थोड़ी-बहुत न बतला दूँ...'

'जरूर-जरूर,' फेलुदा ने कहा, 'जल्दबाजी करने की जरूरत नहीं। टेक योर टाइम।'

मणिमोहन बाबू कहने लगे, 'मेरे चाचाजी मामूली आदमी नहीं थे। उनका पेशा था वकालत और उससे उन्होंने काफी पैसा कमाया था। करीब पचास साल की उम्र में वकालत छोड़ दी और संगीत के नशे में डूब गये। वे केवल गीत ही नहीं गाते थे, सात-आठ तरह के देशी-विदेशी बाजे भी बजाते थे। सितार, बेहला, पियानो, हॉरमोनियम, बाँसुरी, तबला, के अलावा कई दूसरे-दूसरे बाजे भी बजा सकते थे। बाजों का संग्रह करने की उनमें सनक थी। अपने घर को उन्होंने वाद्ययंत्रों का एक छोटा-मोटा म्यूजियम बना डाला था।'

'किस घर को?'

'अमहर्स्ट स्ट्रीट में रहने के वक्त की शुरुआत की थी। उसके बाद उन बाजों को बामनगाछी ले गए थे। बाजों की खोज में उन्होंने हिन्दुस्तान के कितने ही स्थानों का भ्रमण किया था। एक बार बम्बई में इटली के एक जहाजी से एक बेहला खरीदा और कलकत्ता ले आने के कुछ ही दिन बाद तीस हजार रुपये में बेच डाला।'

फेलुदा ने एक बार मुझे बताया था कि इटली में करीब तीन सौ साल पहले ऐसे दो-तीन आदमी थे, जिनके द्वारा बनाये गए बेहला में कुछ ऐसे गुण थे कि आज उनकी कीमत लाख रुपए तक पहुँच गई है।

समाद्दार साहब कहने लगे, 'इन गुणों के रहने के बावजूद चाचाजी में एक बहुत बड़ा दोष भी था। वे बेहद कन्जूस थे। जिन्दगी के आखिरी दिनों में सगे-सम्बन्धियों से दूर हटने का मुख्य कारण उनकी कन्जूसी ही थी।'

'आपके अलावा उनके सगे-सम्बन्धियों में और कौन-कौन हैं?'

'अब कोई खास आदमी नहीं है। दूर के रिश्ते के कुछ सगे-सम्बन्धी जहाँ-तहाँ बिखरे पड़े हैं। मेरे चाचाजी के तीन भाई और दो बहनें थीं। बहनों का देहान्त हो चुका है। भाइयों में से चाचाजी को मिलाकर तीन भाई मर चुके हैं, बाकी एक भाई जिन्दा है या मर गए, कह नहीं सकता। लगभग तीस साल पहले वे गृहस्थी छोड़कर चले गए थे। राधारमण चाचा विधुर थे। उनके एक लड़का था—मुरलीधर। पचीस साल पहले उनकी भी मृत्यु हो चुकी है। उनका लड़का धरणीधर चाचाजी का एकमात्र पोता है। बचपन में चाचाजी का बड़ा ही प्रिय पात्र था। अन्त में लिखना-पढ़ना छोड़कर वह नाम बदलकर थियेटर में शामिल हो गया। तब से चाचाजी ने उसकी शक्ल तक नहीं देखी थी। यह है सगे-सम्बन्धियों का ब्यौरा।

'धरणीधर जिन्दा हैं?'

'हाँ। अब वह थिएटर छोड़कर जात्रादल में शामिल हो गया है। चाचाजी के देहान्त के बाद मैंने उसकी खोज-पड़ताल की थी, मगर वह कलकत्ते में नहीं है। जात्रादल के साथ टूर पर किसी घनघोर दिहात में गया हुआ है। वह काफी नामी आदमी हो गया है। गाने-बजाने की भी प्रतिभा थी, जिसके कारण चाचाजी उसको प्यार करते थे।'

मणिमोहन बाबू की बातचीत का सिलसिला एकाएक रुक गया और वे कुछ सेकेण्डों तक खामोश रहे। उसके बाद फिर से कहना शुरू किया—

'मुझसे चाचाजी का कोई ज्यादा सम्पर्क नहीं था। अधिक-से-अधिक दो महीने पर एकाध बार भेंट हो जाती थी। इधर यह सिलसिला और भी कम हो गया था। असल में भवानीपुर में मेरा एक प्रेस है—यूरेका प्रेस। पिछले कुछ महीनों से लोड-शेडिंग के कारण मुझे काफी परेशानी उठानी पड़ रही है। चाचाजी को जब हार्ट अटैक हुआ तो उनके पड़ोसी अवनी बाबू ने टेलीफोन से मुझे इसकी सूचना दी। मैं तुरन्त डॉक्टर चिन्तामणि बोस को लेकर वहाँ गया। जब पहुँचा तो वे होश में नहीं थे। मरने के समय होश में आए। मुझे देखा तो ऐसा लगा जैसे वे मुझे पहचान गए हों। मुँह से दो-चार टूटे-फूटे शब्द भी निकले। बस, उसके बाद ही चल बसे।'

'उन्होंने आपसे क्या कहा?' फेलुदा ने पूछा। अभी वह पाँव पर पाँव रखकर नहीं बैठा है। कुरसी के सामने की तरफ सरक कर बैठ गया है।

'पहले बोले, मेरे...नाम से...। उसके बाद कुछ देर तक उनके होंठ थरथराते रहे, मगर आवाज बाहर नहीं आई। आखिर में बहुत तकलीफ के साथ दो बार बोले, 'चाबी, चाबी'। बस, इतना ही।

फेलुदा पेशानी पर बल लिए मणिमोहन बाबू की ओर घूर रहा था। बोला, 'वे क्या कहना चाहते थे, इसका आप कुछ अनुमान लगा सके थे?'

'शुरू में मुझे लगा, उनका 'कन्जूस' नाम जो चल गया है, उसके बारे में कुछ

कहना चाहते हैं। मेरा खयाल है, उनमें पश्चात्ताप का भाव जगा था। मगर असली बात है 'चाबी'। किस चीज की चाबी के बारे में कह गए, समझ में नहीं आया। कमरे में एक आलमारी और एक सन्दूक था। उनकी चाबी पलंग की बगलवाली मेज की दराज में रहा करती थी। मकान में सिर्फ तीन कमरे और और एक बाथरूम है। बाथरूम सोने के कमरे से जुड़ा हुआ है। असबाब के नाम पर कोई खास चीज नहीं है। कम-से-कम कोई ऐसी चीज नहीं जो चाबी से खुलती हो। दरवाजे पर जिस ताले को इस्तेमाल में लाते थे, वह एक किस्म का जर्मनी ताला है, उसके लिए चाबी की जरूरत नहीं पड़ती है। नम्बर के कॉम्बिनेशन से खोलना पड़ता है।'

'सन्दूक और आलमारी में क्या-क्या चीजें थीं?'

'आलमारी के खाने में कुछ कपड़े-लत्ते थे और दराज में कुछ कागज-पत्र। कोई भी वैसी चीज नहीं जो जरूरी हो। सन्दूक तो बिलकुल सूनी थी।'

'रुपया-पैसा?'

'नथिंग। नॉट ए पाइस। मेज की दराज में कुछ रेजगारी थी और तकिये के नीचे एक बटुए में कुछेक दो और पाँच रुपये के नोट। बस, इतना ही। सुना है, बटुए से घर-खर्च का पैसा निकालकर दे देते थे। उनके नौकर अनुकूल ने यही बात बताई है।

'मगर आपने तो बताया कि उसमें बहुत ही कम रुपये थे। बटुए का पैसा खत्म होने पर उन्हें जरूर कहीं से निकालना पड़ता होगा।'

'बेशक।'

'आप क्या यह कहना चाहते हैं कि वे बैंक में रुपया-पैसा नहीं रखा करते थे?'

मणिमोहन बाबू ने हँसकर कहा, 'अगर वहाँ रखते तो मामूली आदमी और उनमें फर्क ही क्या रह जाता? किसी जमाने में रखा करते थे। पचीसेक साल पहले एक बैंक फेल हो गया था और उन्हें काफी हानि उठानी पड़ी थी। उसके बाद से बैंक से कोई सरोकार नहीं रहा। लेकिन...' मणि बाबू की आवाज धीमी हो गई, 'मैं जानता हूँ, उनके पास बेहिसाब रुपया-पैसा था। मकान बनवाने के बाद भी उनके पास उतना पैसा था, इसका सबूत आपको उनके दुष्प्राप्य बाज़ों के संग्रह देखने से ही मिल जाएगा। इसके अलावा वे अपने पीछे भी खासी अच्छी रकम खर्च किया करते थे। खान-पान बढ़िया था, घर के पास खूबसूरत बगीचा लगाया था और सेकेण्ड हैण्ड एक ऑस्टिन गाड़ी भी खरीदी थी। बीच-बीच में घूमने निकलते थे, शहर भी आते थे। इसीलिए...'

फेलुदा अपनी जेब से चारमीनार सिगरेट निकाल चुका है। मणिमोहन बाबू को ऑफर कर उसे तीली से सुलगा दिया। उन्होंने एक बार जोर से कश लिया और कहा, 'अब शायद आपको इस बात का अन्दाज लग गया होगा कि मैं आपके पास क्यों आया हूँ। इतना-इतना रुपया-पैसा—कहाँ चला गया? चाचाजी ने किस चाबी

के बारे में कहा था? उस चाबी से किस को खोलने से क्या मिलेगा? वह चीज रुपया-पैसा है या और ही कुछ? अगर वसीयत है तो उसका मिलना भी जरूरी है। और अगर वसीयत नहीं होगी तो पैसा पोते को ही मिलेगा। मगर उसके पहले पैसा मिलना चाहिए। आपकी अक्ल की बहुत तारीफ सुन चुका हूँ। अगर इस मामले में थोड़ी मदद कर सकें...'

मणिमोहन बाबू से तय यही हुआ कि दूसरे दिन सवेरे हम बामुनगाछी जाएँगे। उनके पास गाड़ी है और वे सवेरे सात बजे आकर हमें ले जाएँगे। मुझे लगता है, फेलुदा के लिए यह एक नये प्रकार का रहस्य है। रहस्य न कहकर उसे पहेली भी कहा जा सकता है।

कम-से-कम शुरू में ऐसा ही लगा था। आखिर में देखा, यह पहेली से बढ़कर पेचीदा बात है।

बारासत पार करने के बाद जसोर रोड से एक रास्ता दाहिनी ओर मुड़कर बामुनगाछी की ओर चला गया है। उसी मोड़ के मुहाने की खाने-पीने की एक दुकान से चाय और जलेबी लाकर मणिमोहन बाबू ने हमें दी। उसमें पन्द्रह मिनट जाया हुए वरना हम आठ बजे ही बामुनगाछी पहुँच जाते।

राधामोहन समाद्दार का एकमंजिला मकान गुलाबी रंग की दीवार और युकलिप्टस पेड़ों से घिरे सात बीघे के रकबे के बीच खड़ा है। जिस आदमी ने आकर फाटक खोला वह शायद माली था, क्योंकि उसके हाथ में एक टोकरी थी। गाड़ी फाटक से घुसकर बगीचे की बगल से रोड़े-बिछे रास्ते से गुजरती हुई मकान के दरवाजे के सामने आकर खड़ी हो गई। दाहिनी ओर थोड़े फासले पर एक गैरेज के अन्दर एक काले रंग की पुरानी गाड़ी थी। पता चल गया कि यही राधारमण समाद्दार की ऑस्टिन कार है।

गाड़ी से उतरते ही ठांय से एक आवाज आई और बगीचे की ओर मुड़ने पर नीले रंग की हाफ पैन्ट पहने एक आठ-दस साल का लड़का दिखाई पड़ा, जो हाथ में एयरगन थामे हमारी ओर ताक रहा था। मणिमोहन बाबू ने उससे कहा, 'तुम्हारे बाबूजी घर पर हैं? उनसे जाकर कहो, मणि बाबू कलकत्ते से आए हैं और उन्हें बुला रहे हैं।

लड़का बन्दूक में छर्रा भरता हुआ चला गया। फेलुदा ने पूछा, 'पड़ोसी का लड़का है क्या?'

'जी हाँ। उसके पिता अवनी सेन की न्यू मार्केट में फूलों की दुकान है। बगल में ही उनका मकान है और मकान के साथ ही नर्सरी। बीच-बीच में पत्नी और बच्चे के साथ यहाँ आकर ठहरते हैं।'

इसी बीच एक बूढ़ा नौकर हमारी तरफ आता हुआ दीख पड़ा। मणि बाबू

ने उसकी ओर इशारा करते हुए कहा, 'इस मकान का जब तक कुछ इन्तजाम नहीं हो जाता है, तब तक अनुकूल यहीं रहेगा। लगभग तीस सालों का पुराना नौकर है। अनुकूल, इन लोगों के लिए शर्बत का इन्तजाम करो।' नौकर ने सिर झुकाकर हामी भरी और चला गया, हम तीनों घर के अन्दर चले गए।

दरवाजे से घुसते ही एक खुली जगह मिलती है। उसे कमरा नहीं कहा जा सकता, क्योंकि उसके बीच एक गोल मेज और दीवार पर एक कैलेण्डर के अतिरिक्त कुछ भी नहीं है। बत्ती बगैरह भी नहीं, क्योंकि इस ओर बिजली नहीं है। हम लोगों के सामने ही एक दरवाजा है। मणि बाबू ने उसी ओर जाते हुए कहा, 'देखिए, यह वही जर्मन ताला है। दूसरे महायुद्ध के पहले कलकत्ते में भी बिकता था। इसका नाम हैं एट-टु-नाइन-वन।

ताला गोल है, उसमें चाबी के लिए कोई सूराख नहीं है बल्कि उसके बदले खाने बने हुए हैं। हर खाने की बगल में एक से नौ तक की संख्या लिखी हुई है और हरेक के अन्दर से छोटी हुक जैसी कोई चीज बाहर निकली हुई है। इन हुकों को खाने के एक सिरे से दूसरे सिरे तक ठेलकर हटाया जा सकता है और जरूरत पड़ने पर किसी भी संख्या के पास बैठाया जा सकता है।

मणि बाबू ने बाईं तरफ के खाने से शुरू कर हुकों को एक-एक कर 8, 2, 9 और 1 संख्या पर जैसे ही ठेल दिया खड़ाक् से आवाज कर ताला मैजिक की तरह खुल गया। मणि बाबू ने कहा, 'बन्द करना और भी आसान है। ताला लगाकर किसी भी हुक को संख्या से ज़रा-सा हटा देने से ही ताला बन्द हो जाता है।'

हम तीनों राधामोहन समाद्दार के कमरे के अन्दर गए।

कमरा खासा बड़ा है। उसमें वे तमाम चीजें हैं जिनके बारे में मणि बाबू ने बताया था। मगर बाजे इतनी तरह के होते हैं, इसकी हमने कल्पना भी न की थी। उन बाजों में से कुछ दक्खिन तरफ की दीवार में जड़े एक लम्बे शेल्फ के तीन खानों में हैं, कुछ पूरब तरफ की दीवार के सामने पड़ी एक बेंच पर, कुछ दीवार के हुक से लटके हुए और कुछ छोटी-छोटी मेजों पर। इसके अलावा कमरे में और दीवार के सामने एक आलमारी और एक कोने में एक सन्दूक। पलंग के नीचे एक ट्रंक भी है।

फेलुदा ने शुरू में कमरे के बीच खड़े होकर चारों ओर दृष्टि दौड़ाई। उसके बाद आलमारी और सन्दूक को खोलकर उन्हें भलीभाँति देखा और फिर हाथ से टटोलकर भी देखा। उसके बाद दराज सहित मेज की जाँच-पड़ताल की, पलंग के तोशक के नीचे देखा, ट्रंक के अन्दर देखा (उसमें एक जोड़ा पुराने जूते और एक फटे कपड़े के टुकड़े के अलावा और कोई चीज नहीं थी)। उसके बाद हरेक बाजे को हाथ में लेकर उसके वजन की जाँच की। ऊपर की ओर उभरे हिस्से में चाबी का दरार है या नहीं, यह देखकर उन्हें ठीक उसी तरह रख दिया, जिस तरह वे रखे

हुए थे। उसके बाद कमरे के फर्श और दीवार के हर हिस्से को अँगुलियों की गाँठ से ठोंक-ठोंककर देखा। यह सब करने में उसे पन्द्रह मिनट लगे। उसके बाद दो कमरों और बाथरूम को देखने में उसे सात मिनट लगे। आखिर में राधामोहन बाबू के कमरे में लौटकर बोला, 'मणिमोहन बाबू, ज़रा अपने माली को बुलाइए।'

माली के आने पर फेलुदा ने खिड़की पर रखे हुए फूलों के दो गमलों से मिट्टी बाहर निकलवाई और उसके अन्दर कुछ न पाकर फिर से मिट्टी भरवाकर उन्हें खिड़की पर रखवा दिया।

इस बीच अनुकूल बैठक से चार कुरसियाँ और उनके सामने एक गोल मेज रखकर नींबू के शर्बत के चार गिलास रख गया था। शर्बत का घूंट लेते हुए मणि बाबू बोले, 'कुछ पता चला?'

फेलुदा ने सिर हिलाकर कहा, 'इतने बाजे एक साथ न रहते तो यह यकीन करना मुश्किल होता कि इस घर में कोई धनी-मानी व्यक्ति वास करता है।'

'मैं भी तो यही कह रहा हूँ,' मणि बाबू ने कहा, 'ऐसा न होता तो आपको बुलाता ही क्यों? मैं तो बिलकुल बेवकूफ बन गया हूँ।'

मैं बाजों की ओर देख रहा था। उनमें से सितार, सरोद, तानपुरा, इसराज, तबला और बाँसुरी को मैं पहचानता हूँ। बाकी बाजों को मैंने कभी आँखों से देखा नहीं था। फेलुदा ने भी देखा हो, इसमें सन्देह है। उसने मणि बाबू से पूछा, 'आप तमाम बाजों के नाम जानते हैं? वह जो दीवार पर तार का बाजा लटका हुआ है, उसका नाम क्या है?'

मणि बाबू ने हँसकर कहा, 'मैं, साहब, बिलकुल बेसुरा आदमी हूँ। यह सब मुझसे पूछिएगा तो मैं बिलकुल घबरा जाऊँगा।'

पैरों की आहट सुनने पर मुड़कर देखा—उस बन्दूक वाले लड़के के साथ चालीसेक साल के एक गोरे सज्जन ने हमारे कमरे के अन्दर प्रवेश किया। मणि बाबू ने जब जान-पहचान कराई तो पता चला, वे फूल की दूकान के मालिक अवनी सेन हैं। लड़के का नाम है साधन। अवनी बाबू प्रदोष मित्तिर के नाम से परिचित हैं, यह जानकर फेलुदा ने हल्की मुसकराहट के साथ अपने गले को खँखारा। अवनी बाबू खाली कुरसी पर बैठते हुए मणि बाबू की ओर मुड़कर बोले, 'एक बात है। आपके चाचाजी ने क्या किसीसे कोई बाजा बेचने की बात की थी?'

'नहीं।' मणि बाबू ने आश्चर्य में आकर कहा।

'कल एक आदमी आया था। यहाँ किसी से मुलाकात न होने पर मेरे घर पर चला आया। मैंने उसे आज जाने को कहा है। मेरा अनुमान था कि आप आएँगे। उस आदमी का नाम है सुरजित दास गुप्त। आपके चाचा की तरह ही उसमें बाजों का संग्रह करने की सनक है। राधामोहन बाबू के द्वारा लिखी गई एक चिट्ठी भी दिखलाई। मृत्यु होने के कुछ दिन पहले उन्होंने यह चिट्ठी लिखी थी। चिट्ठी पाकर

वह आदमी एक बार पहले भी मिल चुका था। आपके नौकर ने भी बताया, वह उस आदमी को इसके पहले देख चुका है।'

'मैंने भी देखा है।'

यह बात साधन ने कही। वह मेज पर रखे एक हारमोनियम जैसे बाजे के सामने खड़ा होकर उसके परदे को धीरे-धीरे उँगली से दबाकर ढुँग-ढाँग आवाज कर रहा था।

अपने बेटे की बात सुनकर अवनी बाबू ने हँसकर कहा, 'साधन एक तरह से दिन-भर इसी घर के इर्द-गिर्द चक्कर काटता रहता है। दादाजी से उसका बड़ा ही लगाव था।'

'दादाजी तुम्हें कैसे लगते थे?' फेलुदा ने पूछा।

'बीच-बीच में बुरे लगते थे।' साधन ने हमारी ओर मुड़कर कहा।

'क्यों, बुरे लगते थे।' फेलुदा ने दुबारा सवाल किया।

'सिर्फ सारेगामा गाते रहते थे।'

'और तुम नहीं गाते थे?'

'नहीं।...मगर मैं गा सकता हूँ।'

'बस, एकमात्र हिन्दी फिल्मों के गीत।' अवनी बाबू ने हँसकर कहा।

'दादाजी क्या यह जानते थे कि तुम गीत गा सकते हो?'

'हाँ।'

'इसका मतलब तो यही हुआ कि वे तुम्हारा गीत सुन चुके थे।'

'नहीं।'

'फिर उन्हें कैसे पता चला?'

'दादाजी कहते थे, जिसके नाम में स्वर है उसके गले में भी स्वर रहता है।'

बात स्पष्ट नहीं हुई, इसलिए हम एक-दूसरे के मुँह की ओर ताकने लगे। फेलुदा ने कहा, 'इसका मतलब?'

'मैं नहीं जानता।'

'तुमने अपने दादाजी का गीत सुना था?'

'नहीं। बाजा सुन चुका हूँ।'

इस बात पर मणिमोहन बाबू अचकचा उठे और बोले, 'यह क्या साधन बाबू! तुम क्या ठीक कह रहे हो? मुझे यही पता था कि उन्होंने बाजा बजाना बन्द कर दिया है। तुम्हारे सामने कभी बजाया था?'

'सामने नहीं। मैं बाहर बगीचे में था। बन्दूक से नारियल पर निशाना साध रहा था, तभी वे बाजा बजा रहे थे।'

'कहीं किसी दूसरे ने तो नहीं बजाया था?' मणि बाबू ने पूछा।

कोई दूसरा आदमी वहाँ नहीं था।'

फेलुदा ने पूछा, 'तुम बहुत देर तक बाजे की आवाज सुनते रहे?'

'नहीं। ज्यादा देर तक नहीं।'

अब फेलुदा ने मणिमोहन बाबू से कहा, 'एक बार अनुकूल को बुलाइए।'

अनुकूल आकर दरवाजे के सामने हाथ जोड़कर खड़ा हो गया। फेलुदा बोला, 'तुमने अपने मालिक को हाल में कभी बाजा बजाते हुए देखा है?'

अनुकूल ने अत्यन्त संकोच के साथ कहा, 'हुजूर, मालिक तो हमेशा उसी कमरे में पड़े रहते थे। कब क्या करते थे और कब क्या नहीं करते थे सो...'

'तुम्हारे सामने उन्होंने कभी बाजा नहीं बजाया था?'

'जी नहीं।'

'बाजे की आवाज तुमने सुनी थी?'

'जी, सो कई बार...मगर मुझे कान से ठीक-ठीक सुनाई नहीं पड़ता है।'

उनकी मृत्यु के पहले कोई अपरिचित आदमी उनसे मिलने आया था? वही जो कल सवेरे आया था?'

'जी हाँ, आए थे। इसी कमरे में बैठकर बातचीत की थी।'

'पहली बार कब आए थे, याद है?'

'जी हाँ। जिस दिन वे चले बसे, उसी दिन सवेरे।'

'जिस दिन चाचाजी का देहान्त हुआ था?' मणि बाबू की आँखें बड़ी-बड़ी हो गई।

'जी हाँ।'

अनुकूल की आँखों में आँसू छलक आए हैं। अंगोछे से आँखें पोंछकर वह रुंधे स्वर में बोला, 'वे सज्जन चले गए और थोड़ी देर बाद में मालिक के लिए पानी गरम कर उनसे कहने गया। जाकर देखा, वे होश में नहीं हैं। कई बार 'मालिक-मालिक' कहकर पुकारने पर भी जब उत्तर न मिला तो मैं इनके घर पर खबर पहुँचाने गया।' अनुकूल ने अवनी बाबू की ओर इशारा किया। अवनी बाबू बोले, 'हालत देखकर मैंने मणि बाबू को डॉक्टर लेकर आने को कहा। यों करने के लिए कुछ था भी नहीं।'

किसी गाड़ी की आवाज कानों में आई। अनुकूल बाहर चला गया। एकाध मिनट के अन्दर ही एक सज्जन ने कमरे के अन्दर प्रवेश किया। उनके बाल लम्बे-लम्बे झाड़ूनुमा थे, मूँछें लम्बी और आँखों पर मोटे फ्रेम का चश्मा। पता चला, ये ही सुरजित दास गुप्त हैं। अवनी बाबू ने मणिमोहन बाबू की ओर इशारा करते हुए कहा, 'आप इनसे बातचीत कीजिए। आप राधारमण बाबू के भतीजे हैं।'

'ओ, आइ सी। आपके चाचाजी से पत्र के माध्यम से जान-पहचान हुई थी। उन्होंने मुझसे मिलने...'

मणि बाबू ने उनकी बात काटकर कहा, 'चाचाजी का पत्र आपके पास है?'

अपने कोट की जेब से एक पोस्टकार्ड निकालकर मणि बाबू को दिया। मणि

बाबू के पढ़ने के बाद पत्र फेलुदा ने ले लिया। मैंने झुककर पढ़ा, उस पत्र में राधामोहन बाबू ने उन्हें रविवार, 18 सितम्बर को नौ से दस के बीच मिलने को लिखा था। कारण भी लिखा हुआ है–

'जितने बाजे हैं, सब मेरे पास ही हैं। आने पर आपको दिखा दूँगा।' दूसरी ओर उनका पता लिखा हुआ है। फेलुदा ने उसे देख लिया–मिनर्वा होटल, सेन्ट्रल एवेन्यू कलकत्ता-13।

फेलुदा ने पत्र पढ़ने के बाद पलंग की बगल में रखी सुलेखा ब्लू-ब्लैक स्याही की ओर भी सरसरी निगाह से देखा। लगता है, पत्र उसी स्याही से लिखा गया है।

सुरजित बाबू अब तक खड़े, अब जैसे असहिष्णु होकर पलंग के एक कोने में बैठ गए। उसके बाद वाला सवाल मणि बाबू ने ही किया–

'अठारह तारीख को आपसे क्या बातें हुईं?'

सुरजित बाबू ने कहा, 'कुछ दिन पहले 'गीत भारती' पत्रिका के एक पुराने अंक में उनकी एक रचना पढ़कर मुझे उनके बारे में जानकारी प्राप्त हुई। यहां आकर मैंने जब उनका कलेक्शन देखा तो मैंने दो वाद्ययंत्रों को खरीदने की अपनी इच्छा जाहिर की। कीमत के बारे में बातचीत हुई। मैंने दोनों के लिए दो हजार रुपया ऑफर किया। वे राजी हो गए। मैं उसी वक्त चेक देने जा रहा था, उन्होंने दो दिन बाद कैश लाने को कहा। इसीलिए बुधवार का दिन तय हुआ। मंगलवार के अखबार से उनकी मृत्यु की सूचना मिली। उसके बाद मैं देहरादून चला गया। वहां से परसों वापस आया हूँ।'

मणि बाबू ने कहा, 'आप जिस दिन उनसे मिलने आए, उस दिन उनकी तबीयत कैसी थी?'

'अच्छी ही थी। तब हाँ, उनके मन में धारणा बँध गई थी कि अब वे ज्यादा दिनों तक जिन्दा नहीं रहेंगे। दो-चार शब्दों से इसी तरह का भाव प्रकट हो रहा था।'

'आपसे कोई बहस हुई थी?'

इस सवाल से सुरजित बाबू का चेहरा कई क्षणों तक बुझा-बुझा जैसा लगने लगा। उसके बाद वे धीमी आवाज में बोले, 'आप क्या उनके हार्ट-अटैक के लिए मुझे जिम्मेदार ठहराना चाहते हैं?'

मणि बाबू ने यथासाध्य सहज स्वर में कहा, 'मैं यह नहीं कह रहा हूँ कि आपने जान-सुनकर कुछ किया है। वे चूँकि आपके यहाँ से जाते ही अस्वस्थ हो उठे इसीलिए...'

'हो सकता है। मगर मैं जब तक था वे बिलकुल अच्छे थे। एनी वे, आप मेरे मामले में कोई-न-कोई डिसिजन ले सकते हैं। मैं नकद पैसा लेकर आया हूँ...' उन्होंने जेब से मनीबैग बाहर निकाला, 'आज ही वे दो बाजे मिल जाते तो अच्छा रहता है। मैं कल देहरादून लौट जाऊँगा। वहीं रहता हूँ। वहीं म्यूजिक पर रिसर्च कर रहा हूँ।'

'आप किन दो बाजों के बारे में कह रहे हैं?'

सुरजित बाबू पलंग से उठकर दीवार की ओर गए और हुक में लटके बाजे को दिखाकर कहा, 'पहला तो यह है। इसका नाम है, खामांचे—ईरान का बाजा है। मैं इसका नाम जानता था, मगर कभी देखा नहीं था। बहुत ही पुराना बाजा है। और दूसरा है—'

सुरजित बाबू कमरे की दूसरी ओर छोटी मेज पर रखे हारमोनियम जैसे एक बाजे के पास जाकर रुके। इसी को कुछ देर पहले साधन बजा रहा था। उसकी ओर उँगली से इशारा करते हुए वे बोले, 'इसका नाम है मेलोकॉर्ड। यह विलायती बाजा है; इसके पहले नहीं देखा था। मेरी धारणा है, बहुत कम दिनों तक ही मैनुफैक्चर हुआ था, उसके बाद बनना बन्द हो गया। बड़ा ही सिम्पल बाजा है, मगर चूंकि मिलता नहीं, इसीलिए एक हजार ऑफर किया था। वे राजी हो गए थे।'

'इन्हें अभी नहीं दिया जा सकता है, मिस्टर दास गुप्त।'

सुरजित बाबू ठिठककर खड़े हो गए। यह बात फेलुदा ने कही थी और वह भी जोरदार शब्दों में। तीक्ष्ण दृष्टि-बाण तरेरने की बात मैंने किसी किताब में पढ़ी थी। सुरजित बाबू तुरन्त मणि बाबू की तरफ से मुड़कर फेलुदा की तरफ मुखातिब होकर उसी तरह का तीक्ष्ण दृष्टि-बाण तरेरते हुए गम्भीर और रूखे स्वर में बोले, 'आप कौन हैं?'

जवाब मणि बाबू ने दिया—

'आप मेरे मित्र हैं। उन्होंने जो कुछ कहा है, ठीक ही कहा है। अभी नहीं दिया जाएगा। इसका मुख्य कारण क्या है, आपको समझना चाहिए: चाचाजी ये चीजें बेचने को सहमत थे, इसका कोई सबूत नहीं है।'

सुरजित दास गुप्त कुछ पलों तक पत्थर की मूर्ति की तरह खड़े रहे। उसके बाद बिना कुछ कहे तेज कदमों से कमरे के बाहर चले गए।

फेलुदा भी कुरसी छोड़कर खड़ा हो गया। सुरजित बाबू की घटना जैसे कुछ भी न हो, इस तरह का भाव दिखाते हुए उसने दीवार के पास जाकर पहले खामांचे बाजे को गौर से देखा। सड़कों पर बच्चों के खेलने के लिए जो बेहला बिकता है, देखने में बहुत-कुछ वैसा ही है। हालाँकि आकार में उससे काफी बड़ा है और उसकी गोलाई पर बहुत खूबसूरत नक्काशी है।

इसके बाद खामांचे को छोड़कर फेलुदा मेलोकॉर्ड बाजे के पास गया। सफेद-काले परदे को दबाते ही पियानो और सितार से मिली-जुली ढुंग-ढांग आवाज सुनाई पड़ी।

'इसी बाजे की आवाज तुमने सुनी थी?' फेलुदा ने साधन से पूछा।

साधन जैसे कच्ची उम्र के बच्चों को मैंने उसके जैसा गम्भीर बहुत कम ही देखा है।

अब की फेलुदा ने आलमारी की दराज से एक बण्डल पुराने कागज निकालकर

मणि बाबू से कहा, 'मैं इन्हें अपने घर ले जा सकता हूँ?'

मणि बाबू ने कहा, जरूर! अगर और कुछ...'

'नहीं, और किसी चीज की जरूरत नहीं है।'

हम जब घर से बाहर निकलने लगे, साधन को खिड़की से बाहर आकाश की ओर ताकते हुए एक अजीब स्वर में गुनगुनाते हुए पाया।

मगर वह किसी फिल्मी गीत का स्वर नहीं था।

फेलुदा ने मणिमोहन बाबू से दो दिनों का वक्त माँगा था। माँगना जरूरी था, क्योंकि राधामोहन बाबू के मकान की पूरी तलाशी लेने के बावजूद कोई चाबी या चाबी से खुलने वाला कोई बक्सा नहीं मिला था। इसीलिए फेलुदा बोला, 'नम्बर एक, चुपचाप बैठकर सोचना-विचारना होगा। नम्बर दो, राधारमण बाबू के कागजात को उलटने-पुलटने से उनके बारे में कोई जानकारी हासिल होती है या नहीं, यह देखना है। नम्बर तीन, गीत और बाजे के बारे में थोड़ी और जानकारी हासिल करनी होगी।'

बामुनगाछी से लौटने के रास्ते में मणिमोहन बाबू बोले, 'आपकी समझ में क्या आ रहा है। मिस्टर मित्तिर?'

फेलुदा ने अपने गम्भीर और अनमने भाव को परे हटाते हुए कहा, 'आपको कुछ ईस्वी और तारीखों के बारे में मुझे मदद करनी होगी।'

'कहिए।'

'आपके चचेरे भाई—यानी राधारमण बाबू के लड़के—मुरलीधर की मौत कब हुई है?'

'फोर्टी फाइव में। अट्ठाइस साल पहले।'

'उस समय उनके लड़के की उम्र कितनी थी?'

'धरणीधर की? धरणी की उम्र सात या आठ साल होगी।'

'वे लोग कलकत्ते में ही रहते थे?'

'नहीं। भैया भागलपुर में डॉक्टरी करते थे। उनकी मृत्यु के बाद भाभीजी बच्चों को लेकर कलकत्ता चली आईं और ससुर के मकान में रहने लगीं। तब मेरे चाचाजी एमहर्स्ट स्ट्रीट में रहते थे। भाभीजी का देहान्त एमहर्स्ट स्ट्रीट में ही हुआ। धरणी तब सिटी कॉलेज में पढ़ता था। माँ के मरते ही उसके स्वाभाव में एक परिवर्तन आ गया। पढ़ना-लिखना छोड़कर वह थियेटर में भर्ती हो गया। उसके लगभग एक साल बाद चाचाजी बामनगाछी चले गए। उनका मकान तैयार हुआ था...'

'फिफ्टी-नाइन में। गेट पर तारीख लिखी हुई है।'

राधामोहन बाबू के कागजात में कुछ पुरानी चिट्ठियाँ थीं। उसके अलावा कुछ

कैशमेमो, दवा के दो प्रेस्क्रिपशन, स्पीगलर नामक एक जर्मन कम्पनी का पुराना सूचीपत्र–जिसमें नाना प्रकार के बाजों की तसवीरों और उनकी कीमतें थीं–कापी के कागज पर लिखी हुई कई बंगला गीतों की स्वरलिपि, अखबारों से काट-काटकर विभिन्न समय में रखी गई पाँच नाटकों की समालोचनाएँ–जिनमें संजय लाहिड़ी नामक एक अभिनेता के सम्बन्ध में जो कुछ लिखा है, उसे नीली पेंसिल से रेखांकित किया गया है।

इसमें से तीन चीजों के प्रति फेलुदा ने अपनी राय जाहिर की। स्वरलिपि को देखकर वह बोला, 'सुरजित बाबू ने जिस पोस्टकार्ड को दिखाया था, उसकी लिखावट से यह लिखावट मिलती-जुलती है।' सूचीपत्र देखकर वह बोला, 'इसमें मेलोकॉर्ड नामक किसी वाद्ययंत्र की चर्चा नहीं है।' थियेटर की समालोचनाओं को देखकर उसने कहा, 'मैं जहाँ तक समझता हूँ, संजय लाहिड़ी और धरणीधर समाद्दार एक ही व्यक्ति है। और अगर यह सच है तो मानना होगा कि पोते का चेहरा न देख पाने के बावजूद राधारमण बाबू उसकी खोज-खबर रखा करते थे।'

कागजात प्लास्टिक के एक बैग में रखकर फेलुदा ने थियेटर-सम्बन्धी पत्रिका 'मंचलोक' को टेलीफोन कर पूछा कि संजय लाहिडी किस जात्रादल में है। पता चला कि दल का नाम मॉडर्न ऑपेरा है। वहाँ संजय लाहिड़ी हीरो का पार्ट करता है। उसके बाद मॉडर्न ऑपेरा के ऑफिस में फोन करने पर पता चला कि जात्रादल तीन सप्ताह पहले ही टूर पर जलपाईगुड़ी की ओर चला गया है। लौटने में अभी एक सप्ताह की देर है। यह सूचना हालाँकि मणिबाबू से इसके पहले ही मिल चुकी थी।

दोपहर में खाना खाने के बाद बाहर निकले। एक ही दिन में इस तरह एक साथ इतनी-इतनी जगहों में हम बहुत दिनों से नहीं गए थे। पहले हम जादूघर गए। क्यों जा रहे हैं, इसकी जानकारी मुझे पहले से न थी, क्योंकि फेलुदा का अभी मौन-व्रत चल रहा है। इसके अलावा बीच-बीच में वह अपनी उँगली मटका रहा है। मुझे जता रहा है कि अभी वह तल्लीन होकर कुछ सोच रहा है, इसलिए डिसटर्ब करना ठीक नहीं होगा। जादूघर में वाद्ययंत्रों का ऐसा संग्रह है, इसका मुझे पता न था। यह जरूर है कि जितने भी बाजे हैं सभी देशी हैं–एकबारगी महाभारत के काल से शुरू कर आधुनिक काल तक के। एकवीणा ही इतनी तरह की हो सकती है, इसकी मेरे मन में धारणा नहीं थी।

इसके बाद हम विलायती वाद्ययंत्रों की दुकान पर गए। फ्री स्कूल स्ट्रीट की सालदानहा कम्पनी ने बताया कि मेलोकॉर्ड का नाम उसने कभी नहीं सुना है। वहाँ से हम लाल बाजार गए। लाल बाजार की मण्डल कम्पनी का एक केशमेमो राधारमण बाबू के कागज-पत्र में था। लगता है, फेलुदा इसीलिए वहाँ गया। दुकान के मालिक का चेहरा हूबहू जहर राय की तरह है। वह बोला, 'समाद्दार साहब हमारे बहुत पुराने ग्राहक थे–मेरे फादर के टाइम से ही।'

'आपने मेलोकॉर्ड नामक किसी बाजे का नाम सुना है?' फेलुदा ने पूछा।

'मेलोकॉर्ड? नहीं। क्या क्लोरियोनेट टाइप की कोई चीज होती है? फूँकने से बजने वाला बाजा? विंड इनस्ट्रूमेन्ट?'

फेलुदा ने कहा, 'नहीं। इसे हारमोनियम टाइप का कह सकते हैं। आकार में बहुत छोटा। आवाज पियानों और सितार के बीच जैसी होती है।'

'छोटी साइज का बाजा है? उसमें कितने ऑकटेव हैं?'

मुझे इस बात की जानकारी है कि सा-रे-गा-मा-पा-धा-नि-सा—इन आठ स्वरों को मिलाने से एक ऑकटेव होता है। मण्डल की दुकान में भी एक हारमोनियम दीख रहा है जिसमें तीन ऑकटेव से ज्यादा परदे हैं। यह सुनकर कि मेलोकॉर्ड में एक ही परदा रहता है, मण्डल ने सिर हिलाकर कहा, 'नहीं साहब। इसके बारे में सुनने पर तो यही लगता है खिलौना जैसी कोई चीज होगी। आप बल्कि न्यू मार्केट में जाकर पूछताछ करें।'

इसके बाद फेलुदा ने कॉलेज स्ट्रीट के दास गुप्त की दुकान से उन्नीस रुपयों में संगीत की तीन पुस्तकें खरीदीं। वहाँ से वह विधान सरणि के 'मंचलोक' के कार्यालय गया और खोज-खाजकर संजय लाहिड़ी की मुड़ी-तुड़ी फोटो माँग ली। कीमत के बारे में पूछने पर मंचलोक के सम्पादक प्रतुल हाजरा ने जीभ काटते हुए कहा, 'आप कीमत की बात क्यों कर रहे हैं? आप फेलु मित्तिर हैं न?'

सड़क के मोड़ पर हमने एक दुकान में ठंडी लस्सी पी। टैक्सी पकड़कर जब हम घर लौटे तो साढ़े सात बज चुके थे। आकर देखा, मुहल्ला अँधेरा है, लोडशेडिंग चल रहा है। फेलुदा मोमबत्ती जलाकर संगीत की पुस्तकों को उलट-पुलट कर देखने लगा। नौ बजे जब रोशनी आई तो वह बोला, 'तोपसा, तू श्रीनाथ को अपने साथ लिए अभी तुरन्त पल्टु के घर पर चला जा। कहना कि फेलुदा को एक दिन के लिए हारमोनियम की जरूरत है।'

सोने के पहले तक हारमोनियम की पों-पों आवाज कानों में आती रही।

रात में मैंने सपना देखा, एक विशाल घर में एक विशाल लोहे का दरवाजा है और उसमें एक बहुत बड़ा छेद है। छेद इतना बड़ा है कि उससे अनायास ही दूसरी ओर जाया जा सकता है। मगर ऐसा न कर फेलुदा, मणिमोहन बाबू और मैं—तीनों आदमी मिलकर एक विशाल चाबी को कसकर पकड़े हुए हैं। उसे एक छेद के अन्दर घुसाने की कोशिश कर रहे हैं और सुरजित राय एक जब्बा पहने उछल-कूद रहे हैं और सस्वर बोले जा रहे हैं : एट टू नाइन वन, एट टू नाइन वन, एट टू नाइन वन!

दूसरे दिन मंगलवार था। मणिमोहन बाबू ने कहा था कि वे बुधवार को दरियाफ्त करेंगे, मगर सवेरे सात बजे उनका फोन आया। फोन मैं ही थामे था। मैंने जब उनसे कहा कि फेलुदा को बुला देता हूँ तो वे बोले, 'जरूरत नहीं है। तुम उनसे कह देना

कि मैं अभी तुरन्त आ रहा हूँ, जरूरी बातें हैं।'

वे पन्द्रह मिनट के अन्दर ही आ गए, बोले, 'अवनी बाबू ने अभी-अभी बामुनगाछी से फोन किया है। चाचाजी के सोने के कमरे में कोई आदमी घुसा था।'

'उस जर्मन ताले का संकेत और किस आदमी को मालूम है?' फेलुदा तत्क्षण पूछ बैठा।

'मेरे भतीजे को इसकी जानकारी है। कह नहीं सकता कि अवनी बाबू को मालूम है या नहीं। सम्भवतः नहीं है। मगर वह आदमी सामने के दरवाजे से नहीं घुसा था।'

'फिर?'

'बाथरूम में मेहतर के घुसने के रास्ते से।'

'मगर कल जब मैं बाथरूम गया था तो वह दरवाजा बन्द था। मैंने अपनी आँखों से देखा है।'

'हो सकता है, बाद में किसी ने खोला हो। खैर, कुछ लेकर भाग नहीं सका। उसके घुसते ही अनुकूल को पता चल गया।...अभी आप फ्री हैं? एक बार चल सकते हैं?'

'जरूर। तब हाँ, उसके पहले मैं एक बात पूछना चाहता हूँ। आप राधारमण बाबू के पोते को—यानी अपने भतीजे धरणीधर को—अभी देखकर पहचान सकिएगा?' मणि बाबू के पेशानी पर बल पड़ गए। वे बोले, 'हालाँकि बहुत दिनों से मुलाकात नहीं हुई है, मगर है तो आखिर मेरा भतीजा ही।'

फेलुदा ने अपने कमरे से उन्हें एक तस्वीर लाकर दी। मंचलोक के कार्यालय से लाई गई तस्वीर पर फेलुदा ने मूँछें और मोटे फ्रेम का चश्मा स्याही से बना दिया है मणि बाबू चौंक पड़े, 'अरे यह तो...'

'क्या यह सुरजित दास गुप्त की तरह लगता है?'

'हाँ-हाँ, सिर्फ नाक के पास ज़रा...'

'खैर, चेहरे में सादृश्य है। दरअसल यह आपके भतीजे की तस्वीर है, मैंने सिर्फ रंग भर दिया है।'

'आश्चर्य की बात है...। यह नहीं कि मेरे मन में यह बात नहीं जगी हो। इनफैक्ट, कल रात एक बार मैंने सोचा, आपको फोन करके बतला दूँ। मगर प्रेस में ओवरटाइम चल रहा था, लौटने में काफी रात हो गई, इसी से कह नहीं सका। इतना जरूर है कि निश्चयपूर्वक कुछ कहा नहीं जा सकता था। धरणी को करीब पन्द्रह सालों से मैंने एक तरह से देखा ही नहीं है। थियेटर में भी नहीं, क्योंकि थियेटर की सनक मुझमें नहीं है; और जात्रा देखना तो मैंने छोड़ ही दिया है। मगर आपका अनुमान अगर सही हो तो...'

'तो दो बातों को प्रमाणित करना होगा। एक, असल में सुरजित दास गुप्त

नामक कोई व्यक्ति नहीं है, दो, संजय लाहिड़ी जात्रादल से छुट्टी लेकर आ गया है और आया है तो आपके चाचाजी की मृत्यु के पहले ही। तोपसा, मिनर्वा होटल का नम्बर खोजकर निकालो।'

होटल से बातचीत करने पर पता चला, सुरजित दास गुप्त नामक एक आदमी हालाँकि वहाँ आया था, लेकिन कल शाम वह होटल छोड़कर चला गया है।

मॉडर्न ऑपेरा में फोन करने से कोई लाभ नहीं है, क्योंकि कल ही उससे बातचीत हुई थी और उसने बताया था कि संजय लाहिड़ी टूर पर है।

बामुनगाछी पहुँचकर फेलुदा ने पहले दीवार के बाहरी हिस्से को घूम-घूमकर देखा। चाहे जो भी आया हो, गाड़ी या टैक्सी से ही उसे आना पड़ा होगा। और गाड़ी को मकान से दूर रखकर बाकी रास्ते को पैदल चलकर आना पड़ा होगा और दीवार के बाहरी हिस्से में तीन जगह पेड़ हैं और उन पेड़ों की शाखाएँ दीवार के ऊपर से होती हुई कम्पाउण्ड के भीतर चली आई हैं। मुश्किल यही है कि वर्षा के दिन होते तो मिट्टी पर पैरों के निशान रहते, मगर अभी मिट्टी बिलकुल सूखी हुई है।

अनुकूल की तबीयत ठीक नहीं है। अपने कमरे में लेटा-लेटा जो कुछ कराहते हुए वह बता गया उससे यही पता चला कि सिर-दर्द और मच्छरों के दंशन के चलते रात में उसे अच्छी तरह नींद नहीं आ रही थी। वह जहाँ सोता है, उसकी खाट की बगल वाली खिड़की से राधारमण बाबू के कमरे की खिड़की साफ-साफ दिखाई पड़ती है। अँधेरे में अचानक उसे उस कमरे में एक रोशनी दिखाई पड़ी और वह फड़फड़ाकर उठ बैठा और 'कौन है, कौन है' कहकर उधर दौड़ पड़ा। लेकिन उसके पहुँचने के पहले ही एक आदमी राधामोहन बाबू के बाथरूम के दरवाजे से दौड़कर बाहर चला गया और अँधेरे में लापता हो गया। उसके बाद अनुकूल रात-भर राधारमण बाबू के कमरे के फर्श पर ही लेटा रहा।

'अँधेरे के कारण तुम उस आदमी को पहचान नहीं सके?' मणि बाबू ने पूछा।

'नहीं, मालिक! मैं बूढ़ा आदमी हूँ, आँखों से साफ-साफ दिखाई नहीं पड़ता है और उस पर कल अमावस्या थी...'

हमने राधारमण बाबू के कमरे के अन्दर जाकर देखा। सरोसामान ज्यों-के-त्यों पड़े थे। मगर मैं फेलुदा का गम्भीर स्वर सुनकर घबरा उठा।

'मणि बाबू, बारासत थाने में खबर भेजनी होगी। इस मकान में आज रात से पहरे का इन्तजाम करना होगा। वह आदमी दुबारा भी आ सकता है। और सुरजित दास गुप्त अगर संजय लाहिड़ी न भी हों तो भी उस पर शक करना ही होगा, क्योंकि उन दो चीजों के प्रति उसके मन में बहुत ही लोभ है। पैसे से खरीदना सम्भव न होने पर दूसरे-दूसरे उपायों से उन्हें हथियाने की चेष्टा करना अस्वाभाविक नहीं है। इस तरह के उपाय से जमा करने वालों की जिद बहुत खतरनाक हुआ करती है।'

मणि बाबू बोले, 'मैं अभी तुरन्त अवनी बाबू के मकान से थाने में फोन कर

दूँगा। ओ. सी. से मेरी जान-पहचान है।'

वे हड़बड़ाते हुए कमरे से बाहर चले गए। फेलुदा मेलोकॉर्ड लेकर पलंग पर बैठे-बैठे उसे उलट-पुलट कर देखने लगा। बहुत ही मजबूत है, दोनों ओर की लकड़ी पर नक्काशी की गई है। उसे चित रखकर रोशनी में देखने से उस पर एक रंग उड़ा हुआ लेबेल दीख पड़ा। फेलुदा ने आँखें सिकोड़कर लिखावट पढ़ी और कहा, 'स्पीगलर कम्पनी के द्वारा बनाया गया है। मेड इन जर्मनी।'

यह सही है कि फेलुदा हारमोनियम बजाना नहीं जानता, मगर अनाड़ी हाथ से उसने एक-एक परदे को दबाकर जब 'जन-गण-मन' का एक टुकड़ा मेलोकॉर्ड पर बजाया, बाजे के गुण के कारण सुनने में वह खासा अच्छा लगा। उसके बाद उसे फिर से मेज पर रखता हुआ बोला, 'इच्छा होती है कि एक बार इसे तोड़कर देखा जाए कि इसके अन्दर क्या है, मगर भीतर कुछ न मिला तो बाजे के लिए बड़ा ही अफसोस होगा। सुरजित दास गुप्त ने इसके लिए एक हजार ऑफर किया था।'

तबीयत खराब रहने के बावजूद अनुकूल शर्बत ले आया है। उसे हमने होंठों से लगाया ही था कि मणिमोहन बाबू ने वापस आकर बताया, 'थाने में सूचना भेज दी है। शाम से दो आदमी रहेंगे। अवनी बाबू घर पर नहीं मिले। वे साधन को लेकर कलकत्ता गए हुए हैं। तीसरे पहर वापस आएँगे।'

फेलुदा ने कहा, 'राधारमण बाबू रुपया छिपाकर रख गए हैं, यह बात आपके अलावा और किसे मालूम है?'

मणि बाबू ने गम्भीर स्वर में कहा, 'मुझे चाचाजी की मृत्यु के बाद पता चला है। रुपये-पैसे की खोज हो रही है, यह बात अवनी बाबू को मालूम है। मगर रकम कितनी हो सकती है, यह बात उन्हें मालूम नहीं होगी। और सुरजित दास गुप्त अगर सचमुच धरणीधर है तो जिस दिन वह चाचाजी से बातचीत कर गया था, हो सकता है, उसे उस दिन जानकारी प्राप्त हुई हो। मेरा विश्वास तो यही है कि वह चाचाजी के पास रुपया माँगने आया होगा। उसके बाद चाचाजी से झड़प हुई होगी और उसके परिणामस्वरूप...'

मणि बाबू ने अपनी बात पूरी नहीं की।

फेलुदा ने उनकी ओर अपलक ताकते हुए कहा, 'उसके फलस्वरूप आपके चाचाजी को दिल का दौरा पड़ा। धरणीधर उसी हालत में कमरे के अन्दर रुपये-पैसे की खोज-बीन करने लगा। आपका यही खयाल है न?'

'हुँ...मगर मुझे यह भी पता है कि रुपया-पैसा उसे खोज-बीन करने पर भी नहीं मिला था।'

'अगर मिल गया होता तो बाजे खरीदने के बहाने वह दुबारा लौटकर नहीं आता। आप यही कहना चाहते हैं न?'

'हाँ, यही। उसे विश्वास है कि उन दोनों बाजों में से किसी एक में रुपया है।'

'मेलोकॉर्ड में।'

मणि बाबू ने फेलुदा की ओर तीक्ष्ण दृष्टि डाली।

'आपका यही कहना है?'

'मेरा मन यही कहता है,' फेलुदा ने कहा, 'तब मैं अन्दाज पर ढेला फेंकना पसन्द नहीं करता। दूसरी बात है कि आपके चाचाजी की अन्तिम बातें मैं भूल नहीं पाता हूँ। आपको सुनने में कोई गलती तो नहीं हुई थी? उन्होंने 'चाबी' शब्द ही कहा था न?'

मणि बाबू का चेहरा सहसा बुझ गया। हाथ मलते-मलते बोले, 'पता नहीं साहब, मगर लगा तो था कि चाबी ही बोले थे। यह भी हो सकता है कि चाचाजी अनाप-शनाप बक रहे हों। हो सकता है, चाबी शब्द का कोई अर्थ न हो।'

यह बात सुनकर मेरा मन बहुत छोटा हो गया। मगर फेलुदा के उत्साह में कोई कमी नहीं दीख पड़ी। वह बोला, 'चाहे अनाप-शनाप हो या और कुछ, मगर इस कमरे में रुपये हैं। मुझे उन रुपयों की गन्ध मिल रही है। असली बात चाबी नहीं, रुपया है।'

'फिर आप अभी क्या कीजिएगा, यही ठीक कीजिए।'

'कर लिया है। अभी घर लौटूँगा। दिन के वक्त डर की कोई बात नहीं है। अनुकूल से कह दीजिए कि नजर रखे और बाहरी किसी आदमी को अन्दर न आने दे। रात में पहरा रहेगा ही। मैं घर जाकर पलंग पर लेटकर तकिये को छाती से दबाए मुँह के बल लेटूँगा और इस पर सोचूँगा। अभी धीमी रोशनी है, उसे और भी तेज होना चाहिए। तब हाँ, एक बात। अगर जरूरत महसूस होगी तो मैं आज रात यहीं गुजारूँगा। आपको इसमें एतराज तो नहीं होगा?'

'कतई नहीं। आठ बजे आपको यहाँ से ले जा सकता हूँ।'

'अच्छी बात है। आप संख्या-विज्ञान पर विश्वास करते हैं?'

'संख्या-विज्ञान?' मणि बाबू हतप्रभ हो गए।

फेलुदा ने हलकी मुसकराहट के साथ कहा, 'आप लोगों में से हर आदमी के नाम में पाँच अक्षर हैं : राधारमण, मुरलीधर, धरणीधर, मणिमोहन। यही वजह है कि यह सवाल मेरे दिमाग में आया।'

'पहले यही लिख कि मृत व्यक्ति का नाम क्या था।'

फेलुदा अपने पलंग पर बैठा है, मैं उसकी बगल में कुरसी पर। मेरे हाथ में उसने कापी-पेंसिल थमा दी थी। मैंने लिखा—

'राधारमण समाद्दार।'

'उसके पोते का नाम?'

'धरणीधर समाद्दार।'
'पोते का थियेटर का नाम?'
'संजय लाहिड़ी।'
'देहरादून के वाद्य यंत्रों के संग्राहक का नाम?'
'सुरजीत दास गुप्त।'
'राधामोहन के पड़ोसी का नाम?'
'अवनी सेन।'
'उसके लड़के का नाम?'
'साधन सेन।'
'राधामरण ने अन्तिम शब्द क्या कहा था?'
'मेरे नाम से...चाबी...चाबी...'
'गीत में एक 'सा' से उसके बाद वाले 'सा' तक कितने स्वर होते हैं?'

इस बीच फेलुदा ने अपनी खरीदी हुई पुस्तक 'संगीत प्रवेशिका' से मुझसे एक अध्याय पढ़वा लिया है। पता नहीं, वह संगीत के विषय में इतना तल्लीन क्यों हो गया है। खैर, मैंने लिखा—

'बारह।'
'क्या-क्या?'
'सात शुद्ध, चार कोमल और एक कड़ी।'
'शुद्ध स्वर क्या-क्या है? किस तरह लिखा जाता है?'
'स र ग म प ध न।'
'कौन-कौन कोमल है?'
'र ग ध न।'
'किस तरह लिखा जाता है?'
'ऋ ज्ञ द ण।'
'किस तरह लिखा जाता है?'
'ह्म।'
'अब कागज मुझे दे।'
मैंने दे दिया।
'अब बैठक में जाकर बैठ। पल्ले उढ़का दे। मैं काम करूँगा।'

मैं बैठक में चला गया। पल्ले उढ़का दिए। सोफा पर बैठ गया। 'चाँद का पहाड़' पुस्तक तीन बार पढ़ चुका हूँ, अब फिर से पढ़ना शुरू किया।

लगभग एक घण्टे के बाद फेलुदा के कमरे से एक्सटेनशन फोन डायल करने की आवाज मेरे कानों में आई। कौतूहल सम्हाल न पाने के कारण मैं दरवाजे के सामने खड़ा होकर सुनने लगा। फेलुदा की आवाज सुनाई पड़ी। 'डॉक्टर बोस हैं—चिन्तामणि बोस?'

फेलुदा उसी हार्ट स्पेशलिस्ट को फोन कर रहा है, जिसे मणि बाबू अपने चाचा को दिखाने ले गए थे।

मैं यही जानना चाहता था कि वह फोन किसे कर रहा है, बाकी सुनना जरूरी नहीं है। मैं अपनी जगह पर आकर बैठ गया।

दस मिनट के बाद फिर खट-खट आवाज सुनाई दी। यह भी डायलिंग की आवाज थी।

मैं दरवाजे के पास खड़ा हो गया। कान लगाकर सुनने लगा।

'यूरेका प्रेस? आप कौन बोल रहे हैं?'

मणिमोहन बाबू का प्रेस। बस, इतना ही काफी है। मैं फिर से 'चाँद का पहाड़' लेकर बैठ गया।

चार बजे श्रीनाथ चाय लेकर आया, उस वक्त भी फेलुदा कमरे से बाहर नहीं निकला। आखिर जब दीवार की घड़ी ने चार बजकर पैंतीस मिनट बजाए और मैं जब यह सोचने में मशगूल था कि फेलुदा मेरी लिखावट लेकर क्या कर रहा है, ठीक उसी वक्त दरवाजा खोलकर हाथ में एक अधजला चारमीनार सिगरेट लिए वह बाहर आया और बोला, 'माथा चकरा रहा है, तोपसा! एक बयासी साल बूढ़े के मुँह से मरने के समय कहे गए तीन शब्दों के कारण मुझे क्यों इतना सोचना पड़ा, यह सोचकर मेरा माथा चकरा रहा है। इतना जरूर है कि इसके लिए हम लोगों की बंगला भाषा जिम्मेदार है...।'

फेलुदा की बातें समझ में न आने के कारण मैं चुपचाप बैठा रहा। उसके चेहरे का भाव बदल गया है और यह पता चल गया कि वह जिस धुँधली रोशनी की बात कह रहा था, अब वह उसके सामने धुँधली नहीं रह गई है।

सा धा नि सा नि...सबके सब शुद्ध स्वर हैं। सुनकर कुछ याद आ रहा है? कुछ मतलब समझ में आ रहा है?'

मेरा दिमाग और भी चकराने लगा। फेलुदा बोला, 'यह तेरी समझ के परे की बात है। अगर तू ही समझ जाए तो मुझमें और फेलु मित्तिर में फर्क ही क्या रह जाए?'

भाग्यवश अन्तर है! मैं फेलुदा के चमचे के अतिरिक्त और कुछ होना नहीं चाहता।

फेलुदा ने यह पहली बार सिगरेट राखदान में फेंकने के बजाय कैरम के स्ट्राइकर से धक्का देने की तरह उसे बाहर सड़क पर फेंक दिया और बैठक में जाकर एक नम्बर डायल किया। दस सेकेण्ड के बाद ही बातचीत शुरू हो गई।

'कौन—मिस्टर समाद्दार? चले आइए—अभी तुरन्त। बामुनगाछी जाना होगा।... हाँ, हो गया है—सब कुछ स्पष्ट...मेलोकॉर्ड...हाँ, मेलोकॉर्ड में ही हमारे रहस्य की कुँजी है।'

उसके बाद टेलीफोन रखकर उसने गम्भीर स्वर में कहा, 'इसमें एक रिस्क है, तोपसा! मगर उसका सामना करना ही पड़ेगा।'

मणि बाबू का ड्राइवर गुरुचरण हालाँकि बूढ़ा है, मगर वी. आई. पी. रोड में फी घण्टे पचासी किलोमीटर की रफ्तार से गाड़ी चलाने लगा। फेलुदा के मनोभाव को देखने से पता चला कि रफ्तार अगर घण्टे में सौ मील होती तो वह खुश होता। एयरपोर्ट के बाद थोड़ी दूर तक सड़क पर भीड़ रहने की वजह से रफ्तार बहुत कम हो गई परन्तु उसके बाद गाड़ी की रफ्तार साठ मील हो गई—हालाँकि सड़क उतनी चौड़ी नहीं थी, और शाम उतरने ही वाली थी।

राधारमण बाबू के फाटक के पास आकर फेलुदा बोला, 'लगता है, पहरे पर आनेवालों का अभी समय नहीं हुआ है।'

फाटक से घुसते ही बगीचे में हाथ में बन्दूक थामे साधन दिखाई पड़ा। गाड़ी से उतरकर फेलुदा ने कहा, 'क्यों साधन बाबू, शाम की इस रोशनी में आप किस चीज का शिकार कर रहे हैं?'

साधन ने कहा, 'चमगादड़ का।'

राधारमण बाबू के अहाते के ठीक बाहर एक पीपल के पेड़ पर कई चमगादड़ लटके हुए हैं। यह हम गाड़ी से उतरते ही देख चुके थे।

अनुकूल गाड़ी की आवाज सुनकर अपने कमरे से बाहर निकल आया था। मणि बाबू ने उससे लालटेन जलाने को कहा और घर के अन्दर घुसने लगे। हम भी उनके पीछे-पीछे अन्दर गए। एट-टु-नाइन-वन ताले को खोलते हुए मणि बाबू बोले, 'रहस्य का समाधान कैसे हुआ? यह जानने की बड़ी तीव्र इच्छा जग रही है।' असल में फेलुदा रास्ते-भर चुपचाप बैठा रहा था, इसीलिए मेरी भी हालत मणि बाबू जैसी ही थी।

अँधेरे कमरे में घुसते ही फेलुदा ने अपने तेज टार्च की रोशनी कमरे की पश्चिमी दीवार के नीचे की ओर डाली। मेरी छाती धड़क रही है। रोशनी सीधे मेज पर रखे मेलोकॉर्ड पर पड़ रही है। सफेद परदों को देखने से लग रहा है, बाजा दाँत निकालकर हँस रहा है। फेलुदा ने टार्च को उसी तरह रखते हुए कहा—

'चाबी। अंगेजी में Key, बंगला में चाबी। यह जो सफेद और काले परदों को देख रहा है, उसका एक और नाम है चाबी और उसी चाबी की बात—'

एक ही पल के बीच एक ऐसी बात हो गई, जिसपर सोचते ही अब भी मेरे रोंगटे खड़े हो जाते हैं। मणि बाबू ने शेर की तरह एक छलांग लगाई और मेलोकॉर्ड को उठाकर उसे फेलुदा के माथे पर दे मारा और मुझे जमीन पर पटककर लम्बी साँसे लेते हुए दरवाजे के बाहर निकल गए।

फेलुदा ने चोट लगने के पहले ही अपने आपको बचाने के खयाल से टार्च

सहित अपने दोनों हाथ सिर पर रख लिए थे। हो सकता है, इसी वजह से उसके सिर पर चोट न लगी हो। लेकिन ऐसा होने पर भी हाथ के दर्द के मारे वह पलंग पर बैठ गया। फर्श से उठते न उठते पता चल गया कि मणि बाबू ने बाहर से एट-टू-नाइन-वन बन्द कर दिया है।

फिर भी मैंने दौड़कर दरवाजे पर अपने कन्धे से एक धक्का लगाया। तभी फेलुदा की आवाज आई, 'बाथरूम।'

बाहर से गाड़ी स्टार्ट करने की आवाज आई और उसके साथ ही एक आवाज—ठाँय!

हम दोनों आँधी की रफ्तार में बाथरूम के अन्दर गए और मेहतर का दरवाजा खोलकर बाहर निकल आए। बगीचे से शोरगुल आ रहा है—अनुकूल की आवाज, अवनी बाबू की आवाज। मणि बाबू की गाड़ी तेज रफ्तार से फाटक के बाहर निकल गई। हम सामने के दरवाजे के पास पहुँच चुके हैं।

कँकड़-बिछे रास्ते पर वह कौन बैठा है? अवनी बाबू चिल्ला रहे हैं, 'तुमने यह क्या किया साधन? छिः छिः, यह क्या किया?'

साधन ने अपनी महीन लेकिन गम्भीर आवाज से कहा, 'वह दादाजी का बाजा लेकर भाग रहा था।'

अब फेलुदा बोला, 'उसने ठीक ही किया है, अवनी बाबू! अपराधी को एयरगन से पँगु बनाकर उसने हमारी मदद ही की है, हालाँकि भविष्य में उसे सावधानी से बन्दूक चलाना होगा।...आप अभी तुरन्त थाने में फोन कर दें। गाड़ी भी जिससे भाग न सके। उसका नम्बर है डब्ल्यू. एम. ए. सिक्स वन सिक्स फोर।'

अनुकूल और फेलुदा दोनों ने मिलकर मणि बाबू को पकड़ लिया। उनके कपाल की बाईं ओर छर्रा लगा है और लोहू टपक रहा है। मणि बाबू बिलकुल हतप्रभ हो गए हैं।

मेलोकॉर्ड मणि बाबू की बगल में ही कँकड़ पर पड़ा हुआ था। मैंने सावधानी के साथ उसे उठा लिया।

हम चार व्यक्ति राधारमण बाबू के पलंग के पास कुर्सी पर गोलाकार बैठे चाय पी रहे हैं। चार व्यक्ति का अर्थ है—मैं, फेलुदा, अवनी बाबू और बारासत थाने के दीनेश गुंइ। भला आदमी सम्भवतः इंस्पेक्टर है। कमरे के कोने में सन्दूक के पास और दो व्यक्ति बैठे हैं। एक आदमी खड़ा है, वह सम्भवतः कॉन्स्टेबल है। दूसरा कुर्सी पर छिपकर बैठा हुआ है। वे हैं अपराधी मणिमोहन समाद्दार जिनके कपाल पर अब बैंडेज बँधा हुआ है। इसके अलावा साधन भी है। वह खिड़की के पास खड़े होकर बाहर के अँधेरे की ओर ताक रहा है। हम पाँचों व्यक्तियों के बीच मेज पर मेलोकॉर्ड रखा हुआ है। अब शायद फेलुदा इसके रहस्य पर प्रकाश डालेगा। फेलुदा

की घड़ी का शीशा टूट गया है और बायें हाथ की नाड़ी का थोड़ा-सा चमड़ा छिल गया है। राधामोहन बाबू के बाथरूम से डिटोल लगाकर उसने उस स्थान पर रूमाल बाँध लिया है।

हाथ से चाय की प्याली फर्श पर रखकर फेलुदा कहने लगा, 'मणिमोहन समाद्दार पर मैंने आज दोपहर से सन्देह करना आरम्भ किया था, मगर बिना किसी हरकत के उन्हें फँसाना मुश्किल हो रहा था, क्योंकि उनके खिलाफ कोई सबूत न था। इसीलिए रिस्क लेकर ही मैं उनका सम्मान किए जा रहा था। अचानक मुझ पर आक्रमण कर और बाजा लेकर भागना ही उनका गलत कदम साबित हुआ। यह ठीक है कि अन्ततः वे भाग नहीं सकते थे, मगर इतनी जल्दी काबू में जो आ गए, इसका श्रेय साधन के एयरगन को है।

'मणिमोहन बाबू की एक बात पर शुरू में मुझे शक हुआ। जब उन्होंने पहले-पहल कहा था तब शक नहीं हुआ था, बाद में हुआ। उन्होंने बताया था, परसों उनके प्रेस में ओवरटाइम चल रहा था और इसीलिए उन्हें घर लौटने में काफी रात हो गई थी। परसों सोमवार था। मुझे मालूम है कि जिस मुहल्ले में मणि बाबू का प्रेस है, उस मुहल्ले में शाम के वक्त नियमित तौर पर लोड-शेडिंग होता है। मेरा एक प्रोफेसर मित्र उसी मुहल्ले में रहता है। आज यूरेका प्रेस फोन करने पर यह जानकारी प्राप्त हुई कि सोमवार को तीसरे पहर से ही लोड-शेडिंग के चलते काम बन्द था। दूसरी बात यह है कि मणिमोहन बाबू उस दिन दोपहर के बाद से प्रेस में गए भी न थे। इस झूठी बात के कारण मेरे मन में खटका पैदा हुआ और उसके बाद ही सन्देह जगा कि इन्होंने राधारमण बाबू की अन्तिम बात के बारे में जो कुछ कहा है वह सच है या नहीं। राधामरण की मृत्यु के समय मणि बाबू के अलावा एक और व्यक्ति वहाँ थे। वे हैं डॉक्टर चिन्तामणि बोस। उन्हें फोन करने पर पता चला कि मणि बाबू ने तमाम बातें सच नहीं कहीं हैं। राधामरण की एक बात वे छुपा गए थे। दरअसल राधारमण ने कहा था—'धरणी...मेरे नाम से...चाबी...चाबी'...। धरणी राधारमण बाबू का पोता है। मृत्यु के पहले अपने पोते से ही वे कुछ कहना चाहते थे, न कि भतीजे से। हो सकता है, उस हालत में उन्होंने भतीजे को पहचाना ही न हो। दरअसल पोते से सीधा सम्पर्क न रहने पर भी राधारमण बाबू के मन में उसके प्रति स्नेह-भाव बना हुआ था। उसके अभिनय की प्रशंसा अखबार में छपती तो वे उसे काटकर रख लिया करते थे। मगर वे जो कुछ अपने पोते से कहना चाहते थे, उसे भतीजे ने सुन लिया। 'चाबी' शब्द सुनकर मणिमोहन बाबू ने समझा कि रुपये-पैसा की बात कह रहे हैं, मगर आखिर में चाबी से कुछ नहीं निकला। तब मणिमोहन बाबू को जासूस फेलु मित्तिर के पास आना पड़ा। मतलब यही था कि मैं रुपये-पैसे के बारे में पता लगा दूँगा और वे मौका निकालकर उसे हड़प जाएँगे। पता नहीं वसीयत है या नहीं। न रहने पर रुपया-पैसे पोते को मिलेगा। और अगर

हो, तो भी मणिमोहन बाबू के पाने की सम्भावना कम है, क्योंकि मुझे विश्वास है राधारमण बाबू अपने भतीजे को पसन्द नहीं करते थे।

'बात यह है कि मुझसे कुछ छिपाने के लिए ही मणि बाबू को झूठ का सहारा लेना पड़ा था। उस दिन उनके दिमाग में क्या कुछ ऐसी साजिश थी कि वे प्रेस नहीं गए? उस दिन आधी रात के समय राधामोहन बाबू के कमरे के अन्दर जो आदमी आया था, वह क्या मणिमोहन समाद्दार ही थे? यह बात मुझे अत्यन्त विश्वसनीय लगती है, क्योंकि उसी दिन सुबह मैंने जब राधारमण बाबू के बाथरूम की जाँच की तो मेहतर का दरवाजा अन्दर से बन्द था। वह दरवाजा कौन खोलेगा और क्यों खोलेगा? बाथरूम का इस्तेमाल होता ही नहीं है। असल में जो आदमी घुसा था वह सामने के दरवाजे से जर्मन ताला खोलकर अन्दर गया था। उस ताले का संकेत उसे मालूम है। कमरे के अन्दर जाकर उसने मेहतर का दरवाजा खोला और बाहर निकलकर जर्मन ताला बन्द कर दिया। उसके बाद बाथरूम से होता हुआ अन्दर गया। वह आदमी मणिमोहन समाद्दार है और इसमें सन्देह की कोई गुंजाइश नहीं। शायद बाकी शब्दों का अर्थ उनकी समझ में आ गया था और वे मेलोकॉर्ड नामक चाबी वाला बाजा लेने आए थे। है न यही बात?'

हम सबों की दृष्टि मणिमोहन बाबू की ओर चली गई। माथा झुकाकर धुँधलके में दो बार सिर हिलाकर उन्होंने हामी भरी।

फेलुदा ने कहा, 'चाबी का मतलब बाजे की चाबी है, यह बात समझ लेने के बावजूद सम्भवतः राधारमण बाबू का बाकी संकेत मणिमोहन बाबू की समझ में नहीं आया था, क्योंकि उनमें उतनी अक्ल नहीं है। बाकी संकेत आज तीसरे पहर मेरी समझ में आया और उसका श्रेय है श्रीमान साधन को।'

अब हमने अवाक् होकर साधन की ओर देखा। वह भी फटी-फटी आँखों से फेलुदा की ओर ताक रहा है। फेलुदा ने कहा, 'तुम्हारे दादाजी ने स्वर के बारे में क्या कहा था, एक बार फिर से बताओ तो, साधन!'

साधन ने फुसफुसाते हुए कहा, 'जिसके नाम में स्वर रहता है, उसके गले में भी स्वर रहता है।'

फेलुदा ने कहा, 'वेरी गुड। अब राधारमण बाबू की आश्चर्यजनक बुद्धि का पहलू समझ में आएगा। जिसके नाम में स्वर रहता है ठीक है। साधन का ही नाम ले लीजिए। साधन सेन। अब आकार और एकार बाद देने के बाद क्या रह जाता है, यही देखा जाए। स, ध, न, स, न। यानी गीत के स्वर की भाषा में सा धा नि सा नि। इस आश्चर्यजनक बात को समझते ही एक नई दिशा खुल गई।' मेरे नाम से...चाबी।' राधारमण बाबू क्या यहाँ अपने नाम के शब्दों को ही समझाना चाहते हैं? राधारमण समाद्दार रे धा रे मा नि सा मा दा दा रे। कितना सहज है, परन्तु कितना क्लेवर, कितना चुतर! धरणीधर भी गा सकता था और उसके नाम में भी

स्वर है—धा रे नि धा, रे, सा, मा, दा, दा, रे!

'यह समझते ही मुझे विश्वास हो गया कि यह मेलोकॉर्ड ही राधारमण का बैंक है। यांत्रिक कला-कौशल के प्रति राधारमण बाबू को लगाव था, इसका पता जर्मन ताले से ही चल जाता है। यह मेलोकॉर्ड भी जर्मनी का ही बना हुआ है। स्पीगलर कम्पनी नामक एक विख्यात वाद्ययन्त्र निर्माता ने राधामोहन बाबू के विशेष आदेश पर यह मेलोकॉर्ड बनाया था। भाग्य कहिए कि यह सुरजित दास गुप्त के हाथों में नहीं गया। यह जरूर है कि बाजा देने के पहले राधारमण बाबू उसके अन्दर की चीज बाहर निकाल लेते। शायद वे बैंक की जरूरत महसूस नहीं करते थे। हो सकता है उन्हें अहसास हो गया हो कि अब वे ज्यादा दिनों तक जिन्दा नहीं रहेंगे। सुरजित पर हम व्यर्थ ही सन्देह कर रहे थे। सोचते थे, वह छद्मवेशी धरणीधर है। असल में सुरजित सचमुच ही बाजों के लिए पागल एक संगीतज्ञ है। संगीत की पुस्तक में उसके बारे में उल्लेख है और यह मैं पढ़ चुका हूँ। और धरणीधर सचमुच ही अपने जात्रादल के साथ टूर पर निकला है। अब यह जानना जरूरी है कि उसके भाग्य में अर्थ-प्राप्ति है या नहीं। वह बहुत दिनों से अपना जात्रादल संगठित करना चाहता है। मंचलोक के एक इन्टरव्यू में उसने यही बात कही है। तोपसा, लालटेन को यहाँ ले आओ।'

पलंग की बगल की मेज पर पड़ी लालटेन उठाकर मैं मेलोकॉर्ड के पास ले आया।

फेलुदा ने कहा, 'इसके ऊपर से बहुत बार आँधियाँ गुजर चुकी हैं। लेकिन चूँकि जर्मन चीज है...खैर देखें, राधारमण की बुद्धि और स्पीगलर कम्पनी की कारीगरी से यह किस तरह की चीज बनकर खड़ी हुई है।'

राधारमण समाद्दार के नाम के अक्षरों को पकड़ते हुए फेलुदा ने चाबी (परदा) दबाना शुरू किया। मेलोकॉर्ड से ढुंग-ढांग ढुंग-ढांग जैसा एक अजीब ही स्वर निकल रहा है। अन्तिम स्वर को दबाते ही चाबुक की तरह सड़ाक् से आवाज कर मेलोकॉर्ड के दाहिने ओर की लकड़ी दरवाजे की तरह खुल गई और हम सभी आश्चर्य में खो गए। हमने झुककर देखा। उस दरवाजे के पीछे लाल रंग की मखमल की लाइनिंग दिया हुआ एक खाना बना है और उस खाने में सौ-सौ रुपये के नोटों के बण्डल ठुंसे हुए हैं!

नोटों को खींचकर फेलुदा ने बाहर निकाला और कहा, 'कम-से-कम पचास हजार रुपए हैं। आइए, अवनी बाबू, गिना जाए।'

फेलुदा की आँखें लालटेन की रोशनी में चमक रही हैं। मुझे मालूम है, यह लालच नहीं है। यह है उसका मन को हैरत में डालकर रहस्य को समाधान करने का वह आनन्द, जो सान पर चढ़ी अपनी बुद्धि के एक हिस्से को कार्य तत्पर करने के पश्चात् उसे हासिल हुआ है।

घुरघुटिया की घटना

ग्राम : घुरघुटिया
पत्रालय : पालसी
जिला : नदिया
3 नवम्बर, 1974

सेवा में,

श्री प्रदोष मित्र
महोदय,

आपके कीर्ति-कलाप के बारे में सुनने के बाद आपसे भेंट करने की इच्छा मन में जगी है। यह जरूर है कि इसके पीछे कोई-न-कोई उद्देश्य है। आपको आने के बाद इसका पता चलेगा। आप यदि तिहत्तर साल के वृद्ध के अनुरोध की रक्षा करने का कष्ट स्वीकार कर सकें तो अविलम्ब पत्र लिखकर सूचित करें।

घुरघुटिया आने के लिए पलासी स्टेशन पर उतरकर साढ़े पाँच मील दक्खिन आना होगा। स्यालदह से कई ट्रेनें यहाँ आती हैं। उनमें से 365 अप लालगोला पैसेंजर दोपहर एक बजकर अट्ठावन मिनट में खुलती है और शाम छह बजकर ग्यारह मिनट में पलासी पहुँचती है। स्टेशन पर मेरी गाड़ी मौजूद रहेगी। रात में आप मेरे घर पर ही ठहरेंगे। दूसरे दिन सुबह साढ़े दस बजे ट्रेन पकड़कर वापस जा सकते हैं।

शुभैषी
कालीकिंकर मजूमदार

चिट्ठी पढ़कर फेलुदा को वापस करते हुए मैंने कहा, 'पलासी का मतलब क्या वही पलासी जहाँ युद्ध हुआ था?'

'बंगाल में और कितने पलासी नामक स्थान हैं?' फेलुदा ने कहा, 'तब हाँ, अगर तू यह सोचता है कि वहाँ बहुत सारे ऐतिहासिक चिह्न हैं, तो बहुत बड़ी गलती होगी। कुछ भी नहीं है। यहाँ तक कि सिराजुद्दौला के शासन-काल में जिस पलाश-वन

से पलासी नाम पड़ा था, उस पलाश-वन का अब वहाँ एक भी दरख्त नहीं है।'

"तुम जा रहे हो?"

फेलुदा ने कुछ देर तक चिट्ठी की ओर देखते हुए कहा, 'बूढ़ा आदमी इस तरह बुला रहा है! इसके अलावा उद्देश्य क्या है, यह जानने का भी कौतूहल हो रहा है। और सबसे बड़ी बात है—दिहात में सरदियों में सुबह-शाम मैदान पर किस तरह धुआँ जमा रहता है, यह तूने क्या देखा है? पेड़ों का सिर्फ तना और ऊपरी भाग दीख पड़ते हैं। शाम वहाँ एकाएक उतर आती है और उसके बाद ही हड्डियों को कंपाने वाली ठण्ड पड़ने लगती है। यह सब बहुत दिनों से देख नहीं सका हूँ। तोपसा, एक पोस्टकार्ड तो ला।'

चिट्ठी पहुँचने में तीन-चार दिन लग सकते हैं, इसका हिसाब करने के बाद ही फेलुदा ने कालीकिंकर मजूमदार को तारीख की सूचना दी थी। हम उसीके अनुसार 365 अप लालगोला पैसेंजर में चढ़कर बारह नवम्बर, रविवार की शाम साढ़े छह बजे पलासी पहुँचे। ट्रेन के डिब्बे से ही हमने धान के खेतों में एकाएक शाम को उतरते देखा। हम जब स्टेशन पर पहुँचे तो चारों तरफ रोशनी थी, हालाँकि आकाश पूरे तौर पर अँधेरा नहीं हुआ था। टिकट-कलक्टर को टिकट देकर बाहर निकलने पर जिस गाड़ी पर हमारी निगाह पड़ी, वही मजूमदार साहब की गाड़ी थी, इसमें कोई सन्देह नहीं। इस तरह की गाड़ी हमने कभी देखी नहीं थी। फेलुदा ने बताया, बचपन में उसने ऐसी एकाध गाड़ी शायद देखी हो, मगर इसके नाम से वह परिचित है। कपड़े की हुडवाली गाड़ी है, एम्बेसेडर से डेढ़ गुना लम्बी अमरीकी गाड़ी, नाम हॉपमोबिल। गाड़ी की बॉडी का गाढ़ा रंग जहाँ-तहाँ उखड़ गया है, हुड के कपड़े पर तीन जगहों में पैबन्द लगे हैं। फिर भी न जाने क्यों, गाड़ी को देखकर मन में एक ममता जगती है।

इस तरह की गाड़ी के साथ चपरासधारी ड्राइवर बहुत ही फबता। उसके स्थान पर जो व्यक्ति है, वह मामूली धोती और सफेद कमीज पहने है। वह गाड़ी के अन्दर पीठ टिकाए सिगरेट का कश ले रहा था। हमें आते देखकर उसने सिगरेट फेंक दी और खड़ा होकर बोला, 'आप लोग क्या मजूमदार साहब के घर जा रहे हैं?

'जी हाँ,' फेलुदा ने कहा, 'घुरघुटिया जाना है।'

'आइए।'

ड्राइवर ने दरवाजा खोल दिया। हम चालीस बरसों की पुरानी गाड़ी के अन्दर सामने की ओर पैर फैलाकर और पीछे की तरफ पीठ टिकाकर आराम से बैठ गए। ड्राइवर ने हैण्डल घुमाकर गाड़ी स्टार्ट की और वह घुरघुटिया की ओर रवाना हो गई।

रास्ता ठीक नहीं है, गाड़ी का स्प्रिंग भी पुराना है, इसलिए हम आराम नहीं कर सके। फिर भी गाड़ी जब पलासी बाजार पार कर गाँव के खुले रास्ते पर आई तो आँख और मन दोनों एक ही साथ आनन्द का उपभोग करने लगे। फेलुदा ने ठीक ही कहा

था। धान से भरे खेतों के पार पेड़-पौधों से घिरे छोटे-छोटे गाँव नजर आ रहे हैं और उनके आसपास धुएँ के ढेर घटा की तरह जमीन से आठ-दस हाथ ऊपर बिखरे पड़े हैं। चारों तरफ देखने से ऐसा लग रहा था जैसे सुन्दर चित्र बिखरे पड़े हों।

इस तरह के स्थान में एक पुराने जमींदार की हवेली हो सकती है, यह जैसे विश्वास ही नहीं हो रहा था; मगर दसेक मिनट चलने के बाद रास्ते के दोनों किनारे के पेड़-पौधों को देखने पर पता चला कि हम जामुन और कटहल से भरे एक बगीचे से होकर गुजर रहे हैं। उसके बाद रास्ता जब दाहिनी ओर मुड़ गया और हम एक जीर्ण मन्दिर पार कर चुके तो नौबतखाने के साथ एक सेंवार से भरा सफेद फाटक दीख पड़ा। हमारी गाड़ी तीन बार हॉर्न बजाकर जैसे ही फाटक के अन्दर पहुँची, हमें एक विशाल हवेली दिखाई पड़ी। पीछे की तरफ संध्या के आकाश से लालिमा समाप्त हो चुकी है और उसके स्थान पर अब एक बैंगनी आभास है। अँधेरी हवेली आकाश के सामने एक पहाड़ की तरह खड़ी है। हवेली की हालत ऐसी है कि वह जादूघर में रखने लायक हो गई है। दीवार में लोनी लग गई है, पूरे मकान का पलस्तर झड़ गया है और ईंटें बाहर निकल आई हैं। उन ईंटों में भी दरारें पड़ गई हैं और उन दरारों में पेड़-पौधे उग आए हैं।

गाड़ी से उतरकर फेलुदा ने पूछा, 'इस तरफ बिजली नहीं है क्या?'

'जी नहीं' ड्राइवर ने कहा, 'तीस बरसों से सुन रहा हूँ कि अब आई, अब आई, मगर अब तक नहीं आई है।'

हम जहाँ खड़े हैं, वहाँ से ऊपर की ओर ताकने पर दोमंजिले की बहुत-सी कोठरियों की खिड़कियाँ दीख रही हैं, मगर उनमें से किसी में रोशनी नहीं है। दाहिनी ओर कुछ दूरी पर झाड़ियों की फाँक से एक छोटा कमरा दीख रहा है, जिसमें एक लालटेन टिमटिमा रही है। शायद माली या दरबान या उसी श्रेणी का कोई आदमी उस कमरे में रहता है। मन-ही-मन सोचा, फेलुदा बिना पता लगाए यह किस प्रकार के स्थान में चला आया!

एक लालटेन की रोशनी हवेली के सदर दरवाजे से आकर बाहर की जमीन पर पड़ी। उसके बाद ही एक बूढ़ा नौकर दरवाजे की चौखट पर आकर खड़ा हुआ। इस बीच ड्राइवर गाड़ी को गैरेज के अन्दर ले जा चुका है। नौकर ने भौंह सिकोड़कर हमारी ओर देखा और उसके बाद बोला, 'अन्दर चले आइए।' हम दोनों उसके पीछे-पीछे हवेली के अन्दर जाने लगे।

हवेली बहुत लम्बी-चौड़ी जगह घेरे खड़ी है, यह हम अच्छी तरह समझ रहे थे। मगर बाकी सारी चीजें छोटी-छोटी हैं। दरवाजे बौने जैसे दीखते हैं, खिड़कियाँ कलकत्ते के मामूली से मामूली घर की खिड़कियों की तुलना में आधी हैं, छत एक तरह से हाथ से छुई जा सकती है। फेलुदा से पूछने पर उसने बताया कि डेढ़-दो सौ साल पहले बंगाल के जमींदारों की हवेलियाँ ऐसी ही हुआ करती थीं।

लम्बे बरामदे को पार कर हम दाहिनी ओर मुड़े और सीढ़ियाँ तय कर जब ऊपर पहुँचे तो एक आश्चर्यजनक चीज पर हमारी निगाह पड़ी। फेलुदा ने कहा, 'इसे चापा-दरवाजा कहते हैं। डकैतों को रोककर रखने के लिए इस तरह के दरवाजे बनते थे। इस दरवाजे को बन्द करने से वह सीधे खड़ा नहीं रहता है, मुड़कर सिर के ऊपर सीलिंग की तरह तिरछे होकर लेट जाता है। दरवाजे पर जो छेद देख रहे हो, उनमें बल्लम घुसाकर डाकुओं को भगाया जाता था।'

दरवाजा पार करने के बाद एक लम्बा बरामदा मिला जिसके परले सिरे पर आले पर एक दीया जल रहा था। उसीकी बगल के एक दरवाजे से हम तीनों ने एक कमरे के अन्दर प्रवेश किया।

यह एक बड़ा कमरा है। अगर सरो-सामान रहता तो वह और भी बड़ा प्रतीत होता। एक विशाल पलंग कमरे का करीब-करीब आधा हिस्सा दखल किए हुए है। उसके सिरहाने बाईं ओर एक मेज है और उसकी बगल में एक सन्दूक। इसके अलावा तीन कुरसियाँ, एक साधारण आलमारी और बाईं ओर एक मेज है, जिसपर फर्श से छत तक किताबें ठुँसी हुई हैं। उसकी बगल में एक सन्दूक। इसके अलावा कुरसियाँ हैं और पलंग पर कम्बल ओढ़े एक बूढ़ा पड़ा है। मेज पर रखी एक मोमबत्ती की रोशनी उसके चेहरे पर पड़ रही है और उस रोशनी में यह पता चल रहा है कि सफेद दाढ़ी और मूँछों के अन्तराल से वह व्यक्ति हमारी ओर देखता हुआ मुसकरा रहा है।

'बैठिए,' कालीकिंकर मजूमदार ने कहा, 'या बैठो कहूँ? तुम तो उम्र में मुझसे आधे से भी कम लगते हो। 'तुम' ही सम्बोधन करना अच्छा रहेगा। कहो, ठीक कह रहा हूँ न?'

''जरूर।''

फेलुदा ने मेरे बारे में चिट्ठी के द्वारा ही सूचना भेज दी थी। अब उनसे मेरा परिचय कराया। एक बात मेरे ध्यान में आई और वह यह कि हमारे नमस्कार के उत्तर में उन्होंने सिर्फ अपना सिर हिला दिया।

हम पलंग के सामने वाली कुरसियों पर बैठ गए। 'मेरी चिट्ठी पाकर जरूर ही कुतूहल हुआ होगा।' उन्होंने हौले से मुसकराकर कहा।

'न होता तो हम इतनी दूर आते ही क्यों?'

'ठीक है।' मजूमदार साहब सचमुच ही खुश हुए हैं, यह साफ-साफ पता चल जाता है, 'अगर तुम न आते तो मुझे दुख होता। इसके अलावा अपने एक पावने से तुम वंचित हो जाते। पता नहीं, ये किताबें तुम्हारे पास हैं या नहीं।'

उनकी दृष्टि मेज की ओर चली गई। मोमबत्ती के पास ही चार मोटी-मोटी किताबें रखी हुई हैं। फेलुदा उठकर वहाँ गया और किताबों को उलट-पुलटकर बोला, 'बाप रे, ये तो दुष्प्राप्य पुस्तकें है और हर पुस्तक मेरे पेशे से सम्बन्धित है। आप क्या किसी जमाने में...?'

'नहीं,' उन्होंने हँसकर कहा, 'मैंने खुद कभी जासूसी नहीं की है। इसे तुम मेरी जवानी का एक शौक या हॉबी कह सकते हो। आज से बावन साल पहले हमारे परिवार के एक व्यक्ति की हत्या कर दी गई थी। पुलिस को खबर दी गई। मैलकम नामक एक अंग्रेज जासूस ने खूनी को पकड़वा दिया। उसी मैलकम से बातचीत करने के बाद मेरे मन में जासूसी के प्रति कौतूहल पैदा हुआ। उसी समय इन किताबों को खरीदा था। उसके साथ ही जासूसी कहानियाँ पढ़ने का शौक हुआ। एमिल गैबेरियो का नाम तुमने सुना है?'

'हाँ-हाँ,' फेलुदा ने उत्साह के साथ कहा, 'फ्राँसीसी लेखक थे, जिन्होंने पहली जासूसी पुस्तक लिखी थी।'

'हुँ,' कालीकिंकर मजूमदार सिर हिलाकर बोले, 'उनकी सारी पुस्तकें मेरे पास हैं। इसके अलावा एडगर एलेन पो और कॉनन डायल की तो हैं ही। जितनी भी पुस्तकें मैंने खरीदी हैं सबकी सब चालीस साल या उससे पहले की हैं। इन पुस्तकों के अलावा मेरे पास कोई आधुनिक पुस्तक नहीं है। यह जरूर है कि इस दिशा में आज काम बहुत आगे बढ़ चुका है। बहुत-से वैज्ञानिक उपायों का आविष्कार हो चुका है। तब हाँ, तुम्हारे बारे में जो कुछ सुन चुका हूँ, उससे पता चलता है कि तुम और जो कुछ भी तुमने किया है, उनमें तुम्हें सफलता हासिल हुई है। क्या मैं ठीक नहीं कह रहा हूँ?'

'सफलता की बात मैं नहीं जानता, पर मेरे तौर-तरीके के बारे में आपने जो कुछ कहा है, सही है।'

'यह सब जानने-सुनने के बाद ही मैंने तुम्हें बुला भेजा है।'

वे एक क्षण के लिए चुप हो गए। फेलुदा अपनी जगह पर लौट आया। मोमबत्ती की स्थिर शिखा की ओर कुछ देर तक निहारने के बाद कालीकिंकर बाबू बोले, 'मेरी उम्र सत्तर से ज्यादा हो चुकी है और तबीयत भी अच्छी नहीं रह रही है। जब चल बसूँगा तो इन पुस्तकों की क्या हालत होगी, पता नहीं। इसीलिए सोचा, तुम्हें अगर सौंप दूँ तो तुम इन पुस्तकों की कद्र करोगे।'

फेलुदा अवाक् होकर आले पर रखी पुस्तकों की ओर देख रहा था। बोला, 'यह सब क्या आपकी अपनी पुस्तकें हैं?

कालीकिंकर बाबू बोले, 'मजूमदार वंश में एकमात्र मुझे ही पुस्तकों का शौक था, इसके अलावा नाना प्रकार के विषयों के प्रति मुझमें जो उत्साह था, यह तुम अवश्य ही समझ रहे होगे।'

'सो तो है ही। आर्किऑलॉजी की पुस्तकें हैं, आर्ट और बागवानी से सम्बन्धित पुस्तकें हैं, इतिहास, जीवनी, भ्रमण कहानी...यहाँ तक कि थिएटर की पुस्तकें भी देख रहा हूँ। उनमें से कुछ नई जैसी लग रही हैं। आप अब भी पुस्तकें खरीदते हैं?'

'हाँ, खरीदता हूँ। राजेन नामक मेरा एक मैनेजरनुमा आदमी है, उसे महीने

में दो-तीन बार कलकत्ता जाना पड़ता है। तब मैं लिस्ट बना देता हूँ। वह कॉलेज स्ट्रीट से ले आता है।'

फेलुदा ने मेज पर रखी किताबों की ओर देखते हुआ कहा, 'आपको किन शब्दों में धन्यवाद दूँ, यह समझ में नहीं आ रहा है।'

कालीकिंकर बाबू ने कहा, 'पुस्तकों को अगर अपने हाथ से उठाकर तुम्हारे हाथों में सौंप सकता तो मुझे बेहद खुशी होती, मगर मेरे दोनों हाथ नाकाम हो गए हैं।'

हम दोनों ने आश्चर्य में आकर उनकी ओर देखा। यह ठीक है कि वे अपने हाथों को कम्बल के अन्दर डाले हुए थे, मगर इसका कोई खास कारण हो सकता है, यह हम समझ नहीं सके थे।

'आरथ्राइटिस का नाम सुना है? जिसे सरल हिन्दी में गठियावात कहते हैं? हाथ की उँगलियों को अब इस्तेमाल नहीं कर पाता हूँ। यह जरूर है कि मेरा लड़का अब कुछ दिनों से यहीं आकर रह रहा है, वरना मेरा नौकर गोकुल ही मुझे खिला-पिला जाता था।'

''आपकी चिट्ठी क्या आपके लड़के ने लिखी थी?''

'नहीं; राजेन ने लिखी थी। जायदाद की देखभाल वही करता है। डॉक्टर की जरूरत पड़ती है तो बरहमपुर से जाकर बुला लाता है। पलासी में अच्छा डॉक्टर नहीं है।'

फेलुदा की दृष्टि बीच-बीच में कमरे के कोने में रखे हुए सन्दूक की ओर चली जाती थी। वह बोला, 'लगता है, आपके सन्दूक में कोई विशेषता है। देख रहा हूँ, ताला-चाबी की व्यवस्था नहीं है। क्या यह कॉम्बिनेशन से खुलता है?'

कालीकिंकर बाबू ने हँसकर कहा, ''तुम्हारी धारणा सही है। एक खास संख्या है; उसी के अनुसार नॉब को घुमाने से खुलता है। किसी जमाने में इन इलाकों में डाकू बेहद उपद्रव मचाया करते थे, यह बात तो तुम्हें मालूम होगी ही। मेरे पुरखे भी डकैती करके जमींदार हुए थे। उसके बाद हमीं लोग डाकुओं के हाथ दुःख-तकलीफ झेलने लगे। इसीलिए मन में विचार आया था कि ताले के बदले अगर कॉम्बिनेशन करूँ तो खतरे से खाली हो जाऊँगा।'

इतना कहने के बाद वे भौंहें सिकोड़ कुछ सोचने लगे। इसके बाद अपने नौकर का नाम लेकर उसे पुकारा। बूढ़ा गोकुल तत्क्षण आकर हाजिर हो गया। कालीकिंकर बाबू बोले, 'पिंजरे को जाकर ले आओ, गोकुल।'

गोकुल कुछेक सेकैण्डों के दरमियान पिंजरा सहित एक तोते को ले आया। मोमबत्ती की रोशनी में तोते की आँखें चमक रही हैं।

कालीकिंकर बाबू ने तोते की ओर ताकते हुए कहा, 'बोलो—त्रिनयन, त्रिनयन—बोलो तो।'

कुछ देर तक खामोशी छाई रही। उसके बाद तोता साफ-साफ शब्दों में बोल

उठा, 'त्रिनयन, ओ त्रिनयन।'

मैं तो हैरत में खो गया। पक्षी को इस तरह साफ बोलते हुए मैंने कभी नहीं देखा था। मगर बात यहीं आकर खत्म नहीं हुई। तोते ने उसके साथ और भी दो शब्द जोड़ दिए—'एक टु जीरो।'

उसके बाद तोते ने पूरी बात साफ-साफ कही, त्रिनयन, ओ त्रिनयन—एक टु जीरो' (त्रिनयन, ओ त्रिनयन ज़रा सुस्ता लो)।

फेलुदा की पेशानी पर बल पड़ गए। उसने कहा, 'त्रिनयन कौन है?'

कालीकिंकर बाबू ने एक कहकहा लगाते हुए कहा, 'यह बात मैं तुम्हें नहीं बताऊँगा। इतना ही बता रहा हूँ कि वह जो कुछ कह रहा है, वह संकेत है। तुम्हारे पास बारह घण्टे का वक्त है। देखना है, तुम संकेत को खोजकर निकाल सकते हो या नहीं। इस संकेत का मेरे सन्दूक से रिश्ता जुड़ा हुआ है।'

फेलुदा ने कहा, 'तोते को यह संकेत सिखाने के पीछे कोई उद्देश्य है? और अगर है तो मैं यह बात जान सकता हूँ?'

'जरूर-जरूर,' कालीकिंकर मजूमदार ने कहा, 'यह तो जानते ही होगे कि उम्र बढ़ने के साथ-साथ ज्यादातर आदमियों की स्मरण-शक्ति क्षीण हो जाती है। तीनेक साल पहले एकाएक मैं सन्दूक का संकेत भुला बैठा। इसपर तुम विश्वास करोगे? दिन-भर कोशिश करने के बावजूद नम्बर याद नहीं आया। अन्त में आधी रात में याद आया। नम्बर मैंने कहीं लिखकर नहीं रखा है, क्योंकि कब कौन क्या साजिश कर बैठे, कहा नहीं जा सकता। इसीलिए सोचा था, इसे दिमाग में ही रखना ठीक है। मेरे एक लड़के को इसका पता है, मगर वह बाहर ही रहता है। इसीलिए दूसरे दिन मैंने एक तोते का इन्तजाम किया और नम्बर को साँकेतिक रूप देकर तोते को सिखा दिया। अब वह बीच-बीच में संकेत बोल देता है—ठीक उसी तरह जिस तरह और-और पक्षी 'राधाकिशन' या 'महाराज, भात दो' कहते हैं।'

फेलुदा सन्दूक की ओर देख रहा था। एकाएक उसकी पेशानी पर बल पड़ गए और वह सन्दूक की ओर चला गया। उसके बाद लौटकर मेज से उसने मोमबत्ती उठा ली और दुबारा सन्दूक की ओर चला गया।

'क्या देख रहे हो, भैया,' कालीकिंकर बाबू ने कहा, 'तुम्हारी जासूसी आँखों को सुराग का पता चल रहा है?'

फेलुदा ने सन्दूक के सामने के हिस्से की जाँच करके कहा, 'लगता है, आपके सन्दूक पर बल का प्रयोग किया गया है। शायद किसीने दरवाजा खोलने की कोशिश की है।'

कालीकिंकर बाबू गम्भीर हो गए।

'तुम्हें इस पर पूरा विश्वास है?'

फेलुदा ने मोमबत्ती फिर से मेज पर रख दी और बोला, 'झाड़-पोंछ से इस

तरह का दाग नहीं पड़ सकता है। क्या इस तरह की घटना होने की कोई सम्भावना है? यह बात आप ही अच्छी तरह से बता सकते हैं।'

कालीकिंकर बाबू ने थोड़ी देर तक सोचने के बाद कहा, 'घर पर आदमी के नाम पर मैं, गोकुल, राजेन, मेरा ड्राइवर मणिलाल, महाराज और माली हैं। पाँचेक दिन पहले मेरा लड़का विश्वनाथ आया है। वह कलकत्ते में रहता है। व्यवसाय करता है। मुझसे कोई खास सम्पर्क नहीं है। अबकी मेरी बीमारी के बारे में सुनकर आया है। पिछले सोमवार को मैं अपने बगीचे की बेंच पर बैठा था। उठते ही आँखों के सामने अँधेरा तिर आया और मैं फिर से बेंच पर बैठ गया। राजेन ने पलासी से विश्वनाथ को फोन किया। वह दूसरे ही दिन डॉक्टर के साथ आया। लगता है, हलका-सा दिल का दौरा आया था। जीवन के बाकी दिन क्या मुझे संशय में ही गुजारने होंगे? मेरे कमरे में डाकू आकर मेरा सन्दूक तोड़ देगा?'

फेलुदा ने कालीकिंकर बाबू को आश्वस्त किया।

'हो सकता है, मेरा सन्देह गलत हो। हो सकता है, जब शुरू में सन्दूक बिठाया गया होगा, उसी समय खरोंच लग गई होगी। दाग पुराना है या नहीं, यह बात मोमबत्ती की रोशनी में समझ में नहीं आ रही है। कल सवेरे एक बार और देखूँगा। आपका नौकर विश्वासी है न?'

'गोकुल करीब तीस बरस से है।'

'और राजेन बाबू?'

'राजेन भी पुराना आदमी है। लगता तो विश्वासी ही है। तब हाँ, बात क्या है, जानते हो? आज जो विश्वासी है कल वह विश्वासघात नहीं करेगा, इसकी कौन-सी गारन्टी है?'

फेलुदा ने सिर हिलाकर हामी भरी और कहा, 'खैर, गोकुल से कहिए, ज़रा नजर रखा करे। मुझे ऐसा नहीं लगता कि चिन्ता का कोई कारण है।'

'खैर!'

लगा, कालीकिंकर बाबू बहुत-कुछ आश्वस्त हो गए। हम उठकर खड़े हो गए। उन्होंने कहा, 'गोकुल तुम लोगों का कमरा दिखा देगा। रजाई, कम्बल, तोशक, तकिया, मच्छरदानी—सबका इन्तजाम है। विश्वनाथ बहरमपुर गया है, अभी-अभी लौट आएगा। वह आ जए तो तुम लोग खाना खा लेना। कल सवेरे जाने के पहले अगर चाहो तो मेरी गाड़ी लेकर आसपास का एक चक्कर लगा लेना। हालाँकि वैसा कुछ दर्शनीय यहाँ नहीं है।'

फेलुदा ने मेज पर से किताबें उठा लीं। गुडनाइट करने के पहले कालीकिंकर बाबू ने पहेली की बात उसे एक बार फिर से याद दिला दी, 'उसका समाधान खोज निकालोगे तो मैं तुम्हें गैबेरियो का सेट उपहार-स्वरूप भेंट कर दूँगा।'

हम लोगों के साथ चलते हुए गोकुल ने दो बरामदे पार किए और हमें वह कमरा दिखा दिया जिसमें हमें टिकना है।

कमरे में पहले से ही एक लालटेन रखी हुई थी। सूटकेस और होल्ड-ऑल भी कमरे के एक कोने में रखे हुए थे। यह कमरा हालांकि कालीकिंकर बाबू के कमरे से छोटा है, लेकिन सरो-सामान कम रहने के कारण इसमें चलने-फिरने लायक अधिक जगह है। उजली चादर बिछे पलंग पर बैठते हुए फेलुदा ने कहा, 'संकेत याद आ रहा है, तोपसा?'

ओफ्फोह त्रिनयन नाम तो मुझे याद है, मगर पूरे संकेत के बारे में पूछकर फेलुदा ने मुझे उलझन में डाल दिया।

'तू हल नहीं कर पा रहा है न? झोले से मेरी कापी निकालकर संकेत लिख ले। गैबेरियो की किताबों के प्रति बेहद लोभ हो रहा है।'

कापी-पेन्सिल निकालकर मैं बैठ गया। फेलुदा बोलता गया और मैं बड़े-बड़े हर्फों में लिखता गया—

'त्रिनयन, ओ त्रिनयन, एक टु जीरो।'

लिखने के बाद मुझे लगा, यह एक अजीब संकेत है! समझ में कतई नहीं आ रहा है। फेलुदा इसका हल कैसे निकालेगा? फेलुदा बिस्तर से उतरकर खिड़की खोले बाहर की ओर ताक रहा है। चाँदनी रात। शायद पूनम की रात है। मैं फेलुदा के पास जाकर खड़ा हो गया। यह हवेली का पिछला हिस्सा है। फेलुदा बोला, 'दाहिनी ओर लगता है, पोखर-वोखर कुछ है।' घने पेड़-पौधों की फाँक से दूर पानी झलमलाता हुआ दीख रहा है।

झींगुर लगातार बोले जा रहा है। अब उसके साथ सियार की आवाज जुड़ गई है। मुझे लगा, इतने निर्जन स्थान में इसके पहले मैं कभी नहीं आया था।

खिड़की से ठंडी हवा आ रही थी। फेलुदा ने जैसे ही पल्लों को बन्द किया, मोटर की आवाज हमारे कानों में आई। यह कोई दूसरी ही गाड़ी है, न कि वही विशाल पुरानी अमरीकी गाड़ी।

'लगता है, विश्वनाथ मजूमदार आ गए।' फेलुदा ने कहा। इसका मतलब यह कि अब खाना खाने की बुलाहट आएगी। सच कहूँ, बेहद भूख लगी थी। एक बजे की गाड़ी पकड़ने के लिए सवेरे ही खाना खाकर निकला था। इतना जरूर है कि रास्ते में रानाघाट स्टेशन में चाय के साथ मिठाई खाई थी। हो सकता है अभी हमें भूख नहीं लगती, क्योंकि घड़ी बता रही है कि कुल मिलाकर आठ ही बजे हैं, मगर यहाँ कोई काम नहीं है—यहाँ तक कि लालटेन की रोशनी में किताब पढ़ना भी मुश्किल है। इसीलिए लग रहा था कि खा-पीकर अगर कम्बल के नीचे घुस जाऊँ तो बहुत ही अच्छा रहे। अब तक उधर मेरा ध्यान नहीं गया था, मगर अब देखा, हम लोगों के कमरे में एक तस्वीर है और फेलुदा उसीकी ओर घूर रहा है। वह फोटो नहीं,

हाथ से बनाया हुआ चित्र है और आकार में खासा बड़ा है। वह कालीकिंकर बाबू के किसी पुरखे की तस्वीर है, इसमें कोई सन्देह नहीं। चित्र का व्यक्ति नंगे बदन कुर्सी पर बैठा है। मूँछें पकी हुई, कन्धे तक लम्बे-लम्बे बाल, बड़ी-बड़ी आँखें और बहुत ही चौड़ा कन्धा।

'मुद्गर भांजा हुआ और कुश्ती खेला हुआ शरीर है,' फेलुदा ने फुसफुसाकर कहा, 'लगता है, यही पहला डाकू जमींदार है।'

बाहर से पैरों की आहट सुनाई दी। हम दोनों ने दरवाजे की ओर देखा। गोकुल बाहर एक लालटेन रख गया था, उसकी रोशनी से शुरू में कमरे के फर्श पर एक छाया पड़ी और उसके बाद एक अजनबी चौखट के बाहर आकर खड़ा हो गया।

ये ही क्या विश्वनाथ बाबू हैं? नहीं, यह हो ही नहीं सकता। तंग पहने की धोती पहने है, सलेटी रंग का कुरता, मूँछें घनी, आँखों पर मोटे फ्रेम का चश्मा। वह गरदन बढ़ाकर, पेशानी पर बल लिए सम्भवतः हमें खोज रहा है।

'आप कुछ कहना चाहते हैं, राजेन बाबू?' फेलुदा से पूछा।'

अब जैसे उसकी नजर हमपर पड़ी। जुकाम से बैठे गले से कहा, 'छोटे बाबू लौट आए हैं। चावल परोसने को कह दिया है। गोकुल आकर आप लोगों के पास खबर पहुँचा जाएगा।' राजेन बाबू चले गए।

'बताओ तो, किस चीज की गन्ध थी?' मैंने फेलुदा से पूछा।

'पता नहीं चल रहा है? नैफथेलिन की। अभी-अभी ट्रंक से गरम कुरता निकाला है।'

राजेन बाबू के पैरों की आवाज जब शून्य में खो गई तो मुझे फिर यही लगने लगा कि हम कितने सन्नाटे से भरे माहौल में पहुँच गए हैं। इस तरह की जगह में इतने लम्बे अरसे तक लोग कैसे रहते होंगे? जानता हूँ, फेलुदा मेरे पास रहेगा तो मुझ में साहस की कोई कमी नहीं आएगी, लेकिन अगर वह न रहता तो इस पुराने खण्डहरनुमा मकान में मैं पाँच मिनट भी रह नहीं पाता। कालीकिंकर बाबू स्वयं बता चुके हैं कि कभी इस मकान में हत्या हो चुकी है। पता नहीं, हत्या किस कमरे में हुई थी!

इस बीच फेलुदा लालटेन सहित मेज को खींचकर पलंग के पास ले आया है और पलंग पर बैठकर कापी खोले संकेत पर सोचना शुरू कर दिया है। एक-दो बार उसे 'त्रिनयन' 'त्रिनयन' कहकर बड़बड़ाते हुए भी देखा। मैं अब करता ही क्या, दरवाजे से निकलकर बाहर के बरामदे पर चला आया।

वह क्या चीज है? मेरा कलेजा काँप उठा। न जाने क्या तो बरामदे के उस ओर हिल उठा। वहाँ लालटेन की रोशनी अँधेरे में खो गई है।

दाँत से दाँत दबाए मैं अँधेरे की ओर ताकता रहा। अब पता चला कि वह एक बिल्ली थी। मामूली या सफेद बिल्ली नहीं; इसके बदन पर शेर की तरह धारियाँ

हैं। बिल्ली कुछ देर तक मेरी ओर अपलक ताकती रही, उसके बाद एक उबासी लेकर दूसरी ओर मुड़ी और नजाकत के साथ चलती हुई अँधेरे में लापता हो गई। उसके कुछ देर बाद ही तोते की कर्कश आवाज सुनाई पड़ी। फिर चुप्पी तैरने लगी। पता नहीं, विश्वनाथ बाबू का कमरा किधर है। वे दोमंजिले पर रहते हैं या एकमंजिले पर? राजेन बाबू कहाँ रहते हैं? हमें ऐसा कमरा क्यों दिया है जहाँ से किसी की कोई आवाज सुनाई नहीं पड़ती है?

मैं कमरे के अन्दर लौट आया। फेलुदा पलंग पर पाँवों को मोड़कर, हाथ में कापी लिए सोचने में तल्लीन है। अब बरदाश्त न कर पाने की वजह से मैंने कहा, 'ये लोग इतनी देर क्यों कर रहे हैं?'

फेलुदा ने घड़ी की ओर देखते हुए कहा, 'तू ठीक ही कह रहा है। लगभग पन्द्रह मिनट हो चुके।' यह कहकर वह फिर से काफी में खो गया।

फेलुदा को जो पुस्तकें मिली थीं, मैंने उन्हें उलट-पुलटकर देखा। एक पुस्तक उँगली की छाप से सम्बन्धित है। दूसरी का नाम है 'क्रिमिनॉलॉजी' और तीसरी का 'क्राइम एण्ड इट्स डिटेक्शन'। चौथी पुस्तक के नाम का अर्थ ही मेरी समझ में नहीं आया। तब हाँ, इसमें बहुत-सी तस्वीरें हैं। उसमें लगातार दस पृष्ठों तक सिर्फ अलग-अलग तरह के पिस्तौल और बन्दूकों की तस्वीरें ही हैं। फेलुदा क्या अपना रिवॉल्वर साथ ले आया है?

यह प्रश्न दिमाग में आते ही याद आया कि फेलुदा जासूसी करने नहीं आया है और जब जासूसी की कोई जरूरत भी नहीं है, फिर रिवॉल्वर की जरूरत ही क्यों पड़ेगी?

पुस्तकों को सूटकेस के अन्दर रखकर मैं पलंग पर बैठने जा ही रहा था कि अचानक अनपहचाने गले की आवाज आई और मेरा कलेजा फिर से धड़क उठा।

अबकी जो आदमी आया, उसे पहचानने में कोई असुविधा नहीं हुई। यह गोकुल, राजेन बाबू, गाड़ी का ड्राइवर या रसोइया नहीं है। इसलिए यह व्यक्ति विश्वनाथ बाबू के अलावा कोई दूसरा नहीं हो सकता है।

'मैंने बहुत देर कर दी,' उन्होंने फेलुदा को नमस्कार करते हुए कहा, 'मेरा नाम विश्वनाथ मजूमदार है।'

यह कहने की कोई जरूरत नहीं थी। बाप से बेटे का चेहरा बहुत-कुछ मिलता-जुलता है। खास तौर से आँख और नाक। उम्र चालीस या पैंतालीस के करीब होगी, सिर के तमाम बाल अभी तक काले हैं, मूँछ या दाढ़ी नहीं है। दोनों होंठ बेहद पतले हैं। यह आदमी मुझे अच्छा नहीं लगा। क्यों नहीं लगा, यह कहना मुश्किल है। पहला कारण तो यह हो सकता है कि उन्होंने हमें इतनी देर तक बिठाकर रखा और दूसरा कारण, यद्यपि वे हमारी ओर देखते हुए मुसकराए मगर मुझे वह मुसकराहट असली नहीं लगी (यह धारणा गलत भी हो सकती है)। मानो, वे हमें देखकर खुश

नहीं हैं; हमारे चले जाने के बाद ही खुश होंगे।

फेलुदा और मैं विश्वनाथ बाबू के साथ सीधे रसोईघर में पहुँचे। मैंने सोचा था, फर्श पर बैठकर खाना पड़ेगा, लेकिन वहाँ एक बहुत बड़ी डाइनिंग टेबल देखने को मिली। टेबल पर चाँदी की थाली, कटोरे और गिलास सजे थे।

हम जब अपनी-अपनी जगह पर बैठ गए, विश्वनाथ बाबू ने कहा, 'चाहे जाड़ा हो या गरमी, मैं दोनों वक्त स्नान करने का अभ्यस्त हूँ, यही वजह है कि थोड़ी देर हो गई।'

उनके बदन से कीमती साबुन की गन्ध आ रही है, इसका पता मुझे पहले ही चल चुका था। अब लग रहा है, सेंट भी लगाकर आए हैं। इसमें शक नहीं कि भले आदमी बहुत शौकीन हैं। सफेद रेशमी कपड़े की कमीज पर गाढ़े हरे रंग का बिना बाँह वाला कार्डिगन है और उनके साथ सलेटी रंग की टेरिलिन की पैन्ट।

कटोरे से दबे भात को फैलाकर मैंने उसे केले के फूल की सब्जी के साथ खाना शुरू कर दिया। थाली के चारों ओर गोलाकार सजी हुई कटोरियों में तीन तरह की सब्जियाँ, मूँग की दाल और रोहू मछली का शोरबा है।

'बाबूजी से आपकी बातचीत हुई थी?' विश्वनाथ बाबू ने पूछा।

'हाँ,' फेलुदा ने कहा, 'उन्होंने मुझे बेहद शर्मिन्दगी में डाल दिया है।'

'किताबों का उपहार देकर?'

'हाँ। आजकल बाजार में ये पुस्तकें यदि उपलब्ध होतीं तो उनकी कीमत कम-से-कम पाँच-सात सौ रुपये होती।'

विश्वनाथ बाबू ने हँसते हुए कहा, 'यह जानकर कि आपको बुला भेजा है, मैंने बाबूजी को बहुत फटकारा था। शहर के आदमी को इस घनघोर दिहात में बुलाकर कष्ट देने का कोई मतलब ही नहीं निकलता।'

फेलुदा ने उनकी बात का विरोध करते हुए कहा, 'आप क्या कह रहे हैं, मिस्टर मजूमदार। यहाँ आने से हमारा बहुत बड़ा उपकार हुआ है। इसमें कष्ट की कोई बात नहीं है।'

विश्वनाथ बाबू ने फेलुदा की बातों को कोई महत्त्व न देते हुए कहा, 'इन चार दिनों के दरमियान ही मेरा जी ऊब गया है। बाबूजी लगातार इतने दिनों तक यहाँ कैसे रहते आए हैं, मालूम नहीं।'

'बाहर क्या जाते ही नहीं?'

'बात इतनी ही नहीं है। ज्यादा-से-ज्यादा वक्त वे उसी अँधेरी कोठरी में पलंग पर लेटे रहते हैं। दिन में केवल दो बार कुछ क्षणों के लिए बगीचे में जाकर बैठते हैं। अब तबीयत खराब रहने के कारण यह सिलसिला भी बन्द हो गया है।'

'आप और कितने दिनों तक रहिएगा?'

'मैं? मैं कल ही चला जाऊँगा। बाबूजी के लिए तत्काल किसी डेंजर की सम्भावना नहीं है। आप लोग भी तो शायद साढ़े आठ बजे की ट्रेन से वापस जा रहे हैं?'

'जी हाँ।'

'फिर आप लोगों के जाते ही मैं भी रवाना हो जाऊँगा।'

फेलुदा ने भात में दाल डालते हुए कहा, 'आपके पिताजी में तो नाना प्रकार का शौक देखने को मिला। आप क्या सेंट-परसेंट व्यवसायी हैं?'

'हाँ साहब। काम-धाम करने के बाद आज के जमाने में कुछ और करने की इच्छा ही नहीं होती।

विश्वनाथ बाबू से विदा लेकर जब हम कमरे में पहुँचे तो उस वक्त लगभग साढ़े नौ बज चुके थे। यहाँ घड़ी का वक्त मेरे लिए कोई अर्थ नहीं रखता, क्योंकि सात बजे से ही मुझे ऐसा लग रहा है कि आधी रात हो चुकी है।

मैंने फेलुदा से कहा, 'बत्तियों को दूसरी ओर रखकर अगर लेटूँ तो तुम्हें कोई आपत्ति है?'

'क्यों, क्या बात है?'

'इसलिए कि जब आँखें खुलें तो डाकू बाबू पर नजर न पड़े।'

फेलुदा ने हँसकर कहा, 'ठीक है। मुझे कोई आपत्ति नहीं है। भले आदमी की निगाह मुझे भी अच्छी नहीं लग रही थी।'

सोने के पहले फेलुदा ने लालटेन की रोशनी कम कर दी और इसका नतीजा यह हुआ कि कमरा जैसे और भी छोटा दीखने लगा। मुझे झपकी आ रही थी, मगर फेलुदा के मुँह से अंग्रेजी शब्द सुनकर मैं आश्चर्य में आ गया मेरी आँखें खुल गईं। मैंने साफ-साफ सुना कि फेलुदा कह रहा है, 'देयर वाज ए ब्राउन क्रो।'

मैं कुहनी के बल उठकर बैठ गया, 'ब्राउन क्रो? कौआ कहीं भूरे रंग का होता है? यह सब अनाप-शनाप क्या बक रहे हो, फेलुदा?'

'लगता है, गैबेरियो की पुस्तकें मिल जाएँगी, तपसा।'

'सो क्या? हल ढूंढ़ लिया?'

'बहुत ही आसान है...हमारे मुल्क में आकर अंग्रेज लोगों ने जब शुरू में हिन्दी सीखना शुरू किया, उच्चारण की सुविधा के लिए उन्होंने कुछ तरीके निकाले। देयर वाज ए ब्राउन क्रो—इस वाक्य से भूरे कौवे का कोई सम्बन्ध नहीं था। असल में यहाँ साहब बेयरा से दरवाजा बन्द करने को कह रहा है—दरवाजा बन्द करो। यह 'त्रिनयन' का मामला भी बहुत-कुछ इसी तरह का है। शुरू में त्रिनयन को 'तीन' सोचकर बार-बार पछाड़ खा रहा था।'

'सो कैसे? वह तीन नहीं है क्या? मैं भी तो उसे तीन ही सोच रहा था।'

'उहुँ। तीन नहीं है। त्रिनयन 'त्रि' तीन है। और 'नयन' नाइन है। दोनों मिलाकर

थ्री नाइन। 'त्रिनयन ओ त्रिनयन' हुआ—थ्री नाइन ओ थ्री नाइन। यहाँ 'ओ' का अर्थ है जीरो यानी शून्य।'

मैं उछल पड़ा।

'फिर एक टु जीरो का मतलब?'

'राइट-टु-जीरो। पानी की तरह साफ है। इसलिए पूरी संख्या है—थ्री नाइन-जीरो-थ्री-नाइन-टु-जीरो। बता, कैसे दिमाग में यह बात आ गई? अब जाकर सो रह।'

मन ही मन फेलुदा की बुद्धि की प्रशंसा कर, तकिये पर माथा रखकर आँखें बन्द करने जा ही रहा था कि तभी बरामदे से पैरों की आहट आई।

राजेन बाबू हैं।

इतनी रात में उन्हें क्या जरूरत पड़ गई?

'छोटे बाबू ने पुछवाया है कि आपको किसी और चीज की जरूरत है या नहीं?'

'नहीं, कुछ भी नहीं चाहिए। सब ठीक है।'

वे जिस तरह से आए थे उसी तरह चले गए।

आँखें बन्द करने के समय पता चला, खिड़की की झिलमिली से आती हुई चाँदनी एकाएक मलिन हो गई और दूर से मेघों का गर्जन आ रहा है। उसके बाद न जाने कहाँ से दो बार बिल्ली की म्याऊँ-म्याऊँ आवाज आई।

सुबह नींद टूटने पर देखा, फेलुदा कमरे की खिड़कियाँ खोल रहा है। वह बोला, 'रात बारिश हुई थी, इसका तुझे पता नहीं चला था?'

रात चाहे जो भी हुआ हो, लेकिन अभी मेघ का नामोनिशान नहीं है। झिलमिलाती हुई धूप तैर रही है, यह मैं खाट पर लेटे रहने के बावजूद बाहर के पेड़-पौधों को देखकर समझ रहा हूँ।

मेरे उठने के आधे घण्टे बाद ही बूढ़ा गोकुल आकर चाय दे गया। दिन की रोशनी में उसका चेहरा देखने पर लगा, गोकुल सिर्फ बूढ़ा ही नहीं बल्कि उसके जैसा टूटा हुआ शरीर और दुख से भरा भाव मैंने बहुत ही कम आदमियों में देखा है।

'कालीकिंकर बाबू सोकर उठ गए हैं?' फेलुदा ने पूछा।

गोकुल कान से कम सुनता है या नहीं, इसकी मुझे कोई जानकारी नहीं है, परन्तु फेलुदा का प्रश्न सुनकर वह फटी-फटी आँखों से उसकी ओर ताकने लगा। उसके बाद जब दूसरी बार उससे पूछा गया तो उसने सिर हिलाकर हामी भरी और कमरे से बाहर चला गया।

हम साढ़े सात बजे कालीकिंकर बाबू के कमरे के अन्दर पहुँचे।

वे कल की ही तरह कम्बल के नीचे बिस्तर पर लेटे हुए हैं। उनकी बगल

की खिड़की से धूप आती है, शायद इसी वजह से वे उसे बन्द रखे हुए हैं। इसीलिए सुबह के वक्त भी कमरा इतना अँधेरा है। वहाँ जितनी भी रोशनी है, वह बरामदे के दरवाजे से होकर आ रही है। आज पहली बार हमारे ध्यान में यह बात आई कि कमरे की दीवार पर कालीकिंकर बाबू का एक मढ़ा हुआ फोटोग्राफ है। यह तस्वीर बहुत पहले की ही ली हुई है क्योंकि तब उनकी दाढ़ी-मूँछें पकी नहीं थीं।

वे बोले, 'गैबेरियो की पुस्तकें मैंने पहले से ही निकालकर रख दी हैं क्योंकि मुझे मालूम है कि तुम कामयाब होगे ही।'

फेलुदा ने कहा, 'हुआ हूँ या नहीं, बताइए। थ्री-नाइन-थ्री-नाइन, राइट-टु जीरो—ठीक है?'

'शाबाश जासूस!' कालीकिंकर मजूमदार ने हँसते हुए कहा, 'लो, किताबों को अपनी झोली के अन्दर रख लो। और, दिन की रोशनी में एक बार सन्दूक के दागों को ठीक से देख लेना। मुझे तो ऐसा नहीं लगता कि इसके कारण कोई चिन्ता की बात है।'

फेलुदा ने कहा, 'ठीक है। आप निश्चिन्त रहें तो यही बेहतर है।' किताबों को उसने अपनी झोली के अन्दर रख लिया।

'तुम लोग चाय पी चुके हो न?' कालीकिंकर बाबू ने पूछा।

'जी हाँ।'

'ड्राइवर से कह दिया है। वह गाड़ी बाहर रखे हुए है। तुम लोगों को स्टेशन पहुँचा देगा। विश्वनाथ खूब सवेरे ही चला गया है। बताया कि वह अगर दस बजते-बजते कलकत्ता पहुँच जाए तो उसे सुविधा होगी। राजेन बाजार गया हुआ है। गोकुल तुम लोगों का सरो-सामान गाड़ी पर रख देगा।...तुम लोग क्या स्टेशन जाने के पहले तनिक आसपास की परिक्रमा करना चाहते हो?'

फेलुदा ने कहा, 'सोच रहा हूँ, साढ़े दस बजे की ट्रेन का इन्तजार करने के बजाय अगर हम अभी निकल जाएँ तो हो सकता है, 372 डाउन मिल जाए।'

'ठीक, तुम जैसे शहरी लोगों को मैं दिहात में कैदी बनाकर रखना नहीं चाहता। तब हाँ, तुम्हारे आने पर मुझे बेहद खुशी हुई है, और यह बात मेरा मन ही जानता है।'

कल रात की बारिश से भीगे रास्ते से, गाड़ी में बैठे हुए हम पलासी स्टेशन की ओर जा रहे हैं। मैं सवेरे के भीगे धान के खेतों का दृश्य देख रहा था कि तभी फेलुदा ने ड्राइवर से एक सवाल किया।

'स्टेशन जाने के लिए इसके अलावा कोई दूसरा रास्ता है?'

'जी नहीं।' मणिलाल ड्राइवर ने कहा।

फेलुदा का चेहरा गम्भीर हो गया। एक बार सोचा, पूछूँ कि वह क्या सोच

रहा है। सन्देह का कोई कारण है क्या; मगर मुझे साहस नहीं हुआ।

रास्ते में चूँकि कीचड़ था इसलिए स्टेशन पहुँचने में दस मिनट की जगह पन्द्रह मिनट लग गए। सरो-सामान उतारकर हमने गाड़ी छोड़ दी। मगर फेलुदा टिकट-घर की ओर नहीं गया। माल-असबाब स्टेशन मास्टर के पास रखकर वह दुबारा बाहर रास्ते पर निकल गया।

रास्ते में साइकल-रिक्शे की कतार खड़ी है। सबसे सामने के रिक्शे वाले के पास जाकर फेलुदा ने पूछा, 'बता सकते हैं कि यहाँ कोतवाली कहाँ है?'

'बता सकता हूँ, हुजूर!'

'चलिए तो। जल्दबाजी है।'

रिक्शा पें-पें कर हॉर्न बजाता हुआ भीड़ से निकलकर पाँच मिनट के अन्दर ही कोतवाली पहुँच गया। फेलुदा की ख्याति जो यहाँ तक पहुँच चुकी है, इसका पता तब चला जब फेलुदा के द्वारा अपना परिचय बतलाते ही सबइंस्पेक्टर मिस्टर सरकार ने उसे पहचान लिया। फेलुदा ने कहा, 'घुरघुटिया के कालीकिंकर मजूमदार के बारे में आपको क्या जानकारी है, कृपया बताने का कष्ट करें।'

'कालीकिंकर मजूमदार?' सरकार की पेशानी पर लकीरें उभर आईं, 'आदमी के लिहाज से तो वे बड़े ही अच्छे हैं, साहब। किसीके छह-पाँच में नहीं रहते। उनके बारे में कभी कोई बदनामी सुनने को नहीं मिली है।'

'और उनका लड़का विश्वनाथ? वे क्या यहीं रहते हैं?'

'भरसक कलकत्ते में। क्यों मामला क्या है, मिस्टर मित्तिर?'

'आपको एक बार अपनी जीप लिए मेरे साथ चलना होगा। संगीन मामला लगता है।'

कीचड़-भरे रास्ते पर उछलती हुई जीप घुरघुटिया की ओर दौड़ने लगी। फेलुदा ने घोर उत्तेजना के बीच सिर्फ एक बार जबान खोली, हालाँकि उसकी बात मेरे अलावा कोई दूसरा सुन नहीं सका।

'आरथ्राइटिस, सन्दूक का दाग, डिनर में विलम्ब, राजेन बाबू की रुंधी हुई आवाज, नैफथैलीन—सब कुछ एक सिलसिला लगता है, तोपसा। फेलु मित्तिर के अतिरिक्त भी ढेरों आदमी अक्लमन्द हो सकते हैं, यह बात हमेशा मेरे ध्यान में नहीं रहती है।'

मजूमदार के मकान पर पहुँचने पर पहले-पहले जिस चीज ने मुझे हैरत में डाल दिया, वह थी एक काले रंग की एम्बेसेडर कार। गाड़ी फाटक के बाहर खड़ी थी। निःसन्देह यह विश्वनाथ बाबू की गाड़ी है। जीप से उतरते-उतरते फेलुदा बोला, 'ध्यान से देखो, अभी तक गाड़ी में कीचड़ नहीं लगा है। यह गाड़ी कुल मिलाकर अभी बाहर निकली है।'

सम्भवतः वह विश्वनाथ बाबू का ड्राइवर ही था—सम्भवतः इसलिए कि इस

आदमी को हमने इसके पहले नहीं देखा था—जो हमें देखकर घबरा गया और मुँह लटकाकर फाटक के किनारे पत्थर की तरह खड़ा हो गया।

'तुम इस गाड़ी के ड्राइवर हो?' फेलुदा ने पूछा।

'जी—जी हाँ!'

'विश्वनाथ बाबू हैं?'

उसे झिझकते देखकर फेलुदा ने अब इन्तजार नहीं किया और सीधे घर के अन्दर घुस गया। उसके पीछे कोतवाल, मैं और एक कॉन्स्टेबल।

दुबारा उसी रास्ते, उन्हीं सीढ़ियों से ऊपर की ओर दौड़ते हुए हम चारों जने कालीकिंकर बाबू के कमरे के अन्दर गए।

कमरा खाली है। बिस्तर पर वही कम्बल पड़ा हुआ है। बाकी जितनी चीजें थीं, उसी तरह हैं, मगर मालिक नहीं है।

'सर्वनाश!' फेलुदा ने कहा।

वह सन्दूक की ओर ताक रहा है। सन्दूक खुला हुआ है। यह साफ-साफ पता चल जाता है कि उससे बहुत कुछ बाहर निकाल लिया गया है।

दरवाजे के बाहर गोकुल आकर खड़ा हो गया है। वह थर-थर काँप रहा है। उसकी आँखों में आँसू हैं। देखकर ऐसा लगता है जैसे उसकी आखिरी हालत हो।

फेलुदा ने उछलकर उसे पकड़ लिया और पूछा, 'विश्वनाथ बाबू कहाँ हैं?'

'वे पिछले दरवाजे से भाग खड़े हुए।'

'जाकर देखिए तो मिस्टर, सरकार!'

कोतवाल और कॉन्स्टेबल उनकी तलाश में निकल पड़े।

'सुनो, गोकुल,' फेलुदा ने जोरों से उसके कन्धों को झकझोरते हुए कहा, 'ज़रा भी झूठ बोलोगे तो तुम्हें हवालात की हवा खानी पड़ेगी।—कालीकिंकर बाबू कहाँ हैं?'

गोकुल की पुतलियाँ जैसे बाहर निकल आई हों।

'हुजूर...हुजूर...उनकी हत्या कर डाली है।'

'किसने?'

'छोटे बाबू ने।'

'कब?'

'छोटे बाबू जिस दिन आए, उसी रात में। बाप-बेटे में झड़प हुई। छोटे बाबू ने सन्दूक के नम्बर के बारे में पूछा। मालिक ने कहा : मेरे तोते को मालूम है, उसी से जान लेना, मैं नहीं बताऊँगा। उसके बाद—उसके बाद—उसके कुछ पल बाद छोटे बाबू और उनके ड्राइवर ने मिलकर...'

गोकुल का गला रुंध गया। बाकी बात उसने बहुत तकलीफ के साथ बतलाई,

'दोनों ने मिलकर मालिक की लाश को पीछे के तालाब के पानी में फेंक दिया। गले में पत्थर बाँधकर। छोटे बाबू ने प्राणों का भय दिखाकर मेरी जबान बन्द कर दी।'

'समझ गया। राजेन बाबू नामक यहाँ कोई आदमी नहीं है—है न यह बात?'

'थे, मगर दो साल पहले ही उनका देहान्त हो चुका है।'

अब फेलुदा और मैं नीचे की ओर भागे। सीढ़ियाँ उतरकर बायें मुड़ते ही बगीचे में जाने का रास्ता मिलता है। बाहर निकलते ही मिस्टर सरकार की चिल्लाहट कानों में आई।

'भागने की चेष्टा नहीं करें, मिस्टर मजूमदार! मेरे हाथ में हथियार है।'

ठीक उसी क्षण पानी में कूदने की एक आवाज आई और उसके साथ ही पिस्तौल की आवाज।

हम दोनों पेड़-पौधों को पार करते, झाड़ियों को रौंदते-लाँघते आगे बढ़े और देखा, मिस्टर सरकार हमारी ओर पीठ किए, हाथ में पिस्तौल लिए खड़े हैं। इमली के पेड़ के बाद ही वह तालाब है जिसे कल हम देख चुके थे। उसके पानी का अधिकांश हिस्सा जलकुम्भी से ढँका हुआ है।'

'वह पहले ही कूद चुका था,' मिस्टर सरकार ने कहा, 'तैरना नहीं जानता है गिरीश, खींचकर बाहर निकाल सकते हो या नहीं?'

अन्ततः कॉन्स्टेबल विश्वनाथ बाबू को खींचकर बाहर ले आया। अब छोटे बाबू की हालत उसी तोते की जैसी है। वे पिंजरे में बन्द हैं। सन्दूक से रुपया-पैसा, गहना वगैरह जो कुछ निकाला था, सब बरामद हो चुका है। यह सही है कि वे व्यवसाय करते थे, मगर जुआ आदि बहुत-सी बुरी आदतें पाले हुए थे। इधर हाल में लिए कर्ज को चुकाने में उसकी हालत बदतर हो गई थी।

फेलुदा ने कहा, 'कालीकिंकर बाबू से मिलने के करीब बीस मिनट बाद राजेन बाबू आए और राजेन बाबू के जाने के करीब आधा घण्टे बाद विश्वनाथ बाबू से मुलाकात हुई। तीनों आदमी एक साथ कभी दिखाई नहीं पड़े। इसीपर सोचने के बाद पहले-पहल मेरे मन में सन्देह पैदा हुआ कि तीन आदमी हैं या नहीं? या कि एक ही आदमी बारी-बारी से तीन आदमियों की भूमिका निबाह रहा है?' तब एक्टिंग की किताबों की बातें मुझे याद हो आईं। फिर क्या किसी जमाने में विश्वनाथ बाबू को थियेटर का शौक रहा है? अगर वे छद्मवेश धारण करने में पटु हों, अभिनय करना जानते हो, तो इस तरह अँधेरे मकान में हम लोगों को बेवकूफ बनाना उनके लिए कठिन नहीं था। अपना हाथ उन्हें कम्बल के नीचे छिपाकर रखना पड़ा था—इसलिए कि मेकअप कर किस तरह तिहत्तर साल के बूढ़े का हाथ बनाया जाता है, यह कला उन्हें मालूम नहीं थी। सन्देह तब पक्का हो गया, जब देखा कि कीचड़ पर विश्वनाथ की गाड़ी के टायर की छाप नहीं है।'

बात खत्म होने पर मैंने पूछा, 'तुम्हें यहाँ आने के लिए किसने पत्र लिखा था?'

फेलुदा ने कहा, 'इसमें कोई सन्देह नहीं कि कालीकिंकर बाबू ने ही लिखा था। विश्वनाथ बाबू को इसका पता चल गया था। उन्होंने आने से इसलिए नहीं रोका कि मेरी बुद्धि की सहायता से उन्हें संकेत की जानकारी प्राप्त करनी थी।

आखिरकार हमें दस बजे की ही गाड़ी पकड़नी पड़ी।

रवाना होने से पहले फेलुदा ने अपने सूटकेस और झोली से आठ पुस्तकें बाहर निकालकर मुझे दीं और कहा, 'खूनी के हाथ से उपहार लेने की मुझमें कोई लालसा नहीं है। तोपसा, जाकर इन्हें बुकशेल्फ के खाली स्थानों में रख दो।'

मैं जब पुस्तकें रखकर कालीकिंकर बाबू के कमरे से बाहर निकल रहा था, तोता तब भी बोल रहा था, 'त्रिनयन, ओ त्रिनयन एक टु जीरो।'

❐ ❐ ❐